Anke Messerle
Das falsche Tabu

Kriminalroman

Die Geschichte spielt an bekannten Orten. Sämtliche Handlungen und Charaktere sind jedoch frei erfunden.

Bibliografische Information der Deutschen Nationalbibliothek
Die Deutsche Nationalbibliothek verzeichnet diese Publikation in der Deutschen Nationalbibliografie; detaillierte bibliografische Daten sind im Internet abrufbar über http://dnb.ddb.de

2. Auflage

Wakenitzmauer 140, 23552 Lübeck

Umschlaggestaltung: artwork GrafikDesign, Holger Dürkop, Lübeck
Druck und Bindung: CPI books GmbH, Leck
Printed in Germany
ISBN 978-3-96698-554-3

Anke Messerle

Das falsche Tabu

Kriminalroman

1. Teil

Amberg 1977

Es begann allabendlich damit, dass um Schlag neun einige Knaben aus seinem Jahrgang im Hof auf ihren Hörnern zur Nachtruhe spielten. Sobald der gedämpfte, warme Klang der Instrumente ertönte, zog er sich nach und nach bis auf die Unterhose aus, wusch sich, löschte das Licht und legte sich, die Hände hinter dem Kopf verschränkt, die Beine über Kreuz, auf sein schmales Bett. Verklangen die Melodien, schloss er die Augen und wartete.

Er wartete darauf, dass Ernesto einschlief. Ernesto, acht Jahre alt, genauso alt wie er selbst, als er vor fünf Jahren hierhergekommen war, lag in dem Bett auf der gegenüberliegenden Seite des Raumes und weinte. Ernesto weinte jeden Abend, seit ihn seine Eltern, ein Münchner Großindustrieller und seine spanische Frau, zu Beginn des neuen Schuljahres in das Musikinternat gebracht hatten.

Davor hatte er den kleinen, schmalen Raum im Westflügel des ehemaligen Klosters, in dem die Knaben untergebracht waren, für sich allein gehabt. Er bevorzugte es, allein zu sein. In dem Zimmer. Und auch sonst. Deshalb hatte er den Direktor gebeten, Ernesto bei einem der anderen Jungen unterzubringen. Aber der Direktor war seiner Bitte nicht nachgekommen. Und so war ihm nichts anderes übrig geblieben, als sich mit der Situation zu arrangieren.

Nachdem das Weinen aufgehört hatte, lauschte er noch eine Weile Ernestos gleichmäßiger, leicht schniefender Atmung. Dann richtete er sich vorsichtig auf, zog mit der linken Hand die Schublade des Nachtschränkchens neben seinem Bett auf, ertastete das Lederhalsband, das er unter einigen leeren Notenblättern versteckt hatte, nahm es heraus und schlich auf Zehenspitzen zu dem vergilbten Waschbecken neben der Tür.

Er schaltete die Neonröhre über dem Spiegel ein und kniff die Augen zusammen, bis die Röhre nach einem mehrmaligen Aufflackern und einem leisen Pling-Pling grell leuchtete und sich seine Augen an das kalte Licht gewöhnt hatten.

Wie jeden Abend betrachtete er sein Spiegelbild. Er hob die Hand, berührte seine Lippen und fuhr langsam mit dem Zeigefinger tiefer, über das Kinn, die Kehle hinunter. Dort, wo sich sein Adamsapfel abzeichnete, verharrte er.

Ihm war die Veränderung an seinem Kehlkopf das erste Mal vor einigen Wochen aufgefallen. Damals hatte er, genau wie heute, vor dem Spiegel gestanden und die leichte Wölbung bemerkt.

Die Jungen in seinem Jahrgang waren stolz auf diesen Knubbel und den Stimmwechsel, der mit seinem Wachsen einherging. Sie sprachen absichtlich tiefer, räusperten sich ständig und taten so, als wären sie heiser. Vor allem dann, wenn die Mädchen dabei waren.

Aber er war nicht stolz. Im Gegenteil. Ihm hatten diese Veränderungen Angst gemacht. Tagelang war er unruhig umhergelaufen, und nachts hatte er stocksteif in seinem Bett gelegen. So lange, bis ihm die erlösende Idee gekommen war.

Sein Blick ruhte auf dem Finger auf seinem Adamsapfel.

Er zögerte. Dann drückte er zu. Erst leicht, danach stärker und am Ende so fest, dass ihm beim Schlucken vor Schmerz die Tränen in die Augen schossen.

Sein Spiegelbild verschwamm, und es kam ihm so vor, als würde es sich immer weiter von ihm zurückziehen. Sein Herz raste, und um ihn herum drehte es sich.

Er schloss die Augen, hielt einen Moment lang reglos inne und tastete anschließend mit der freien Hand nach dem mit Nieten besetzten, schwarzen Lederriemen, den er vor sich auf das Waschbecken gelegt hatte. Das Band gehörte Wilhelm, dem Schäferhund des Direktors.

Er legte es sich um die Kehle, schob geschickt sein Ende in die silberfarbene Schnalle, zog es zusammen, den Finger auf seinem Adamsapfel ruckartig heraus und ließ schließlich den Dorn in das vorletzte Loch des Bandes gleiten.

Ein beißender Schmerz durchfuhr ihn. Ein Schmerz, der ihm schier die Sinne raubte.

Nur nicht ohnmächtig werden, dachte er, stützte sich auf dem Waschbeckenrand ab und konzentrierte sich auf seine Atmung.

Dann zog er den Dorn ins letzte Loch.

Schweiß rann ihm über das Gesicht, und er zitterte. Langsam öffnete er die Augen. Alles war verzerrt, und er hatte das Gefühl, sich übergeben zu müssen. Aber er wusste: Er würde es aushalten. Er hatte es schon so viele Nächte ausgehalten.

Dienstag, 17. November

Er sah sie schon von Weitem – mit ihren wuchtigen Kameras und den Stabmikrofonen, die sie zum Schutz vor dem Wind mit zotteligem Fell überzogen hatten. Und schlagartig wurde ihm bewusst, dass die Welt sich weiterdrehte. So, als wäre nichts geschehen, und ganz unbeeindruckt davon, dass sein bester Freund, Peter, fehlte.

Hauptkommissar Lennart Bondevik bog in die Welsbachstraße, drosselte die Geschwindigkeit seines Volvos und fuhr im Schritttempo an den Journalisten vorbei. Eine Schar Reporter, die, in dicke Jacken gehüllt, mit verfrorenen Gesichtern offensichtlich schon eine geraume Zeit vor dem Eingang der Lübecker Polizeidirektion ausharrte. Er lenkte den rostigen, weißen 240er Kombi auf den Parkplatz und nickte den beiden Beamten zu, die dafür sorgten, dass die Journalisten nicht auch noch den Hintereingang belagerten.

Froh, von der Presse unbehelligt in das Gebäude gelangt zu sein, drückte Lennart Bondevik den Knopf neben dem Fahrstuhl, der ihn in den siebten Stock bringen sollte. Er wartete, entschied sich dann jedoch gegen den Aufzug und nahm die Treppe. Oben angekommen, betrat er das K1.

Lennart hörte Irmgard Trauts Stimme und streckte seinen Kopf durch die Tür in ihr Büro.

Irmi, wie alle die kleine, quirlige Person mit dem schiefen Mund und der piepsigen Stimme nur nannten, lehnte an einem der Aktenschränke und telefonierte. Sie arbeitete seit über dreißig Jahren als Sekretärin für die Polizei. Die letzten sechs davon in der Mordkommission.

Als sie Lennart bemerkte, bat sie ihren Gesprächspartner um Entschuldigung, legte ihre Hand auf den Hörer und lächelte.

»Schön, dass du wieder da bist«, flüsterte sie.

Lennart rang nach Luft. »Die Treppe!«, keuchte er und stützte sich am Türrahmen ab. Dann deutete er auf das Telefon. »Wir sehen uns später, hm?«

Außer Irmgard Traut war keine Menschenseele im K1 zu sehen oder zu hören. Lennart ging den Gang bis zu dem Büro hinunter, das er sich mit seinem Partner teilte, trat an seinen Schreibtisch und entdeckte eine Nachricht seines Chefs, die zwischen zwei Buchstabenreihen der Computertastatur klemmte:

Bin im Haus unterwegs.
Meld dich, wenn du da bist.
Benno

Er legte seinen Schal ab, zog seine Jacke aus, fischte nach dem Handy in seiner Tasche und wählte Benno Fausts Nummer.

Fünf Minuten später stand Lennart in dem länglichen Besprechungsraum, der sich auf der Mitte des Flures befand, und rümpfte die Nase. Er öffnete ein Fenster, schloss für einen Moment die Augen und sog die klamme, kalte Novemberluft ein.

Das Polizeihochhaus war kein schöner Fleck in der Landschaft, aber es bot einen wunderbaren Blick über die Lübecker Altstadt. Lennart liebte diese Aussicht. Als er jetzt die Augen öffnete und seinen Blick über die in leichten Nebel gehüllten Dächer und Kirchtürme schweifen ließ, erschien ihm jedoch alles nur grau.

Wie unwirklich sich das anfühlt, dachte er, einfach so weiterzumachen.

Die Nachricht von Peters Tod hatte Lennart Bondevik vor knapp einer Woche erreicht. Noch am selben Tag war er mit dem Zug nach Dänemark gefahren. Nach Sønderborg. Von dort aus hatte er ein Taxi in die Nähe von Drejby genommen, wo sein Freund ein Haus besaß, nur wenige Meter vom Meer entfernt.

In den letzten Tagen hatte Lennart immer wieder daran denken müssen, dass Peter und er sich seit ihrer Kindheit kannten. Sie hatten mit ihren Familien in derselben Straße gewohnt. Und obwohl sie unterschiedlicher nicht hätten sein können, waren sie die dicksten Freunde geworden.

Peter war ein Jahr älter als Lennart. Ein Einzelkind. Seine Mutter hatte ihn einen Rabauken genannt. Und er war ein Draufgänger. Einer, der schon früh jedem Rockzipfel nachgejagt war. Lennart war dagegen mit drei älteren Brüdern aufgewachsen und hatte gelernt, dass es Situationen gab, in denen es besser war, sich im Hintergrund zu halten. Er war immer schon jemand gewesen, der beobachtete, abwägte und sich zu nichts vorschnell hinreißen ließ. Was Mädchen betraf, hatte er Peter allerdings in nichts nachgestanden.

Peters Vater war vor langer Zeit verstorben. Seine Mutter lebte nach einem Schlaganfall in einem Pflegeheim. Sie hatte Lennart über eine der Schwestern gebeten, sich um die Bestattung ihres Sohnes zu kümmern und um alles andere, was erledigt werden musste.

In Drejby angekommen, wollte Lennart sich mit einem Makler treffen, der sich um den Verkauf des Hauses kümmern sollte. Aber dann war alles ganz anders gekommen. Ein Notar hatte sich gemeldet und Lennart darüber in Kenntnis gesetzt, dass es eine testamentarische Verfügung gab, wonach er das kleine, reetgedeckte Häuschen erben sollte. Und die *Mia*, einen knapp acht Meter langen, 1956 erbauten, 20er Jollenkreuzer.

Peter hatte das Segelboot vor Jahren hinter einem Schuppen entdeckt, der zu einem Campingplatz in Skagen gehörte, hoch im Norden Dänemarks.

»Das musst du dir mal vorstellen!«, hatte er Lennart durchs Telefon überschwänglich ins Ohr gebrüllt. »Der Besitzer des Platzes, dem auch das Boot gehört, hat nur gelacht, als ich ihn gefragt habe, was er dafür haben will. Der war froh, den Schrotthaufen loszuwerden! Der hat wirklich Schrotthaufen gesagt.« Und Peter hatte gelacht, als er berichtete, dass sie sich am Ende auf eine Kiste Tuborg geeinigt und auf das gute Geschäft angestoßen hatten.

Peter hatte jede freie Minute in die Restaurierung des Jollenkreuzers gesteckt. Und jede Öre. Dann war die *Mia* fertig. Und Peter tot. Peter de Buhr hatte sich im Alter von sechsundvierzig Jahren das Leben genommen. Für Lennart nicht unerwartet. Auch wenn Peter ihm gegenüber nie geäußert hatte, sich umbringen zu wollen … ja, nicht einmal eine Andeutung in diese Richtung gemacht hatte.

Lennart schloss das Fenster, drehte sich in den Raum und warf einen Blick auf die Uhr über der Tür. Es war kurz nach elf. Gestern um die Zeit hatten er und Tjelle, ein ehemaliger Fischer und Peters Nachbar, den Hänger samt Boot mit Tjelles verbeultem Pick-up nach Høruphav gebracht und die *Mia* zu Wasser gelassen.

Lennart seufzte tief, als er vor sich sah, wie sie aufs Meer hinausgesegelt waren: ein Geistlicher in feierlichem Ornat, ein ehemaliger Fischer, eine Flasche Gammel Dansk in der einen, die Pinne in der anderen Hand und ein Kriminalhauptkommissar, die Urne mit der Asche seines besten Freundes auf dem Schoß. Was für ein Bild, dachte er. Drei Männer in einem Boot, dessen Jungfernfahrt gleichzeitig eine letzte Reise war.

Lennart stand noch einen Augenblick einfach nur da. Dann ging er zu dem grauen Aktenbord auf der gegenüberliegenden Seite des Raumes, das auch die Funktion einer Ablage für Schokoriegel, Kopfschmerztabletten und Unmengen von Zetteln hatte und außerdem als Kaffeestation genutzt wurde. Er nahm die Kanne mit dem abgestandenen Kaffee aus der Maschine, schüttete die restliche braune Brühe in den Ausguss des Beckens gleich neben dem Schrank und setzte frischen auf.

Dann trat er vor das Whiteboard an der Stirnseite des Raumes, das nahezu die ganze Wand ausfüllte, und betrachtete die Fotos, die daran angebracht waren.

»Drei tote Männer! Und an dieser beschissenen Wand ist immer noch Platz!« Benno Faust, seit bald zwanzig Jahren der Leiter der Lübecker Mordkommission, trat in den Besprechungsraum. »Gut, dass du da bist!«, sagte er und zog zwei Stühle vor die Tafel. »Setz dich!«

Sie saßen stumm nebeneinander.

»Das mit deinem Freund tut mir leid«, beendete Faust das Schweigen, drehte sich zu Lennart und sah ihn fest an. In seinem Blick lag ein tiefes Mitgefühl.

»Danke«, gab Lennart zurück, zögerte kurz und wandte sich dann den Fotos zu. »Schieß mal los. Was haben wir?«

»Sicher?«

Lennart nickte.

»Also gut!« Faust räusperte sich. »Wie du weißt, sind hier in den letzten vier Tagen drei Männer in drei verschiedenen Hotels tot aufgefunden worden. Wir haben sie anhand ihrer Ausweise identifizieren können und wissen, dass keines der Opfer aus Lübeck stammt.«

Faust stand auf, trat an das Whiteboard und öffnete den Knoten seiner Krawatte. Er sah müde aus, und Lennart konnte sich nicht erinnern, seinen Chef je so abgekämpft und grau im Gesicht gesehen zu haben.

»Den Letzten haben sie vor zwei Stunden gefunden. Im *Blins Hotel* direkt am Bahnhof. Der Mann heißt Doktor Gernot Fenger, ist vierzig Jahre alt und stammt aus Düsseldorf. Viel mehr weiß ich noch nicht. Ich will nachher rüberfahren. Es wird Zeit, dass ich mir das Ganze mal selber ansehe.«

Faust trat einen Schritt zurück, streckte den Arm aus und zeigte auf die vergrößerte Kopie eines Bildes aus einem Personalausweis. »Das ist Hanno Classen. Vierundfünfzig Jahre alt. Aus Hamburg.«

Viel war auf dem grobkörnigen Foto, das durch die Vergrößerung enorm an Qualität eingebüßt hatte, nicht zu erkennen.

»Classen ist das zweite Opfer. Er wurde in der Nacht von vorgestern auf gestern im *Hotel am Krankenhaus Süd* ermordet. Die SpuSi hat eine Bahnfahrkarte zweiter Klasse und einen Busfahrschein in seinen Sachen gefunden. Wie es aussieht, ist Classen auf direktem Wege vom Bahnhof aus in das Hotel gefahren, in dem er übrigens vor vier Wochen schon einmal von Sonntag auf Montag übernachtet hat. Er hatte ein einfaches Prepaid-Handy bei sich und … ein Medikament.« Faust runzelte nachdenklich die Stirn. »*Compral* heißt das, glaube ich. Jedenfalls ist es ein Arzneimittel, das nach einem Entzug eingenommen wird. Classen war Alkoholiker.«

Die Kaffeemaschine röchelte.

Lennart stand auf und ging zu dem Aktenschrank.

»Was wisst ihr noch über den Mann?«, fragte er und goss Kaffee in zwei Becher.

Die Ermittlungen hatten ergeben, dass Hanno Classen allein in einer Einzimmerwohnung in einem Hochhauskomplex in Hamburg-Billstedt lebte.

»Seine Miete hat er regelmäßig und pünktlich überwiesen«, meinte Faust. »Die Nachbarn haben ihn aber seit Monaten nicht mehr gesehen. Genauso lange nicht, wie er auch in seiner Stammkneipe, gleich um die Ecke seiner Wohnung, nicht mehr aufgetaucht ist.« Faust verschränkte die Arme. »Von dem Wirt wissen wir, dass Classen Hilfsarbeiter im Hafen war. Die Kollegen führen gerade die Befragungen durch.«

Lennart setzte sich zurück auf seinen Platz, die beiden Kaffeebecher in den Händen. Der eine trug die Aufschrift *Der frühe Vogel kann mich mal*, auf dem anderen prangte ein Logo der Polizeigewerkschaft. Er entschied sich, den Vogel zu behalten, und hielt seinem Chef die Gewerkschaft hin.

»Danke.« Faust nippte an dem Kaffee. »Das ist im Großen und Ganzen das, was wir über Hanno Classen in Erfahrung gebracht haben.«

»Und was ist mit dem ersten Opfer?«

Benno Faust wies auf ein weiteres Foto – ebenfalls eine vergrößerte Ausweiskopie, die aber wesentlich besser zu erkennen war.

»Michael Hofer, siebenundvierzig Jahre alt, aus Schondorf am Ammersee. Ist rund fünfzig Kilometer von München entfernt.«

Das Foto zeigte einen dunkelhaarigen Mann mit blauen Augen und weichen Gesichtszügen.

»Er wurde in der Nacht von Freitag auf Samstag erdrosselt. Im ersten Haus am Platz. Dem *Hanseblick*.«

Faust stellte seine Kaffeetasse auf den Boden neben seinen Stuhl und nahm zwei Fotos von der Wand, die Hofer in seinem Portemonnaie bei sich getragen hatte.

»Das ist Julia Hofer, die Tochter des Opfers.«

Er setzte sich und hielt Lennart eines der Bilder hin. Ein Mädchen war darauf zu sehen, mit kurzen, wuscheligen Haaren in einem völlig verdreckten Trikot. Das Kind rannte mit weit aufgerissenem Mund und einem Strahlen in den Augen über ein Spielfeld und warf seinen Helm und seinen Hockeyschläger in die Luft.

»Sie ist sieben Jahre alt.«

Lennart nahm das Foto. Das Kind wirkte sehr glücklich auf ihn.

»Und das hier …«, Faust gab ihm das zweite Bild, ein verblichenes, leicht gelbstichiges Foto, »das ist Christiane Hofer. Die Ehefrau von Michael Hofer. Julias Mutter.«

»Schon etwas älter«, bemerkte Lennart. »Ich meine das Foto.«

»Die Frau heute auch. Aber längst nicht so alt wie Hofer. Sie ist fünfzehn Jahre jünger als ihr Mann.«

Auf dem vergilbten Foto sah Christiane Hofer kaum älter aus als vierzehn. Sie trug eine Latzhose, ein kariertes Hemd und kurze braune Haare, von denen unter einem breitkrempigen Strohhut so gut wie nichts zu sehen war.

»Sie haben 2001 geheiratet. Da war Christiane Hofer gerade achtzehn. Julia ist ihr einziges Kind.«

Lennart heftete die beiden Fotos zurück an das Whiteboard.

»Hofer hatte außerdem noch mehrere Kreditkarten bei sich, darunter zwei goldene, sowie eine Menge Visitenkarten«, sagte Faust. »In der Geldbörse solche, die er entgegengenommen hat, und in einem extra Visitenkartenetui seine eigenen. Hofer war ein angesehener Architekt.«

Faust bückte sich nach dem Becher und trank einen Schluck. Dann berichtete er, was sie bisher noch im Zusammenhang mit dem Mord an dem Mann herausgefunden hatten.

Michael Hofer hatte am Freitagabend gegen einundzwanzig Uhr fünfundvierzig im *Hotel Hanseblick* eingecheckt. Es war nicht seine erste Übernachtung dort. Vielmehr hatte er in den letzten zwei Monaten jeden Freitag die Nacht auf Samstag in dem Haus verbracht. Und – er hatte bis Weihnachten im Voraus reserviert: immer von Freitag auf Samstag, immer ein Einzelzimmer, immer dasselbe – die 3/012. Gezahlt hatte Hofer grundsätzlich in bar, eine Rechnung hatte er sich bei keinem seiner Aufenthalte ausstellen lassen.

Sie wussten, dass Hofer an dem Abend, an dem er ermordet wurde, in die Hotelbar gegangen war. Er hatte abgezähltes Kleingeld auf den Tresen gelegt, einen Whisky bestellt, den Whisky auf ex getrunken und die Bar gleich wieder verlassen. Sie vermuteten, dass der Barkeeper der Letzte war, der den Mann lebend gesehen hatte.

»Hofer hat also um … Viertel vor zehn am Abend eingecheckt. Wissen wir, wie er nach Lübeck gekommen ist?«

»Genau wie Classen – mit der Bahn«, antwortete Faust. »Hofer ist erster Klasse gereist, ohne feste Fahrtzeiten. Irmi hat die Kollegen der Bundespolizei angespitzt. Er wurde sowohl in München als auch in Hamburg am Bahnsteig von Kameras aufgezeichnet. Am Hamburger Hauptbahnhof hat er um fünfzehn Uhr vierundvierzig den Regional-Express genommen. Das heißt, laut Fahrplan der Bahn ist er um sechzehn Uhr einunddreißig hier angekommen.«

Lennart stand auf, nahm Faust den Kaffeebecher ab, den er mittlerweile geleert hatte, und stellte ihn zusammen mit seinem neben die Kaffeemaschine.

»Wenn Hofer gegen halb fünf in Lübeck aus dem Zug gestiegen ist und erst um einundzwanzig Uhr fünfundvierzig im Hotel eingecheckt hat – wo war er dann in der

Zwischenzeit?«, fragte er und lehnte sich gegen das Aktenbord.

»Er hat unmittelbar nach seiner Ankunft am Bahnhof ein Taxi genommen.«

»Wohin?«

»Zur *Sana Klinik*.«

Lennart sah Faust nachdenklich an. »Das zweite Opfer … dieser …«, er warf einen Blick auf das Whiteboard, »Hanno Classen. Der lag im *Hotel am Krankenhaus Süd* …«

Faust nickte. »Dem Krankenhaus, das wir heute als *Sana Klinik* kennen – oder als *Sana Kliniken*, um korrekt zu sein.«

»Das heißt, Classen ist in der Nähe genau des Krankenhauses umgebracht worden, zu dem Hofer sich hat fahren lassen. Ist das Zufall?«

Benno Faust rieb sich den Nacken. Diese Frage hatten sie sich natürlich auch gestellt und gehofft, mit der Klinik eine Verbindung in den beiden Fällen entdeckt zu haben. Aber eine Nachfrage bei der Krankenhausverwaltung hatte ergeben, dass weder ein Michael Hofer noch ein Hanno Classen in der Patientendatei der Klinik geführt wurde. Und bisher hatten sie auch niemanden gefunden, der Michael Hofer schon einmal dort gesehen hatte – weder einen Mitarbeiter am Empfang noch einen Arzt, noch jemanden vom Pflegepersonal und auch keinen Patienten. Was Hanno Classen betraf, so waren die Kollegen mit der Befragung noch nicht fertig. Aber Faust glaubte nicht, dass dabei etwas anderes als bei Hofer herauskommen würde.

»Wenn der Mann nicht in die Klinik gegangen ist … Habt ihr irgendeine Ahnung, was Hofer gemacht hat, nachdem er an der Klinik aus dem Taxi gestiegen ist?«

Faust schüttelte den Kopf. »Das Einzige, was wir in Erfahrung gebracht haben, ist, dass Michael Hofer circa vier Stunden später mit einem Taxi vom Taxistand vor der *Sana Klinik* ins *Hotel Hanseblick* gefahren ist. Die Quittung lag im Mülleimer seines Hotelzimmers.«

»Was haben wir noch?«

Faust zuckte die Schultern.

Sie hatten niemanden ausfindig gemacht, der irgendetwas Auffälliges gesehen oder gehört hatte, als die Männer ermordet wurden, und auch niemanden, der etwas dazu hätte sagen können, weshalb sie in Lübeck waren.

»Anfangs haben wir gemutmaßt, Hofer hätte eine Geliebte. Aber es gibt keine Anhaltspunkte dafür, die das bestätigen. Auch nicht dafür, dass sich Classen hier mit einer Frau getroffen hat.«

Lennart sah Faust kopfschüttelnd an. »Es muss doch irgendjemanden geben, der etwas darüber weiß, was die Männer hier wollten. Was ist mit Hofers Ehefrau, mit Geschwistern der Opfer, Eltern, Freunden, Arbeitskollegen?«

»Was Classen betrifft: negativ. Mehr als das, was die Nachbarn, die Kumpels aus der Kneipe und der Wirt gesagt haben, haben wir bisher nicht. Was Hofer angeht: Es gibt Hinweise, dass seine Frau und seine Tochter verreist sind. Wohin wissen wir noch nicht.«

»Und weiter?«

»Hofer hat eine drei Jahre jüngere Schwester. Sie wohnt in München. Der Kontakt zwischen ihr und ihrem Bruder soll gut gewesen sein. Weiterhelfen konnte sie uns aber nicht. Hofers Vater ist tot. Die Mutter lebt knapp eine Stunde von München entfernt in einer Seniorenresidenz. Sie ist hochgradig dement und weiß nicht einmal mehr, dass sie einen Sohn hat.«

»Was ist mit Freunden?«

»Der Mann war Workaholic. Zeit für Freunde hatte der nicht. Das wissen wir von Torben Malik. Ebenfalls Architekt und Hofers rechte Hand.«

»Und die rechte Hand wusste nicht zufällig, was der Chef in Lübeck wollte?«

»Wusste sie nicht. Aber … Malik hat Hofer angesprochen, weil sie durch seinen Ausfall bei einigen Projekten terminlich zurücklagen und die Kunden unzufrieden wurden. Daraufhin muss der regelrecht ausgeflippt sein und Malik mit Kündigung gedroht haben, wenn er sich noch einmal in seine Angelegenheiten einmischt.«

»Ist der häufiger so ausgerastet?«

»So wie Malik sagt … nie! Hofer hat sich die Woche darauf auch bei ihm entschuldigt. Gleichzeitig soll er aber klargemacht haben, dass er an seiner Abwesenheit die nächste Zeit nichts ändern könne. Und dass der Grund Privatsache sei.«

Lennart trat erneut an das Whiteboard und betrachtete Hofers Foto. Was war das für eine *Privatsache*, wegen der jemand wochenlang regelmäßig in einer fast neunhundert Kilometer entfernten Stadt übernachtete, fragte er sich. Jemand, der Workaholic war – und so etwas wie ein Stararchitekt. Wieso kam so jemand nach Lübeck? Und wieso nahm er dafür sogar in Kauf, wichtige Aufträge und Kunden zu verlieren?

Was hast du hier gewollt?

***

Dr. med. Thies Burmester, Facharzt für Psychiatrie und Psychotherapie, war das, was gemeinhin als Frauenschwarm bezeichnet wurde. Er maß über einen Meter neunzig, war schlank, aufrecht – ein Mann mit markanten Gesichtszügen, grau-blauen Augen und grau meliertem Haar.

Nach dem Abitur und dem Zivildienst hatte er sich im Fach Medizin eingeschrieben, seinen Abschluss gemacht, die Approbation erhalten und vier Jahre später promoviert. Er absolvierte seine Facharztausbildung, habilitierte und erhielt mit Mitte vierzig die Venia Legendi, die Berechtigung, im Fach Psychiatrie zu lehren. Sein Ziel, die Berufung zum Professor, hatte damit für ihn in greifbarer Nähe gelegen.

Aber als es so weit war und ihm sein eigener Lehrstuhl angeboten wurde, hatte Burmester sich kurzerhand dagegen entschieden und stattdessen das *Zentrum für Verhaltenstherapie und Verhaltensmedizin*, *ZVV*, gegründet. Ein Gesundheitszentrum, dessen Eröffnung im Zuge einer Gesetzesänderung möglich wurde, wonach nicht mehr nur niedergelassene Vertragsärzte und Therapeuten in Einzelpraxen und Praxisgemeinschaften an der kassenärztlichen Versorgung teilnehmen konnten, sondern auch Zusammenschlüsse beliebig vieler Fachärzte. Mediziner, die im Angestelltenverhältnis beschäftigt waren und eine fachübergreifende ambulante Versorgung unter einem Dach anbieten konnten.

Über zehn Jahre war es her, dass sich diese Tür geöffnet hatte. Und Burmester hatte die Chance dahinter erkannt. Die Zahl seiner Mitarbeiter und der Patientenstamm waren seit der Eröffnung des Zentrums kontinuierlich gewachsen. In den ersten zwei Jahren hatte Burmester sechs Ärzte und Psychotherapeuten beschäftigt, die Menschen mit psychischen und psychosomatischen Erkrankungen behandelten. Heute waren es mit Arzthelfern und Verwaltungsangestellten über achtzig Personen, die für ihn arbeiteten. Und während sich sein Angebot in den ersten Jahren allein an Erwachsene gerichtet hatte, machten in der Zwischenzeit Kinder und Jugendliche ein Drittel seiner Patienten aus.

Auch räumlich hatte sich einiges getan. Zu Beginn waren Ambulanz und Tagesklinik noch in einem einzigen Haus, dem heutigen Hauptsitz, untergebracht. Mittlerweile hatte Burmester fünf weitere Gebäude angemietet. Das *ZVV* hatte sich also zu einem ansehnlichen Gesundheitszentrum gemausert.

Sehr zum Leidwesen einer kleinen Gruppe in der Hansestadt niedergelassener Ärzte und Psychotherapeuten, denen das *ZVV* von Anfang an ein Dorn im Auge gewesen war. Seit Jahren setzten sie alles daran, Thies Burmester das Leben schwer zu machen, und zerrten ihn ständig aufs Neue vor die Schlichtungskommission der Ärztekammer.

Auch am heutigen Vormittag hatte es wieder einmal eine Anhörung gegeben. Wie jedes Mal war Thies Burmester pünktlich in Anzug und Krawatte erschienen und hatte sich geduldig die immer gleiche Kritik angehört.

Der Vorwurf lautete, Burmester dränge mit seinem größer und größer werdenden Ärzte- und Therapeutentempel, wie seine Widersacher das *ZVV* nannten, seit Jahren wie ein Parasit in den ambulanten Versorgungsmarkt und gefährde so die Freiberuflichkeit der ärztlichen Berufsausübung. Sie beschuldigten ihn, in der Vergangenheit die Existenzgrundlage niedergelassener Ärzte vernichtet zu haben sowie gegenwärtig das Überleben bestehender und dringend benötigter Facharztpraxen zu bedrohen.

Anfangs hatten Burmester die Anfeindungen geärgert. Mittlerweile amüsierten sie ihn nur noch. Und wie bei jedem dieser Termine, hatte er auch heute nichts anderes eingebracht als Fakten. Daten, die belegten, dass die Zahl der angestellten Ärzte und Therapeuten in Gesundheitszentren zwar zunahm, im Vergleich zu der der Niedergelassenen jedoch verschwindend gering war. Von Konkurrenz konnte aus seiner Sicht keine Rede sein.

Thies Burmester streifte sein Jackett ab und warf es über einen der schwarzen Ledersessel der geräumigen Sitzecke vor der breiten Fensterfront seines Büros. Er setzte sich an seinen Schreibtisch auf der gegenüberliegenden Seite, fuhr seinen Computer hoch und fragte sich für einen Moment, ob die Attacken gegen ihn und sein Zentrum jemals ein Ende nehmen würden. Aber dann verscheuchte er die Gedanken daran, öffnete sein E-Mail-Postfach und überflog die eingegangenen Nachrichten. Sein Blick blieb an einer Mail mit dem Betreff *Profil T.J.* hängen. Absender: Theresa Johansson. Gesendet: Montag, 16. November, achtzehn Uhr vierzehn. Er öffnete den Anhang und schmunzelte.

Thies Burmester hatte entschieden, den Internetauftritt des *ZVV* zu überarbeiten. Die verschiedenen Angebote des Zentrums, die dort detailliert beschrieben waren, sollten um die Profile der jeweiligen Mitarbeiterinnen und Mitarbeiter erweitert werden. Und alles, was Theresa Johansson dazu in die vorgefertigte Maske eingetragen hatte, waren ihr Name, der Hinweis *privat* in den Spalten *Geburtstag* und *Geburtsort* sowie völlig unzulängliche Angaben in den Rubriken, die ihre berufliche Qualifikation betrafen.

Thies Burmester hatte nichts anderes erwartet. Schließlich hatte sich Theresa Johansson in den letzten Teamsitzungen immer wieder deutlich gegen die Veröffentlichung der Profile auf der Website des Zentrums ausgesprochen. Sie war der Meinung, dass die Nennung akademischer Grade, beruflicher Stationen und wissenschaftlicher Veröffentlichungen der Mitarbeiter nicht dazu beitragen würde, die Hemmschwelle der Menschen zu senken, die sie erreichen wollten.

»Oder glaubt ihr wirklich, dass es jemandem leichter fällt, sich hier zu melden, wenn er weiß, dass wir über Zusammenhänge zwischen der Aufmerksamkeitsdefizit-/Hyperaktivitätsstörung und Sexualdelinquenz geschrieben haben?«, hatte sie sich aufgeregt.

Theresa Johansson hatte den Alternativvorschlag gemacht, ein Foto vom Team ins Netz zu stellen. Ein Gemeinschaftsbild. Freundlich, aufgeschlossen und einladend, wie sie fand.

Aber damit hatte sie Burmester und ihre Kollegen nicht überzeugen können. Und am Ende wurde mehrheitlich beschlossen, von jedem Mitarbeiter ein Foto mit Namen, Geburtsdatum und Geburtsort auf die Website zu stellen. Außerdem Informationen über dessen Ausbildung, akademische Grade, Forschungsprojekte, Berufsstationen, Mitgliedschaften und Veröffentlichungen.

Theresa hatte nach der Abstimmung zunächst leise geflucht, dann aber deutlich hörbar gezischt, dass eine derartige Darstellung doch nur der Profilierung des eigenen Egos diene. Nach einer Weile hatte sie jedoch resigniert die Schultern gezuckt und genickt. Gerade so, als wolle sie zum Ausdruck bringen, dass sie sich der Entscheidung der Mehrheit füge.

Aber Thies Burmester hatte dem Frieden nicht getraut. Und nachdem sie seinen wiederholten Aufforderungen, ihm die Daten zu schicken, nicht nachgekommen war, hatte er sich vorsichtshalber die nötigen Informationen aus der Personalabteilung kommen lassen. Ein kluger Schachzug, wie er jetzt fand.

Er wühlte in einem der vielen Papierstapel auf seinem Schreibtisch und suchte den braunen Umschlag, der ihm vor einigen Tagen mit der Hauspost zugestellt worden war. Als er ihn entdeckte, zog er drei Kopien heraus – Theresa Johanssons Lebenslauf.

Theresa Magdalena Johansson, einunddreißig Jahre alt, ledig, geboren in Lübeck, aufgewachsen in Berlin. Sie hatte das humanistische Gymnasium in Berlin-Wilmersdorf besucht. Soweit Burmester wusste, eines der renommiertesten Gymnasien der Hauptstadt. Und er glaubte sich zu erinnern, dass diese Schule mit Richard von Weizsäcker einen Bundespräsidenten hervorgebracht hatte. Außerdem hatte er einmal irgendwo gelesen, dass Marlene Dietrich ebenfalls an dieser Schule Schülerin gewesen war. Aber während die Dietrich die Schule ohne Abitur verlassen haben soll, hatte Theresa Johansson ihren Abschluss mit einer glatten Eins gemacht.

Burmester legte das Papier zur Seite und wandte sich erneut dem Mail-Anhang zu. Er zog die Maus über die Einträge hinter den einzelnen Rubriken und löschte sie. Was stehen blieb, war Theresas Name. Dann begann er, die Daten zu übertragen.

Nach dem Abitur hatte Theresa Johansson parallel Psychologie und Medizin an der Humboldt-Universität zu Berlin studiert. Sobald sie das Physikum hinter sich gebracht hatte, schrieb sie sich zusätzlich für das Fach Biologie ein. Ihren ersten akademischen Grad erhielt sie mit dreiundzwanzig Jahren: ihr Diplom im Fach Psychologie. Zwei Jahre später schloss sie ihr Medizinstudium ab, legte drei Monate später ihre Dissertation vor und erhielt ihren Doktortitel.

Burmester kannte den Universitätsbetrieb gut genug, um zu wissen, dass es längst gang und gäbe war, mit dem Schreiben der Doktorarbeit nicht bis nach dem Studium zu warten, sondern nebenbei in wenigen Monaten zu promovieren. Er hielt nichts von dieser *Türschildforschung*, wie er und viele Mitkritiker diese Art von Doktorarbeiten bezeichneten. Burmester war der Ansicht, dass bei diesem Schnellverfahren allenfalls ein *Dr. med. Dünnbrettboh-*

rer herauskommen könne. Und – er hielt diese *Doktoren Dünnbrettbohrer* für Betrüger, die über ihren Titel einen wissenschaftlichen Bildungsstand suggerierten, den sie nicht hatten, die Verantwortung übernahmen, der sie nicht gerecht werden konnten, und denen aufgrund ihres akademischen Grades Vertrauen entgegengebracht wurde, das sie nicht verdienten. Das war seine Meinung. Jedenfalls so lange, bis er Theresa Johansson kennengelernt hatte.

Sie hatte ihre Dissertation über *Hormonelle Dysbalancen als Ursache für aggressives Verhalten* geschrieben. In ihrem Fazit räumte sie mit dem Volksglauben auf, Testosteron allein mache aggressiv. Sie stellte die Behauptung auf, dass nicht das Hormon an sich die Aggressionsbereitschaft steigere, sondern der Mythos, der darum ranke. Damals war das eine gewagte These, und es sollte noch über ein Jahr dauern, bis auch Vertreter der Neurowissenschaft sich dieser Ansicht anschlossen und Zeitungen reißerisch titelten: *Widerlegt – Testosteron macht aus Männern keine Monster* oder *Der Irrtum über das Sexhormon: Testosteron nicht gleich Aggression.*

Thies Burmester hatte sich Theresa Johanssons Dissertation aus dem Internet heruntergeladen und Wort für Wort gelesen. Sie hatte für ihre Arbeit das Prädikat *summa cum laude* erhalten – und das zu Recht, wie er zugeben musste.

Weitere drei Jahre später erhielt sie den Doktor in Biologie. Sie absolvierte, genau wie Burmester, ihre Ausbildung zur Fachärztin für Psychiatrie und Psychotherapie und habilitierte, ebenfalls wie er, im selben Fach. Mit ihren einunddreißig Jahren konnte sie sich *Priv.-Doz. Dr. med.*

habil., Dr. rer. bio. hum., Dipl.-Psych. auf ihre Visitenkarte und ihr Türschild schreiben.

Burmester stand auf. Er ging in das Vorzimmer seines Büros, in dem normalerweise seine Sekretärin saß, die sich heute jedoch freigenommen hatte. In Gedanken versunken griff er den Wasserkocher, füllte Wasser nach und schaltete das Gerät ein.

Theresa Johanssons Werdegang hatte schon bei seiner ersten Durchsicht eine gewisse Faszination in ihm ausgelöst. Eine Bewunderung, die nicht jeder mit ihm teilte – wie er in Besprechungen ihrer Veröffentlichungen und auf diversen einschlägigen Portalen hatte lesen können. Es gab zahlreiche Wissenschaftler, die ihr vorwarfen, sich nicht konsequent auf ein Fach konzentriert und somit allenthalben ein gefährliches Halbwissen erlangt zu haben. Kritiker, die unkten, sie hätte zusammenhangslos und ohne jeden Respekt in den einzelnen Disziplinen herumgestochert und in völliger Selbstüberschätzung zu allem und jedem ihren Senf abgegeben.

Aus Burmesters Sicht konnte eine solche Beurteilung jedoch nur einer oberflächlichen Betrachtung zugrunde liegen. Denn bei genauerem Hinsehen war deutlich erkennbar, dass Theresa Johansson eine klare Linie verfolgt und alles andere als zusammenhangslos in den verschiedenen Wissensgebieten herumgestochert hatte. Ein Blick auf die Themen ihrer wissenschaftlichen Ausarbeitungen, auf die Inhalte ihrer Forschungstätigkeiten sowie auf die von ihr verfassten Abhandlungen und Veröffentlichungen reichte aus, um zu erkennen, dass es einen entscheidenden Dreh- und Angelpunkt gab, von dem aus sie jede der Disziplinen abgearbeitet hatte: die Ursachen für aggressives und gewalttätiges Verhalten.

Burmester schüttete das Wasser, das in der Zwischenzeit kochte, auf einen Teebeutel und ging mit der dampfenden Tasse zurück zu seinem Schreibtisch. Er setzte sich, nahm erneut Theresas Lebenslauf zur Hand, betrachtete ihr Foto auf einer der Kopien und spürte, wie sich seine Lippen zu einem Lächeln formten. Es war nicht so, dass er in sie verliebt war. Aber er hatte sich in ihrer Gegenwart von Anfang an wohlgefühlt. Leichter. Jünger. Oftmals erregt. Einmal hatte er Theresa gefragt, ob sie mit ihm essen ginge. Aber sie hatte abgelehnt. Nicht unfreundlich. Eher bestimmt. Bisher hatte er keinen zweiten Anlauf genommen. Aber aufgegeben hatte er noch nicht.

Burmester legte das Blatt Papier zurück auf den Tisch. Ein einziges Thema, dachte er. Sie hat all die Jahre ihre gesamte Energie in die Beantwortung einer einzigen Frage gesteckt. Der Frage nach dem Warum: *Warum ist ein Mensch aggressiv und gewalttätig?*

Bei der Suche nach einer Antwort hatte Theresa Johansson jeden noch so kleinen Stein umgedreht. Die Bedeutung von Erziehung, von Familie, Freunden und dem sonstigen persönlichen Umfeld eines Menschen wurde von ihr genauso abgeklopft wie der Einfluss von Medien, Politik und Gesellschaft. Sie hatte sich mit dem Thema beschäftigt, welche Rolle sozialer Status und die Zugehörigkeit zu gesellschaftlichen Schichten für die Entstehung von Gewaltbereitschaft spielen, und diesbezüglich die Bedeutung von wirtschaftlichen, kulturellen und religiösen Gegebenheiten betrachtet.

Ein Artikel, den Burmester von ihr im Internet gefunden hatte, handelte davon, welchen Einfluss das Klima auf das Gewaltniveau hat. Ein anderer beschrieb den Zusammenhang zwischen Aggression und Nahrungsknappheit. Und in einem weiteren stellte sie die Frage, ob jeder Mensch zur Notwehr fähig sei. Sie schrieb über die Dynamik von Gewalt und wirkte an einer Veröffentlichung zum Thema *Wie Kriege und totalitäre Systeme aus ganz normalen Menschen brutale Mörder und Folterer machen* mit.

Theresa Johansson hatte sich mit jedem nur möglichen äußeren Faktor, der die Gewaltbereitschaft eines Menschen beeinflussen konnte, beschäftigt.

Und genauso akribisch hatte sie die inneren Umstände unter die Lupe genommen. *Den Menschen an sich* und die Frage, welches ihm ganz eigene, unbeeinflusste Gewaltpotenzial er in sich trägt.

Theresa hatte dazu im Team von Professor Villach, einem der renommiertesten Genetiker weltweit, mitgearbeitet und sich mit der Frage nach dem Einfluss genetischer Bedingungen auf die Entstehung aggressiven und gewalttätigen Verhaltens befasst. In den Niederlanden und später in Südkalifornien hatte sie an Studien mitgewirkt, in denen das Verhalten eineiiger Zwillinge miteinander verglichen wurde, die man nach der Geburt getrennt hatte und die in ganz unterschiedlichen Umgebungen aufgewachsen waren.

Wenig später gehörte sie einer Arbeitsgemeinschaft am Leipziger Max-Planck-Institut für Kognitions- und Neurowissenschaften an, die erforschte, inwieweit der Mensch überhaupt selbst entscheidet, was er tut – der berühmten Frage nach dem freien Willen.

Ihre letzte Station war wieder Berlin, wo sie am Institut für forensische Psychiatrie der Charité ihre Habilitationsschrift verfasste. Das Thema lautete: *Schuldlos verantwortlich? Auswirkungen von Erkenntnissen der Hirnforschung und Genetik auf die psychiatrische Begutachtung von Straftätern.*

Theresa Johansson hatte in vielen Artikeln über die Ergebnisse ihrer Forschungen geschrieben. Und Burmester war aufgefallen, dass sie selbst zwar nur in wissenschaftlichen Zusammenhängen veröffentlichte, sie aber auch ein gern gesehener Interviewpartner für Journalisten aller möglicher Zeitschriften und Journale war, die über das Thema Gewalt in ihren Magazinen schrieben. In der Regel dann, wenn wieder etwas Schreckliches geschehen war: wenn ein Kind nach Jahren aus dem Keller und der Gefangenschaft eines Mannes geholt wurde, wenn eine Gruppe junger Menschen einen anderen totgetreten hatte oder wenn Menschen auf brutalste Art und Weise misshandelt und gefoltert worden waren. In beinahe jedem dieser Artikel ärgerte sie sich über Aufmacher wie *Gibt es das Verbrechergen?* oder *Gibt es den geborenen Verbrecher?* Und sie machte unermüdlich deutlich, dass Gene und Gehirnstrukturen im Zusammenhang mit Gewaltbereitschaft zwar eine Rolle spielten – aber niemals losgelöst von der Umgebung, in der ein Mensch aufwuchs und lebte; immer in Abhängigkeit von äußeren Faktoren, den sozialen Umständen. Eine Ansicht, der sich auch Thies Burmester anschloss.

Er lehnte sich in seinem Schreibtischstuhl zurück.

So deutlich sichtbar die Linie in Theresa Johanssons Ausbildung auch war – eine Frage hatte sich Burmester bis heute nicht beantworten können: *Wie passte das alles mit ihrem Interesse an einer therapeutischen Tätigkeit in seinem Zentrum zusammen?*

Während sich Lennart Bondevik von Benno Faust auf den aktuellen Stand bringen ließ, stand Matthias Riedel, Lennarts Partner, vier Etagen tiefer in einem viel zu kleinen Raum, in dem die über Nacht eingerichtete Sonderkommission einquartiert worden war. Insgesamt vierundzwanzig Beamte aus den Lübecker sowie den umliegenden Polizeistationen, die das K1 unterstützten.

Riedels Laune war auf dem absoluten Tiefpunkt. Erst hatte man die Kollegen hier zusammengepfercht, und dann hatte Benno Faust ihn auch noch zum Innendienst verdonnert.

Und was ist dabei herausgekommen? Nichts.

Er überflog die wenigen Informationen, die sie den Vormittag über zusammengetragen hatten. Notizen über das, was sie bisher über das dritte Opfer erfahren hatten, und einige Mitteilungen der Beamten, die verstreut in ganz Lübeck ermittelten. Außerdem wichtigtuerische, aber fragwürdige Aussagen verschiedener Zeugen, die sich in der Direktion gemeldet hatten. Keine bahnbrechenden Neuigkeiten aus Schondorf, dem Wohnort des ersten Opfers, und auch nichts Neues von den Kollegen, die sich im Hamburger Hafen, dem Arbeitsplatz von Hanno Classen, aufhielten.

Riedel stöhnte, als völlig unerwartet Frank Grunwald den Raum betrat.

Frank Grunwald, 52 Jahre alt, war ein hagerer Mann mit spitzer Nase, kleinen, weit auseinanderstehenden dunklen Augen und dünnen, schwarz gefärbten Haaren. Seine Karriere hatte er nach dem Abitur und dem Grundwehrdienst bei der Landespolizei begonnen. Es folgten die Ausbildung für den gehobenen Dienst und im Eiltempo der Aufstieg zum Kriminalhauptkommissar. Mit Anfang dreißig hatte Grunwald die Leitung des K1 der Kieler Polizeidirektion übernommen und war damit der jüngste Chef, den die Mordkommission der Landeshauptstadt je hatte.

Sein rasanter Aufstieg hatte sich damals natürlich auch in der Lübecker Polizeidirektion herumgesprochen, erklären konnte ihn sich dort jedoch niemand. Und so wurde gemunkelt, dass Grunwald einfach nur die richtigen Beziehungen hatte. Kontakte, die so einflussreich waren, dass er in der Zwischenzeit zum Kriminaldirektor ernannt und ihm die Leitung der Bezirkskriminalinspektion Lübeck übertragen worden war.

»Guten Tag!«, grüßte er die Mannschaft und rückte seine Krawatte zurecht. »Ich möchte Sie nicht von der Arbeit abhalten. Aber …«

Es war mucksmäuschenstill, und alle Augen waren auf den Kriminaldirektor gerichtet.

»Ich komme heute zu Ihnen, weil ich mich schon jetzt für Ihre Mitarbeit bedanken möchte. Für Ihren Einsatz unter den … zugegeben … nicht ganz günstigen Bedingungen.« Frank Grunwald ließ seinen Blick durch den beengten Raum schweifen.

Nicht ganz günstige Bedingungen, höhnte Riedel in Gedanken. Er sah Benno Faust vor sich, der Grunwald einfach nur verständnislos mit einem Kopfschütteln angesehen hatte, als der Chef der Kripo anordnete, die SOKO da einzurichten, wo sie jetzt war.

»Wir sind auf Ihre Hilfe angewiesen«, hörte er Grunwald sagen. Und ehe Riedel sich versah, hatte der Kriminaldirektor den Raum mit den Worten »Bitte enttäuschen Sie mich nicht!« auch schon wieder verlassen.

»Was war das denn?«, fragte einer der Kollegen. Die Beamten sahen sich belustigt an und fuhren in ihrer Arbeit fort.

»Tsss«, machte Riedel. »Ich gehe jetzt hoch! Gibt es noch irgendetwas, was ich verkünden kann?«

»Ja, eins noch«, meldete sich Knut Hansen, ein Kollege der Kriminalpolizeiaußenstelle Neustadt, der seit Jahren fast immer dabei war, wenn eine SOKO eingerichtet werden musste. Er war ein ruhiger Mann, ausgeglichen und bei den Kollegen beliebt. »Die KTU hat vorhin angerufen. Auf dem Handy des zweiten Opfers ist tatsächlich nie ein Kontakt gespeichert worden. Dieser Classen hat auch nie eine andere Nummer gewählt als die beiden uns bekannten. Und er hat auch keine Anrufe und keine Nachrichten von jemand anderem erhalten als von diesem Winter.«

Matthias Riedel schüttelte ungläubig den Kopf. Während Michael Hofers Adressbuch auf seinem iPhone, das sie bei ihm gefunden hatten, annähernd vierhundert Einträge zählte, Kontakte aus München und Umgebung, aus ganz Deutschland sowie etliche ausländische Nummern, enthielt Hanno Classens Handy nicht einen einzigen Eintrag in der Rubrik Kontakte. Er hatte nicht einen Namen gespeichert. Keine einzige Telefonnummer. Seine Sprachbox war leer. Ein E-Mail-Konto war zwar eingerichtet, enthielt aber keine Nachrichten. Fotos gab es ebenfalls nicht. Und während Michael Hofer sein Handy ständig in Gebrauch hatte – allein am Tag seines Todes hatte er über vierzigmal telefoniert sowie unzählige Nachrichten erhalten und geschrieben – hatte Classen sein Handy so gut wie nie benutzt. Im Protokoll ein- und ausgehender Anrufe gab es genau zwei Nummern, die er entweder gewählt hatte oder über die Anrufe bei ihm eingegangen waren.

Bei der einen Nummer handelte es sich um eine aus dem Hamburger Festnetz, bei der anderen um eine Mobilnummer. Unter beiden meldete sich eine männliche Stimme mit Namen Winter, bevor eine automatische Ansage ertönte, die die Rufnummer wiederholte und dem Anrufer mitteilte, dass der gewünschte Gesprächspartner zurzeit nicht erreichbar sei. Sie hatten sowohl auf den Anrufbeantworter als auch auf die Mailbox gesprochen und um Rückruf gebeten.

Riedel hatte über die Auskunft versucht, einen Vornamen oder eine Adresse zu diesem Winter herauszubekommen. Vergeblich. Es gab Hunderte Winter in Hamburg – aber keinen, zu dem die Festnetznummer gehörte.

Die Kollegen arbeiteten daran, über die Ämter und den Mobilfunkanbieter mehr zu erfahren.

Was sie aber jetzt bereits wussten, war, dass der Mann eine Geschäftsreise nach Australien angetreten hatte.

Classens Handy enthielt im Ordner *Nachrichten* genau zwei SMS. Die eine war vor anderthalb Wochen, am siebten November, eingegangen und lautete:

Steige gleich in den Flieger nach Canberra, ins Land der Kängurus. Sehen uns am Siebzehnten. Und, Hanno – es tut mir leid. Hoffe, du bist Montag wieder fit.

Die andere war Classens Antwort darauf:

Das braucht dir nicht leidzutun. Hab eine gute Reise. Es geht mir schon besser.

Der Siebzehnte war heute. Und da sich Winter bisher nicht gemeldet hatte, ein Flug zwischen Australien und Deutschland in der Regel über vierundzwanzig Stunden dauerte und sein Handy gar nicht erst klingelte, bevor die Box ansprang, gingen sie davon aus, dass der Mann im Flieger saß und das Gerät aus- oder den Flugmodus eingeschaltet hatte.

Irmi hatte am Flughafen angerufen und um Prüfung gebeten, ob ein Herr Winter am heutigen Tag in Hamburg landen würde. Der Mitarbeiter, freundlich, aber wenig zuversichtlich, meinte nur, dass Winter nicht gerade ein seltener Name sei und eine Überprüfung allein über den Nachnamen länger dauern könne. Vor allem dann, wenn der Fluggast an irgendeinem Aus- oder Inlandsflughafen umgestiegen war und womöglich die Airline gewechselt hatte.

»Gut«, sagte Riedel. »Sonst noch was?«

Mehr gab es nicht. Er öffnete die Akte *Hanno Classen*, einen dünnen, roten Papphefter, der bisher nicht viel enthielt: einen knappen Tatortbericht, einen vorläufigen Bericht der Spurensicherung, einige wenige Protokolle, eine Kopie des Personalausweises und diverse Tatortfotos. Er legte die Notizen in die Mappe, griff sich zusätzlich die Akte *Michael Hofer* und wollte sich gerade von den Kollegen verabschieden, als sein Telefon klingelte. Es war Irmgard Traut.

»Ich bin so gut wie auf dem Weg«, maulte er in den Hörer.

»Nicht so schnell!«, quietschte sie zurück. »Ich hab da eine Dame in der Leitung, über deren Anruf du dich sicher freuen wirst.«

Matthias Riedel hörte, was Irmi zu sagen hatte, und mit jedem Satz hellte sich seine Miene auf.

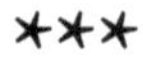

Thies Burmester übertrug die letzten noch fehlenden Daten in die Profilmaske. Dann lehnte er sich erneut in seinem Schreibtischstuhl zurück.

Er hatte Theresa Johansson in ihrem Vorstellungsgespräch die Frage gestellt, weshalb sie sich bei ihrer Qualifikation und mit ihrem Wissen ausgerechnet in seinem Gesundheitszentrum bewarb. Sie hatte geantwortet, dass sie Psychologin und ärztliche Psychotherapeutin sei und es folglich naheläge, dass sie sich für eine therapeutische Tätigkeit interessiere. Und sie hatte geäußert, dass sie außerdem lange genug geforscht habe und allmählich dazu übergehen wolle, ihr Wissen dahingehend zu nutzen, delinquentes Verhalten zu verhindern.

Eine stimmige, passende Erklärung, wie Burmester damals fand. Aber aus irgendeinem Grund glaubte er nicht, dass das ihre einzige Motivation war. Und dennoch – er hatte keine Sekunde gezögert und Theresa Johansson eingestellt.

Lennart Bondevik betrachtete nachdenklich Hofers Foto.

»Die Geliebte habt ihr ausgeschlossen«, sagte er nach einer Weile. »Was war das für eine *Privatsache*, von der Hofer gesprochen hat? Krumme Geschäfte? Das würde erklären, warum er sich im Hotel keine Rechnung hat ausstellen lassen und ihr die Taxiquittungen im Mülleimer gefunden habt.«

»Du meinst, irgendein Gemauschel?« Faust stand auf und streckte sich. »Kann sein. Vielleicht war es ihm auch einfach nur unangenehm, darüber zu sprechen. Worüber auch immer.«

»Unangenehm?«

»Ach, keine Ahnung! Nur so ein Gedanke.« Faust ging zu der Kaffeemaschine, nahm seine Tasse und füllte Kaffee nach.

»Im *Hanseblick* gibt es eine Videoüberwachung«, beendete er die Spekulationen. »Allerdings nur in der Parkgarage. Auf den Bildern ist nichts Aufsehenerregendes zu sehen. Das *Hotel am Krankenhaus Süd* hat keine Kameras.«

»Wissen wir schon etwas über das Hotel am Bahnhof?«, fragte Lennart.

Faust nickte.

In dem Haus gab es genau zwei Kameras. Die eine ausgerichtet auf den Fahrstuhl, der die Hotelbesucher auf die Flure ihrer Zimmer brachte, die andere auf die Treppe, die gleich neben dem Aufzug nach oben führte. Beide Kameras zeichneten im Ringspeicherverfahren auf und waren so programmiert, dass sie im Vierundzwanzig-Stunden-Intervall die Aufzeichnungen überschrieben. Dr. Gernot Fenger, das dritte Opfer, war tags zuvor zwischen dreiundzwanzig und vierundzwanzig Uhr ermordet worden. Die Hotelleitung hatte sich am Vormittag gegen neun Uhr fünfzehn bei den Kollegen vom 1. Polizeirevier in der Mengstraße gemeldet. Eine halbe Stunde später wurde das Stoppen und Sichern der Aufzeichnungen veranlasst.

»Uns stehen Daten von neun Uhr fünfundvierzig am gestrigen Montag bis neun Uhr fünfundvierzig am heutigen Dienstag zur Verfügung«, sagte Faust. »Die Kollegen schauen sich die Bänder an.«

»Gibt es noch einen anderen Auf- und Abgang zu den Zimmern?«

Faust schüttelte den Kopf.

»Das heißt, jeder, der in die oberen Etagen will, wird von den Kameras erfasst.«

»So sollte es sein.«

»Das bedeutet, dass wir mit ein bisschen Glück ein Bild von unserem Täter haben – auch wenn wir im Moment noch nicht wissen, auf wen wir achten sollen.«

Faust wirkte wenig überzeugt. »Ich glaube nicht, dass der so dumm war, vor einer Kamera herzulaufen«, sagte er. »Aber gut. Die Hoffnung stirbt zuletzt.«

»Noch mal zurück zu der Frau und dem Kind des ersten Opfers, Michael Hofer.« Lennart stellte sich neben Faust, der noch immer an dem Aktenbord stand, die Tasse mit dem Kaffee in der Hand. »Du hast gesagt, ihr …«

In dem Moment rauschte Matthias Riedel in den Raum.

»Benno, du wirst nicht glauben, wer uns gerade die Ehre gegeben hat«, sprudelte es aus ihm heraus, als er Lennart bemerkte und einen Moment zögerte. »Na, das wurde aber auch Zeit!«, brummte er dann. »Seit du weg bist, lässt mich der Chef nicht mehr vor die Tür!«

Dann wurde Riedel ernst und ging auf Lennart zu. Als er vor ihm stand, zögerte er einen weiteren Augenblick, ehe er nickte. Das war Riedels Art, seinem Partner zu zeigen, dass ihm der Tod seines Freundes leidtat. Für Lennart brauchte es auch nicht mehr. Er kniff die Lippen zusammen und nickte zurück.

»Und?«, meldete sich Faust zu Wort. »Wer hat euch denn die Ehre gegeben?«

»Der Leiter der Bezirkskriminalinspektion höchstpersönlich!«

»Grunwald!?«

Lennart sah, wie sich die Miene seines Chefs verfinsterte.

»Lass mich raten: Der hat sich für die jämmerlichen Bedingungen unten entschuldigt und den Kollegen gleichzeitig mächtig Druck gemacht.«

»Genau so war's!« Riedel lachte. »Aber ich habe auch noch etwas anderes zu berichten. Ich habe gute Nachrichten. Sehr gute Nachrichten!«

Er zog einen Stuhl heran, setzte sich und wartete, bis sich auch Lennart und Faust gesetzt hatten. Dann fasste er für Lennart zusammen, was sie über Classens Handy wussten, und informierte ihn, dass sie unter den beiden Nummern, die auf dem Telefon gespeichert waren, niemanden erreicht und eine Nachricht hinterlassen hatten. Danach berichtete er, was er gerade am Telefon erfahren hatte.

Erika Winter, die Ehefrau des Mannes, auf dessen Rückruf sie warteten, hatte sich in der Direktion gemeldet, nachdem sie den Anrufbeantworter in ihrem Haus in Blankenese abgehört hatte. Sie war erst am Vormittag aus Bremen zurückgekommen, wo sie einen ihrer Söhne und seine Familie besucht hatte.

»Frau Winter hat bestätigt, dass ihr Mann, Arno Winter, geschäftlich in Australien zu tun hatte und sich derzeit auf dem Rückflug befindet. Und außerdem habe ich von ihr erfahren, dass Hanno Classen ihr Schwager ist.«

»Classen und dieser Winter sind Brüder?«, fragte Faust.

»Jep. Der Bruder hat bei der Hochzeit mit Erika Winter deren Nachnamen angenommen. Mit Vornamen heißt er eigentlich Arnold. Er nennt sich aber nur Arno.«

»Hmm«, machte Faust.

Weiter hatte Riedel über die Ehefrau in Erfahrung gebracht, dass sich Arnold Winter und Hanno Classen Jahre nicht gesehen und erst seit knapp einem halben Jahr wieder Kontakt zueinander hatten. Classen hatte die letzte Zeit bei seinem Bruder verbracht, was erklärte, warum die Nachbarn ihn Monate nicht gesehen hatten – und auch niemand aus der Stammkneipe.

»Und jetzt kommt's!« Riedel hob den Zeigefinger. »Frau Winter wusste, dass ihr Schwager nach Lübeck fahren wollte …«

»Bitte!« Faust warf ungeduldig die Arme in die Luft. »Hat sie gewusst, warum und wohin?«

»Nein! Das wollte ihr Mann ihr nicht sagen. Er hat gemeint, dass sie danach besser nicht fragen solle.«

Benno Faust ließ die Arme sinken und schnaufte.

»Wenn ich das richtig verstanden habe«, meinte Lennart, »kennt dieser Arno oder Arnold Winter aber den Grund.«

»Richtig!«, gab Riedel mit einem zufriedenen Gesichtsausdruck zurück. »Und der landet, laut Frau Winter, um kurz nach zwei in Hamburg. Sie haben vereinbart, dass sie ihn am Flughafen abholt.«

»Linie?«, wollte Faust wissen.

»Konnte sie nicht genau sagen. Das hat sie ihren Mann nicht gefragt, weil sie vor dem Flughafen auf ihn warten will. Frau Winter vermutet aber, dass er mit Lufthansa fliegt. Sie meint, er habe häufig Klebebänder von der Fluggesellschaft an seinem Koffer.«

»Gut«, bemerkte Faust und stellte seine Kaffeetasse in das Becken. »Ich würde sagen, ihr nehmt ihn in Empfang!«

»Na, dann verliert aber mal keine Zeit«, war ein Quieken von der Tür zu vernehmen. Irmgard Traut trat in den Besprechungsraum. »Flug LH018, von Frankfurt nach Hamburg, Ankunft planmäßig um vierzehn Uhr sieben. Terminal 2«, verkündete sie und reichte Lennart einen Ausdruck. »Das ist er. Hab mal im Internet nachgesehen. Arnold Winter. Fünfundvierzig Jahre alt. Wurde im letzten Jahr zum Hamburger Unternehmer des Jahres gewählt. Betreibt einen Weinhandel. *WW – Weinkontor Winter*. Der handelt mit den teuersten Weinen der Welt. Und …«, strahlte sie über das ganze Gesicht, »eine Dame bei der Lufthansa war so freundlich zu bestätigen, dass ein Arnold Winter auch tatsächlich in der Maschine sitzt.«

Zwei Stunden später stieß Matthias Riedel Lennart mit dem Ellbogen an, nickte in Arnold Winters Richtung, faltete den Ausdruck, den Irmgard Traut ihnen mitgegeben hatte, zusammen und steckte ihn in seine Hosentasche.

»Da ist er.«

Sie drückten sich an einer Gruppe ungeduldig und freudig wartender Abholer und an den ersten Passagieren vorbei, die durch die Absperrung den Ankunftsbereich verließen.

»Herr Winter?«

Arnold Winter, stattlich, in Anzug, mit Halstuch, einem dunkelgrauen Mantel über dem Arm und einem mittelgroßen Rollkoffer an der Hand, kam auf sie zu.

»Sollten wir uns kennen?«, fragte er im Weitergehen.

»Wir sind von der Kriminalpolizei«, gab Lennart zurück.

Arnold Winter blieb stehen, blickte erst Lennart an, dann Riedel. »Kriminalpolizei? Wollen Sie mich verhaften?« Er lachte laut.

Die beiden Kommissare sahen ihn abwartend an.

»Also, was wollen Sie?«, blaffte er ungeduldig.

»Mein Name ist Bondevik – und das ist mein Kollege Riedel, Kripo Lübeck.«

»Lübeck?«, wiederholte Winter, und Lennart hatte den Eindruck, dass den Mann der Hinweis, dass sie aus Lübeck kamen, mehr überraschte als die Tatsache, dass die Kriminalpolizei vor ihm stand.

»Herr Winter«, sagte er, »wir haben einige Fragen an Sie und würden uns gerne mit Ihnen an einem etwas ruhigeren Ort unterhalten. Ich schlage vor, wir setzen uns dort drüben in das Café.«

»Wir können uns gerne unterhalten«, entgegnete der annähernd zwei Meter große Mann mit den schlohweißen Haaren und der randlosen Brille. »Jetzt ist allerdings ein äußerst ungünstiger Zeitpunkt. Ich habe in einer Stunde wichtige geschäftliche Termine, und meine Frau wartet bereits draußen auf mich.«

»Oh, da können wir Sie beruhigen.« Riedel lächelte Winter an. »Ihre Frau kommt etwas später. Sie hat uns versprochen, Ihre Sekretärin zu informieren, damit die sich um Ihre Termine kümmert.«

Arnold Winters Augen verengten sich.

»Sie haben mit meiner Frau gesprochen?«

»Bitte, Herr Winter«, übernahm Lennart wieder. »Lassen Sie uns dort drüben einen Kaffee trinken, wir erklären Ihnen dann alles.«

Winter zögerte. Schließlich stimmte er zu.

Es waren nur wenige Gäste in dem kleinen Café. Sie setzten sich etwas abseits an einen der hinteren Tische, winkten die Bedienung heran und bestellten drei Tassen Kaffee.

»Wir hoffen, Sie hatten einen angenehmen Flug«, eröffnete Riedel das Gespräch. »Wie lange sind Sie jetzt unterwegs? Australien – Deutschland. Da fliegt man einen Tag und länger, nicht wahr?«

»Würden Sie mir jetzt bitte freundlicherweise mitteilen, worüber Sie mit mir sprechen wollen!«, entgegnete Winter.

»Sicher.« Lennart beugte sich ein wenig zu dem Mann vor.

»Herr Winter, wir haben keine guten Nachrichten für Sie. Wir wissen von Ihrer Frau, dass Sie einen Bruder namens Hanno Classen haben.«

Arnold Winters Augen verengten sich erneut.

»Ja, und?«

»Wir müssen Ihnen leider mitteilen, dass Ihr Bruder gestern Nachmittag tot aufgefunden worden ist.«

Der Mann starrte Lennart an.

»Herr Winter? Haben Sie verstanden, was ich gesagt habe?«

Es dauerte eine Weile, bis Arnold Winter reagierte. Er räusperte sich. »Wie hat er es gemacht?«, fragte er mit erstickter Stimme.

Lennart und Riedel warfen sich einen Blick zu.

»Wie hat er was gemacht?« Riedel musterte den Mann argwöhnisch.

Winters Augen wanderten unruhig zwischen den beiden Beamten hin und her, bis sie an Lennart haften blieben.

»Sich umgebracht.«

»Wie kommen Sie darauf, dass Ihr Bruder sich umgebracht hat?«, wollte Lennart wissen.

»Hat er … hat er nicht?«, stammelte Winter.

»Nein. Wie gesagt, wir sind von der Kriminalpolizei. Genauer: von der Mordkommission!«

»Mordkommission? Sie meinen, mein Bruder wurde ermordet? Aber …« Winter richtete sich auf. »Warum sollte jemand meinen …«

Mitten im Satz hielt er inne und schluckte.

Lennart beobachtete, wie sein Gegenüber ein weißes Stofftaschentuch aus der Innentasche seines Mantels zog, den er über den Koffer neben sich gelegt hatte, und sich über die Stirn wischte. Er stellte fest, dass von Arnold Winters anfänglicher Überheblichkeit nichts mehr übrig geblieben war.

»Herr Winter«, griff Riedel die Reaktion des Mannes auf, »wenn Sie irgendetwas wissen, dann sagen Sie uns das bitte.«

»Das ist doch absurd!«, brauste Winter plötzlich auf. »Was soll ich schon darüber wissen? Was glauben Sie denn eigentlich? Fragen Sie mich gleich noch, ob ich meinen eigenen Bruder ermordet habe?«

»Beruhigen Sie sich!« Lennart sah Arnold Winter eindringlich an, woraufhin der Mann in sich zusammensackte.

»Tut mir leid«, sagte er leise, blickte sich suchend um, stand auf und verließ das Café.

Lennart folgte ihm in Richtung der ausgeschilderten Toiletten.

Arnold Winter warf sich kaltes Wasser ins Gesicht.

»Geht's?«, fragte Lennart und hielt ihm einen Stapel Papiertücher hin.

Winter schloss den Wasserhahn, nahm die Tücher, trocknete sich mit zitternden Händen das Gesicht ab und stützte sich mit gesenktem Blick am Waschbeckenrand ab.

»Offensichtlich haben Sie noch keine Nachrichten mitbekommen.« Lennart öffnete eine Toilettenkabine nach der anderen. Als er sicher war, dass sie alleine waren, stellte er sich wieder zu Winter. »Ihr Bruder ist nicht das einzige Opfer.«

Winter blickte auf und sah Lennart über den Spiegel irritiert an.

»Wir haben in Lübeck in den letzten vier Tagen drei Männer in drei verschiedenen Hotels tot aufgefunden. Und wir gehen davon aus, dass die Männer, zu denen auch Ihr Bruder gehört, von ein und demselben Täter umgebracht wurden.«

»Drei Männer?«

Lennart nickte. »Ich muss zugeben, dass wir bisher noch ziemlich im Dunkeln tappen. Aber uns ist bekannt, dass die anderen Opfer, genau wie Ihr Bruder, nicht aus Lübeck stammen. Was wir zurzeit noch nicht wissen, ist, was sie in der Stadt wollten …« Lennart wartete einen

Moment. Als der Mann ihm gegenüber keine Anstalten machte, etwas dazu zu sagen, fuhr er fort: »Herr Winter, wir wissen von Ihrer Frau, dass Sie von dem Aufenthalt Ihres Bruders in Lübeck gewusst haben und den Grund dafür kennen. Erzählen Sie uns, was Sie wissen.«

Arnold Winter senkte wieder den Blick.

»Das ist richtig.« Seine Stimme war leise und rau. »Ich wusste, dass mein Bruder nach Lübeck gefahren ist – und auch, warum.«

Lennart bemerkte die kleinen Schweißperlen, die sich auf Winters Stirn gebildet hatten. Der Mann wirkte seltsam verlegen auf ihn.

»Mein Bruder … mein Bruder hat in Lübeck … wie soll ich das sagen? Er hat an einer Art Therapie teilgenommen.«

»An einer Therapie?«

»Ja.«

Lennart dachte nach und versuchte die Information in das, was sie über Hanno Classen wussten, einzuordnen. Classen war Alkoholiker gewesen. Sie gingen davon aus, dass er trocken war. *Hatte er so etwas wie eine Nachsorge-Therapie gemacht?*

»Es gibt in Lübeck ein Therapiezentrum«, hörte er Winter sagen. »Zentrum für Verhaltenstherapie und – irgendwas. Ich weiß es nicht genau.« Der Mann überlegte.

»Fällt mir nicht ein. Ich weiß nur, dass sie es *ZVV* abkürzen.«

»*ZVV*? Gehört das zur *Sana Klinik*?«

»*Sana Klinik*? Davon weiß ich nichts. Mein Bruder hat ein Hotel gebucht, das hatte irgendetwas mit Klinik im

Namen. Aber ein Krankenhaus ist dieses *ZVV* nicht.«

ZVV – Lennart konnte sich nicht daran erinnern, schon einmal davon gehört zu haben.

Winter trat einen Schritt zurück, beugte sich vor, stützte sich mit den Ellbogen am Waschbeckenrand ab und legte die Stirn in die Hände. »Ich wollte ihn eigentlich dorthin begleiten ... nicht gestern ... den Montag davor ...«

Arnold Winter sprach so leise, dass Lennart Mühe hatte, ihn zu verstehen.

»Aber ich ...« Winter richtete sich auf und sah Lennart wieder über den Spiegel an.

»Sie wollten ihn begleiten, mussten dann aber geschäftlich verreisen?«

Der Mann nickte langsam.

»Haben Sie deshalb in Ihrer SMS an Ihren Bruder geschrieben, dass es Ihnen leidtäte?«

»Ja. Sie haben sein Handy gefunden?«

»Es lag in dem Hotel, in dem er ermordet wurde. *Hotel am Krankenhaus Süd*.«

»Genau so hieß es. *Hotel am Krankenhaus Süd*«, wiederholte Winter. »Das Handy habe ich Hanno vor einiger Zeit geschenkt. Irgend so ein Werbegeschenk, das ich mal bekommen habe. Nichts Besonderes.« Winter lächelte schwach. »Ich glaube, außer für die wenigen Gespräche, die wir geführt haben, hat Hanno es auch gar nicht benutzt.«

»Nein, so wie es aussieht, waren Sie der einzige Kontakt. Jedenfalls gibt es keine anderen Rufnummern als die Ihres Handys und Ihre Festnetznummer.«

Lennart betrachtete Arnold Winter einen Moment von

der Seite.

»Herr Winter«, sagte er dann. »Wir wissen, dass Ihr Bruder ein Alkoholproblem hatte. Ist das der Grund, weshalb er in Lübeck in Therapie war?«

Arnold Winter schüttelte fassungslos den Kopf.

»Das ist doch verrückt«, brach es aus ihm heraus. »Sie haben anscheinend wirklich keine Ahnung!« Winter drehte sich zu Lennart um und sah ihm in die Augen. »Richtig ist, dass Hanno Alkoholiker ist … war. Hanno war trocken. Noch nicht lange – aber er hatte den Entzug geschafft. Zu Ihrer Frage, ob das der Grund war, weshalb mein Bruder eine Therapie gemacht hat …« Winter zog ein weiteres Tuch aus dem Halter. »Nein! Seine Alkoholerkrankung war nicht der Grund dafür.« Und nach einem kurzen Schweigen fügte er hinzu: »Das ist doch völlig verrückt. Ich soll Ihnen jetzt erzählen, was mein Bruder sein Leben lang, bis kurz bevor er … bis kurz bevor er ermordet wurde, keiner Menschenseele je gesagt hat. Das ist irrsinnig.«

Winter schloss die Augen.

»Gut«, sagte er dann, öffnete die Augen wieder und sah Lennart niedergeschlagen an.

»Ich werde Ihnen erzählen, was das für eine Therapie war, an der mein Bruder teilgenommen hat. Und auch, warum er das getan hat. Ich werde Ihnen die ganze Geschichte erzählen – von Anfang an.«

***

Das Telefon klingelte zum dritten Mal innerhalb weniger Minuten. Den ersten Anruf hatte der Anrufer abgebrochen, noch bevor Theresa Johansson den Hörer abheben konnte. Beim zweiten Anlauf legte er auf, nachdem sie sich gemeldet hatte. Bei allen drei Anrufen erschien im Display anstelle einer Rufnummer der Hinweis *UNBEKANNT* – für Theresa ein sicheres Zeichen dafür, dass es sich bei dem Anrufer um ein und dieselbe Person handelte: einen Menschen, der mit sich rang.

Sein Verhalten war für sie nicht ungewöhnlich. Im Gegenteil. Die meisten Menschen, die an ihrer Therapie Interesse hatten, schalteten die Rufnummernerkennung aus, bevor sie die Nummer des *ZVV* wählten. Sie suchten Schutz in der Anonymität. Und der Großteil brauchte mehrere Anläufe, bis er sich meldete.

»Der erste Schritt ist schwer«, hatten sie ihr in den Sitzungen immer wieder berichtet und geschildert, wie sie tagelang das Telefon angestarrt und nächtelang nicht geschlafen hatten. Und genau wie jetzt, hatte sie sich schon oft vorgestellt, wie die Männer all ihren Mut zusammennahmen, wählten und dann doch wieder auflegten – aus Angst und aus Schamgefühl.

Theresa griff nach dem Hörer.

»Bitte!«, meldete sie sich. »Bleiben Sie dran!«

Der Anrufer war noch in der Leitung. Einen Moment lang war es ganz still. Sie konnte seinen Atem hören.

»Hören Sie …«, sagte sie, aber im selben Moment machte es klick. Aufgelegt. Theresa seufzte.

Sie stand auf und ging zum Fenster. Es regnete. Die Tropfen prasselten leise gegen die Scheibe. Theresa legte ihren Finger auf das Glas und folgte einem dünnen Rinnsal, das langsam außen an der Scheibe hinunterrann.

Nach einer Weile setzte sie sich zurück an ihren Schreibtisch. Ihr Blick fiel noch einmal auf das Telefon. Es blieb stumm. Sie packte ihre Sachen zusammen und machte sich zum Gehen bereit.

Theresa Johansson glaubte nicht, dass sich der Anrufer noch einmal melden würde. Heute nicht. Aber vielleicht morgen oder in den kommenden Tagen.

Wenn er es wirklich will, dachte sie, dann ruft er wieder an.

***

Der Fahrstuhl hielt im vierten Stock des *Blins Hotels*.

Benno Faust ging den Flur hinunter und blieb vor Zimmer 147 stehen. Die Tür stand offen. Er betrat den kleinen Vorflur, schlüpfte in einen der weißen papierartigen Overalls, die gestapelt an der Garderobe lagen, zog zwei hellblaue Schuhüberzieher an und streifte sich ein Paar Einmalhandschuhe über, die er aus einer Pappbox gezogen hatte.

Es herrschte eine arbeitsame Stille. Mindestens sieben Personen hielten sich in dem schlicht, aber freundlich eingerichteten Hotelzimmer und dem angrenzenden Bad auf – die Kollegen der Spurensicherung, die eingehüllt in ihrer weißen Schutzkleidung konzentriert und routiniert pulverten, pinselten, dokumentierten und diktierten.

Faust versuchte Fiete Jessen, den Leiter des Erkennungsdienstes, unter den Männern auszumachen, konnte ihn aber nirgends entdecken. Wen er aber unschwer, trotz Kapuze, an seiner klobigen Hornbrille erkannte, war Professor Dr. Thorwald Odebrecht. Der Rechtsmediziner, einer der penibelsten, aber auch einer der zuverlässigsten Menschen, die Faust kannte, hockte vor zwei großen Alukoffern, deren Verschlüsse er einen nach dem anderen zuschnappen ließ.

»Moin Odebrecht«, grüßte Benno Faust den Mann, der in seinem Overall an ein Michelin-Männchen erinnerte.

Thorwald Odebrecht hob den Blick.

»Moin … Faust!«, gab er erstaunt zurück.

Die Kollegen der Spurensicherung hielten inne und nickten Benno Faust zu, bevor sie in ihrer Arbeit fortfuhren.

»Sie habe ich hier nicht erwartet!«

Faust sah, wie sich der Rechtsmediziner aufrichtete.

»Ihre Leute sind schon wieder weg«, sagte er und wandte sich der Leiche zu, die nackt vor einem bodenlangen Spiegel lag. »Darf ich vorstellen: Das ist Dr. Gernot Fenger. Aus Düsseldorf. Bin gerade fertig geworden.«

Sie traten näher an den kahlköpfigen Mann heran. Er lag auf der Seite, leicht gekrümmt, Arme und Kopf nach hinten gestreckt.

»Hat was von Fließbandarbeit, wenn das so weitergeht.« Odebrecht schnaubte. »Also … wo soll ich anfangen?«

»Am besten bei null«, antwortete Faust, obwohl er natürlich längst wusste, wie die Männer ermordet und aufgefunden worden waren. Aber er wollte Odebrecht dazu hören. Deshalb war er da.

»Also gut. Der Täter ist in allen drei Fällen folgendermaßen vorgegangen: Er hat seine Opfer mit einem Elektroschocker an der Tür niedergestreckt. Das erste und das zweite mit einem Stromstoß in die Seite. Den Mann hier hat er am Oberarm getroffen, wie Sie an den Strommarken sehen.«

Fausts Blick fiel auf die verbrannte Haut.

»Die Opfer sind in sich zusammengesackt, ohne sich bei dem Sturz ernsthafte Verletzungen zuzuziehen. Der Täter hat sie vor einen Spiegel geschleift, ausgezogen, gefesselt und geknebelt. Fesselungsspuren finden sich an Handgelenken und Füßen. Die Hände hat er ihnen auf den Rücken gebunden. Danach hat er vermutlich gewartet.«

»Worauf?«

»Darauf, dass die Wirkung des Elektroschocks nachließ. Das hier bedeutet, dass das Opfer gekniet hat.« Odebrecht zeigte auf zwei deutlich sichtbare Abdrücke an Fengers Knien. »Sie haben alle gekniet. Und das konnten sie erst, nachdem die Lähmung nachgelassen hatte.«

»Wie lange hält so ein Schockzustand an?«

»Kann ich nicht genau sagen. Hängt von der Leistung des Tasers ab und davon, wie lange man mit so einem Gerät in Berührung kommt. Ein paar Sekunden oder auch einige Minuten.«

»Das heißt, unser Täter muss recht zügig vorgegangen sein.«

»Anfangs auf jeden Fall. Vor allem, um zu verhindern, dass die Männer zu schreien oder zu zappeln begannen. Später dann, beim eigentlichen Tötungsvorgang, hat er sich allerdings reichlich Zeit gelassen. Hier …« Der Rechtsmediziner wies auf den Hals des Opfers. »Das ist eine genau drei Zentimeter breite zirkuläre Drosselmarke, wie sie die beiden anderen Opfer auch hatten. Stammt von irgendwas aus Leder.« Odebrecht legte die Stirn in Falten. »Was auch immer es war, ich kann mit Sicherheit sagen, dass die ersten beiden Männer mit ein und demselben Drosselwerkzeug ermordet worden sind. Am Hals des zweiten Opfers habe ich Hautpartikel des ersten gefunden.«

Faust betrachtete die gleichförmige, über den Kehlkopf verlaufende Furche rund um den Hals.

»Der Täter hat die Männer qualvoll verrecken lassen«, sagte Odebrecht. »Das verraten uns die Stauungszeichen, die sehr ausgeprägt sind. Hätte er fest und ohne zu zögern richtig durchgezogen, wären die Dunsung und Blauverfärbung der Hals- und Gesichtshaut und die punktförmigen Haut- und Schleimhauteinblutungen weniger deutlich. Und … warten Sie … ich will Ihnen noch etwas zeigen, das bestätigt, dass er seinen Spaß daran hatte, sie möglichst lange leiden zu sehen.«

Odebrecht drehte sich einem der beiden Alukoffer zu, öffnete ihn und holte ein Vergrößerungsglas hervor.

»Kommen Sie mal etwas näher heran.«

Faust beugte sich über den Kopf der Leiche.

»Sehen Sie das?«

Er warf einen Blick durch die Lupe, die Odebrecht unter Gernot Fengers rechtes Ohr hielt.

»Das ist der Abdruck einer Schnalle.« Der Rechtsmediziner fuhr mit dem Finger darüber. »Da, da lag der Dorn. Und wenn Sie noch etwas genauer hinsehen, dann erkennen Sie einen weiteren Abdruck und noch einen dritten.

Alles Abdrücke der Schnalle.«

»Sie meinen, unser Täter hat den Mann in mehreren Stufen erdrosselt?«

»Das meine ich nicht nur. Das ist so. Und das war bei den anderen beiden nicht anders. Sehen Sie die kleinen hellen Pünktchen? Die kommen von Löchern im Drosselwerkzeug – den Löchern für den Dorn.«

Faust beugte sich noch weiter herunter und sah durch das Vergrößerungsglas eine Reihe nebeneinanderliegender kleiner, heller Punkte; genau mittig der Furche.

»Die unterschiedliche Ausprägung der bräunlichen Hautvertrocknungen an den helleren Stellen zeigt uns, dass auch die Löcher gewandert sind.«

»Der Täter hat ihnen also nach und nach die Luft abgeschnürt.«

»Das ist so nicht ganz richtig. Jedenfalls dann nicht, wenn Sie daraus folgern, dass die Männer gestorben sind, weil sie keine Luft mehr bekamen. Sie können sich das so vorstellen: Wenn jemand erdrosselt wird, kann das Blut durch das Zusammendrücken der Vena jugularis – oder auch Drosselvene genannt – oberhalb des Drosselwerkzeugs, also vom Kopf aus, nicht weiter fließen. Es kann nicht wieder zurück, wenn Sie verstehen. Der Blutstrom in den Kopf hinein funktioniert aber noch – dafür sorgen Schlagadern, die tief genug liegen. Auch wenn natürlich die Atmung stark in Mitleidenschaft gezogen ist, sind ausschlaggebend für das Eintreten des Todes am Ende Blutüberfüllung und Sauerstoffmangel im Gehirn.«

»Hmmm«, machte Faust und stierte auf das getrocknete Blut, das aus Fengers Mund, Nase und aus seinen Ohren gelaufen war. »Verstehe.« Er trat einen Schritt von der Leiche zurück.

»Kann das eine Frau gemacht haben?«

»Na ja … sicher. Es könnte eine Frau gewesen sein. Mann außer Gefecht setzen, Mann in den Raum ziehen, Mann fesseln, Gürtel anlegen und nach und nach zuziehen. Nichts, was die Kräfte einer Frau übersteigt. Groß gewehrt haben sie sich ja nicht.«

»Sie meinen, die Männer haben sich widerstandslos …«

»Nein, natürlich nicht«, unterbrach Odebrecht. »Ich sollte noch erwähnen, dass sich die Fesselungsspuren an Händen und Füßen nicht zirkulär, sondern steigend abzeichnen. Steigend heißt, dass die Fessel an einer Stelle gezogen wurde. So, wie beim Erhängen. Da, wo der Strang zur Decke geht, geht die Strangmarke mit nach oben. Verstehen Sie?«

Benno Faust war sich nicht ganz sicher. Aber er nickte.

»Kurzum. Ich vermute … Nein! Ich kann mit Sicherheit sagen, dass der Täter oder die Täterin die Fesseln an Füßen und Händen mit einem weiteren Seil hinter dem Rücken verbunden und zusammengezogen hat. Dadurch wurde die Kniehaltung stabilisiert und jeder Versuch der Opfer, aufzustehen und sich zu wehren, unmöglich.«

Odebrecht deutete auf einige Schürfwunden.

»Das sind Verletzungen, die sich der Mann durch heftiges Zerren an den Seilen selbst zugefügt hat. Und das, das sind Hämatome, wie wir sie auch an den Körpern der anderen beiden gefunden haben.« Der Gerichtsmediziner berührte einige der Blutergüsse an den Armen und Oberschenkeln des Opfers. »Die Männer wurden wie ein Paket geschnürt, gegriffen und auf die Knie gezogen.«

Thorwald Odebrecht packte das Vergrößerungsglas zurück in den Koffer und ließ erneut die Verschlüsse zuschnappen.

»Die inneren Befunde, die die Obduktionen der Opfer eins und zwei ergeben haben, sind übrigens typisch für Erdrosselungen. Keine nennenswerten Besonderheiten.«

»Wie lange hat das Ganze gedauert?«

»Schwer zu sagen. Der Todeszeitpunkt liegt bei allen zwischen dreiundzwanzig und vierundzwanzig Uhr. Aber … ob das Ganze dreißig Minuten, eine Stunde oder länger gedauert hat? Das kann ich Ihnen nicht sagen.«

Sie schwiegen eine Weile.

»So!«, sagte Odebrecht dann. »Wenn es keine weiteren Fragen mehr gibt, dann packe ich jetzt meine restlichen Sachen zusammen und ziehe los. Nicht, dass unsere Freunde bei der Staatsanwaltschaft noch auf die Idee kommen, sich die Kosten für die Obduktion zu sparen.«

»Zuzutrauen wär's ihnen«, dröhnte es in den Raum. »Vor allem, wenn sie hören, dass es keine Abweichungen zu den beiden anderen Fällen gibt.«

Fiete Jessen ging an Benno Faust und Thorwald Odebrecht vorbei. Seine tiefe Stimme und sein aufrechter Gang hatten verraten, dass es sich bei dem Mann in dem Overall und hinter dem Mundschutz um den Leiter des Erkennungsdienstes handelte.

»Hab schon gehört, dass du da bist«, sagte er an Faust gewandt.

Jessen stellte sich neben einen Stuhl, der rechts von

Fengers Leichnam stand.

»Wir nehmen an, dass der Täter hier gesessen hat, während er dem Mann nach und nach die Kehle zugeschnürt hat.«

Benno Faust musterte den hellen Holzstuhl, dessen Rückenlehne und Sitzfläche mit einem cremefarbenen Stoff bezogen waren. Er stellte sich vor, wie der Mörder von seinem Stuhl aus sein vor ihm und dem Spiegel kniendes Opfer beobachtete – entblößt und ausgeliefert, wie es war. Und er fragte sich, ob der Täter mit Gernot Fenger von dem Stuhl aus gesprochen, ihm vielleicht Fragen gestellt hatte. Aber was auch immer passiert war: Er hatte den Mann geknebelt, und das hieß, dass er nicht darauf gewartet hatte, dass er ihm eine Antwort gab oder ihm womöglich etwas versprach, was ihn hätte retten können.

»In allen drei Hotelzimmern ist es das gleiche Bild«, bemerkte Jessen. »Die Leichen liegen nackt vor einem Spiegel. Rechts von ihnen, wenn man so steht, dass man in den Spiegel schaut, steht ein Stuhl, dessen Sitzfläche den Männern zugewandt ist. Wir können nur vermuten, dass der Mörder da gesessen hat. Spuren, die das eindeutig beweisen, haben wir nicht.«

»Okay …«

»Vom Hotelpersonal wissen wir jedenfalls, dass die Stühle normalerweise nicht dort stehen, wo wir sie vorgefunden haben. Dieser hier«, Jessen legte eine Hand auf die Stuhllehne, »hatte eigentlich rechts vom Bett seinen Platz.«

Faust drehte sich zu dem Doppelbett um, das an der Wand auf der gegenüberliegenden Seite des Spiegels stand. Links neben dem Bett sah er einen weiteren Stuhl, genau wie der andere beigefarben bezogen. Auf dem Stuhl lag ordentlich gefaltet ein Stapel Kleidung.

»Das ist übrigens auch überall gleich.« Jessen war Fausts Blick gefolgt.

Sie hatten die Kleidung aller drei Opfer ordentlich gefaltet auf einem Stuhl liegend vorgefunden. Bei allen in der gleichen Reihenfolge: Die Hose zuunterst, dann das jeweilige Oberteil, da drauf Unterhemd, Unterhose oder Shorts und zum Schluss die Socken. Vor den Stühlen standen akkurat zusammengestellt die Schuhe. Die Jacken hingen über den Stuhllehnen.

»Wann hat er das gemacht?«, wollte Faust wissen.

»Kann ich dir nicht sagen. Vielleicht während die Männer vor den Spiegeln knieten, vielleicht bevor er gegangen ist.«

Faust sah sich in dem Raum um.

»Fehlt etwas?«

»Nein. Es sieht hier, wie auch in den beiden anderen Fällen, nicht so aus, als hätte der Täter irgendetwas mitgenommen, was ihm nicht gehört. Er hat aber auch nichts von dem zurückgelassen, was er mitgebracht hat. Wir haben das Zimmer abgesucht und sind dabei, das Hotel und die Umgebung auf den Kopf zu stellen.«

»Irgendwelche brauchbaren Spuren?«

»Es wimmelt hier natürlich nur so von Spuren. Wir sind in einem Hotel. Und eins sag ich dir … Wenn du erst einmal gesehen hast, was in einem Hotelzimmer alles so kreucht und fleucht …«

»Fiete!« Faust schüttelte sich. »Ich will das nicht wissen!«

»Nicht?« Jessen gluckste. »Na gut! Es gibt hier, wie an den anderen beiden Tatorten auch, eine Menge Fingerabdrücke, unendlich viele Faserspuren und unzählige Spuren wie Kopfhaare, Schamhaare, Hautschuppen, Horn von Finger- und Fußnägeln und, und, und. So ein Hotelzimmer ist eigentlich ein Eldorado für Spurensucher. Ohne Vergleichsspuren ist das, was man hier findet, nur leider nichts wert. Katzengold.«

»Katzengold!?«

»Stammt nicht von mir, dieser wunderbare Vergleich. Leider!«

Benno Faust konnte das Grinsen in Jessens Augen sehen und das schiefe Lächeln hinter seinem Mundschutz erahnen.

Aber dann wurde der Leiter des Erkennungsdienstes wieder ernst.

»Genau wie der Mann hier, lagen auch die beiden anderen Männer in ihrem Urin«, sagte er. »Das erste Opfer hat sich dazu noch eingekotet. Wir haben Urin- und Kotspuren vom Zimmer aus bis zum Hoteleingang gefunden.«

»Du meinst, der Täter ist da reingetreten?«

»Davon gehen wir aus. Wir haben die Hunde darauf angesetzt. Aber in der Tatnacht hat es in Strömen geregnet. Die Spur riss genau da ab, wo auch das Vordach des Hotels endet. Der Regen hat alles weggespült.«

»Wie ist der Täter in die Zimmer gekommen?«

»Es gibt weder hier noch in den beiden anderen Häusern Spuren eines gewaltsamen Eindringens. Wir gehen also davon aus, dass die Opfer ihrem Mörder die Tür geöffnet haben. Ob das auch bedeutet, dass sie ihn kannten ...?« Jessen zuckte die Schultern. »Keine Ahnung. Das wissen wir nicht.«

»Gibt es sonst noch etwas?«

Der Leiter des Erkennungsdienstes schüttelte resigniert den Kopf. »Hier ... im Moment nicht. Alles andere steht in den Berichten.«

In der Zwischenzeit hatten zwei Mitarbeiter eines Bestattungsunternehmens den Raum betreten. Faust beobachtete, wie Odebrecht ihnen zunickte, sie kurz darauf Gernot Fengers Leichnam in einen Sarg hoben und den Deckel schlossen.

Jessen trat einen Schritt zur Seite und ließ die Männer vorbei. Dann wandte er sich Faust zu. »Eins noch«, sagte er. »Wir haben ein Medikament gefunden.«

»Com-irgendwas?«, fragte Faust.

»*Compral*? Wie bei dem zweiten Opfer? Nein. Das, was wir bei Fenger gefunden haben, heißt Cypro ...« Jessen sah hilfesuchend zu Odebrecht.

»*Cyproteronacetat*«, übernahm der Gerichtsmediziner. »Frauen wird das Medikament bei schweren Symptomen einer Vermännlichung verschrieben. Bei Haarausfall genauso wie in den Fällen, in denen Frauen mehr Haare wachsen, als bei Frauen Haare wachsen sollten. Oder bei Akne.« Odebrecht nahm die beiden Koffer, ging in Richtung Tür und drehte sich noch einmal um. »Bei Männern wird das Medikament häufig zur Linderung von Symptomen von Prostatakrebs gegeben, wenn sich Tochtergeschwülste gebildet haben. Oder aber ... um die Libido erwachsener Männer mit verstärktem oder verändertem

Geschlechtstrieb zu kontrollieren. Ich empfehle mich.«

***

Arnold Winter nahm die Brille ab, legte sie auf den kleinen runden Kaffeetisch und atmete tief durch. Er rieb sich die Stirn, setzte die Brille wieder auf und sah die beiden Kommissare eine Weile ausdruckslos an.

»Es war vor fast vierzig Jahren«, begann er dann. »Meine Eltern, Hanno und ich lebten in Neustrelitz. Mein Vater und meine Mutter haben ihr ganzes Leben dort verbracht. Aber sie sind beide schon verstorben.

Ich war damals sieben Jahre alt und gerade eingeschult. Hanno war bereits in der Oberstufe. Zehnte Klasse. *POS. Polytechnische Oberschule*, wie das bei uns hieß. Mein Bruder ist … war … neun Jahre älter als ich. Ich bin ein Nachzügler, mit dem eigentlich keiner mehr gerechnet hatte.«

Lennart nahm im Augenwinkel wahr, wie Riedel ansetzte, etwas zu sagen, und gab ihm ein Zeichen, den Mann reden zu lassen.

»In der Schule haben sie Hanno gehänselt. Sie haben ihn Mädchen genannt, weil er Glasschmuckmacher werden wollte. Und … wegen seines Aussehens. Hanno war als Kind blass, schmächtig, viel zu klein für sein Alter, dünn – beinahe zerbrechlich. Und auch als Jugendlicher hatte er weiche Züge, zarte Hände, eine helle Stimme. Eben alles wie bei einem Mädchen.«

Winter war in seine Gedanken vertieft, während Lennart sich den Leichnam des Mannes auf den Tatortfotos in Erinnerung rief und das, was er auf dem Weg zum Flughafen in der Akte über Hanno Classen gelesen hatte. Sein Gesicht war aufgedunsen, die Haut aschgrau, die Finger vom Rauchen vergilbt und die Nägel abgekaut. Seine Zähne waren verfault und zum Teil nur noch schwarze Stumpen. Der linke obere Eckzahn sowie zwei Backenzähne fehlten ihm ganz. Lennart fiel es schwer, sich den von Winter beschriebenen Menschen vorzustellen.

»Ich kann mich nicht daran erinnern, dass mein Bruder jemals einen Freund mit nach Hause gebracht hat«, sagte Winter. »Genauso wenig, wie ich mich daran erinnern kann, dass er jemals einen besucht oder auch nur erwähnt hat. Stattdessen sehe ich Hanno vor mir, wie er in Mülltonnen steckt oder mit gesenktem Kopf aus der Besenkammer der Schule huscht, in die sie ihn immer wieder eingesperrt hatten.« Er senkte beschämt den Blick. »Ich habe nie mitgemacht. Aber – ich habe meinem Bruder auch nicht geholfen.«

Arnold Winter machte eine Pause und fuhr dann fort: »Es war ein Donnerstag. Im Dezember. Ich bin am Nachmittag von der Schule nach Hause gekommen. Die genaue Uhrzeit weiß ich nicht mehr. Es hatte das erste Mal geschneit. Auf unserem Hof standen zwei Autos. Eins davon war ein neuer, grün-weißer Wartburg 353. Volkspolizei. Das andere ein nicht mehr ganz so neuer, beigefarbener Lada. Der Wagen der Jugendhilfe, wie ich heute weiß.

Ich hatte gerade das alte, rostige Fahrrad – ein Damenrad, das wir von meiner Tante Ella, der Schwester meines Vaters, geschenkt bekommen hatten – gegen den alten Schuppen gelehnt und wollte ins Haus laufen. In dem Moment trat mein Bruder gebeugt und eingerahmt von zwei Polizisten aus der Haustür heraus. Ihnen folgten eine Frau mit toupierten roten Haaren und ein kleiner, dicker Mann. Sie führten Hanno zu den Autos, stiegen ein und fuhren weg – der Wartburg mit meinem Bruder und den beiden Polizisten voraus, der Lada mit der Frau und dem Mann hinterher.«

Arnold Winter nahm erneut die Brille ab und zwirbelte in Erinnerungen versunken an einem der schlanken, silbernen Bügel.

»Meine Eltern waren damals ebenfalls aus unserem Haus herausgekommen, und ich sah, wie meine Mutter losrannte, den Wagen hinterher. Ich hörte, wie sie schrie, sie sollten anhalten. Aber sie fuhren weiter. Mein Vater hastete hinter meiner Mutter her. Als er sie eingeholt hatte sah ich, wie er versuchte, sie zu stützen, sie dann aber beide auf der schneebedeckten Zufahrt auf die Knie sanken.«

»Was war passiert?«, fragte Lennart.

»Meine Eltern haben nicht mit mir darüber gesprochen. Nicht an dem Tag und auch an keinem anderen Tag in meinem Leben. Aber am nächsten Morgen …«, Winters Stimme war brüchig, »am nächsten Morgen wurde ich in der Schule mit den Worten *Da ist er ja, der Bruder vom Kinderficker!* begrüßt.« Er sah zögernd erst Riedel, dann Lennart an. »Mein Bruder sollte einem Kind aus der Unterstufe, einem Jungen aus meiner Parallelklasse, auf dem Klo aufgelauert, ihn in eine der Kabinen gedrückt, ihm die Hose runtergezogen und … und an ihm rumgespielt haben. Was auch immer das heißen sollte.«

Riedels und Lennarts Blicke trafen sich.

»Nachdem sie Hanno abgeholt hatten, habe ich ihn nicht wiedergesehen. Insgesamt achtunddreißig Jahre lang nicht. Bis vor ungefähr fünf Monaten.«

Lennart sah die Bedienung auf ihren Tisch zusteuern. Er schüttelte leicht den Kopf. Die junge Frau verstand und wandte sich anderen Gästen zu.

»Hanno stand eines Tages auf einmal vor unserer Haustür.« Winter trank einen Schluck von seinem Kaffee, den er bisher nicht angerührt hatte. »Kalt«, sagte er stumpf. »Es war ein Sonntag. Meine Frau und ich saßen beim Frühstück, als es klingelte. Wir haben uns überrascht angesehen, da weder sie noch ich jemanden erwartet hatten. Als ich öffnete, stand ein Mann vor mir, völlig verdreckt und verwahrlost.«

Arnold Winter schnaufte.

»Wenn er es mir nicht gesagt hätte – ich hätte meinen Bruder nicht erkannt.«

Er nahm den Kaffeelöffel von der Untertasse und starrte einen Moment lang darauf.

»Ich war völlig überrascht, irgendwie überrumpelt. Ich wusste auch gar nicht, wie ich reagieren sollte. Aber aus irgendeinem Grund habe ich ihm geglaubt und nicht einen Moment daran gezweifelt, dass er tatsächlich mein Bruder war. Also habe ich ihn ins Haus gebeten.«

»Und dann?«

Winter hob den Blick und sah Lennart an. »Dann ist

Hanno die nächsten Tage bei uns geblieben. Die meiste Zeit hat er geschlafen.«

»Sie haben Ihren Bruder achtunddreißig Jahre nicht gesehen«, meldete sich Riedel zu Wort. »Woher hat er gewusst, wo Sie wohnen? Ich meine, wie hat er Sie gefunden?«

»Ich war vor einiger Zeit häufiger in der Presse, überwiegend im norddeutschen Raum. Man hat mich zum Hamburger Unternehmer des Jahres gewählt.«

Eine Information, die sie schon hatten.

»Es dürfte nicht allzu schwer für Hanno gewesen sein, meine Adresse herauszubekommen.«

»Sie haben einen anderen Nachnamen. Hat Ihr Bruder das gewusst?«

Winter zuckte die Schultern. »Muss er wohl.«

»Wir wären ohne den Hinweis Ihrer Frau nicht so schnell darauf gekommen, dass Sie Hanno Classens Bruder sind. Woher wusste Ihr Bruder, dass der Unternehmer des Jahres, *Arno Winter*, sein Bruder Arnold Classen ist? Ein Mann, den er fast vier Jahrzehnte nicht gesehen hatte?«

»Es gab Fotos in den unterschiedlichsten Zeitungen und Zeitschriften von mir.«

»Hm«, Riedel stutzte. »Wenn ich Sie richtig verstanden habe, hat Ihr Bruder Sie das letzte Mal gesehen, da waren Sie sieben Jahre alt.«

»Das ist richtig«, erwiderte Winter. »Und ich sehe dem Jungen von damals auch wirklich nicht mehr ähnlich.« Er versuchte ein Lächeln. »*Dein Brandmal hat dich verraten*, hatte Hanno gescherzt.«

Winter drehte ihnen die Wange zu, auf der, kaum sichtbar, ein länglicher, heller Streifen zu sehen war. Jetzt, wo er sie darauf hinwies, sah Lennart die Narbe auch. Vorher war sie ihm nicht aufgefallen – verblasst, wie sie war. Sie als Brandmal zu bezeichnen, fand er übertrieben, und er konnte sich nicht vorstellen, dass sie auf Fotos in Zeitungen und Zeitschriften überhaupt erkennbar war.

»Die Eltern eines Freundes aus der Nachbarschaft, damals waren wir vielleicht fünf, sechs Jahre alt, haben an ihrem Haus ein großes Feuer gemacht. Fragen Sie mich nicht, wo das Zeug herkam, aber wir Jungs, Hanno, Wolfgang – der Nachbarsjunge – und ich, haben Teerpappe gefunden und uns damit Fackeln gebaut. Wolfgang hat seine hin und her geschwenkt. Der Teer hat sich gelöst, und ich habe ihn ins Gesicht bekommen. Aber wie Sie sehen, hatte ich noch Glück.«

»Was wollte Ihr Bruder nach all den Jahren von Ihnen?«, fragte Lennart.

»Was er von mir wollte?« Winter atmete schwer. »Das ist alles andere als leicht zu verstehen. Für mich war es das jedenfalls.«

Er hielt den Löffel, den er noch immer in der Hand hatte, fest umklammert.

»Mein Bruder hat nicht viel über die Vergangenheit gesprochen. Alles, was ich weiß, ist, dass sie ihn an dem Tag, an dem sie ihn abgeholt haben, erst in die Kinder- und Jugendpsychiatrie und von dort aus nach Werftpfuhl gebracht haben; gut einhundertzwanzig Kilometer von unserem Elternhaus entfernt. Nachdem mir mein Bruder davon erzählt hatte, habe ich mich ein wenig informiert.

Werftpfuhl gehörte zum Kombinat der Sonderheime für Psychodiagnostik und pädagogisch-psychologische Therapie. Klingt pädagogisch wertvoll, was?«

Winter klang deutlich zynisch.

»Das Ziel der Unterbringung in so einem Sonderheim war es, psychisch auffällige Kinder und Jugendliche so zu therapieren, dass sie in ein Spezialheim, ein Heim für Schwererziehbare, überführt werden konnten; einen Ort, an dem sie dann erfolgreich umerzogen werden sollten. Ich habe keine Ahnung, wie eine Therapie aussieht, die jemanden darauf vorbereitet, umerzogen werden zu können … und ehrlich gesagt, möchte ich es auch gar nicht wissen.«

Lennart beobachtete, wie sich Winters Griff löste und er den Löffel zurück auf die Untertasse legte.

»Hanno hat über diese Therapie nichts erzählt. Aber er hat mir davon berichtet, wie ihn eine der Erzieherinnen der Gruppe vorgestellt hat. *Das ist Hanno Classen*, hat sie gesagt und – *Hanno mag kleine Jungs*. Keine Woche später wurde mein Bruder in ein Spital gebracht, *zum Arschloch nähen*, wie er es ausgedrückt hat. Ich weiß nicht, wer ihn derart misshandelt hat … ob es die anderen Jugendlichen oder die Erzieher waren. Wahrscheinlich alle zusammen.

Vom Spital aus ging es weiter ins Durchgangsheim Alt-Stralau und von dort in den Jugendwerkhof *Ehre der Arbeit* Hummelshain, in die Nähe von Jena. *Hummelshain war okay*, meinte Hanno – er hätte dort zwar nicht das Glasschmuckmachen erlernt, hin und wieder aber außerhalb des Werkhofs in der nahegelegenen Porzellanfabrik arbeiten können.«

Winter warf einen flüchtigen Blick auf seine Hände.

»Dann hieß es, Hanno habe einen vierzehnjährigen Jungen angefasst.« Er presste die Lippen aufeinander.

»Kurz vor seinem siebzehnten Geburtstag haben sie ihn nach Torgau in den geschlossenen Jugendwerkhof gebracht. Das war die letzte Station seiner Heimkarriere. Endstation. In Torgau hat mein Bruder das erste Mal versucht, sich umzubringen.«

»Das erste Mal«, wiederholte Lennart. »Es blieb also nicht bei dem einen Versuch?«

»Nein.«

»Haben Sie deshalb gefragt, wie er es gemacht hat?«

Winter nickte.

»Und Sie haben Ihren Bruder in all den Jahren nicht ein einziges Mal gesehen? Ihn nicht einmal besucht?«, übernahm Riedel skeptisch.

Winter seufzte. »Ich nicht und meine Eltern auch nicht. Ich bin mir nicht einmal sicher, ob meine Eltern überhaupt gewusst haben, wo sie Hanno hingebracht hatten. Ich könnte mir vorstellen, dass man ihnen gesagt hat, dass sie ihn nach Werftpfuhl bringen würden. Was danach kam – ich glaube nicht, dass sie darüber informiert worden sind.«

»Haben Sie für möglich gehalten, was Ihrem Bruder vorgeworfen wurde?« Riedel sah Arnold Winter argwöhnisch an.

»Sie meinen, ob ich das geglaubt habe? Ob ich die Anschuldigungen geglaubt habe?«

»Haben Sie?«

Winter faltete die Hände, legte sie auf den Tisch und beugte sich zu Riedel vor.

»Nein. Ich habe nicht einen Moment geglaubt, dass mein Bruder ein Kinderfi-«, er hielt inne, »dass mein Bruder so etwas getan hat. Ich habe weder die Sache geglaubt, wegen der sie ihn aus unserer Familie geholt haben, noch die in Hummelshain. Mein Bruder ist seine ganze Kindheit über böse gehänselt worden. Sie haben ihn in der Schule gedemütigt und verprügelt. Irgendwann sind sie zu weit gegangen. Das habe ich geglaubt. Ich war überzeugt davon, sie hätten ein Gerücht in die Welt gesetzt und meinem Bruder einen Stempel verpasst.« Winter lehnte sich zurück. »Nein. Stempel ist das falsche Wort. Aus meiner Sicht hatten sie ihn gebrandmarkt.«

»Was geschah dann mit Ihrem Bruder?«, wollte Lennart wissen.

»Dann? Ich weiß nicht viel. Ich habe Hanno gefragt, aber er hat mir nicht gesagt, was nach Torgau kam. Ich nehme an, er ist nach dem Selbstmordversuch in die Klapse – in die Psychiatrie – gekommen.« Winter schnaubte verächtlich. »Vom Regen in die Traufe!«

Er trank einen weiteren Schluck von dem kalten Kaffee und schüttelte sich leicht. Dann richtete er sich auf.

»Irgendwann nach der Grenzöffnung ist Hanno in den Westen gegangen. Genau wie ich. Nach Hamburg. Mein Bruder und ich, wir haben fast ein Vierteljahrhundert in derselben Stadt gelebt – ohne es zu wissen. Verrückt, oder?«

Weder Lennart noch Riedel erwiderten etwas.

»Nach seinem ersten Besuch, kam Hanno zunächst nur an den Wochenenden zu uns. Aber dann blieb er mehr oder weniger ganz. Wir haben eine kleine Einliegerwohnung, die wir nicht vermietet haben und als Gästeapartment nutzen. Hanno selber hat eine Wohnung in Billstedt, Schiffbeker Höhe. Aber das wissen Sie sicher längst.«

Lennart nickte.

»Meine Frau und Hanno haben … hatten … keinen so guten Draht zueinander. Erika hatte das Gefühl zu stören, wenn Hanno und ich zusammen waren, und sie war nicht begeistert, dass er ständig bei uns war. Meistens hat sie sich zurückgezogen und uns allein gelassen.«

»Warum hat Ihr Bruder Sie nach all den Jahren aufgesucht?«, nahm Lennart seine Frage wieder auf, und mit einem Stöhnen erwiderte Winter, dass er sich das natürlich auch gefragt habe, als Hanno so aus dem Nichts plötzlich aufgetaucht war.

»Ich dachte, es läge vielleicht daran, dass er sich gefreut hatte, mich nach all den Jahren wiedergefunden zu haben. Aber … wenn ich ehrlich sein soll – mein erster Gedanke war der, dass er Geld wollte.«

»Aber dem war nicht so.«

»Nein. Ich wünschte, er wäre wegen Geld zu mir gekommen.«

Winter kaute auf seiner Unterlippe.

»Irgendwann … ich weiß nicht … ich glaube, es war so knapp zwei Monate nach seinem ersten Besuch, meinte Hanno, dass er mit mir reden müsse. Wir hatten gerade gegessen und saßen noch im Esszimmer. Erika ging in die Küche. Hanno nahm seinen Stuhl und setzte sich direkt vor mich. Er war kreidebleich. *Ich brauche deine Hilfe, Arnold*, hat er gesagt und mir eine Weile schweigend in die

Augen gesehen. Und dann hat er die Bombe platzen lassen. Hanno meinte, dass alles, was die Jungen gesagt hatten, der Wahrheit entspräche.«

Winters Stimme bebte.

»Er hat zugegeben, dass er die beiden Kinder angefasst hat. Die beiden – und viele andere mehr.«

Es vergingen Minuten, bevor Arnold Winter weitersprechen konnte.

»Hanno meinte, er sei ein Pädophiler, ein Kinderschänder. Und er hat gesagt, dass er das schon immer gewesen sei.«

Sie schwiegen, dann sprach Winter weiter.

»Ich wollte das nicht hören, und fragen Sie mich nicht, warum – aber meine erste Reaktion darauf war die, dass ich ihn angebrüllt habe. Ich habe geschrien, ob er sich eigentlich mal im Spiegel angesehen hätte, und wollte von ihm wissen, wie einer wie er überhaupt an Kinder gekommen sein will. Hanno hat ganz ruhig geantwortet, dass er die meisten Kinder im Schrebergarten kennengelernt habe. Er hatte eine Parzelle in irgend so einem Gartenfreundeverein. Wo genau, dürfen Sie mich nicht fragen.«

Winter schüttelte den Kopf.

»Mein Bruder hat Familien und alleinerziehenden Müttern angeboten zu helfen; hat Teiche ausgehoben oder Zäune gesetzt und so eine Beziehung aufgebaut. *Im Schrebergarten wird immer eine Hand gebraucht*, hat er gesagt.«

Winter hielt einen Moment lang inne.

»Meine zweite Reaktion war die, ihn zu fragen, wie er es denn geschafft haben will, die Kinder im Schrebergarten, die er angeblich missbraucht hat, zum Schweigen zu bringen. Ich wollte es einfach nicht wahrhaben. Das konnte doch alles nicht sein. Seine Klassenkameraden waren damals zu weit gegangen. Sie hatten meinem Bruder etwas angehängt. Das hatte ich doch all die Jahre geglaubt. Ich war felsenfest überzeugt davon, dass irgend so ein Dreikäsehoch sich ganz was Besonderes ausgedacht hatte, um meinen Bruder zu demütigen. Ich war sicher, dass der Junge, den Hanno angeblich angefasst haben soll, gelogen hatte und dass diese Lüge, einmal in die Welt gesetzt, Hanno sein Leben lang begleitet – ja, sein Leben zerstört hatte. Aber … es war keine Lüge!«

Wieder schwiegen sie.

»Eine Antwort habe ich von Hanno auf meine Frage nicht bekommen«, sagte Winter schließlich. »Aber ich nehme an, er hat schon gewusst, wie er sie zum Schweigen bringen konnte. Er lief ja frei herum. Offensichtlich hatte ihn also niemand angezeigt.«

Arnold Winter blickte die Kommissare matt an.

»Wissen Sie, was mich ganz besonders wütend gemacht hat?« Er wartete nicht, sondern fuhr direkt mit der Antwort fort. »Ganz besonders wütend war ich, weil mein Bruder mich zu einem Mitwisser gemacht hatte. Zu einem Mittäter. Zu einem, der sich schuldig macht, wenn er dieses Wissen für sich behält. So habe ich das jedenfalls gesehen.«

»Haben Sie überlegt, zur Polizei zu gehen?«, fragte Lennart.

»Ja! Aber ich habe es nicht getan. Nicht an dem Tag und auch später nicht. An dem Tag habe ich seine Sachen aus der Einliegerwohnung geholt, sie ihm vor die Füße geworfen und gesagt, er solle verschwinden. Ich war so erschüttert. So fassungslos. Ich habe ihn einfach rausgeschmissen.«

»Und was geschah danach?«

»Danach hat mich mein schlechtes Gewissen eingeholt. Ich meine, mein Bruder hatte mich um Hilfe gebeten, und ich habe ihn rausgeworfen. Ich bin los, um ihn zu suchen; bin einfach durch die Straßen gefahren und irgendwann am Hafen gelandet. Ich wusste, wo er arbeitete. Hanno lag zwischen zwei Containern. Halb tot gesoffen mit irgendwelchen Tabletten intus. Der Notarzt hat gesagt, eine halbe Stunde später und ich hätte den Leichenwagen rufen können. Und jetzt? Jetzt kommen Sie und sagen mir, dass er tot ist.«

Winter verbarg sein Gesicht in seinen Händen.

»Wie ging es dann weiter?«

»Sie haben ihn in die Klinik gebracht und ihm den Magen ausgepumpt. Nachdem er wieder einigermaßen auf den Beinen war, habe ich dafür gesorgt, dass er in eine Entzugsklinik kam. Der Aufenthalt dort war für Hanno die Hölle. Aber er hat durchgehalten. Irgendwann habe ich ihn gefragt, um was er mich eigentlich hatte bitten wollen. An dem Tag, an dem ich ihn vor die Tür gesetzt habe, war er ja gar nicht mehr dazu gekommen, das zu sagen.«

»Und?«

»Mein Bruder saß auf dem kleinen Balkon, der zu seinem Zimmer in der Klinik gehörte, und rauchte. Er hat mich angesehen und nach einer Weile gemeint, ich solle es gut sein lassen. Aber ich habe weitergebohrt.«

Winter tippte mehrmals nervös mit dem Finger auf den

Löffel, der auf der Untertasse lag, rutschte einige Male unsicher auf seinem Stuhl hin und her und saß dann minutenlang stocksteif vor Lennart und Riedel.

»Mein Bruder meinte, er sei eine tickende Zeitbombe. Genau so hat er es ausgedrückt. Und er hat gesagt, er habe Angst, sich nicht beherrschen zu können.«

Winters Augen flatterten.

»Verstehen Sie? Verstehen Sie, was ich Ihnen hier erzähle?«

Seine Halsschlagader pochte sichtbar.

»Mein Bruder hat mir nicht nur erzählt, dass er sich an Kindern vergangen hat – er hat mir auch klipp und klar zu verstehen gegeben, dass er kurz davor stand, es wieder zu tun! Was würden Sie sagen, wenn Ihr Bruder …«

Arnold Winter klang verzweifelt. Er fuchtelte mit den Händen.

»Ach, vergessen Sie's!«

Winter ließ resigniert die Hände auf den Schoß sinken.

»Hanno meinte, er wolle das nicht. Er wolle nicht noch einmal ein Kind anfassen. Und er sagte, dass er das schon bei dem Jungen in unserer Schule nicht gewollt habe, nicht bei dem Jungen in Hummelshain und auch nicht bei den anderen. Ich habe nicht gefragt, was *die anderen* bedeutet. Von wie vielen Kindern er eigentlich sprach.«

Winter saß da, den Blick auf die Kaffeetasse gerichtet.

»Mein Bruder hat mich gebeten, ihm zu helfen. Er wollte, dass ich ihn dabei unterstütze zu verhindern, dass er ein Kind missbraucht. Können Sie sich das vorstellen? Ich meine, wie verrückt ist das?«

Keiner sprach ein Wort.

»Hanno ist sechs Wochen in der Klinik geblieben«, fuhr er fort. »Nach unserem Gespräch habe ich mich erkundigt. In diesem Therapiezentrum, das ich vorhin erwähnt habe, in diesem *ZVV*, gibt es ein Angebot für Menschen, die, genau wie mein Bruder, pädophil sind.«

Winter klang jetzt wieder gefasster.

»Wer sich dort meldet, ist …«, er stockte. »Wer sich dort meldet, kennt seine Neigung.«

Er sah Riedel und Lennart forschend an. So, als suche er nach einem Zeichen, dass sie verstünden, wovon er redete.

Ein Therapieangebot für Menschen mit einer auf Kinder gerichteten sexuellen Neigung. War das die Verbindung? Waren die ermordeten Männer am Ende alle hier, weil sie pädophil waren und an einer Therapie in diesem Zentrum teilgenommen hatten?

Lennart ging das Gespräch mit Faust durch den Kopf und die Frage, warum niemand wusste, warum Michael Hofer in Lübeck war – das erste Opfer. »Vielleicht war es ihm einfach nur unangenehm, darüber zu sprechen …«, hatte Faust gemutmaßt.

Wenn es stimmt, dass die Männer in die Stadt gekommen waren, um sich in diesem Zentrum behandeln zu lassen, dann hat er den Nagel auf den Kopf getroffen.

»Nachdem es meinem Bruder besser ging«, riss Winter Lennart aus den Gedanken, »habe ich ihm bei einem meiner Besuche von diesem Zentrum erzählt. Wir saßen auf einer Bank im Park der Entzugsklinik, und Hanno hat sich an den Bäumen und Blumen erfreut.

Er wollte erst nichts davon hören, meinte nur, man hätte seine ganze Jugend über versucht, den Pädophilen in ihm auszutreiben und dass das damals schon nicht geklappt habe. Dabei hat er geweint. Hanno hat geglaubt, ich sähe das nicht, hat sich abgewandt und sich immer wieder verstohlen die Augen gewischt. Aber ich habe die Tränen gesehen.«

Winter senkte den Blick.

»*Weißt du, was ich bin, Arnold?,* hat er zu mir gesagt.« Winter sprach ganz leise. Kraftlos.

»*Weißt du, was ich bin – Arnold?,* hat er seine Frage wiederholt. *Ich bin der Abschaum der Gesellschaft!*«

Winters Stimme zitterte.

»Und dann hat er mich gefragt, ob ich wüsste, was man mit dem Abschaum der Gesellschaft machen solle? Er hat sich zu mir gedreht und mich herausfordernd angeguckt. Hannos Stimme war immer lauter und eindringlicher geworden. *Weißt du es, Arnold? Weißt du es?*, hat er mich am Ende angeschrien. *Den Schwanz sollte man einem wie mir abschneiden. Schon mal gehört? Den verdammten Schwanz abschneiden.* Am Ende hat er regelrecht gekreischt.«

Auch Winters Stimme war kurz davor, sich zu überschlagen.

»Ich war total erschrocken. Hannos verzerrtes, hochrotes Gesicht, mit den feuchten Wangen, das Schreien. Ich konnte gar nichts darauf sagen. Und außerdem … Ich hatte das doch selber auch jedes Mal gedacht und oft genug gesagt, wenn in den Nachrichten wieder über so ein Schwein, das ein Kind missbraucht hat, berichtet wurde.

Haben Sie das nicht auch gedacht? Dass man ihm einfach den Schwanz hätte abschneiden sollen?« Winter keuchte.

»Nachdem Hanno sich wieder beruhigt hatte, hat er wie ein kleines Kind neben mir auf der Parkbank gesessen und geschluchzt. Nach einer Weile hat er mich angesehen und gesagt: *Und? Sie haben doch recht. Therapien, Medikamente, das ist alles Quatsch. Schwanz ab und verrecken lassen.*«

»Herr Winter«, begann Riedel, wurde aber von Arnold Winter unterbrochen.

»Ich wusste nicht, was ich sagen sollte. Ich war angewidert, verzweifelt. Ich war traurig, entsetzt, wütend, einfach alles. Aber vor allem war ich enttäuscht. Mein Bruder war das, was ich einfach nicht für möglich gehalten hatte.«

»Wie kam es, dass Ihr Bruder sich dann doch für die Teilnahme an der Therapie entschied?«

»Ich glaube ...« Arnold Winter schloss die Augen und öffnete sie kurz darauf wieder. »Ich glaube, weil er davon ausging, die Therapie sei seine letzte Chance.«

Nachdem sich Arnold Winter beruhigt hatte, erzählte er, dass er und sein Bruder alles, was sie im Netz über die Therapie in Lübeck finden konnten, gelesen hätten. Er berichtete, dass es ähnliche Angebote auch in anderen Städten gebe, Hanno sich aber für Lübeck entschieden habe. Winter vermutete, dass Hanno die Hansestadt gewählt hatte, weil Lübeck nahe an Hamburg lag. Aber auch nicht zu nahe. Erreichbar – aber anonym.

Er äußerte, dass es noch eine ganze Weile gedauert habe, ehe sein Bruder all seinen Mut zusammengenommen und in dem Therapiezentrum angerufen hatte.

»Hanno stand irgendwann vor mir und meinte: *Ich hab's getan, Arnold. Ich habe angerufen.*«

Winter lächelte dünn.

»Und er ist auch hingefahren. Sein erster Termin war an seinem Geburtstag. Abends haben wir zusammengesessen. Hanno hat nicht viel erzählt. Aber er meinte, dass er die Therapie machen werde und gleich die kommende Woche starten könne.«

Winter warf einen Blick auf seine Armbanduhr.

»Dass ich stolz auf meinen Bruder gewesen bin, wäre nicht die richtige Beschreibung«, sagte er. »Wissen Sie, ich weiß gar nicht, was ich in den Wochen war … wenn Sie verstehen. Sicher, ich habe Hanno dazu gebracht, sich in Lübeck zu melden. Und ich habe mich gefreut, als er den Schritt tatsächlich gemacht hat. Aber über all dem schwebte ein unsichtbarer, erdrückender Schleier: das Wissen darum, dass mein Bruder Kinder missbraucht hat.«

Winter rieb sich die Schläfen.

»Hanno und ich wollten heute Abend eigentlich zusammen essen.«

Er schwieg. Dann wandte er sich an Lennart.

»Mehr kann ich Ihnen nicht erzählen«, sagte er. »Ich würde jetzt gerne meine Frau anrufen.«

»Sagen Sie Ihrer Frau, dass sie Sie abholen kann«, gab Lennart zurück und beobachtete, wie Winter sein Handy aus der Innentasche seiner Anzugjacke zog, das Gerät entsperrte und den Flugmodus ausschaltete, bevor er telefonierte. Dann stand Winter auf, nahm seine Sachen und verließ das Café.

Lennart sah ihm hinterher und kniff die Augen zusammen. Er wusste nicht, was es war. Konnte es nicht greifen. Aber irgendetwas an Winters Auftritt passte für Lennart nicht zusammen.

Matthias Riedel steuerte den blauen Passat auf die Autobahnzufahrt zur A1 und beschleunigte. Seit Lennart und er den Flughafen verlassen und die Rückfahrt nach Lübeck angetreten hatten, hatten sie keine drei Sätze miteinander gesprochen. Zu sehr war jeder mit sich selbst und mit dem beschäftigt, was sie gerade von Arnold Winter erfahren hatten.

Wenn es stimmte, dass nicht nur Hanno Classen an dieser Therapie teilgenommen hatte, sondern auch Michael Hofer und Gernot Fenger aus diesem Grund nach Lübeck gekommen waren, dann waren am Ende drei Männer ermordet worden, die sich womöglich an Kindern vergangen hatten.

Lennart zog sein Handy aus der Jackentasche und wählte Fausts Nummer.

»Pädophil?«, brüllte ihm sein Chef ins Ohr, nachdem Lennart ihm eine Kurzfassung des Gesprächs mit Winter gegeben hatte. »Du meinst, es könnte sein, dass die Männer alle …«

»Ist möglich«, unterbrach Lennart ihn. »Überleg mal: Bei Classen können wir uns sicher sein. Wir haben die

Aussage des Bruders. Hofer ist am Taxistand an der *Sana Klinik* ausgestiegen. Ich habe im Internet nachgeguckt – dieses *ZVV* befindet sich direkt gegenüber. Zufall? Glaube ich nicht. Ich vermute, dass auch Hofer pädophil war und an der Therapie teilgenommen hat.«

»Hm«, machte Faust. »Ich war vorhin im *Blins Hotel.* Jankowski hat bei diesem Fenger ein Antiandrogen gefunden.«

»Ein Medikament, das wie eine chemische Kastration wirkt? Das passt doch!«, sagte Lennart und hörte, wie Faust immer wieder die Abkürzung des Zentrums in den Hörer brummelte.

»*ZVV, ZVV, Z-V-V.*«

Pause.

»Ich glaube, davon habe ich schon mal etwas gehört«, sagte er dann. »Auch von diesem Therapieangebot. Soweit ich weiß, gibt es das noch nicht lange. Und … ich meine mich zu erinnern, dass es diverse Personen und Personengruppen gab, die nicht sehr begeistert davon waren, dass unsere Stadt Pädophilen Tür und Tor öffnet, und dagegen demonstriert haben.«

Das wundert mich nicht, dachte Lennart. Gleichzeitig fragte er sich, warum er nichts davon wusste.

Eine Weile sagte keiner von beiden etwas, bis Lennart das Schweigen brach.

»Wen hast du eigentlich runtergeschickt? Zum Wohnort von diesem Hofer?«

»Franka und Walther. Die beiden sind gleich Samstag nach Schondorf gefahren.«

Franka Dahlberg gehörte seit vier Monaten zum Team der Lübecker Mordkommission. Lennart wusste bisher nicht sehr viel über die schlanke Frau mit den blonden Haaren, die sie meist zu einem Pferdeschwanz zusammengebunden trug. Ihm war bekannt, dass sie achtunddreißig Jahre alt war und alleinerziehende Mutter von zwei vierzehnjährigen Mädchen – Zwillinge. Und er wusste das, was vermutlich jeder in der Direktion über Franka Dahlberg über den Flurfunk erfahren hatte: Bevor sie vor einem guten Jahr nach Lübeck gezogen war, hatte sie in Kiel gelebt und dort als Kriminalkommissarin gearbeitet. Bis zu dem Tag, einem Sonntag, an dem ihr Mann auf dem Rückweg vom Bäcker, keine einhundert Meter von ihrem Haus entfernt, auf offener Straße erschossen worden war. Die Hintergründe des Mordes an Christer Dahlberg, bis zu jenem Tag Pathologe am Institut für Pathologie der Christian-Albrechts-Universität zu Kiel, waren bis heute nicht geklärt und kein Täter gefasst.

Von Faust hatte Lennart außerdem erfahren, dass Franka Dahlberg nach dem tragischen Tod ihres Mannes vom Dienst freigestellt worden war – auf Anraten eines Polizeipsychologen und *auf Anordnung von oben.*

Er hatte seinen Chef nie gefragt, was ihn bewogen hatte, sie ein Jahr nach ihrer Freistellung ins Team zu nehmen. Aber er vermutete gute Gründe dafür.

Lennart selbst hatte den Eindruck, dass man sich auf sie verlassen konnte – ohne genau sagen zu können, warum. Und ihn beeindruckte, dass sie sich gut mit ihrem Partner Joseph Walther verstand. Das war nicht selbstverständlich.

Walthers bisheriger Partner war vor Kurzem, nach rund

vierzig Jahren bei der Polizei, in den Ruhestand gewechselt. Seitdem war Joseph Walther mit dreiundfünfzig Jahren, nach Faust, der Älteste im Team.

Er war ein Vernehmungsgenie. Ein Mann, dem nichts von dem entging, was jemand sagte, und der ganz genau wusste, wann jemand etwas verschwieg. Darüber hinaus hatte Walther die Begabung, alles, was er gehört hatte, zu behalten, weshalb er Aussagen noch Wochen später nahezu wörtlich zitieren konnte. Besonders faszinierte Lennart jedoch, dass er die Informationen nicht einfach nur abspeicherte und jederzeit abrufen konnte, sondern dass Joseph Walther regelrecht mit ihnen jonglierte – sie so lange kombinierte, in Zusammenhang stellte und durch die richtigen Fragen vervollständigte, bis auch die letzten Ungereimtheiten ausgeräumt waren.

So begnadet der Kriminalhauptkommissar im Umgang mit Zeugen und Beschuldigten war, so ungelenk war er in der Gestaltung zwischenmenschlicher Kontakte außerhalb der vier Wände eines Verhörraums. Kollegen bezeichneten ihn als grantig und schwierig – was noch die harmloseren Beschreibungen seiner wortkargen und eigenbrötlerischen Art waren.

Joseph Walthers Frau war bei der Geburt ihres dritten Sohnes, der mittlerweile selbst bei der Polizei arbeitete, an einem Blutgerinnsel gestorben. Walther war also in jungen Jahren verwitwet, genau wie Franka Dahlberg. Und ebenso wie sie, hatte auch er von einem auf den anderen Tag dagestanden. Allein – und auch wieder nicht allein. Auf jeden Fall aber allein mit den Kindern.

Lennart vermutete, dass es diese Gemeinsamkeit war,

die Franka den Neuanfang, Walther die Umstellung und beiden den Start miteinander erleichterte.

»Die Ermittlungen laufen nur mäßig«, sagte Faust. »Aber Walther meint, die Kollegen vor Ort täten alles, um sie zu unterstützen.«

»Der Sepp im Seppel-Land, na das passt ja.«

Sie lachten.

»Mal angenommen«, wurde Lennart wieder ernst, »die drei ermordeten Männer waren tatsächlich pädophil … Wenn ich mir die Frage nach einem Motiv für die Taten stelle, dann gibt es einiges, was mir durch den Kopf geht. Vor allem muss ich daran denken, dass Michael Hofer Vater einer kleinen Tochter war und wir nicht wissen, wo sich das Kind und dessen Mutter aufhalten.«

»Wie gesagt … Wir nehmen an, dass sie verreist sind. Dafür gibt es einige Hinweise.«

»Was für welche?«

»Wir haben versucht, Christiane Hofer zu erreichen. Das erst einmal vorweg. Die Festnetznummer der Hofers und die Nummer für das Handy der Frau sind auf dem iPhone, das wir bei Hofer gefunden haben, gespeichert. Unter der Festnetznummer springt nur der Anrufbeantworter an. Das Handy liegt auf dem Küchentisch. Franka hat es angewählt, nachdem sie und Walther das Haus der Hofers aufgesucht hatten, ihnen niemand geöffnet hatte und sie um das Haus herumgegangen waren. Sie haben es von der Küchentür aus, die in den Garten führt, leuchten sehen. Jetzt zu den Hinweisen, weshalb wir glauben, dass Mutter und Tochter verreist sind. Ich hol mal etwas aus. Also … die Hofers wohnen in einer Villa mit Grundstück direkt am Ammersee. Um es mit Walthers Worten zu sagen: Wer da wohnt, der hat den Arsch voll Geld.«

»Und?«

»Walther meinte auch, dass Diskretion unter den Menschen, die dort leben, so etwas wie eine Tugend sei.«

»Will heißen, die Nachbarn waren sehr sparsam mit dem, was sie gesagt haben?«

»Sehr sparsam!«, wiederholte Faust. »Gesehen hat die Hofers das Wochenende über niemand. Wir wissen, dass sie seit knapp einem Jahr auf dem Anwesen wohnen. Einer der Nachbarn meinte, er hätte in der Zeitung gelesen, dass die Familie aus Amerika zugezogen sei – oder aus Dubai, da war er sich nicht so ganz sicher. Laut Walther soll der Mann dümmlich gegrinst haben, als er das erzählt hat. Die Kollegen in München haben ermittelt, dass Hofer zwar regelmäßig im Ausland war, gewohnt hat die Familie vor dem Umzug aber in Alt-Bogenhausen, einem Münchner Stadtteil.«

Lennart schnaubte in den Hörer. »Das versteht man also unter Diskretion in diesen Kreisen. Ich nenne das Behinderung von Ermittlungen!«

»Aber …«, fuhr Faust fort, »eine Nachbarin hat dann doch noch ausgesagt, dass sie Julia und ihre Mutter am Freitagmorgen hat wegfahren sehen. Mit einem Koffer. Und sie hat auch gesehen, dass Michael Hofer eine Stunde später von einem Taxi abgeholt wurde und er eine kleine Reisetasche bei sich hatte. Den Pkw haben wir übrigens am Münchner Hauptbahnhof in der Tiefgarage entdeckt. Mutter und Tochter scheinen also ebenfalls mit der Bahn gefahren zu sein. Vermutlich genau eine Stunde früher als Hofer. Eine Bestätigung dafür haben wir aber nicht. Es haben sich bisher keine Zeugen gemeldet, die Christiane und Julia Hofer am Bahnhof gesehen haben, und die Auswertung der Videoüberwachung gestaltet sich schwierig. Die Kollegen haben den Fokus auf Mutter mit Kind gerichtet – aber mit den beiden Fotos, wovon das eine mindestens fünfzehn Jahre alt ist, sind sie natürlich nicht wirklich weitergekommen.«

»Habt ihr auf Hofers Handy kein aktuelles Foto von der Frau gefunden?«

»Nein«, antwortete Faust knapp, und genauso knapp beantwortete er Lennarts nächste Frage, ob Julia und ihre Mutter auch nach Lübeck gefahren sein könnten. »Bei dem, was wir bisher über Michael Hofers Aufenthalt herausgefunden haben, ist das unwahrscheinlich.«

»Heute ist Dienstag«, murmelte Lennart. »Zu einem Wochenendausflug sind Mutter und Tochter nicht gestartet. Müsste das Mädchen nicht in der Schule sein?«

»Julia Hofer besucht die erste Klasse einer privaten Grundschule. Franka und Walther haben mit dem Schulleiter und der Klassenlehrerin gesprochen und erfahren, dass sie für eine Woche vom Unterricht freigestellt worden ist.«

»Das geht so einfach?«

»Laut Schulleiter können Schüler vom Unterricht beurlaubt werden, wenn es dafür einen wichtigen Grund gibt. Frau Hofer soll private Gründe angegeben und diese nicht weiter erläutert haben.«

»Und das hat gereicht?«

»Hat es wohl. Jedenfalls ist Julia Hofer die ganze Woche

vom Unterricht befreit. Einschließlich letzten Freitag.«

»Ich nehme an, der Schulleiter weiß nicht, wo seine Schülerin mit ihrer Mutter hingefahren ist.«

»Er sagt, er wusste nicht mal, dass sie verreisen wollten.«

»Du sagst das so, als würdest du ihm das nicht glauben.«

»Doch«, erwiderte Faust zögerlich. »Es gibt keinen Grund, ihm nicht zu glauben. Aber mir kommt das alles komisch vor. Die Kollegen in Schondorf haben sämtliche Mitschüler befragt, darunter auch Julias beste Freundin. Keines der Kinder wusste, dass Julia eine Woche nicht zum Unterricht kommen würde.«

»Wann hat Frau Hofer den Antrag denn gestellt?«

»Kurzfristig. Drei Tage vor der Befreiung.«

Wieder schwiegen sie, und Lennart war sich sicher, dass seinem Chef die gleichen Fragen durch den Kopf gingen, wie ihm.

Warum wollte Frau Hofer mit ihrer Tochter außerhalb der Ferien verreisen? Ausgerechnet in der Zeit, in der ihr Ehemann ermordet werden sollte. Weshalb hatte Julia nicht einmal ihrer besten Freundin etwas von der anstehenden Reise erzählt? Und aus welchem Grund waren sie und ihre Mutter mit dem Auto zum Bahnhof gefahren und Michael Hofer nur eine Stunde später mit dem Taxi?

Hatte Christiane Hofer etwas von der Neigung ihres Mannes geahnt? Oder sogar davon gewusst? Waren sie und Julia verreist, weil sie ihre Tochter schützen, sie vielleicht sogar in Sicherheit bringen wollte? Vor dem eigenen Vater? Und warum lag ihr Handy in der Küche?

Wieder war es Lennart, der das Schweigen brach.

»Wart ihr im Haus der Hofers?«

Benno Faust schüttelte den Kopf – als könne Lennart das über sein Handy sehen.

»Frau Hofer und Julia sind zusammen gesehen worden, als sie wegfuhren. Sie hatten einen Koffer dabei. Der Wagen steht am Bahnhof. Julia ist die ganze Woche von der Schule befreit. Fahnenbruck meinte, bei der Sachlage würde er von Blohm nie das Okay bekommen, den Durchsuchungsbeschluss zu beantragen.«

Fahnenbruck! Lennart seufzte innerlich.

Sven Fahnenbruck war einer der beiden Staatsanwälte, die der Mordkommission zugeteilt waren. Ein unscheinbarer Mann, der den Mund nicht aufbekam – schon gar nicht dann, wenn sein Chef, Oberstaatsanwalt Dr. Ole Blohm, in der Nähe war.

»Was mischt Blohm sich da ein?«, fragte Lennart.

»Blohm stand heute Morgen schnaubend in meinem Büro und hat erklärt, *dass die Lage in der wir uns befänden, einer gewissen Brisanz* – wie er es formulierte – *nicht entbehre. Und*«, äffte Faust Blohm nach, »*ob dieser Brisanz sei es ja wohl seine Pflicht, die Ermittlungen zur Chefsache zu erklären. Was er hiermit tue.*« Faust schnaufte. »Der besteht darauf, jeden Schritt persönlich abzusegnen.«

Lennart sah den Oberstaatsanwalt vor sich, der bei einer Körpergröße von rund einem Meter siebzig ein Körpergewicht von geschätzten einhundertsechzig Kilogramm auf die Waage brachte. Wer den schwergewichtigen Mann nicht kannte, konnte ihn leicht für einen dieser dicklichen, gemütlich-sympathischen Menschen halten. Aber Lennart kannte Blohm und fand, dass der Mann alles andere als ein gemütlicher und sympathischer Mensch war. In Lennarts Augen war er auch nicht dicklich. In seinen Augen war Blohm ein geschwollen daherschwafelnder Fettsack.

»Also gut«, sagte Lennart. »Betrachten wir das Ganze vom aktuellen Stand aus. Wenn wir davon ausgehen, dass auch Hofer an dieser Therapie teilgenommen hat, dann haben wir ein Kind eines pädophilen Mannes, dessen Aufenthalt wir nicht kennen, und eine Ehefrau, die ebenfalls nicht auffindbar ist. Und wir wissen, dass eben dieser pädophile Vater und Ehemann ermordet wurde. Wenn du mich fragst, ändert das die Sachlage komplett.«

»Das sehe ich auch so! Ich kümmere mich darum«, erwiderte Faust. »Vielleicht finden wir in der Villa irgendetwas, was uns einen Hinweis auf den Aufenthaltsort der Frau und ihrer Tochter gibt. Fahrt ihr in dieses Zentrum und haltet mich auf dem Laufenden.«

»Machen wir. Aber Benno, ich muss heute unbedingt noch zu Peters Mutter. Ich habe versprochen, dass ich, sobald ich … Benno?« Nichts. »Benno?«, brüllte Lennart in den Hörer. Sie steckten in einem Funkloch.

***

Eine Stunde später, um kurz nach fünf, standen Lennart und Riedel in der Eingangshalle des *Zentrums für Verhaltenstherapie und Verhaltensmedizin.* Es dauerte nicht lange, da kam Thies Burmester auf sie zu.

»Sie sind von der Polizei? Was wollen Sie von mir?«, fragte er brüsk und ohne eine Begrüßung.

Lennart hob die Augenbrauen und legte den Kopf schief.

»Guten Tag«, sagte er. »Vielleicht sollten wir uns erst einmal vorstellen. Das ist mein Kollege, Herr Riedel, und mein Name ist Bondevik. Wir sind von der Kriminalpolizei, genauer – der Mordkommission. Und wie war gleich Ihr Name?«

Thies Burmester warf einen flüchtigen Blick auf die Ausweise der beiden Beamten, und Lennart entging nicht, dass sein Gesicht für einen Augenblick einen verunsicherten Ausdruck annahm.

»Burmester. Dr. Burmester. Ich schlage vor, wir gehen in mein Büro.« Er wies ihnen den Weg zur Treppe, die in die oberen Etagen führte, und warf der Dame am Empfang einen kurzen Blick zu.

Lennart und Riedel steckten ihre Ausweise ein und folgten Thies Burmester die ausladende Treppe hinauf in den ersten Stock.

Oben angekommen öffnete er mit einer Schlüsselkarte die Tür zu seinem Büro.

»Bitte!« Burmester forderte sie mit einer Handbewegung auf, einzutreten.

Lennart warf einen Blick auf das Schild neben der Tür: Dr. med. Thies Burmester/Zentrumsleitung und Geschäftsführung.

Sie durchquerten ein Vorzimmer und betraten Burmesters Büro. Er nahm sein Jackett vom Sessel, legte es über seinen Schreibtischstuhl und bat Lennart und Riedel, in der Sitzecke Platz zu nehmen.

»Sie haben Glück, dass Sie mich hier noch antreffen.«

Burmester setzte sich den beiden Kommissaren gegenüber. »Ich habe gerade den Rechner heruntergefahren. Fünf Minuten später und ich wäre aus der Tür heraus gewesen. Aber sagen Sie … was kann ich für die Mordkommission tun?«

»Sagt Ihnen der Name Hanno Classen etwas?«, begann Riedel.

»Hanno Classen?« Burmester blickte nachdenklich auf seine Hände, die er in seinem Schoß gefaltet hatte. »Sagt mir erst einmal nichts.« Er sah auf. »Sollte ich jemanden mit diesem Namen kennen?«

»Wir haben die Information, dass er einer Ihrer Patienten ist.« Lennart zog sein Smartphone aus seiner Tasche, fuhr mit dem Finger einige Male über dessen Oberfläche und legte es vor Thies Burmester auf den Tisch.

»Werfen Sie bitte einen Blick auf das Foto hier«, Lennart wies auf das Display. »In der Mitte, das ist Hanno Classen, aus Hamburg.«

Burmester beugte sich vor und betrachtete das Bild. Es zeigte Classen winkend an dem Tag, an dem er aus der Entzugsklinik entlassen worden war. Arnold Winter hatte seinen Bruder zusammen mit einigen Mitarbeiterinnen und Mitarbeitern der Klinik vor dem Haupteingang fotografiert und den Ermittlern das Bild zur Verfügung gestellt.

Einen Ellenbogen aufs Knie gestützt und die Hand nachdenklich ans Kinn gelegt, zog Thies Burmester das Gerät mit der freien Hand näher heran. Er hob es an, betrachtete eine Zeit lang das Foto und schüttelte den Kopf.

»Den Mann habe ich noch nie gesehen«, sagte er.

Lennart sah ihn abwartend an.

»Nein! Ganz sicher nicht.« Burmester schüttelte wieder den Kopf. »Was aber nicht heißen muss, dass er nicht an einer unserer Therapien teilnimmt.«

Burmester legte das Mobiltelefon zurück auf den Tisch. »Wissen Sie, wir bieten in unserem Haus – oder besser in unseren Häusern – alle möglichen Therapien für Menschen mit psychischen oder psychosomatischen Erkrankungen an. Und nicht alle …«

»Auch für Männer, die sich an wehrlosen Kindern vergreifen?«, unterbrach Riedel ihn schroff.

Lennart zuckte leicht zusammen. Und das, obwohl er befürchtet hatte, dass sein Partner sich nicht würde zusammenreißen können.

Matthias Riedel war Vater einer sechsjährigen Tochter. Katharina. Das Kind eines One-Night-Stands.

Er hatte sich lange Zeit mit der Vorstellung, Vater zu werden, schwergetan. Aber weder er noch Alice, die Mutter seiner Tochter, hatten auch nur ein einziges Mal das Thema Abtreibung angesprochen. Es war klar, dass Alice das Kind bekommen, der One-Night-Stand ein One-Night-Stand bleiben und Katharina bei ihrer Mutter aufwachsen sollte. Genauso, wie von Anfang an klar war, dass Riedel Verantwortung übernehmen würde – und zwar nicht nur finanzieller Art.

Riedel liebte seine Tochter geradezu abgöttisch. Er versuchte, jede freie Minute mit ihr zu verbringen. Und Alice, mit der er sich gut verstand, ließ ihn gewähren.

Das Kind hatte ihn verändert. Das sahen viele in der Direktion so – auch wenn er davon nichts wissen wollte. Er war insgesamt ruhiger geworden. Diplomatischer. Außer, es ging um seine Tochter.

Vor etwa zwei Jahren hätte Riedel, ohne mit der Wimper zu zucken, einen Mann zum Krüppel geschlagen, wenn Lennart nicht noch rechtzeitig eingegriffen hätte. Der Mann, Mitte vierzig, der wegen Totschlags an seiner Frau von Lennart und Riedel verhaftet worden war, hatte damit gedroht, Katharina etwas anzutun, wenn er erst wieder aus dem Knast raus war. Riedel und der Mann kannten sich flüchtig. Ihre Töchter gingen in dieselbe Kindertagesstätte.

Und jetzt hatten sie es, so wie es aussah, mit einer Serie ermordeter Männer zu tun, die pädophil waren. Und sie wussten, dass sich zumindest eines der Opfer an Kindern vergangen hatte. Opfer, dachte Lennart. *Wer ist hier das Opfer? Paradox!*

Genau wie Riedel kämpfte auch er mit seinen Emotionen. Und mit den Erinnerungen, die ihn bereits in Dänemark heimgesucht hatten und die noch eindringlicher geworden waren, als Arnold Winter von den Übergriffen seines Bruders berichtet hatte. Erinnerungen an Peters und seine Freundin. Mia.

Immer wieder sah Lennart sie vor sich – ihre feinen Gesichtszüge mit der porzellanfarbenen Haut und das glänzende rote Haar, das ihr zartes Gesicht mit den blassen Sommersprossen rahmte. Seine Freundin Mia, die er seit der Grundschule, seit der dritten Klasse, kannte.

Ihre Großeltern hatten sie damals mitten im Schuljahr in den Klassenraum gebracht. Und da hatte sie dann gestanden, *die Neue,* mit dem gelben T-Shirt, den geflickten Jeans und den großen, grünen, traurig und ängstlich dreinblickenden Augen.

Davor hatte Mia eine Schule im Süden Deutschlands besucht, wo sie mit ihrer Familie lebte. So lange, bis ihre Eltern bei einem Verkehrsunfall ums Leben gekommen waren.

Das geschah an einem wunderschön sonnigen Tag, den sie an einem Badesee verbracht hatten. Die Familie war auf dem Heimweg; fuhr auf der Autobahn. Mias Vater hatte dem Wagen, der ihnen entgegengekommen war, unmöglich ausweichen können. Er war bereits tot, als der Notarzt eintraf. Mias Mutter verstarb kurz darauf ebenfalls am Unfallort. Mia war, wie durch ein Wunder, nichts geschehen. Genauso wenig wie dem Geisterfahrer.

Nach der Beerdigung hatten die Großeltern, die ihr ganzes Leben in Lübeck verbracht hatten, ihre Enkelin zu sich genommen. Aber die alten Leute hatten den Tod ihrer einzigen Tochter nie verkraftet und waren mit der Erziehung des Kindes völlig überfordert gewesen.

Lennart hatte Mia vom ersten Tag an gemocht. Und da auch Peter gerne mit ihr zusammen war, hatten sie beinahe jede freie Minute miteinander verbracht. Eine unbeschwerte Zeit. Bis … ja, bis das *Schicksal* ein zweites Mal zuschlug und Mia, nur wenige Monate nach ihrem dreizehnten Geburtstag, das Opfer eines brutalen Missbrauchs wurde.

Lennart seufzte innerlich. Es fiel ihm schwer, all das, was

damals geschehen war, auszublenden. Aber dennoch hatte er Thies Burmester fest im Blick. Und Lennart war nicht entgangen, dass seinem Gegenüber bei Riedels Frage, ob sie auch eine Therapie für Männer anböten, die sich an Kindern vergriffen, für den Bruchteil einer Sekunde die Gesichtszüge entglitten waren.

»Sie sind von der Mordkommission«, sagte Burmester, ohne weiter auf Riedel einzugehen und an Lennart gewandt. »Was ist mit dem Mann?«

»Hanno Classen ist gestern tot aufgefunden worden.«

Der Leiter des Therapiezentrums nahm wieder das Smartphone zur Hand und betrachtete erneut das Foto.

»Das ist ja schrecklich!« Er sah Lennart an. »Ermordet?«

»Ja.«

»Und Sie glauben, dass er bei uns Patient war?«

»Das sagt zumindest der Bruder des Opfers.«

Lennart nickte Riedel zu, der ihm mit zusammengekniffenen Lippen gegenübersaß. Riedel holte ein Foto hervor und hielt es Burmester hin.

»Kennen Sie vielleicht diesen Mann?«, fragte Lennart. »Michael Hofer.«

Thies Burmester, der noch immer das Handy mit dem Foto von Hanno Classen in der Hand hielt, ergriff mit der anderen Hand das Foto Michael Hofers; eine Kopie des Bildes aus seinem Personalausweis. Nachdem Burmester kurz darauf geschaut hatte, riss er die Augen auf.

»Ist der Mann etwa auch …?« Er schluckte.

»Sie haben doch sicher von den *Hotel-Morden* gehört, wie sie in der Presse genannt werden.«

»Ja ... davon habe ich gehört«, erwiderte Burmester gedankenverloren und damit beschäftigt, das, was er gerade gehört hatte, zu sortieren. »Ich meine, natürlich habe ich von den Morden gehört. Und Sie vermuten ... Sie gehen davon aus, dass diese Männer bei uns ... mein Gott!«, stammelte er.

»Das ist das erste Opfer.« Lennart zeigte auf Hofers Foto.

»Ich kenne diesen Mann.« Burmester sah sie zerknirscht an. »Ich bin ihm nur durch Zufall einmal begegnet. Drüben, im Sauerbruchweg.« Er zögerte. »Im Sauerbruchweg bieten wir seit zweieinhalb Monaten eine Therapie für Menschen an, die sich sexuell zu Kindern hingezogen fühlen und deshalb therapeutische Hilfe suchen.« Burmester nickte Riedel kaum merklich zu.

»Und dieser Mann?« Lennart beugte sich vor, nahm Burmester das Handy aus der Hand und fuhr wieder mit dem Finger über das Display. Dann hielt er dem Leiter des Zentrums ein weiteres Foto hin. Es war ein Tatortfoto des dritten Opfers, das ihm Faust aus dem *Blins Hotel* geschickt hatte. »Hat dieser Mann auch an der Therapie teilgenommen?«

Burmester nahm das Handy, warf einen kurzen Blick darauf, verzog bei Fengers Anblick das Gesicht und legte es zusammen mit dem Bild von Hofer auf den Tisch.

»Es gibt noch einen Toten?«

»Dr. Gernot Fenger, vierzig Jahre alt, aus Düsseldorf.«

Burmester schüttelte langsam den Kopf.

»Ich weiß nicht, ob er hier war. Ich kenne den Mann nicht. Ich habe ihn genau wie den«, er zeigte auf das Smartphone, »den Sie mir davor gezeigt haben …«

»Hanno Classen«, ergänzte Lennart.

»… noch nie gesehen. Der Einzige, den ich kenne, das ist, wie gesagt, der hier.« Er wies auf Hofers Bild.

»Sie wissen also weder, ob Hanno Classen, noch ob Gernot Fenger hier Patienten waren?«, wollte Riedel wissen. »Sie können das somit auch nicht ausschließen.«

»Klienten. Wenn sie wirklich an unserem Projekt im Sauerbruchweg teilgenommen haben, dann sprechen wir von Klienten oder auch von Teilnehmern. Nicht von Patienten – obwohl sie das eigentlich sind. Und: Nein, ausschließen kann ich das nicht. Sehen Sie, ich kenne nicht alle Menschen, die zu uns ins Zentrum kommen. Und mit dem operativen Geschäft im Sauerbruchweg habe ich weiter nichts zu tun.«

»Sie haben mit dem *operativen Geschäft* nichts zu tun?«, wiederholte Riedel Burmesters Worte aufgebracht. »Wie wäre es, wenn Sie einen Blick in den Computer werfen. Da werden Sie doch wohl alle Ihre Patienten – oder von mir aus auch *Klienten* – gelistet haben.«

Lennart sah Thies Burmester an. Sollte er sich provoziert fühlen, anzumerken war ihm davon nichts.

»Ich kann gerne nachsehen lassen. Aber ich fürchte, ich muss Sie enttäuschen.« Burmester sah flüchtig zu Riedel. »Natürlich ist es so, dass wir in der Regel Namen, Adresse und Versicherungsdaten derer haben, die zu uns in die Therapie kommen. Aber eben nicht von allen. Nicht von den Männern … bisher sind es nur Männer … die im Sauerbruchweg an einer Therapie teilnehmen. Die sind anonym hier.«

Burmester stand auf, ging zu seinem Schreibtisch, nahm den Telefonhörer in die eine Hand und drückte mit der anderen eine Taste. Dann bat er Lennart, ihm noch einmal die drei Namen der getöteten Männer zu nennen, teilte sie seinem Gesprächspartner mit und wartete. Kurze Zeit später bedankte er sich und legte auf.

»Keiner der Männer ist bei uns geführt. Wenn sie also bei uns an einer Therapie teilgenommen haben, dann drüben.«

Lennart stand ebenfalls auf und ging zu der Fensterfront. Hofer war hier gewesen, dachte er. Und Classen.

»Verschreiben Sie in der Therapie auch Medikamente?«, fragte er. »Solche, die den Sexualtrieb hemmen?«

»Sicher. Antiandrogene.«

Dann war dieser Fenger auch hier gewesen, ging es Lennart durch den Kopf.

»Herr Dr. Burmester«, er drehte sich zu dem Mann um, der in der Zwischenzeit wieder in dem Sessel Platz genommen hatte. »Wir wissen, dass Hanno Classen in der Nacht ermordet wurde, bevor er am nächsten Tag hierherkommen wollte. Über Michael Hofer wissen wir, dass er nach seiner Ankunft am Bahnhof direkt hierhergefahren ist. Das heißt, wir wissen, dass er sich in die Kronsforder Allee hat fahren lassen und am Taxistand vor der *Sana Klinik* ausgestiegen ist – wenige Straßen vom Sauerbruchweg entfernt. Da Sie ihn kennen, können wir davon ausgehen, dass er an der Therapie teilgenommen hat, bevor er sich rund vier Stunden später von dem Taxistand aus in sein Hotel hat fahren lassen, in dem er dann in der Nacht ermordet wurde.«

»Entschuldigung«, unterbrach ihn Burmester. »Sie gehen also wirklich davon aus, dass die Morde etwas mit dem Aufenthalt der Männer bei uns zu tun haben?«

»Zwei von drei Opfern waren sicher hier«, antwortete Lennart. Seine Stimme hatte einen angespannten Unterton angenommen. »Wann finden die Therapien statt?« Er ging mit ernstem Gesichtsausdruck auf Thies Burmester zu. »Herr Dr. Burmester, kann es sein, dass gerade jetzt eine Therapie stattfindet? Während wir hier sprechen? Oder morgen? Findet morgen eine Sitzung statt? Kann es sein, dass in diesem Moment ein Klient im Sauerbruchweg ist? Oder auf dem Weg nach Lübeck? Oder kann es sein, dass bereits ein Klient in Lübeck ist und in irgendeinem Hotel sitzt, weil er morgen hier seine Therapie hat?«

Thies Burmester sprang auf.

»Oh mein Gott! Sie meinen …« Er trat an das Regal hinter seinem Schreibtisch und zog einen Ordner heraus.

»Sie müssen wissen, dass die meisten der Männer eine Gruppentherapie besuchen«, sagte er und blätterte hektisch in den Unterlagen.

»Eine Gruppentherapie?«, stieß Riedel hervor. »Das heißt, es kann sein, dass gleich mehrere hier sind – oder hierher unterwegs?«

Burmester gab ein undefinierbares Geräusch von sich. »Ja, Einzeltherapien führen wir nur in Ausnahmefällen durch – wenn Angehörige in die Therapie eingebunden sind oder die Teilnahme in einer Gruppe aufgrund von unregelmäßigen Arbeitszeiten nicht möglich ist. Wann die Gespräche sind, weiß ich nicht. Aber wann die Gruppen stattfinden, das kann ich Ihnen sagen. Warten Sie … da ist es.«

Burmester nahm ein Blatt aus dem Ordner, ging in den Nebenraum und kam wenige Augenblicke später mit zwei weiteren Blättern zurück. Er hielt Lennart und Riedel jeweils eins davon hin.

»Das sind Kopien des Therapieplans. Die Buchstaben hinter den Zeiten sind die Kürzel der Mitarbeiter im *PVKM*, die die Gruppen leiten.«

»*PVKM?*« Lennart sah Burmester aufmerksam an.

»*Projekt zur Vorbeugung von Kindesmissbrauch* – so die genaue Bezeichnung des Therapieprogramms. Die benutzen wir aber nur bei offiziellen Anlässen und der Presse gegenüber. Unter uns sprechen wir vom *PVKM* oder – meistens einfach nur vom Sauerbruchweg.«

Lennart ging mit dem Plan zurück zum Fenster und überflog die angegebenen Therapiezeiten.

PVKM Gruppentherapie		**Leitung**
Montag	9.00 Uhr – 13.00 Uhr	FC
Dienstag	9.00 Uhr – 13.00 Uhr	NW
Mittwoch	9.00 Uhr – 13.00 Uhr	TJ
Donnerstag	/	
Freitag	9.00 Uhr – 13.00 Uhr	NW
	17.00 Uhr – 21.00 Uhr	TJ

Er kniff die Augen zusammen. Wenn das die Termine sind, dachte er, dann hatte Hofer am Freitag in der zweiten Gruppe, der von siebzehn bis einundzwanzig Uhr, teilgenommen. Das passte auch zu den Zeiten, zu denen er sich mit dem Taxi hatte fahren lassen. Classen hätte am Montagmorgen teilnehmen wollen und Fenger – vorausgesetzt, er hat diese Therapie gemacht, Dienstag, also heute.

Lennarts und Riedels Blicke trafen sich. Seit Freitag hatte der Mörder nicht einen Termin ausgelassen.

»Der Liste nach findet die nächste Gruppentherapie morgen früh statt«, begann Riedel. »Mittwoch, neun Uhr bis dreizehn Uhr. Alle drei Opfer kamen nicht aus Lübeck. Kann ich daraus schließen, dass alle Ihre Klienten im Sauerbruchweg von weiter her kommen?«

Burmester war kreidebleich. »Nicht alle«, antwortete er und wanderte zwischen seinem Schreibtisch und der Sitzecke hin und her. »Aber viele.«

»Das heißt, wir müssen davon ausgehen, dass bereits Teilnehmer in der Stadt sind oder auf dem Weg hierher.«

Burmester blieb stehen und stöhnte. »Ja – das müssen wir wohl.«

Lennart trat auf ihn zu.

»Und Sie haben keine Namen, keine Telefonnummern von den Männern? Nichts, worüber wir sie erreichen könnten?«

Burmester zuckte die Schultern. Dann schüttelte er resigniert den Kopf.

»Was machen Sie denn, wenn Sie den Leuten absagen müssen? Das kann doch vorkommen. Es muss doch nur einmal einer Ihrer Mitarbeiter krank werden.«

»Warten Sie!« Diesmal ging Burmester nicht zu dem Telefon auf seinem Schreibtisch, sondern zog ein Handy aus seiner Hemdtasche und wählte.

»Ah, gut!«, hörten Lennart und Riedel ihn sagen. »Du bist noch da!« Und nach einem kurzen Schweigen sagte er: »Hör zu – was? Jacobi ist da … Nein, hör zu Nik, es ist wichtig. Habt ihr irgendwelche Kontaktdaten von euren Teilnehmern? … Ja ich weiß, dass sie anonym an der Therapie teilnehmen. Trotzdem. Gibt es irgendeine Möglichkeit, sie zu erreichen? … E-Mail-Adressen. Das ist gut. … Warum? Frag nicht. Ich erklär dir das später. Sag Jacobi, dass ihr euch ein anderes Mal treffen müsst. Ich komme jetzt mit zwei Polizeibeamten vorbei. … Nein, das erkläre ich dir dann. Bitte, such alles raus, was ihr habt.« Ohne ein weiteres Wort legte Thies Burmester auf und sah Lennart und Riedel an.

»Kommen Sie! Vielleicht haben wir Glück.«

Franka Dahlberg drückte den Klingelknopf an der Eingangstür zum Haus der Hofers.

Die Sprechanlage blieb stumm.

Sie warf Joseph Walther, der neben ihr stand, einen kurzen Blick zu. Und obwohl sie nicht davon ausging, dass ihnen jemand die Tür öffnen würde, drückte sie die Klingel erneut. Nichts rührte sich.

Den Durchsuchungsbeschluss, der ihnen kurz zuvor per Fax zugegangen war, hielt sie in der Hand. Irmgard Traut hatte ihn angekündigt und berichtet, dass Oberstaatsanwalt Ole Blohm nur mit Murren Fausts Forderung nachgegeben und den Beschluss besorgt hatte.

Franka packte das Papier in ihre Tasche. Dann trat sie

einen Schritt zurück, drehte sich um und nickte einem Mann in einem grauen Overall mit der orangefarbenen Aufschrift *Schlüsseldienst Rudi Boschinski* zu. Daraufhin machte sich der beleibte Handwerker ans Werk. Keine fünf Minuten später war die Eingangstür zur Villa der Hofers geöffnet und – zu Frankas Erstaunen – die Alarmanlage deaktiviert. Sie hatte den kleinen Mann mit der knubbeligen Nase unterschätzt.

Die Waffen im Anschlag, betraten Franka, Walther, mehrere Beamte der Polizeidirektion Dießen, in deren Zuständigkeitsbereich die Gemeinde Schondorf fiel, sowie anstelle eines Vertreters der Justiz, ein Beamter der Gemeinde das Haus. Ein Blick durch die lichtdurchflutete Eingangshalle reichte, um zu erkennen, dass das Innere der Villa genauso großzügig und eindrucksvoll gestaltet war, wie der Bau es von außen vermuten ließ.

Sie gaben sich ein Zeichen, woraufhin die Dießener Kollegen lautlos die geländerlose Treppe hinaufstiegen, die rechts des Eingangs nach oben führte und in einer offenen Galerie mündete. Sie nahmen sich die Zimmer im Obergeschoss vor.

Franka und Walther traten einen Schritt weiter in die Diele hinein. Der Gemeindevertreter blieb, wie angeordnet, am Eingang stehen.

Franka steuerte auf eine der von der Eingangshalle abgehenden Türen zu, blieb plötzlich stehen und hob ihre Hand. Sie kräuselte die Stirn. Dann drehte sie ihren Zeigefinger vor ihrem rechten Ohr und sah Walther, der gleich hinter ihr war, mit zusammengekniffenen Augen an.

»Hörst du das?«, formten ihre Lippen lautlos.

Walther nickte.

Sie hörten Stimmen. Die einer Frau und die eines Mannes.

Langsam, ohne ein Geräusch von sich zu geben, bewegten sie sich in Richtung des Raumes, aus dem die Laute kamen. Franka vorweg, gefolgt von Joseph Walther, der ihr Deckung gab.

Mit jedem Schritt wurden die Stimmen lauter. Und in dem Moment, in dem Franka die Tür, die nur angelehnt war, mit einem kräftigen *Wom* auftrat und »Polizei! Hände hoch! Keine Bewegung!« rief, verkündete die Frauenstimme, dass man Radio ENERGY eingeschaltet habe, den Sender, bei dem nun drei Songs am Stück folgen würden.

Franka Dahlberg und Joseph Walther betraten eine topmodern eingerichtete Küche mit einem üppigen Küchenblock in der Mitte. Im Radio spielten sie den ersten der drei Songs.

Sie ließen ihre Blicke durch den Raum schweifen. Es war niemand da.

Vor der Fensterfront, zum Garten und zum See hinaus, stand ein großer Esstisch mit einer ovalen Glasplatte, an dem acht bis zehn Personen Platz fanden. An der Wand hing ein flaches Fernsehgerät. Daneben stand auf einem Regal das Radio.

An den beiden Türen eines geräumigen Edelstahlkühlschranks waren mit Magneten ein Stundenplan sowie mehrere Notizzettel befestigt, die Franka überflog. Es war nichts dabei, was ihr wichtig erschien.

Sie trat an den Küchenblock heran, um den herum mehrere Barhocker standen, und erblickte eine halb leere

Schüssel mit Cornflakes, zwei Teller mit Messern, einige Krümel und zwei Tassen mit einem Rest Tee. Außerdem drei leere Gläser, aus denen, wie es aussah, Orangensaft getrunken worden war, ein Glas Marmelade, eine geöffnete Butterschale und eine Tüte Milch.

Franka beugte sich über die Schüssel mit den Cornflakes, die von der Milch ganz breiig geworden waren. Ein saurer Geruch kroch ihr in die Nase.

»Guck mal!«, flüsterte Walther und wies auf Christiane Hofers Handy, das auf dem Esstisch lag.

Von der Küche aus ging es durch zwei riesige, offenstehende Flügeltüren direkt in ein Esszimmer und von dort aus in ein weitläufiges, helles Wohnzimmer. Auch diese Räume waren leer. Vom Wohnzimmer aus kamen sie zurück in die Diele.

Die Waffen noch immer jederzeit einsatzbereit, steuerten sie auf eine weitere Tür zu. Sie stand, genau wie die zur Küche, einen Spalt offen.

Walther trat einen Schritt vor Franka und schob die Tür mit der linken Hand auf.

Langsam betraten sie den Raum – ein liebevoll eingerichtetes Zimmer mit rosa gestrichenen Wänden, voller bunter Spielsachen und großer, gemütlich aussehender Sitzsäcke. Offensichtlich war das Julia Hofers Spielzimmer. Dann nickte Walther in Richtung eines kleinen weißen Schreibtischs. Dort, wo normalerweise der Schreibtischstuhl hätte stehen sollen, hing eine kuschelige Decke, mit bunten Luftballons darauf, die unter Büchern auf der Schreibtischplatte festgeklemmt war.

Sieht aus, wie ein Versteck, dachte Franka und trat

näher an den Schreibtisch heran.

Ein unangenehmer Geruch stieg ihr in die Nase. Ein Geruch, den sie nur allzu gut kannte und der mit jedem Schritt, den sie weiter auf den verhangenen Schreibtisch zuging, stärker wurde. Beißender.

Und wenn das Mädchen doch nicht mit ihrer Mutter verreist ist?, schoss es Franka durch den Kopf. Wenn Julia hier … in diesem Zimmer … hinter …

Sekundenschnell tauchten Bilder ihrer Töchter vor ihrem inneren Auge auf. Sie versuchte sie zu verscheuchen, sich zu wappnen und auf das Schlimmste gefasst zu sein.

Als sie am Schreibtisch angekommen war, hämmerte ihr Herz. Sie schloss für einen Moment die Augen und beugte sich dann hinunter. Mit angehaltenem Atem schob sie langsam die Decke zur Seite.

Franka stierte in das Versteck hinein. Aber sie konnte nichts sehen. Erst als sich ihre Augen an das finstere Innere gewöhnt hatten, erkannte sie die Umrisse von etwas.

Verdammt, was ist das?

Sie schob die Decke noch ein Stück weiter zur Seite.

Das sieht aus wie ein …

Franka erstarrte.

… wie ein Käfig!

Sie sprang auf.

»Scheiße! Scheiße! Wie kann ein Scheißvieh so stinken«, schimpfte sie, steckte ihre Pistole in das Holster und trat einige Schritte von dem Schreibtisch zurück. Obwohl sie sich von Joseph Walther abgewandt hatte, hatte er die

Tränen gesehen, die ihr vor Erleichterung in die Augen geschossen waren.

Er ging zu dem Schreibtisch, hob die Decke und sah ein totes Meerschweinchen in einem Käfig liegen. Die kleine Schüssel für das Futter war genauso leer wie die Tränke, die an den Gittern befestigt war. Das Tier war verdurstet.

***

Das Gebäude im Sauerbruchweg lag unmittelbar hinter dem Gelände der *Sana Kliniken*, keine zehn Minuten vom *ZVV* entfernt.

»Wir sind da«, sagte Thies Burmester, zeigte auf einen roten Backsteinbau, zog seine Schlüsselkarte aus der Manteltasche und steuerte auf den Eingang zu. Burmester wollte gerade die Karte durch das Lesegerät ziehen, als die Tür von innen geöffnet wurde und zwei Männer vor ihm, Lennart und Riedel standen. Der eine glatzköpfig, mit Nickelbrille, in gestreiftem Hemd und Jeans. Der andere mit kurzen blonden Haaren und weichen, klaren Gesichtszügen, ebenfalls in Jeans, aber mit dunkelbraunem Jackett, olivgrünem Hemd, altrosa Krawatte und einer dunkelblauen Barbour-Steppjacke über dem Arm.

»Professor Justus Jacobi«, stellte Thies Burmester den Mann im Jackett vor. »Herr Professor Jacobi ist Leiter der Klinik für Kinder- und Jugendpsychiatrie am Universitätsklinikum. Und das ist …«, Burmester wies auf den glatzköpfigen Mann, »Dr. Niklas Weiler, Psychologe hier im

Haus.« Die beiden Männer grüßten Lennart und Riedel knapp.

»Hast du die Kontaktdaten?«, fragte Burmester denjenigen, den er als Niklas Weiler vorgestellt hatte, und schob sich ohne ein weiteres Wort in das Gebäude hinein.

»Kann mir mal einer sagen, was hier überhaupt …« Weiler hob fragend die Hände.

»Guten Tag.« Lennart stellte sich und Riedel vor. »Lassen Sie uns bitte reingehen. Es ist dringend!«

Niklas Weiler sah Thies Burmester, der bereits den Eingangsbereich durchschritten und die ersten Stufen der Treppe in die obere Etage genommen hatte, kopfschüttelnd hinterher und drehte sich dem Mann neben sich zu.

»Herr Professor Jacobi …«, sagte er. »Bitte seien Sie mir nicht böse – aber Sie sehen ja … Ich muss unseren Termin leider ein weiteres Mal verschieben. Ich komme morgen im Laufe des Vormittags zu Ihnen. Gegen elf Uhr. Ist Ihnen das recht?«

Der Mann lächelte und streckte Niklas Weiler die Hand entgegen.

»Sie brauchen sich nicht zu entschuldigen. Ich hoffe nur, es ist nichts Schlimmes passiert. Ich werde morgen um elf Uhr in meinem Büro auf Sie warten.«

Sie schüttelten sich die Hände.

Dann schritt der Professor an Lennart und Riedel vorbei.

»Meine Herren!«, er nickte knapp, ging zu seinem Wagen, der direkt vor der Tür des Gebäudes am Straßenrand parkte, stieg ein und fuhr davon.

Sie betraten einen kleinen, karg eingerichteten Raum im Obergeschoss, in dem Thies Burmester bereits wartete. Der Leiter des Therapiezentrums lief unruhig zwischen der Tür auf der einen und dem Fenster auf der anderen Seite auf und ab.

»Was ist denn überhaupt los?«, fragte Niklas Weiler und bot Lennart und Riedel an, an dem hellgrauen runden Besprechungstisch in der Mitte des Raumes Platz zu nehmen.

Thies Burmester blieb stehen, kam dann zu ihnen und stützte sich auf der Tischplatte ab. Er holte Luft und setzte gerade an, etwas zu sagen, als Matthias Riedel dem Mann mit der Glatze das Foto von Michael Hofer vorlegte und ihm die Fotos der beiden anderen Opfer auf seinem Smartphone zeigte.

»Kennen Sie diese Männer?«, fragte Riedel.

Burmester richtete sich auf, drehte sich um und stöhnte.

Niklas Weiler beugte sich vor, warf einen Blick auf das Foto von Hofer, nahm das Handy in die Hand und betrachtete abwechselnd die Bilder von Hanno Classen und Gernot Fenger.

»Den Mann hier«, antwortete er wenig später und reichte Riedel das Foto von Michael Hofer, »den kenne ich. Er macht bei uns eine Therapie, seit wir das Therapieprojekt gestartet haben. Bei Theresa. Also in der Gruppe von Frau Dr. Theresa Johansson.«

Weiler warf Matthias Riedel einen forschenden Blick zu, bevor er sich wieder den Fotos auf dem Smartphone zuwandte.

»Und diesen Mann«, er zeigte auf Gernot Fenger, »den

kenne ich auch. Er nennt sich *Mark* und ist in einer meiner Gruppen. Dienstags.« Weiler zögerte. »Heute war er allerdings nicht da … ohne sich abzumelden, fällt mir dabei ein. Das ist eigentlich gar nicht seine Art, einfach so zu fehlen.«

Weiler sah Riedel an, diesmal weniger forschend – eher argwöhnisch.

»Sagen Sie, was ist mit den Männern?«

»Und den anderen auf dem Handy, kennen Sie den auch?«, fragte Riedel, ohne auf Weiler einzugehen.

Der Psychologe zog mit dem Finger über das Display und betrachtete Hanno Classen. Dann sagte er, dass er den Mann noch nie gesehen habe, und legte das Smartphone auf den Tisch.

»Die sind alle ermordet worden!«, dröhnte Burmester, der nicht länger an sich halten konnte. »Das sind die Männer aus den Hotels!«

»Was?« Weiler sah entsetzt zu seinem Chef hinüber.

»Herr Dr. Weiler …«

»Den Doktor können Sie weglassen.«

»Herr Weiler, wir müssen davon ausgehen, dass die Männer, die in den letzten Tagen in Lübeck ermordet wurden, alle hier an Ihrer Therapie teilgenommen haben«, sagte Lennart.

»Aber das ist doch …«

»Michael Hofers Teilnahme haben Sie und Herr Dr. Burmester bereits bestätigt. Wir gehen davon aus, dass er am Freitag hier war. In der Nacht auf Samstag wurde er ermordet. Außerdem haben wir Ihre Bestätigung, dass Dr. Gernot Fenger, wie der Mann, den Sie unter dem Namen

Mark kennen, wirklich hieß, an der Therapie teilgenommen hat. So, wie es aussieht, wollte er heute hierherkommen. Fenger wurde letzte Nacht umgebracht. Und von diesem Mann«, er wies auf das Handy und Hanno Classens Foto, »wissen wir von seinem Bruder, dass er am Montag in den Sauerbruchweg kommen wollte.« Lennart beobachtete von der Seite, wie Weilers Bein unkontrolliert auf und ab wippte. »Er wurde ebenfalls in der Nacht davor ermordet.«

Niklas Weiler sah Lennart mit weit aufgerissenen Augen an.

»Und jetzt …«, begann er, bekam aber kein weiteres Wort heraus.

»Jetzt«, meldete sich Riedel, »haben wir Sorge, dass heute Nacht der vierte Mord geschieht. Wir wissen von Herrn Dr. Burmester, dass morgen früh eine weitere Gruppe stattfinden wird und dass der Täter es ganz offensichtlich auf Männer abgesehen hat, die auf Kinder stehen und hier in die Therapie gehen.«

»Die Mittwochsgruppe«, stieß Weiler aus.

»Wir müssen die Männer, die morgen hierherkommen wollen, unbedingt erreichen. Wir müssen sie warnen!«, drängte Lennart. »Diese Männer und alle anderen, die an Ihrer Therapie teilnehmen.«

»Warnen?«, druckste Weiler. »Ich verstehe. Aber … Sie müssen wissen … ich meine … eine der wichtigsten Voraussetzungen für das Gelingen unserer Arbeit ist die, dass der Zugang zu der Therapie für unsere Klienten völlig anonym möglich ist.«

»Das wissen wir. Herr Dr. Burmester hat uns darüber

bereits informiert. Aber er meinte auch, dass die Männer eventuell eine E-Mail-Adresse hinterlassen haben, über die wir sie erreichen können.«

Der Psychologe warf seinem Chef, der sich in der Zwischenzeit ebenfalls an den Tisch gesetzt hatte, einen fragenden Blick zu.

Burmester nickte.

»Das ist richtig«, sagte Weiler dann. »Wir weisen jedem Teilnehmer am Anfang der Therapie eine Art Pin zu. Eine sechsstellige Zahl. Aber wir lassen uns von den Betroffenen auch einen Namen nennen, damit wir sie und sie sich untereinander ansprechen können. Und wir sagen ihnen, dass wir für den Fall, dass eine Sitzung nicht stattfinden kann, Kontaktdaten benötigen, über die wir sie erreichen können. Die Angaben sind natürlich freiwillig. Die meisten Klienten nennen uns einen Vornamen. Wir gehen allerdings nicht davon aus, dass das ihr richtiger Name ist. Eine Anschrift oder eine Handynummer geben sie nicht an – jedenfalls hat das bisher aus meinen Gruppen kein Teilnehmer getan. Was wir in der Regel aber haben, sind E-Mail-Adressen. Keine, die einen Rückschluss auf die Identität der Teilnehmer zulassen. Irgendetwas Erfundenes. Oft ist der falsche Vorname Teil der Adresse.«

»Sie sagten, die Klienten, die morgen hierherkommen, nehmen an einer Therapie bei Ihrer Kollegin teil. Kommen Sie an die Kontaktdaten heran?«

»Ja, sicher … aber Sie werden verstehen, dass ich Ihnen diese Daten nicht aushändigen kann. Sie sind zwar anonymisiert … aber …«

»Wie viele Personen sind in der Gruppe?«

Weiler stand auf, verließ den Raum und kam wenige Minuten darauf mit einem Ordner wieder herein. Er öffnete ihn, blätterte, fuhr mit dem Finger über eine Seite und antwortete dann: »Sieben. Sieben Teilnehmer sind in der Gruppe. Das ist die Höchstteilnehmerzahl. Wir überlegen, die Gruppen zu vergrößern und dann immer mit zwei Therapeuten zu arbeiten. Aber das ist an dieser Stelle wahrscheinlich gar nicht wichtig für Sie.«

Weiler fuhr erneut mit dem Finger über das Blatt.

»... vier, fünf, sechs, sieben. Das ist gut. Wir haben von allen eine E-Mail-Adresse.«

Erleichterung machte sich breit.

»Ich sollte Theresa anrufen!« Burmester zückte sein Handy. »Es ist ihre Gruppe.« Er öffnete das Adressbuch und wählte Theresa Johanssons Nummer.

»Geht nicht dran«, nuschelte er. Und wenige Sekunden später hörte Lennart, wie er seiner Mitarbeiterin eine Nachricht mit der Aufforderung hinterließ, sich sofort zu melden, wenn sie die Mailbox abhörte.

Lennart dachte einen Moment nach.

»Haben Sie eine Liste mit Hotels, die Sie Ihren Klienten, die von weiter herkommen, empfehlen?«, fragte er Weiler.

»Eine Liste nicht. Aber ich empfehle aufgrund der Nähe häufig das *Hotel* ...«, er stockte.

» ... *am Krankenhaus Süd*?«

»Ja. Genau das. Da ist doch auch jemand ermordet worden ... oder?«

Lennart nickte.

»Nun gut!«, sagte er dann. »Das heißt, wir können alle, die morgen hierherkommen, kontaktieren. Was ist mit den Klienten aus den anderen Gruppen und denen, die hier an Einzelgesprächen teilnehmen? Wie erreichen wir die?«

»Ich müsste nachsehen. Aber ich denke, den meisten können wir eine Mail schicken. Aber wie gesagt, ich kann Ihnen die Adressen nicht geben.«

Lennart sah den Psychologen an. In Weilers Gesicht spiegelten sich Sorge auf der einen und Verantwortungsbewusstsein auf der anderen Seite. Sorge um das Leben der Männer, wie Lennart vermutete, und Verantwortungsbewusstsein, was den Schutz ihrer Anonymität betraf.

»Gut«, sagte er wieder. »Sie müssen uns die Daten nicht aushändigen. Vorerst nicht. Aber ich möchte, dass Sie alle Männer kontaktieren. Welche Informationen genau Sie Ihren Klienten zukommen lassen, erfahren Sie in Kürze von unseren Kollegen.«

Und an Riedel gewandt meinte er: »Sag Faust Bescheid!«

Zur ungefähr selben Zeit betrat Benno Faust das beengte, behelfsmäßig eingerichtete Büro der Sonderkommission. Knut Hansen, der Kollege der Kriminalpolizeiaußenstelle Neustadt, erwartete ihn bereits.

»Franka hat gerade angerufen«, sagte er und berichtete, wie Franka Dahlberg, Joseph Walther und die Kollegen vom Ammersee das Haus der Hofers vorgefunden hatten. Ein totes Meerschweinchen, wiederholte Faust in Gedanken und versuchte sich einen Reim auf das zu machen, was er gerade erfahren hatte. Ein totes Meerschweinchen, das aber noch leben würde, wäre Michael Hofer nicht ermordet worden, sondern wie geplant am Samstag aus Lübeck zurückgekommen. Das bedeutet, für die Hofers hatte es keinen Grund gegeben, irgendjemanden zu organisieren, der sich um das Tier hätte kümmern müssen.

Dann das Radio. Das Radio, das lief, als Franka und Walther das Haus betreten hatten. Vielleicht hatte der Taxifahrer früher als bestellt geklingelt, überlegte Faust. Hofer war in Hektik geraten, hatte seine Tasche und Jacke gegriffen und in der Eile vergessen, das Radio auszumachen. Blieb das Frühstück. Das Frühstück, das nicht abgeräumt worden war. Julia und Christiane Hofer hatten eine Stunde vor Michael Hofer das Haus verlassen. Es sah also ganz danach aus, als hätte Frau Hofer es ihrem Mann überlassen, den Frühstückstisch abzuräumen. Aber das hatte er nicht getan.

Warum nicht, fragte sich Faust. Warum hat Hofer alles stehen und liegen lassen, obwohl er wusste, dass seine Frau und seine Tochter die nächsten Tage nicht nach Hause kommen würden, und er selbst ebenfalls vorhatte zu verreisen – wenn auch nicht lange?

Benno Faust ging einige Schritte durch den Raum. Er suchte nach einer Antwort, fand aber keine, die ihn zufriedenstellte. Das Einzige, was ihm logisch erschien, war, dass Hofer sich beeilen musste oder dass er das Aufräumen einer Haushaltshilfe überlassen hatte. Allerdings, dachte er, wenn Hofer eine Haushaltshilfe hatte, warum hat sie ihren Job dann nicht gemacht? Warum lief dann das Radio und warum war das Meerschweinchen verdurstet?

Er verwarf die Idee mit der Haushaltshilfe wieder. Dann kam ihm ein ganz anderer Gedanke. Faust blieb stehen.

Konnte es sein, dass Michael Hofer gar nicht davon ausgegangen war, dass seine Frau und seine Tochter die nächsten Tage nicht wiederkommen würden?

Benno Faust versuchte den Gedanken zu fassen.

Hatte er deshalb alles stehen und liegen gelassen?

Ihm fiel das Handy ein. Christiane Hofers Handy, das in der Villa lag.

Vielleicht hat sie es ja gar nicht vergessen, weil sie und Julia gar nicht vorhatten zu verreisen.

Benno Faust wanderte weiter durch den Raum. Unsinn, dachte er. Warum hatte Christiane Hofer ihre Tochter dann von der Schule befreien lassen. Außerdem waren beide mit einem Koffer gesehen worden, und der Wagen stand in der Tiefgarage am Bahnhof. Er machte einen Schritt zurück und wäre beinahe über eine Kiste mit Kabeln gestolpert.

»Verdammt!«, fluchte er. »Das ist doch kein Raum für eine SOKO, die drei Morde aufzuklären hat!«

Und wenn sie zwar vorhatte zu verreisen, ihrem Mann aber nichts von den Plänen gesagt hat?

In Fausts Schädel pochte es.

Wenn sie nicht gewollt hatte, dass er davon wusste? Wenn sie alles so arrangiert hatte, dass es für ihn gar keinen Grund gab, sich um irgendetwas im Haus zu kümmern? Wenn Frau Hofer es so aussehen lassen hatte, als würde sie wenig später zurückkommen?

»Was, wenn sie von der Neigung ihres Mannes erfahren und Julia …«, murmelte Faust tief in Gedanken versunken vor sich hin. Er hatte das schon einmal gedacht – als er mit Lennart telefoniert hatte. Es war nur ein flüchtiger Gedanke gewesen, der sich jetzt aber breiter und breiter machte.

»Du meinst, sie könnte ihre Tochter vor ihrem Mann in Sicherheit gebracht haben?«, hörte er Hansen fragen. Faust sah ihn eine Weile schweigend an. Dann nickte er. Im selben Augenblick vibrierte sein Handy in seiner Hemdtasche. »Moment!«, nahm er das Gespräch an und ließ seinen Blick durch den vollgestopften Raum wandern.

»Packt eure Sachen und gebt der Technik Bescheid«, sagte er zu den Beamten. »Wir ziehen um!«

Dann wandte er sich dem Gespräch mit Matthias Riedel zu.

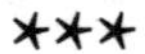

»Und jetzt?«

Thies Burmester lief, wie schon zuvor, zwischen der Tür und dem Fenster auf und ab.

»Was machen Sie jetzt?«

»Jetzt sagt mein Kollege in der Direktion Bescheid. Dann werden die Kollegen alles Weitere in die Wege leiten und, wie gesagt, Sie beziehungsweise Herrn Weiler darüber informieren, was Sie Ihren Klienten bitte mitteilen.«

Burmester blieb stehen.

Lennart sah ihm an, dass ihm das als Antwort nicht reichte.

»Ja, aber Sie müssen doch …«, setzte der Zentrumsleiter an, hielt dann aber inne. Er setzte sich, faltete die Hände, senkte den Blick und blieb, wie erstarrt, einfach nur sitzen. Nach einer Weile blickte Thies Burmester wieder auf.

»Was für ein Albtraum!«

»Erzählen Sie mir etwas über die Therapie«, bat Lennart.

»Was wollen Sie denn wissen?« Burmester klang niedergeschlagen.

»Erzählen Sie mir zum Beispiel, wie und wann die Idee, eine Therapie für diese Zielgruppe anzubieten, entstanden ist.«

Burmester nickte.

»Wir haben vor zweieinhalb Monaten mit den ersten beiden Gruppen angefangen. In der Woche nach der offiziellen Eröffnung des Projekts, im September. Allerdings muss man dazusagen, dass das Team bereits drei Monate früher stand und die Arbeit aufgenommen hat. Das heißt, nicht das gesamte Team. Eine Mitarbeiterin, Frau Dr. Johansson, deren Gruppe morgen stattfinden sollte, ist erst im August dazugekommen. Die Idee, wie Sie sagen, eine Therapie für Menschen mit einer auf Kinder oder Jugendliche gerichteten pädophilen Neigung anzubieten, stammt von Niklas – Herrn Weiler.«

Burmester stand auf. »Den Stein ins Rollen gebracht hat ein früherer Vorschlag von ihm.«

Er stapfte durch den Raum und erzählte, wie Niklas Weiler eines Tages vor ihm gestanden und ihm den Vorschlag gemacht hatte, sich um ein vom Land Schleswig-Holstein gefördertes Projekt zu bewerben. In dem Projekt ging es darum, die Ursachen einer sexuellen Präferenz für Kinder und Jugendliche zu erforschen und Risikofaktoren zu benennen, die das Ausleben dieser Neigung fördern. In einem zweiten Schritt sollten von den Ergebnissen spezifische Präventionsstrategien abgeleitet werden.

»Ich war nicht gerade begeistert von dem Vorschlag. Und zwar aus zweierlei Gründen nicht. Einer davon war der, dass ich sehr zufrieden mit dem war, was Weiler bis dahin im *ZVV* machte.«

Burmester berichtete, dass sich Niklas Weiler vor sieben Jahren als Psychotherapeut bei ihm um eine Mitarbeit in der kinder- und jugendtherapeutischen Ambulanz, die zwei Monate später eröffnen sollte, beworben habe. Weiler hatte in Hamburg Philosophie und Psychologie studiert, über sexuellen Missbrauch an Jungen seine Diplomarbeit geschrieben und anschließend promoviert.

»Das Thema seiner Dissertation lautete *Suizidalität und Parasuizidalität bei Jungen und männlichen Jugendlichen mit Missbrauchserfahrungen.*« Burmester hielt inne. »Sehr lesenswert. Aber so genau wollen Sie das vermutlich gar nicht wissen.«

Nicht weniger ausführlich schilderte er dann, dass Niklas Weiler an verschiedenen therapeutischen Einrichtungen für Kinder und Jugendliche tätig gewesen sei und eine Zeit lang als wissenschaftlicher Mitarbeiter im Team von Professor Klaus Kindermann, dem Leiter der Klinik für Kinder- und Jugendpsychiatrie, -psychotherapie und -psychosomatik, am Universitätsklinikum Hamburg-Eppendorf mitgearbeitet habe. Einer Koryphäe, wie Burmester noch hinzufügte.

»Seine Zeugnisse weisen Weiler allesamt als einen hervorragenden Therapeuten aus. Und – er hat die besten Referenzen. Aber auch das gehört hier wohl gar nicht hin.«

Burmester blieb stehen.

»Kurzum, ich war von Anfang an überzeugt, dass Herr Weiler gut in unser Haus passen würde. Ich habe ihn eingestellt und er hat gute Arbeit geleistet. Gradlinig und feinsinnig. Ein Vierteljahr später habe ich ihm die Leitung der kinder- und jugendtherapeutischen Ambulanz angeboten. Er war einverstanden und hat einen wirklich guten Job gemacht. Ich wollte, dass er der Leiter dieser Einrichtung bleibt.«

Burmester verschränkte die Arme.

»Das war der eine Grund, weshalb ich gegen eine Teilnahme an der Ausschreibung für dieses Projekt war. Der andere war der, dass es sich dabei um ein Forschungsprojekt handelte und ich der Meinung war, das *ZVV* sei für so etwas nicht aufgestellt und die Umsetzung außerdem Aufgabe von Universitäten. Aber Weiler blieb hartnäckig und hat mir kurz darauf ein Konzept samt Bewerbung vorgelegt. Das Konzept war gut«, meinte Burmester und gab zu, dass Weilers Begeisterung auf ihn übergesprungen war. Er hatte zugestimmt, allerdings ohne einen einzigen Augenblick ernsthaft zu glauben, mit einem Gesundheitszentrum bei der Ausschreibung die geringste Chance zu haben.

»Aber …«, sagte er, »da habe ich mich getäuscht.«

Das *ZVV* bekam den Zuschlag für eine vierjährige Förderungsdauer, und Burmester stellte fünf weitere Mitarbeiter ein. Gegen Ende der Förderungszeit hatte Niklas

Weiler Ergebnisse vorgelegt, die ihm nicht nur bei Burmester, sondern in der gesamten Fachwelt großen Respekt einbrachten.

»Ja, und dann«, fuhr der Leiter des *ZVV* fort, »stand er wieder vor mir. Diesmal mit der Idee, ein Therapieangebot zu schaffen, in dem er genau das anwenden wollte, woran er die letzten Jahre gearbeitet hatte. Ein Angebot für Menschen mit einer auf Kinder und Jugendliche ausgerichteten sexuellen Präferenz. Menschen, die im Rahmen einer Therapie Strategien entwickeln sollten, mit ihrer Neigung ein Leben lang zu leben – ohne sie auszuleben.«

Burmester schüttelte den Kopf.

»Ich war noch weniger begeistert, als ich das schon bei seinem ersten Vorschlag war. Das können Sie mir glauben. Aber, wie ich gerade schon erwähnte – Herr Weiler kann sehr hartnäckig sein. Und überzeugend.«

Thies Burmester setzte sich zu Lennart an den Tisch und fuhr fort. *»Das ist nur konsequent, wenn wir das machen*, hatte Weiler gesagt. Und dann hatte er damit argumentiert, dass all die Studien, die sie erstellt hätten, sinnlos seien, wenn die Konzepte und Therapiepläne, die sie aus den Ergebnissen ihrer Arbeit abgeleitet und entwickelt hatten, reine Theorie blieben.«

Burmester seufzte.

»Ich war hin- und hergerissen. Damit will ich nicht sagen, dass ich an der Notwendigkeit und vor allem der Sinnhaftigkeit eines solchen Projekts gezweifelt hätte. Nicht eine Sekunde. Aber mir war klar, dass ein solches Therapieangebot in einer so kleinen Stadt wie der unseren nicht überall auf Verständnis stoßen würde. Ich habe

Weiler gegenüber meine Befürchtungen geäußert. Aber der wollte nichts davon hören. *Thies*, hat er gesagt, *ich will Menschen, die eine sexuelle Erregbarkeit durch Kinder oder Jugendliche verspüren, unterstützen, sich unter Kontrolle zu haben und zu halten. Menschen, die genau wissen, dass sie Kindern unendliches Leid zufügen, wenn sie diese Kontrolle verlieren. Sie sollen die Möglichkeit haben, eine Therapie zu machen. Und zwar nicht erst dann, wenn sie übergriffig geworden sind. Ich will Prävention. Und wenn jemand dafür kein Verständnis hat, um in deinem Duktus zu bleiben, dann fehlt mir dafür wiederum jedwedes!*«

Burmester lächelte.

»Das hat er gesagt. Zwei Tage später habe ich zugestimmt. Sicher – Weilers *Idee*, eine Therapie anzubieten, bevor das Kind in den Brunnen … ich meine, bevor etwas passiert ist, war nicht neu. Und ja – ich hatte meine Bedenken. Aber dennoch: Der Vorschlag hatte seinen Reiz.« Er zuckte die Schultern.

Seinen Reiz, wiederholte Lennart in Gedanken. Er fand die Wortwahl seltsam.

Einen Monat später, so Burmester, hatte Niklas Weiler zusammen mit einigen Kollegen ein Konzept für einen einjährigen Therapiezeitraum entwickelt. Sie hatten Förderanträge beim Ministerium gestellt und diverse potenzielle Sponsoren angesprochen. Weitere drei Monate später hatte das Ministerium einer zweijährigen Förderung zugestimmt, und ein Sponsor war gefunden. Das vorhergegangene vierjährige Forschungsprojekt lief aus, und das neue Programm konnte nahtlos im Sauerbruchweg starten.

Lennart, der bis zu diesem Zeitpunkt aufmerksam

zugehört und kaum ein Wort gesprochen hatte, sah Thies Burmester überrascht an.

»Die Therapie wird gesponsert?«, fragte er.

»Ja. Die Teilnahme an dem Projekt ist kostenlos. Das Problem ist, dass die Krankenkassen die Therapie nicht finanzieren und dass mit der Förderung des Landes allein die Kosten nicht gedeckt sind. Wir haben das Haus angemietet, beschäftigen einen Sexualmediziner und drei Psychologen, wovon einer – beziehungsweise eine – zusätzlich Medizinerin ist.«

»Und wer sponsert so ein Projekt?«

»Hier … bei uns … die Ambauer-Stiftung.«

»Die Ambauer-Stiftung? Soweit ich weiß, fließen deren Gelder in die Erforschung und Behandlung von Krebserkrankungen und zu einem beträchtlichen Teil in gemeinnützige Projekte der Hansestadt. Welches Interesse hat die Ambauer-Stiftung an der Förderung eines Therapieprogramms für Pädophile? Pädophile, die aus ganz Deutschland kommen?«

»Warum sponsert die Automobilindustrie solche Projekte? Wir sind nicht die Einzigen, die wissen, wie wichtig ein solches Angebot ist. Wie gesagt, die Idee war nicht ganz neu. In anderen Städten gibt es ähnliche Projekte, und soweit ich weiß, gibt es eine Universitätsklinik, die einen Automobilhersteller als Sponsor für ihr Therapieangebot gewinnen konnte.« Burmester legte die Fingerspitzen aneinander. »Aber zugegeben …«, sagte er. »Ich habe da ein wenig nachgeholfen.« Er grinste.

Ein überhebliches Grinsen, wie Lennart fand.

»Ferdinand Ambauer – Sie wissen, wer Ferdinand

Ambauer ist – und ich, wir kennen uns schon eine ganze Weile und sind … ja, man kann sagen, dass wir befreundet sind. Aber bitte! Bitte behalten Sie das Herrn Weiler gegenüber für sich.«

Burmester zwinkerte.

»Herr Ambauer war auch so freundlich, die Kosten für die erforderliche Öffentlichkeitsarbeit zu übernehmen.« Er grinste wieder. »Das Ergebnis ist, dass wir jetzt mehr Anfragen haben als Therapieplätze.«

»Wie viele Menschen behandeln Sie?«

»Bis zur Eröffnung hatten wir bereits knapp achtzig Anfragen von Betroffenen. Ende Oktober waren es über einhundert. Fünfundsiebzig Männer wurden in den Monaten vor Projektstart bis heute diagnostisch erfasst. Fünfunddreißig davon haben einen Therapieplatz in einer der fünf Gruppen bekommen, die wir mittlerweile haben. Hinzu kommen, wie ich vorhin schon sagte, einige Einzeltherapieplätze. Derzeit nehmen zwei Männer dieses Angebot wahr.«

»Sieben Teilnehmer pro Gruppe«, dachte Lennart laut.

»So ist es zumindest gedacht. Aber natürlich haben einige die Therapie auch abgebrochen. Soweit ich weiß, ist nur noch die Gruppe vollzählig, die morgen stattfinden sollte. Die gibt es aber auch erst seit vier Wochen. Sie ist die letzte, die wir gestartet haben.«

»Sie sagten, bisher nehmen nur Männer an der Therapie teil. Haben sich auch Frauen gemeldet?«

»Meines Wissens nicht. Aber das müssten Sie sonst noch einmal die Mitarbeiter direkt fragen.«

»Verstehe ich das richtig, dass vierzig Männer, die

hier vorstellig geworden sind, noch keinen Therapieplatz bekommen haben?«

»Ah … nein! Aber Sie haben recht. Wenn ich von fünfundsiebzig Erfassungen und fünfunddreißig Therapieplätzen spreche, könnte man das meinen. Aber ganz so ist es nicht. Es gibt eine Warteliste mit derzeit fünf Männern. Stand ebenfalls Ende Oktober.«

»Was ist mit den anderen?«

»Die restlichen Männer haben die Aufnahmekriterien nicht erfüllt.«

»Aufnahmekriterien?«

»Ja, zum Beispiel hat sich im Aufnahmegespräch herausgestellt, dass sie gar nicht pädophil sind. Oder, dass einem Bewerber die Bereitschaft fehlt, sich auf das einzulassen, was wir ihm anbieten können. Einige kommen hierher, weil sie von anderen geschickt wurden. Das heißt, sie suchen die therapeutische Hilfe nicht von sich aus. In der Regel fehlt diesen Interessenten das nötige Problembewusstsein. Läuft ein Ermittlungsverfahren gegen sie, ist das grundsätzlich ein Ausschlusskriterium. Denn in dem Fall müssen wir davon ausgehen, dass die Hoffnung, die Teilnahme an einer Therapie wirke sich positiv auf das Strafmaß aus, die Behandlungsmotivation ausmacht. Außerdem lehnen wir Interessenten mit einer ausgeprägten Intelligenzminderung ab und Personen, bei denen wir von psychischen Krankheiten, wie Psychosen, wissen – oder von Suchterkrankungen.«

»Hmmm.« Lennart stand auf und ging ans Fenster. »Sie sagten vorhin, dass es Herrn Weilers Ziel sei, die Menschen, die hierherkommen, dabei zu unterstützen, sich zu kontrollieren – und zwar, wenn ich das richtig verstanden habe, bevor sie die Kontrolle verlieren. Präventiv.«

»Das ist richtig. Man kann sagen, dass das unser übergeordnetes Ziel ist. Deshalb auch der Name des Projektes: *Projekt zur Vorbeugung von Kindesmissbrauch*. Das ist erreicht, wenn Menschen mit einer pädophilen Präferenz Verantwortung für ihre Neigung übernehmen und gelernt haben, ihr Verhalten vollständig zu kontrollieren. Wie gesagt: ihr Leben lang.«

»Von Hanno Classen wissen wir, dass er bereits im Jugendalter übergriffig geworden ist und – so die Aussage des Bruders – auch im Erwachsenenalter. Immer wieder. Wenn Sie von Vorbeugung sprechen, dann kann ich also annehmen, dass Ihre Mitarbeiter davon nichts gewusst haben?« Lennarts Stimme klang schärfer, als er eigentlich wollte.

Burmester sah ihn einen Augenblick an.

»Ob sie davon wussten oder nicht, das kann ich Ihnen nicht sagen. Aber lassen Sie mich Ihnen erklären, was wir mit Vorbeugung meinen: Wir verbinden damit nicht, dass die Menschen, die an unserer Therapie teilnehmen wollen, noch nie übergriffig geworden sind. Uns geht es vielmehr darum, Missbrauch generell zu verhindern – einen ersten Übergriff, den jemand begehen könnte, oder aber einen weiteren Missbrauch durch einen Klienten, der bereits Täter geworden ist. Entscheidend im zweiten Fall ist … ich sagte es bereits … dass kein Ermittlungsverfahren läuft. Eine Teilnahme ist durchaus möglich, wenn früher ein Verfahren stattgefunden hat und der Klient womöglich rechtskräftig verurteilt worden ist. Die Strafe muss aber vollständig verbüßt sein.«

»Das heißt, es könnte jemand zu Ihnen beziehungsweise zu Ihren Mitarbeitern kommen und ihnen erzählen, dass er letzte Woche ein Kind missbraucht hat. Solange er sich nicht hat erwischen ...« Lennart zögerte. »Solange er sich im Dunkelfeld bewegt, würde er aufgenommen.«

»Allein das Wissen darum, dass er übergriffig geworden ist, ist kein Ausschlusskriterium.«

»Ich nehme an, die Schweigepflicht erlaubt es Ihnen und Ihren Mitarbeitern, das für sich zu behalten.« Wieder bemerkte Lennart, dass seine Stimme schneidiger klang als beabsichtigt. Seine Gefühle waren gespalten. Auf der einen Seite konnte er das, was Burmester sagte, nachvollziehen. Auf der anderen Seite sträubte es sich in ihm.

»Ich würde das anders formulieren«, gab Burmester zurück. »Sie verbietet es ihnen, etwas zu sagen.« Burmester war mittlerweile die Ruhe selbst. »Wenn wir die Schweigepflicht nicht hätten, gäbe es dieses Projekt nicht. Und dann?« Er sah Lennart eindringlich an.

»Aber was machen Sie, wenn Sie erkennen, dass ein Teilnehmer zwar das nötige Problembewusstsein hat, das Ziel aus Ihrer Sicht aber nicht erreichen wird? Oder was, wenn sich einer der Männer einem Ihrer Mitarbeiter anvertraut und ihm sagt, dass er nicht glaube, sich unter Kontrolle halten zu können?«

Burmester spitzte die Lippen.

»Wir können bei keinem der Teilnehmer ausschließen, dass er übergriffig wird – trotz der Teilnahme an unserer Therapie. Bei keinem heißt, dass wir das auch bei denen nicht können, die nichts sagen oder felsenfest davon überzeugt sind, sich im Griff zu haben. Sie müssen wissen, dass es oftmals ausreicht, dass sich nur ein kleiner Baustein in der Ordnung dieser Menschen verschiebt oder verändert. Und schon kann derjenige für nichts mehr garantieren. Und genau deshalb ist es so wichtig, dass die Menschen hierherkommen. Deshalb ist es so wichtig, dass wir mit ihnen diese Ordnung ansehen und schauen, was sie tun können, damit nichts in Unordnung gerät … Oder aber – wenn das passiert, dass sie vorbereitet sind und wissen, wie sie damit umgehen und sich in kritischen Situationen verhalten können.«

Vom Verstand her hätte Lennart sofort unterschrieben, was Burmester sagte. Aber seine Gefühle wollten nicht recht mitziehen.

»Wie kann ich mir den Ablauf so einer Therapie vorstellen?«

»Das können Ihnen meine Mitarbeiter besser erläutern.«

Lennart überlegte, Burmester zu fragen, ob er wirklich glaubt, dass das funktioniert. Ob er tatsächlich der Meinung ist, durch die Therapie Missbrauch an Kindern verhindern zu können. Er entschied sich dagegen.

»Wie sind die öffentlichen Reaktionen darauf, dass Sie hier eine Therapie für Pädophile anbieten?«, fragte er stattdessen.

»Die Reaktionen sind überwiegend positiv. Menschen, die in der Lage sind, differenziert zu denken, sehen ein, dass wir über unser Angebot die Chance haben, etwas zu verhindern, was ohne unsere Therapie höchstwahrscheinlich unaufhaltsam eintreten würde. Aber … das Thema ist stark emotional besetzt, und natürlich gab und gibt es auch kritische Stimmen. Wie Sie wissen, hatte ich ja schon im Vorfeld befürchtet, dass nicht jeder Verständnis für das aufbringen würde, was Weiler vorhatte und wir jetzt in die Tat umsetzen.«

Emotional besetzt, dachte Lennart. So kann man das ausdrücken.

»Wie hat sich diese Kritik – dieses Unverständnis – geäußert?«

Thies Burmester lehnte sich zurück und rieb sich die Augen. Er erwähnte einen Blogger, der bis heute nahezu täglich unerschütterlich Stimmung im Internet gegen sie machte.

»Er nennt sich *Der Kinderschützer*«, sagte er und verzog das Gesicht zu einer Grimasse. »Ich weiß nicht, wer das ist oder wie der im richtigen Leben heißt. Was ich aber weiß, ist, dass das, was der in seinem Blog vertritt, nichts mit Kinderschutz zu tun hat.«

»*Der Kinderschützer* – klingt, als handele es sich um einen Mann.«

Burmester sah Lennart entgeistert an. »Davon bin ich ausgegangen. Aber jetzt, wo Sie das sagen.« Er schüttelte den Kopf und zog dabei Schultern und Augenbrauen hoch.

»Ein Vorwurf, der uns ständig gemacht wurde und noch gemacht wird, ist der, dass die Mitarbeiter von sexuellen Übergriffen erfahren und diese nicht zur Anzeige bringen«, meinte er dann. Burmester berichtete, dass es außerdem rund um den offiziellen Projektbeginn Unmengen Leserbriefe von aufgebrachten Bürgern in den Zeitungen und Kommentare im Internet gegeben hatte sowie Aussagen diverser Kirchenvertreter, die der Meinung waren, dass sexuelle Fantasien allein schon Sünde seien.

»Plötzlich war mein Therapeutentempel auch noch ein Sündenpfuhl!«

Lennart sah den Leiter des *ZVV* fragend an.

Burmester tat seinen Blick mit einer Handbewegung und einem »Vergessen Sie's!« ab.

Dann erwähnte er eine Gruppe Demonstranten, die sich am Tag der Eröffnung vor dem *ZVV* versammelt hatte.

»Aber davon haben Sie ja sicher etwas mitbekommen. Die Protestaktion war wohl ordnungsgemäß angemeldet. Jedenfalls waren ein paar Ihrer Kollegen vorsichtshalber da. Es ist aber alles friedlich geblieben.«

Lennart dachte angestrengt nach und fragte sich erneut, warum er nichts von diesem Projekt, von dieser Therapie wusste. An Leserbriefe, Kommentare im Internet oder an irgendetwas, was diese Demonstration betraf, konnte er sich jedenfalls nicht erinnern.

Es fiel ihm schwer zu glauben, dass all das an ihm vorbeigegangen sein sollte. Auszuschließen war es aber nicht. Wenn er zurückrechnete, lag die offizielle Eröffnung des Projekts genau in der Zeit, in der sie einem Mörder auf der Spur gewesen waren, der vor zwanzig Jahren ein junges Mädchen nach einem Discobesuch unter der Hüxtertorbrücke vergewaltigt, anschließend erwürgt und dann in den Kanal geworfen hatte. Nach der Tat hatten sie monatelang ermittelt. Ohne Erfolg. Aber dann, zwei Jahrzehnte später, konnten sie die Akte wieder öffnen und dank neuer kriminaltechnischer Möglichkeiten am Ende den

Täter überführen und in seinem Wochenendhaus in Travemünde festnehmen. Ein Bankkaufmann. Verheiratet. Vater zweier Kinder.

Und sicher, ging es Lennart durch den Kopf, wenn sie in Ermittlungen steckten, konnte es vorkommen, dass er und seine Kollegen wenig bis nichts von dem mitbekamen, was um sie herum geschah und nicht unmittelbar im Zusammenhang mit dem Fall stand, an dem sie gerade arbeiteten.

»Die Eröffnungsfeier haben wir im *ZVV* abgehalten«, holte Thies Burmester ihn aus seinen Gedanken. »Wir hielten es für sinnvoll, den Ort, an dem die Therapie stattfindet und an dem sich unsere Klienten aufhalten, nicht bekannt zu machen. Und das nicht erst, nachdem wir die Reaktionen gesehen hatten. Das hatten wir schon vorher so entschieden. Allerdings nicht, weil wir dachten, wir müssten unsere Teilnehmer davor schützen … ermordet zu werden.« Er schnaubte. »Aber wir haben das schon so geregelt, um sie abzuschirmen.«

»Abzuschirmen? Wovor?«

Burmester zuckte die Schultern und hob die Hände.

»Na ja, wir müssen uns nichts vormachen«, sagte er und ließ die Hände fallen. »Die Menschen von denen wir hier sprechen, sind in unserer Gesellschaft die mit dem geringsten Ansehen. Und das ist moderat ausgedrückt.«

Dann schilderte Burmester, dass zu dem Empfang, den sie gegeben hatten, gekommen sei, wer Rang und Namen hatte: Andreas Feltens, Vertreter der Landesregierung; Thomas Langer, Senator im Fachbereich Wirtschaft und Soziales der Hansestadt; daneben Mitglieder der Bürgerschaft und natürlich Ferdinand Ambauer – Vorstandsvorsitzender der Ambauer-Stiftung und Förderer des Projekts. Burmester nannte die Namen diverser leitender Ärzte und Psychologen aus den umliegenden Kliniken und Praxen und meinte, dass x Leute da gewesen seien, die irgendwie mit dem Thema in Berührung kamen.

»Insgesamt über einhundert für unser Projekt wichtige Menschen. Allesamt in nützlichen Positionen«, schloss er seine Aufzählung. »Das klingt vielleicht etwas berechnend – das mit den nützlichen Positionen. Aber wenn wir das Therapieangebot langfristig etablieren wollen, müssen wir eine Menge Menschen für uns gewinnen, die etwas zu sagen und etwas zu entscheiden haben.« Burmester hielt inne. »Langfristig etablieren«, sagte er dann. »Wenn wir uns das jetzt mal nicht abschminken können.«

»Und die ungeladenen Gäste?«, spielte Lennart auf die Demonstranten an.

»Ja, die ungeladenen Gäste. Das haben Sie schön gesagt.«

»Was waren das für Menschen?«

»Tja, was waren das für Menschen? Ich schätze, dass es fünfzig Personen waren, die vor dem *ZVV* protestierten. Vielleicht ein paar mehr.«

Burmester ging davon aus, dass es sich bei dem Großteil der Demonstranten um Eltern gehandelt hatte, getrieben von der Sorge um ihre Kinder. Und er vermutete, dass sich einige Menschen dem Protest angeschlossen hatten, die selber Opfer von Übergriffen geworden waren.

»Dann waren da noch die Lehrer und natürlich die Geistlichen.« Burmester winkte geringschätzig ab. »Ausgerechnet die!«

Die Demonstranten hatten mit Trillerpfeifen und Vuvuzelas protestiert und Plakate mit Parolen wie *Opferschutz vor Täterschutz* und *Keine Kinderschänder in der Hansestadt* hochgehalten.

»Kannten Sie jemanden von den Leuten?«

»Nein. Ich vermute, Sie fragen, weil Sie hoffen, dass ich Ihnen irgendwelche Namen nennen kann. Fragen Sie Ihre Kollegen. Vielleicht haben die einige Personalien aufgenommen. Wenn nicht, dann wenden Sie sich an die Presse. Am Tag nach der Eröffnung gab es neben den Berichten über das Projekt mindestens genauso viele Interviews in den Zeitungen, die die Journalisten mit den Demonstranten geführt haben.«

Lennart nickte. Dann fragte er Burmester, ob er irgendeine Idee habe, wer die Männer umgebracht haben könnte.

Der Zentrumsleiter sah ihn an und schüttelte den Kopf.

»Es gibt eine Menge Menschen, die einen Hass auf Pädophile haben. Und zwar nicht nur auf einen. Zum Beispiel den eigenen Peiniger. Wenn Sie mich fragen, gibt es viele Menschen, die eine gleichsam … generalisierte Verachtung gegen diese Menschen empfinden.«

»Zum Beispiel?«

»Ich könnte jetzt wieder mit der Kirche anfangen oder mit irgendwelchen Weltverbesserern. Natürlich kommt auch ein Opfer in Betracht oder eine Mutter, die ihr Kind, das Opfer sexuellen Missbrauchs geworden ist, rächen will. Ich könnte die Aufzählung fortsetzen. Am Ende muss die richtige Antwort lauten, dass es jeder sein könnte.«

»Der Blogger?«

»Nicht auszuschließen. Allerdings – bei dem, was der

vertritt? Ich weiß nicht. Wenn der jemanden umbringen will, dann vermutlich nicht die Teilnehmer, sondern mich – so aggressiv, wie der sich gegen mich äußert.«

Lennart wollte Burmester gerade genauer danach fragen, als Matthias Riedel hereinkam. Riedel tippte auf seine Armbanduhr.

»Morgen ist auch noch ein Tag«, sagte er.

Lennart stand auf.

»Vielen Dank erst einmal für die Informationen. Wir sind morgen früh wieder da. Gleich kommen unsere Kollegen mit dem Text, den Herr Weiler bitte Ihren Klienten mailt. Die Kollegen bleiben hier. Wie lange, werden wir sehen. Wenn es sein muss, die ganze Nacht.«

Lennart und Riedel wollten gerade gehen, als Burmester sie zurückhielt.

»Eins noch«, sagte er und berichtete von zwei Personen, die einige Tage vor der Eröffnung des Projekts vor dem *ZVV* protestiert hatten.

»Das waren ein junger Mann und ein junges Mädchen. Beide um die zwanzig, würde ich sagen. Die haben einfach da gestanden. Sahen ein bisschen aus wie von den Zeugen Jehovas … Nur, dass sie nicht den *Wachtturm* in Armen hielten, sondern eine Pappe mit der Aufschrift: *Wer Kinderficker schützt, ist selber einer!*«

»Mensch Lennart! Der Tag war lang genug! Und du

glaubst doch nicht im Ernst, dass sie dich jetzt noch zu ihr lassen!? Ab in die Direktion – und dann nach Hause!«

»Ich hab's versprochen, Matthias!«

»Das verstehe ich ja! Aber du kannst doch auch morgen noch …« Riedel schüttelte resigniert den Kopf. »Beeil dich!«, sagte er, schob den Autositz zurück und machte es sich bequem.

Lennart nickte, stieg aus und betrat kurz darauf die dunkle Eingangshalle des Pflegeheims, in dem Peters Mutter lebte. Der Empfang war in dämmeriges Licht gehüllt.

Lennart wollte gerade die Klingel auf dem Tresen drücken, als eine kräftig gebaute Frau mit einem runden Gesicht aus einem Nebenraum die Anmeldung betrat. Sie trug einen Dutt mit einer weißen Haube darüber, einen hellblauen Kittel und auf der Brust ein Namensschild, das sie als *Schwester Agnes* auswies. Sie musterte Lennart skeptisch.

»Guten Abend«, sagte er. »Ich möchte zu Frau de Buhr.«

Die Schwester kniff die Augen zusammen. »Die Besuchszeit ist lange vorbei, junger Mann«, sagte sie. »Da müssen Sie schon morgen wiederkommen.«

»Ich weiß«, entgegnete Lennart. »Es ist spät. Aber …« Er zögerte. »Mein Name ist Bondevik. Ich habe mit einer Kollegin von Ihnen gesprochen …«

»Bondevik?«

»Ja, Lennart Bondevik. Haben wir miteinander telefoniert?«

»Haben wir!« Schwester Agnes musterte ihn erneut. »Also gut«, brummte sie. »Ich habe Ihnen das Versprechen abgerungen, Frau de Buhr so bald wie möglich zu besuchen. Da kann ich Sie jetzt wohl nicht wegschicken. Kommen Sie.«

Lennart folgte der Schwester über mehrere lange Flure. Dann blieb sie stehen.

»Vermutlich schläft Frau de Buhr. Sie schläft eigentlich ständig. Aber wann immer sie in den letzten Tagen einen wachen Moment hatte, hat sie nach Ihnen gefragt.«

Schwester Agnes drückte vorsichtig die Klinke, öffnete langsam die Tür und streckte ihren Kopf hindurch. Dann nickte sie Lennart zu, woraufhin sie das kleine, spärlich eingerichtete Zimmer betraten.

Das Erste, was Lennart wahrnahm, war ein Fernseher, der tonlos lief. Dann sah er Peters Mutter. Sie saß aufrecht, gegen dicke Kissen gelehnt, in ihrem Bett und hatte die Augen geschlossen. Auf ihrem Nachttisch leuchtete schwach eine kleine Lampe.

Lennart trat näher an sie heran und sah einen Stapel Fotos auf der Bettdecke liegen, gehalten von zwei schmalen, aderigen Händen. Sein Blick fiel auf das blasse, gezeichnete Gesicht der Frau.

Lennart hatte Peters Mutter immer schon gemocht. Genau wie Peters Vater. Und anders als Mias Großeltern, die keine Ahnung hatten, wo und bei wem Mia sich aufhielt, wussten Peters Eltern ganz genau, mit wem ihr Sohn sich abgab. Sie waren lange Zeit die Einzigen im Viertel, die nichts dagegen hatten, dass ihr Junge sich mit Lennart traf. Dem Sohn einer stadtbekannten Prostituierten.

Lennart beobachtete, wie die Schwester neben das Bett trat und Peters Mutter sanft an der Schulter berührte.

»Frau de Buhr?«, flüsterte sie und wartete einen Augenblick. »Frau de Buhr. Sie haben Besuch. Herr Bondevik ist da.«

Peters Mutter öffnete langsam die Augen und schloss sie dann wieder. Es dauerte eine Weile, bis sie zu sich kam. Als sie Lennart erkannte, lächelte sie zaghaft.

»Da bist du ja.« Ihre Stimme war dünn und zittrig.

»Guten Abend Frau de Buhr.« Lennart setzte sich auf einen Stuhl, den Schwester Agnes neben das Bett geschoben hatte. »Entschuldigen Sie, dass ich Sie so spät noch störe, aber …«

Peters Mutter schüttelte den Kopf. »Danke, dass du gekommen bist«, sagte sie und zögerte. »Hast du meinen Jungen …« Sie konnte nicht weitersprechen, und Lennart sah, wie sich ihre Augen mit Tränen füllten.

Er beugte sich zu ihr vor und wischte ihr eine Träne von der faltigen Wange. »Wir haben alles so gemacht, wie Peter es sich gewünscht hat«, sagte er. Dass er Zweifel an der Rechtmäßigkeit der Seebestattung hatte, verschwieg er.

Peters Mutter nickte kraftlos.

Lennart sah, wie ihr Blick auf das oberste der Fotos auf ihrem Schoß fiel. Es zeigte Peter, der in einem Cowboykostüm auf einem Pony saß, das von einem Mann im Kreis durch ein Zelt geführt wurde.

Lennart lächelte. Sein Freund hielt sich krampfhaft an dem Sattelknauf fest. Ihm war anzusehen, dass ihm das Ganze nicht geheuer war.

»Er war ein guter Junge«, sagte Peters Mutter und berührte mit dem schmalen Zeigefinger den Sheriffstern, den Peter an seiner Cowboyweste trug. »Er wollte Polizist werden. Genau wie du.«

»Wirklich? Das hat er mir nie erzählt.«

»Ja, das wollte er. Als er noch ganz klein war.« Peters Mutter zog ein Taschentuch unter einem der Kissen hervor und trocknete sich die Augen.

Ihr Sohn war kein Polizist geworden. Peter hatte kurz vor dem Abitur die Schule abgebrochen und war viele Jahre durch die Welt gezogen. Irgendwann hatte er entschieden, in Dänemark sesshaft zu werden, und seine Eltern hatten ihm das Geld für das Haus gegeben. Peter selber hatte sich mit Hilfsarbeiterjobs über Wasser gehalten und von der Hand in den Mund gelebt.

»Er war ein so sensibler Junge«, sagte Peters Mutter und schloss die Augen.

Ihre Hände, die den Stapel Fotos hielten, lockerten sich, und eins der Bilder rutschte heraus. Lennart nahm das Foto, warf einen Blick darauf, und hatte das Gefühl, es würde ihn innerlich zerreißen.

Das Bild war an Peters vierzehntem Geburtstag aufgenommen worden – in der Bäckerei seines Vaters. Es kam nicht oft vor, dass Herr de Buhr sie in die Backstube ließ. Aber manchmal hatte er eine Ausnahme gemacht. Dann durften sie sich etwas von den Köstlichkeiten, die im ganzen Haus einen süßen Duft verbreiteten, aussuchen. Lennarts Wahl fiel immer gleich aus. Er mochte am liebsten die Franzbrötchen, und er war sehr stolz, als Peters Vater ihm am Geburtstag seines Sohnes das Rezept verraten hatte. Lennart erinnerte sich noch ganz genau, wie glücklich er war, als er die Bleche mit den von ihm selbst gebackenen Teilchen aus dem großen Backofen gezogen hatte. Er lächelte matt, den Blick noch immer auf das Foto gerichtet. Die Gesichter darauf waren voller Mehl. Darunter strahlten Lennart, Peter und Mia.

Eine Zeit lang war es ganz still in dem Zimmer. Dann öffnete Peters Mutter wieder die Augen.

»Darf ich das behalten?«, fragte Lennart und hielt das Foto hoch.

Sie nickte. »Mein Junge hat das nie verkraftet«, sagte sie mit tränenerstickter Stimme. »Er hat sich immer die Schuld an dem, was Mia passiert ist, gegeben.«

***

Es war bereits nach zweiundzwanzig Uhr, als Lennart das Pflegeheim verließ. Zwanzig Minuten später standen er und Riedel im K1 und stellten nicht nur fest, dass die Etage komplett leer war, sondern auch, dass nicht einmal mehr die Fotos, die noch am Morgen an dem großen Whiteboard im Besprechungsraum gehangen hatten, an ihrem Platz waren.

Lennart rief Benno Faust an.

»Seid ihr unten?«

»Unten? Du glaubst doch nicht wirklich, dass ich eine Sonderkommission, die drei Morde aufzuklären hat, von einem Vollidioten wie Grunwald in eine Besenkammer quetschen lasse!«

Er orderte sie unters Dach des Polizeihochhauses – in die ehemalige Asservatenkammer, die vor einigen Wochen ausgegliedert worden war und noch leer stand. Benno

Faust hatte sie binnen Stunden zur Einsatzzentrale umgerüstet und Grunwald außerdem fünfzehn weitere Kollegen für die SOKO aus dem Kreuz geleiert.

Oben angekommen, betraten Lennart und Riedel den großen, länglichen Raum, in dem ein einziges Stimmengewirr herrschte. Es gab kaum einen Kollegen, der kein Telefon am Ohr hatte oder irgendetwas von einem Ort zum anderen rief. Und mittendrin stand Benno Faust.

Da Lennart und Riedel die Abendbesprechung verpasst hatten, brachte der Leiter der Mordkommission sie nachträglich auf den neuesten Stand.

Er fasste zusammen, was Franka Dahlberg und Joseph Walther über das Haus der Hofers geschildert hatten, und das, was ihm diesbezüglich durch den Kopf gegangen war. Dann erzählte er, dass er zwei Kollegen nach Düsseldorf geschickt hatte, zum Wohnort des dritten Opfers, sie aber bereits wieder auf dem Rückweg seien.

Die Kollegen hatten unter anderem in Erfahrung gebracht, dass Dr. Gernot Fenger Studienrat, Vater zweier Kinder, sechzehn und neunzehn Jahre alt, und seit elf Jahren geschieden war. Die Kinder lebten bei der Exfrau, die ausgesagt hatte, dass sie und ihr geschiedener Mann nach der Geburt des zweiten Kindes nur noch wie Bruder und Schwester zusammengelebt hätten und eine Trennung irgendwann unausweichlich gewesen sei.

»Wir sind aber auch nach der Scheidung gut miteinander ausgekommen«, hatte sie gesagt, und dass sie beide für die Kinder da gewesen seien.

Davon, dass ihr Exmann an einer Therapie teilnahm,

wusste die Frau nichts. Und auch nichts davon, dass er pädophil gewesen war. Sie war aus allen Wolken gefallen.

»Glauben Sie, er hat den Kindern etwas angetan?«, hatte sie die Kommissare blass und mit bebender Stimme gefragt, nachdem sie sich einigermaßen beruhigt hatte.

Die Frage konnten sie ihr nicht beantworten.

»Wer weiß, was noch alles ans Tageslicht kommt«, meinte Faust. »Jessen hat im Adressbuch von Fengers Handy übrigens die Nummer des *ZVV* gefunden. Odebrecht hat durchgegeben, dass er an Fengers Hals Hautpartikel von Hofer und Classen gefunden hat. Wir haben es also definitiv in allen drei Fällen mit demselben Täter zu tun.«

»Was hat die Videoauswertung im *Blins Hotel* ergeben?«, wollte Lennart wissen.

»Fenger ist am Montagabend um neunzehn Uhr siebenundvierzig in den Aufzug gestiegen und hat das Hotel nicht noch einmal verlassen«, antwortete Faust und berichtete außerdem, dass auf dem Video keine weitere ihnen bekannte oder auffällige Person zu sehen sei.

»Fenger hat dort acht Wochen hintereinander jede Nacht von Montag auf Dienstag in einem Einzelzimmer verbracht. Genau wie die anderen beiden Opfer, wurde auch er nie in Begleitung gesehen.«

Und ebenfalls genau wie bei den anderen Morden, hatten sie bisher niemanden gefunden, dem irgendetwas Ungewöhnliches aufgefallen war.

»Gegen diesen Fenger wurde vor zwei Jahren ein Verfahren wegen sexuellen Missbrauchs von Kindern eingeleitet. Es ist aber kurz darauf eingestellt worden. Fenger wurde von einem Gymnasium an eine berufsbildende

Schule versetzt. Was die anderen beiden Opfer betrifft – die haben keine Einträge.«

Faust zeigte auf mehrere DIN-A4-Blätter, die sie an die Wand geklebt hatten. Ein Ausdruck sämtlicher Hotels in Lübeck mit den dazugehörigen Telefonnummern.

Die Fremdenverkehrsstatistik besagte, dass in rund 60 Häusern knapp 470.000 Anreisende um die 920.000 Übernachtungen im Jahr in der Hansestadt verbrachten. Und das waren nur die Unterkünfte, die über mehr als zehn Betten verfügten. Kleinere Häuser und Apartments wurden in der Statistik nicht berücksichtigt.

Sie hatten in den letzten Tagen Handzettel an die Hotelleitungen verteilt und gebeten, dass die Mitarbeiter die Informationen vor allem an alleinreisende Männer weitergaben. Informationen, in denen sie die Gäste darauf hinwiesen, ihre Zimmer verschlossen zu halten und unbekannten Personen die Zimmertür nicht zu öffnen. Sie rieten, auch dann, wenn sich jemand als Mitarbeiter des Hotels auswies und sich Zutritt zu dem Zimmer verschaffen wollte, zunächst Rücksprache mit der Rezeption zu halten, bevor sie die Tür öffneten.

Aber sie konnten keine Hoteldirektion zwingen, auf die Gefahr hinzuweisen, und niemand glaubte ernsthaft, dass auch nur eins der Häuser ihrer Aufforderung nachkam und das Risiko einging, seine Gäste zu verschrecken.

»Wir telefonieren uns durch die Liste«, sagte Faust. »Bisher haben wir in einundzwanzig Hotels Kollegen geschickt. In die Häuser, von denen wir über die Hoteldirektion erfahren haben, dass dort alleinreisende Männer abgestiegen sind. Am Bahnhof helfen die Kollegen von der Bundespolizei. Sie sprechen alleinreisende Männer an und verteilen Handzettel. Die Taxifahrer helfen auch mit. Außerdem steht der Text für die Mail an die Teilnehmer der Therapie. Zwei Kollegen sind damit bereits unterwegs in den Sauerbruchweg.«

Faust massierte sich müde die Schläfen.

»Ich denke, in ein paar Stunden haben wir alles getan, was wir tun können. Dann bleibt uns nur noch, abzuwarten und zu beten, dass wir morgen kein viertes Opfer haben.«

Er sah Riedel an, dann Lennart.

»Geht nach Hause! Wir schaffen das schon.«

2. Teil

Amberg 1977

Sein Instrument war das Klavier.

Er sei ein begnadeter Spieler, hatte sein Lehrer bereits nach der ersten Woche vor seinem Vater von ihm geschwärmt. »Der Beste am ganzen Internat. Ach, was sage er, der Beste, den er all die Jahre je unterrichtet habe.«

Er mochte das Klavierspiel.

Aber seine eigentliche Leidenschaft galt dem Gesang. Und hin und wieder gestattete es ihm sein Lehrer, dieser Leidenschaft nachzugehen. Dann klappte Jo, wie er Joachim Wegener nennen durfte, die Noten und das Klavier zu, stimmte ein Duett an, und sie sangen. Sein Lehrer die tiefe, er die hohe Stimme. Er konnte wunderbar die hohen Töne singen, und wenn sie sangen, waren das die schönsten Momente seines Lebens.

Heute war ein solcher Tag, an dem sein Lehrer Noten und Klavier schloss. Und für einen Moment überkam ihn ein Gefühl vollendeten Glücks. Aber Joachim Wegener wollte nicht singen.

Sie saßen sich gegenüber. Sein Lehrer auf der schmalen, mit dunklem Samt bezogenen Klavierbank. Er davor, auf dem Deckel des Klaviers. Sie hatten schon oft so gesessen.

Joachim Wegener öffnete ihm die graue Hose seiner Schul-

uniform und half ihm, Hose und Unterhose über seinen Po zu ziehen. Dann schob ihm sein Lehrer behutsam die Beine auseinander und begann ihn zu streicheln. Jo streichelte immer zuallererst ihn – zärtlich, voller Zuneigung. Meistens stöhnte sein Lehrer dabei – leise, mit einem Lächeln auf den Lippen.

»Möchtest du mich, mein liebes Kind?«, flüsterte Joachim Wegener mit zittriger Stimme.

Er nickte unmerklich, woraufhin der Lehrer für einen Moment mit bebendem Atem die Augen schloss.

Er hatte eine Erektion. Schon früher war es hin und wieder vorgekommen, dass er eine Erektion bekam, wenn sein Lehrer ihn berührte. Aber in letzter Zeit schwoll sein Penis regelmäßig an – immer empfindlicher, immer fester und größer. Er schämte sich dafür. Er hatte sich immer dafür geschämt.

Früher hatte Joachim Wegener ihn deswegen nur geneckt und seinen Spaß daran gehabt.

»Guck dir dieses kleine Scheißerchen an«, hatte er einmal gesagt. »Möchte schon jetzt ein ganz Großer sein, was?« Dann hatte er gelacht. Warm, herzlich.

In letzter Zeit hatte Joachim Wegener jedoch keine Freude mehr daran. Im Gegenteil.

Sein Lehrer sprang auf, schubste ihn zu Boden und trat den Klavierhocker quer durch den Raum.

»Du hast dich nicht unter Kontrolle!«, zischte er. »Du denkst nur an dich! Du bist egoistisch und undankbar!«

Dann packte er ihn, riss ihn auf und schubste ihn zum

Klavier.

»Spiel!«, brüllte er. »Ich sage, du sollst spielen!«

Die Hose und Unterhose ganz die Beine herunter auf den Boden gerutscht, stand er vor dem Klavier und spielte. Brahms. Jo liebte Brahms.

Er spürte den heißen, bebenden Atem seines Lehrers in seinem Nacken, spürte, wie er sich hektisch die Hose öffnete, und krümmte sich vor Schmerz, als Joachim Wegener ihm seinen steifen Penis in den After rammte. Aber er spielte, spielte immer weiter. Mit jedem Stoß prallten seine schmalen Finger hart auf die Tasten – erst in regelmäßigen Abständen, dann immer unkontrollierter, immer schneller, bis sie nur noch hämmerten und sein Spiel in einem einzigen Dröhnen unterging.

Dann lockerten sich die Hände, die sich in seine Schultern gekrallt hatten. Er stoppte sein Klavierspiel und spürte, wie ihm die warme, seifige Flüssigkeit die Poritze entlang die Beine hinunterlief.

»Du hast meine Lieblingssonate gespielt«, stöhnte ihm sein Lehrer ins Ohr. »Ich danke dir dafür, mein liebes Kind.«

Dann wandte sich Joachim Wegener von ihm ab und ließ sich auf das Sofa neben dem Klavier sinken.

Er war erleichtert. Jo schien nicht länger böse auf ihn zu sein. Und das, obwohl sein Lehrer allen Grund dazu gehabt hätte. Jo hatte recht. Er hatte sich nicht unter Kontrolle!

Heute singen wir nicht mehr, dachte er, zog seine Hosen hoch, stellte den Klavierhocker vor das Klavier, setzte sich und spielte weiter. In letzter Zeit sangen sie immer seltener.

Mittwoch, 18. November

Lennart lag mit geöffneten Augen neben Anne und lauschte ihrem gleichmäßigen Atem. Sie hatte ihren Kopf an seine Schulter gelehnt und schlief tief und fest.

Anne und Lennart hatten sich vor vierzehn Jahren kennengelernt. Damals war sie die leitende Staatsanwältin in den Ermittlungen eines Mordfalles an einem für sein korruptes Verhalten bekannten Lübecker Bauunternehmer gewesen – Lennarts erstem Fall im K1.

Nachdem der Täter gefasst worden war, hatten sie am Abend im gesamten Team, zusammen mit Anne, gefeiert. Sie hatten auf den gemeinsamen Erfolg angestoßen, auf Lennarts Einstieg und – auf Annes Abschied. Lennarts erster Fall war für sie gleichzeitig ihr letzter als Staatsanwältin in der Abteilung für Kapitalsachen.

Anne Mohn hatte sich in den Bereich der Wirtschaftsstrafsachen versetzen lassen, in dem sie heute als Oberstaatsanwältin tätig war. Der offizielle Grund für den damaligen Wechsel lautete *Wunsch nach Veränderung*. Der inoffizielle hieß *Oberstaatsanwalt Dr. Ole Blohm*.

Seit jenem Abend gingen Lennart und Anne miteinander ins Bett. Ein Paar waren sie jedoch nicht. Manchmal sahen sie sich monatelang nicht, dann wieder trafen sie sich beinahe täglich. Er wusste von anderen Männern in ihrem Leben, und sie wusste, dass sie nicht die Einzige für ihn war. Was sie verband, war die Lust am Sex und eine tiefe, freundschaftliche, von Vertrauen geprägte Zuneigung.

Lennart strich Anne eine blonde Strähne aus der Stirn, richtete sich vorsichtig auf, schlüpfte aus dem Bett, in seine Boxershorts und schlich auf Zehenspitzen aus dem Schlafzimmer, die Treppe hinunter in die Küche.

Vier Uhr achtundfünfzig zeigte die Uhr am Herd.

Er setzte Kaffee auf, ging unter die Dusche und sammelte anschließend seine Anziehsachen zusammen, die Anne ihm am Abend zuvor nach und nach ausgezogen hatte. Sie lagen wild verteilt im Flur und auf der Treppe, bis hoch ins Schlafzimmer.

Lennart zog sich an, griff seine abgewetzte Ledertasche, die neben der Eingangstür stand, und ging zurück in die Küche. Er setzte sich an den alten Gesindetisch, der in extremem Kontrast zum Rest der modernen und exklusiv eingerichteten Küche stand. Ihm gefiel der Mix aus Alt und Neu, der sich durch Annes gesamte Wohnung zog, und er hatte sich hier von Anfang an wohlgefühlt.

Lennart packte sein Notebook aus, schaltete es ein und holte sich eine Tasse von dem Kaffee, der in der Zwischenzeit durch die Maschine gelaufen war und einen angenehmen Duft verbreitete. Er verband sich mit dem WLAN, rief seinen Browser auf, gab einen Begriff bei Google ein und drückte Enter.

An oberster Stelle der Ergebnisliste erschien ein Link zum *Zentrum für Verhaltenstherapie und Verhaltensmedizin*, gefolgt von Verbindungen zu regionalen und überregionalen Zeitungen, die über die Therapie im Sauerbruchweg berichteten. Der von Thies Burmester erwähnte *Kinderschützer* war gelistet sowie Therapieangebote in anderen Städten.

Lennart entschied sich zunächst für die Ergebnisse der lokalen Berichterstattung. Es wurmte ihn, dass er, anders als Burmester das vermutet hatte, nichts von der Eröffnung des Projekts und den Demonstrationen dagegen mitbekommen hatte.

Er öffnete einen Link mit dem Titel *Therapie für Pädophile – Das Schicksal in die Hand nehmen* und gelangte auf die Website der *LN*, der *Lübecker Nachrichten*. Lennart las ein Interview, das Hartmut Lindequist, der Leiter der Lokalredaktion, wenige Tage vor Projektstart mit Thies Burmester geführt hatte. Im Wesentlichen hatte der Journalist die gleichen Fragen gestellt wie Lennart. Wann das Vorhaben entstanden sei, ein solches Therapieangebot in Lübeck zu etablieren? Was die genauen Ziele des Projekts seien und wie sie erreicht werden sollten? Ob sich bereits Interessenten gemeldet hätten und ob darunter auch Frauen seien? Wie viele Mitarbeiter an dem Projekt mitarbeiteten und wie das Ganze finanziert würde? Die Antworten, die Burmester gab, entsprachen dem, was er auch Lennart berichtet hatte.

Die letzte Frage, die Lindequist stellte, lautete:

Herr Dr. Burmester, glauben die Menschen, die zu Ihnen kommen, am Ende der Therapie »geheilt« zu sein – wenn man das so ausdrücken kann? Ist »geheilt« das richtige Wort?

Das glauben oder hoffen am Anfang in der Tat einige derer, die zu uns kommen, las Lennart Burmesters Antwort. *Und es ist so, dass nicht wenige enttäuscht sind, wenn sie erfahren, dass es darum in der Therapie nicht gehen kann. Wis-*

sen Sie, wir suchen uns unsere sexuelle Neigung nicht aus. Sie ist, wie sie ist.

Das heißt, keiner von uns beschließt, heterosexuell oder homosexuell zu sein. Keiner entscheidet selbst, ob er sich von Frauen oder Männern angezogen fühlt, von Menschen, die älter sind als man selbst, oder eben von Kindern. Das ist Schicksal.

Und keine Therapie wird jemanden ummodeln, wenn ich das mal so salopp ausdrücken darf.

Wir werden an der Neigung der Menschen, die zu uns kommen, nichts ändern – und das ist auch nicht unser Bestreben. Wie gesagt: Unser Ziel ist es, die Menschen über eine Therapie zu befähigen, mit ihrer Neigung zu leben. Sie sollen lernen, die Kontrolle über ihre sexuellen Impulse zu behalten, damit sie weder Kindern noch sich selbst schaden.

»Heilen« ist nicht möglich und daher – in der Tat – nicht das richtige Wort.

Am Ende des Interviews erschien ein Button *Kommentar schreiben,* und Lennart stellte fest, dass tatsächlich eine große Anzahl der Leser das Forum genutzt und sich zu dem Thema geäußert hatte.

Die Meinungen gingen weit auseinander. Diejenigen, die sich für ein solches Projekt aussprachen, argumentierten überwiegend damit, dass nur Prävention Kindesmissbrauch verhindern könne. Unter dem Pseudonym *Hanseat* schrieb jemand:

Der beste Schutz für Kinder

ist der, dafür zu sorgen, dass rechtzeitig alles getan wird, um einen Missbrauch zu verhindern. Das Zauberwort lautet Prävention: Bevor etwas passiert, aktiv werden und Menschen mit einer pädophilen Neigung dabei unterstützen, diese auszuhalten, ohne jemals einem Kind etwas anzutun.

Natürlich blieb der Beitrag nicht unkommentiert. Ein Leser, der sich *Magnus_1971* nannte, schrieb:
Prävention?
Da gibt es nur eins: Wegschließen – für immer!

Und ein anderer:
Das sehe ich genauso!
Schritt 1: Wegschließen! Schritt 2: Schwanz ab!

Noch drastischer äußerte sich eine Frau, wie das Pseudonym *Gretel* vermuten ließ:
Schritt 1 und 2 sind gut und schön –
aber überflüssig und vor allem was Schritt 1 betrifft: zu teuer! Eine Spritze und das Problem ist erledigt.

Lennart wunderte sich, dass ein solcher Beitrag der Redaktion nicht längst gemeldet und entfernt worden war. Dann las er weiter:
Toleranz
ist hier wohl nicht jedermanns Stärke!

Der Kommentar löste viele weitere aus. So schrieb beispielsweise ein *Dr. D.*:
Toleranz oder auch Duldsamkeit
ist allgemein ein Gelten- und Gewährenlassen fremder

Überzeugungen, Handlungsweisen und Sitten.

Tolerieren wir die sexuelle Neigung von Pädophilen. Tolerieren wir, dass es Menschen gibt, die sich zu weicher Haut auf Kinderpopo hingezogen fühlen. Dafür können sie doch nichts. Das ist, wie wir von Herrn Burmester gelernt haben, Schicksal!

Kriegt hier eigentlich noch irgendjemand was mit? Dieses ganze Toleranzgelaber! Das kann doch nicht euer Ernst sein! Toleranz gleich Akzeptanz! Ich akzeptiere nicht!

Zwei Einträge weiter erschien der Kommentar:
Toleranz und Akzeptanz! Sie sagen es!
Wir müssen tolerieren und akzeptieren, dass es Menschen mit einer auf Kinder gerichteten Neigung gibt. Das an sich ist nicht verwerflich.

Aber Toleranz und Akzeptanz haben da ein Ende, wo Kindern Schaden zugefügt wird. Ich denke nicht, dass die Therapeuten das anders sehen. Und mein Eindruck ist, dass genau das einige hier nicht differenzieren können.

Daraufhin meldete sich *Dr. D.* erneut zu Wort:
Differenzieren, differenzieren!
Wenn ich das schon höre! Haben Sie schon mal gesehen, wie ein Kind mit zerrissenem Rektum aussieht? Ein Mädchen mit verstümmelter Vagina?

Lennart atmete tief ein, hielt für einen Moment die Luft an und stieß sie dann langsam aus. Er richtete sich auf, trank einen Schluck Kaffee und las weiter.

Sie haben recht!
… lautete die Überschrift eines Eintrags von jemandem mit dem Pseudonym *Sonnenschein*, der auf den Kommentar *Differenzieren, differenzieren!* Bezug nahm.

Aber ich möchte noch ergänzen, dass nicht jedem Kind an den Geschlechtsteilen anzusehen ist, dass es missbraucht wurde. Mir sah man es jedenfalls nicht an. Solche äußeren Verletzungen sind in der Regel auch heilbar.

Aber der psychische Schaden, den die Kinder erleiden, der ist so groß, dass er nicht mehr geheilt werden kann. Das ist nichts, was man sieht, und dennoch leiden sie ein Leben lang. Bei mir ist das jedenfalls so, und es wäre mir lieber, es würde mehr über das Leid der Betroffenen geschrieben als über das »schwere Schicksal« der Täter.

Darauf erneut Magnus_1971:
Pädos:
Das sind allesamt Schweine. Und Schweine sind in unserem Land besser dran als Kinder!

Dazu ein anderer Leser:
Genau! Hier ist man besser Täter als Opfer!
Eine Therapie für Kinderficker! So ein Schwachsinn! Weiß denn einer dieser Clowns von Therapeuten, was diese Typen am Abend nach der Therapie machen? Ich sage nur: Mit der Ehefrau und der Tochter gemütlich den Abend verbringen und abschließend zum Kind in die Heia!

Dann meldete sich der *Hanseat* wieder:
Anscheinend wollen es hier einige nicht verstehen!

Wer an der Therapie teilnimmt, tut das freiwillig. Die müssen da nicht hingehen. Die können auch zu Hause bleiben, ihre Bilder und Filmchen gucken und genau das tun, was man sowieso von ihnen erwartet: Kinder missbrauchen. Aber die Menschen, die an der Therapie teilnehmen, gehen dahin, weil sie genau das nicht wollen.

Nicht verstehen!
Wenn ich gekonnt hätte, wäre ich Ihnen schon nach dem ersten Satz dazwischengefahren.

… regte sich ein Leser auf, der sich bisher nicht geäußert hatte, und weiter:
Ja: Ich will nicht verstehen. Weil es hier nichts zu verstehen gibt! Wenn diese Kreaturen schon etwas tun wollen, dann sollen sie sich einsperren lassen! Unser Rechtssystem tut das ja nicht. Meine Enkelin wurde jahrelang von einem ihrer Lehrer missbraucht. Und was ist passiert, als sie endlich den Mut gefasst hatte, etwas zu sagen? Das Verfahren gegen den Mann wurde eingestellt. Er wurde versetzt und lebt jetzt mit seiner Familie in einer anderen Stadt. Über genau diese Fälle wird seit Jahren berichtet. Darüber gibt es aufwühlende Dokumentationen und herzzerreißende Spielfilme. Und was ändert sich? Nichts! Bei unseren Gesetzen sollte man sich nicht wundern, wenn Betroffene oder deren Angehörige eine gerechte Bestrafung demnächst selbst in die Hand nehmen.

Eine gerechte Bestrafung selbst in die Hand nehmen. Lennart stutzte. Dann zog er einen Block sowie einen Stift aus seiner Tasche und notierte: *LN, Fr., 28.08., Interv. Lindequ. – Burm., Therapie für Pädophile – Das Schicksal in die*

Hand nehmen, Kommentar Nr. 36, Selbstjustiz / Wer ist das?

Nr. 37 schrieb:
Was redet dieser Psycho-Doc von Schicksal?
Wir wollen keine Täterverherrlichung, Herr Dr. Burmester! Kinderschutz vor Täterschutz! Wegsperren! Punkt!

Eine Reaktion darauf folgte unter Eintrag 45:
Wer nichts getan hat, ist unschuldig!
Ein Unschuldiger gehört nicht weggesperrt! Punkt!

Und an siebenundvierzigster Stelle startete ein Leser einen Vermittlungsversuch:
Leute. Wir sind uns doch einig!
Natürlich müssen sowohl die Rechte des Kindes geschützt – als auch die rechtsstaatlichen Prinzipien eingehalten werden.

Ein Kommentar, der mit den gleichen Gegenkommentaren zerrissen wurde, wie Lennart sie bereits gelesen hatte. Es folgten viele weitere Einträge, die er aber nur noch überflog. In einigen wurde darauf hingewiesen, dass sich auch Frauen sexuell an Kindern vergriffen. Eine Diskussion darüber entstand jedoch nicht. In einem weiteren warf ein Leser den *Lübecker Nachrichten* vor, die Legalisierung von Kindesmissbrauch zu fördern, indem sie Burmester und der Pädophilenszene – erwähnt in einem Satz – ein Forum bot. In den meisten anderen Kommentaren wurde wiederholt und verstärkt, was bereits geäußert worden war.

Aufmerksam wurde Lennart noch einmal, als er sah, dass sich jemand unter dem Pseudonym *Der Kinderschützer* zu Wort gemeldet hatte. Er schrieb:

Warum wird der Psychiater Psychiater?
Es ist allseits bekannt, dass viele Angehörige dieser Berufsgruppe ihr vorrangig deshalb zugehörig sind, weil sie – mit Verlaub – selbst einen Ratsch im Kappes haben.

Warum so jemand dann auch noch eine Therapie für Männer – bleiben wir neutral – für Männer und Frauen anbietet, die Zuneigung für Kinder empfinden und sich nach der Zuneigung von Kindern sehnen, das reimen Sie sich, meine lieben Forumsfreunde, bitte selbst zusammen.

Wenn Sie mich fragen, sollte man die Menschheit vor genau diesen Wesen schützen: Vor Psychiatern wie diesem Burmester.

Lennart hatte keinen Zweifel, dass *Der Kinderschützer* der von Burmester erwähnte Blogger war. Und offensichtlich hatte Thies Burmester recht, als er sagte, dass derjenige, der sich dahinter verbarg, mit ihm, dem Leiter des *ZVV*, ein Problem hatte.

Es ist allseits bekannt, dass viele Angehörige dieser Berufsgruppe …, las Lennart den Text erneut, … selbst einen Ratsch im Kappes haben. Warum so jemand dann auch noch eine Therapie für Männer … anbietet, die Zuneigung für Kinder empfinden … das reimen Sie sich, meine lieben Forumsfreunde, bitte selbst zusammen.

Was wollte er damit sagen?

»Wenn Sie mich fragen …«, flüsterte Lennart, »sollte

man die Menschheit vor genau diesen Wesen schützen: Vor Psychiatern wie diesem Burmester.«

Waren das Andeutungen? War das eine Anspielung darauf, dass Burmester womöglich selbst missbraucht worden war? Oder wurde ihm hier gar unterstellt, selbst pädophil zu sein?

Lennart schüttelte den Kopf. Er nahm den Stift und notierte: Wer ist *Der Kinderschützer*?

»Guten Morgen.« Anne stand lächelnd vor ihm, setze sich und schmiegte sich an ihn. Lennart hatte sie gar nicht die Treppe herunter und in die Küche kommen hören.

»Guten Morgen«, gab er zurück, küsste sie auf die Stirn und schob ihr seine Tasse hin.

»Du bist schon wach«, stellte sie fest und nippte an dem Kaffee. »Hast du wenigstens ein bisschen schlafen können?«

Lennart nickte. Es war eins seiner größten Probleme, dass er während laufender Ermittlungen so gut wie kein Auge zubekam. Anne wusste das.

Ihr Blick fiel auf das Notebook.

»Und?«

Lennart hatte ihr spät am Abend, nachdem sie noch einmal aus dem Bett gekrochen waren und eine Pizza in den Ofen geschoben hatten, mit einem Glas Wein in der Hand zunächst von Peters letzter Reise erzählt und von dem Besuch bei Peters Mutter. Dann hatten sie über die Morde gesprochen, und Lennart hatte Anne das Gespräch mit Winter geschildert – und das mit Burmester.

»Gerade habe ich ein Interview mit diesem Zentrumsleiter über die Therapie und die Klienten auf den Seiten der *LN* gelesen – und eine Menge Leserkommentare.«

»Lass mich raten: Schwanz ab! Wegsperren! Oder besser noch: einschläfern! Darin waren sie sich doch sicher einig – oder?«

Lennart wiegte den Kopf hin und her. »Ich sag's mal so – es gibt solche und solche Stimmen. Das Thema ist«, er zögerte und suchte nach Burmesters Worten. »Das Thema ist emotional besetzt.«

»Und du? Wie ist deine Haltung?«, wollte Anne wissen.

»Wenn ich ehrlich bin …« Lennart sog die linke Wange ein. »Wenn ich ehrlich bin – ich tue mich schwer. Ich habe einen Kommentar gelesen, der das ganz gut auf den Punkt bringt.« Lennart scrollte zu einem Eintrag einer Person mit dem Pseudonym *12HL* und zeigte darauf.

Anne lehnte sich zu ihm herüber und las.

Ich fühle mich hin und her gerissen.

Im dem einen Moment habe ich das Gefühl, dass mein Verständnis für den Nutzer einer solchen Therapie wächst, und im nächsten Moment überkommt mich wieder die Unsicherheit, ja eine Art Unbehagen.

Es hat Gruppierungen gegeben, die sich für eine Legalisierung pädosexueller Kontakte ausgesprochen haben oder zumindest eine Herabsetzung der Schutzaltersgrenze im Strafrecht durchsetzen wollten – darunter erschreckenderweise auch Politiker und Geistliche.

Anne scrollte weiter.

Diese Gruppierungen wird es immer geben. Menschen, die versuchen, Grenzen aufzuweichen und durch Bagatelli-

sierung das Recht des Kindes auf körperliche Unversehrtheit zu untergraben.

Einem Projekt, das nicht zum Ziel hat, Missbrauch zu rechtfertigen, sondern die Verletzung von Kindern zu verhindern, muss ich wohl eine Chance geben. Genau wie den Pädophilen, die dieses Angebot annehmen. Aber sollten sie sich nicht in den Griff kriegen, dann … Dazu wurden ausreichend Vorschläge in diesem Forum gemacht!

»Hast du schon mal etwas von jemandem gehört, der sich *Der Kinderschützer* nennt?«, fragte Lennart, stand auf, nahm die leere Tasse und ging zur Kaffeemaschine.

Sein Blick fiel erneut auf die Uhr am Herd. Sechs Uhr fünfunddreißig zeigte die digitale Anzeige an. Er schüttete frischen Kaffee ein, ging zurück zu Anne, stellte ihr die Tasse hin, schloss das Notebook und packte alles zusammen.

»Nein«, antwortete sie. »Warum?«

»Ach. Nur so. Hätte ja sein können.« Lennart griff seine Tasche.

»Ich muss los«, sagte er und streichelte Anne über die Wange.

»Sehen wir uns heute?«, fragte sie.

»Das hoffe ich doch«, gab er zurück. »Aber es wird spät.«

Vor allem dann, wenn wir wieder einen Anruf aus einem Hotel erhalten.

***

Die Morgenbesprechung hatte bereits begonnen, als Lennart die ehemalige Asservatenkammer betrat. Er grüßte in die Runde, entdeckte Daniel Becker, griff sich einen leeren Stuhl und setzte sich neben ihn.

Daniel Becker war mit siebenundzwanzig Jahren der Jüngste im Team der Mordkommission – sportlich, blond, mit einem breiten Mund und schneeweißen Zähnen. Er war ein neugieriger, aufgeschlossener Typ. Tough und schwer in Ordnung, wie Lennart fand.

Lennart stupste Becker an. »Kannst du mal gucken, ob du rauskriegst, wer das geschrieben hat?«, flüsterte er und schob ihm den Zettel mit den Anmerkungen zu, die er während seiner Internetrecherche gemacht hatte.

Becker las die Stichwörter: *LN, Fr., 28.08., … Therapie für Pädophile – Das Schicksal in die Hand nehmen, Kommentar Nr. 36, Selbstjustiz / Wer ist das?* Dann nickte er.

»Und noch etwas!«, flüsterte Lennart weiter und zeigte auf die zweite Notiz auf dem Zettel. »Ich brauche alles, was du über einen Blogger findest, der sich *Der Kinderschützer* nennt. Sämtliche Infos. Und am besten einen Namen.«

Er sah, dass Daniel Becker erneut nickte, den Zettel zusammenfaltete und ihn in die Hosentasche steckte.

»Wie viele von den Männern, die an dieser Therapie teilnehmen, haben sich gemeldet?«, hörte Lennart Kurt Jankowski fragen.

Jankowski, 51 Jahre alt und Daniel Beckers Partner, gehörte seit bald zwanzig Jahren zum Team der Lübecker Mordkommission. Lennart schätzte seinen klaren Verstand und seine besonnene Art. Und er arbeitete gerne mit dem Mann mit der ovalen kleinen Brille und dem grauen Flatcap zusammen, den nichts und niemand so leicht aus der Ruhe brachten.

Benno Faust nahm eine Fernbedienung zur Hand, startete den Beamer und gab einem der Kollegen ein Zeichen, das Licht auszuschalten. Dann zog er das Notebook, das vor ihm auf dem Tisch stand, näher heran. Er öffnete eine Datei, woraufhin eine Tabelle an der Wand erschien.

»Das ist eine Übersicht über die Therapiegruppen im Sauerbruchweg. Für die, die es noch nicht wissen: Wir haben die Mitarbeiter der Therapie gebeten, eine von uns vorgefertigte Mitteilung an die Teilnehmer weiterzuleiten. Aus gutem Grund haben wir entschieden, nicht mit der Tür ins Haus zu fallen, und die Männer in dem Schreiben lediglich darüber informiert, dass sämtliche Therapietermine vorerst ausfallen. Außerdem haben wir sie aufgefordert, sich umgehend zu melden.«

Faust sah in die Runde. Keiner der Anwesenden machte den Anschein, sich dazu äußern zu wollen. Also fuhr er fort.

»Niklas Weiler, einer der Mitarbeiter des Projekts, hat uns diese Übersicht gemailt. Stand: heute, sechs Uhr dreißig.«

Lennart blickte auf fünf Blöcke: Montag, Dienstag, Mittwoch, Freitag I, Freitag II. Innerhalb der Blöcke waren sechsstellige Zahlen aufgelistet. Die Teilnehmerkennungen. In einer Spalte neben den Kennungen hatte Weiler angekreuzt, welcher der Teilnehmer sich gemeldet hatte.

»Ursprünglich haben fünfunddreißig Männer einen Therapieplatz bekommen. Sechs haben abgebrochen. Die Abbrecher sind hier nicht aufgeführt. Wir haben allen eine E-Mail geschickt. Ausgenommen Hofer und Fenger, deren Mailadressen über die Namen, die sie sich gegeben hatten, eindeutig zugeordnet werden konnten. Siebzehn haben sich bisher gemeldet.« Faust stand auf und lehnte sich gegen die Tischkante.

Lennart überflog die Häkchen hinter den Nummern und blieb an einer Zahl mittig der Liste hängen. Sie gehörte einem Teilnehmer, der unter *Mittwoch* aufgeführt war; der Gruppe, die heute stattfinden sollte. Hinter der Kennung war kein Haken.

»Was ist mit dem Mann mit der 176982?«, fragte er. Lennarts Stimme klang ruhig. Aber in ihm drin sah es anders aus.

Faust schüttelte resigniert den Kopf. »Bisher konnte kein Kontakt hergestellt werden.«

Ein Raunen ging durch die Asservatenkammer. Dann war es vollkommen still. Jeder in dem Raum wusste, was das bedeuten konnte.

Als Lennart und Riedel um acht Uhr dreißig im Sauerbruchweg ankamen, öffnete ihnen Niklas Weiler die Tür.

Sie gingen, wie schon den Tag zuvor, in den kleinen Raum im ersten Stock des Gebäudes. Dr. Thies Burmester wartete bereits – zusammen mit einem weiteren Mann, der mit verschränkten Armen an einem Bücherregal lehnte.

»Herr Bondevik, Herr Riedel.« Burmester kam auf sie zu. »Guten Morgen«, sagte er und gab ihnen die Hand. »Ich habe die ganze Nacht kein Auge zugetan. Sie wissen, dass sich einige unserer Klienten noch nicht zurückgemeldet haben. Und Sie sind informiert, dass einer der Männer darunter ist, der um neun Uhr seine Therapie hier hätte.« Der Leiter des Therapiezentrums sah Lennart hilflos an. »Wir können nur hoffen, dass er die Mail gelesen hat und zu Hause geblieben ist – oder aber … dass er in einer halben Stunde hier erscheint.«

Niklas Weiler stellte sich zu ihnen.

»Herrn Weiler kennen Sie ja bereits. Und das ist Herr Dr. Jungmann«, sagte Burmester und drehte sich zu dem Mann am Bücherregal um. »Herr Dr. Jungmann ist Mediziner. Sexualmediziner, um genau zu sein. Er arbeitet drüben im *ZVV* – hat aber auch ein kleines Behandlungszimmer hier im Sauerbruchweg.«

Lennart schätzte den schmalen Mann mit der blassen Haut und dem dunklen lichten Haar, genau wie Niklas Weiler, auf Anfang vierzig. Er trug ein weißes Hemd mit einer grauen Weste, an deren Knopfloch eine goldene Uhrenkette befestigt war, die in einem kleinen Bogen zur Westentasche glitzerte. Der Mann grüßte knapp.

»Wo ist Theresa?«, fragte Burmester an Weiler gewandt.

Niklas Weiler wollte gerade zu einer Antwort ansetzen,

als die Tür aufging und eine junge Frau mit zwei leeren Tassen hereinkam.

Sie war zierlich, hatte lange, dunkelbraune, glänzende Haare, einen auf der Stirn leicht spitz zulaufenden Haaransatz, leuchtende grüne Augen, eine makellose, frische Haut und feine, weiche Gesichtszüge. Sie war Anfang dreißig, wie Lennart vermutete.

»Ah, da bist du ja!« Thies Burmester hielt ihr die Tür auf. »Das ist Frau Dr. Theresa Johansson. Frau Dr. Johansson ist die Therapeutin, von der wir gestern schon sprachen. Sie erinnern sich? Es ist eine ihrer Gruppen, die heute hier stattfinden sollte.«

Lennart beobachtete, wie Theresa Johansson zu dem Tisch in der Mitte des Raumes ging, der voll mit Kaffeetassen, Kannen und Papptabletts stand, auf denen noch einige letzte Brötchenhälften lagen. Sieht so aus, als säßen sie schon länger hier, ging es ihm durch den Kopf. Wenn nicht sogar die ganze Nacht über.

Theresa Johansson stellte die Tassen ab und kam auf Lennart und Riedel zu.

»Guten Morgen«, sagte sie und reichte ihnen die Hand.

Ihre Stimme klang angenehm. Warm.

»Einer der Therapeuten, das habe ich gestern ganz vergessen zu erwähnen, ist heute nicht anwesend«, meinte Burmester. »Herr Conrad, Fabian Conrad. Er ist bereits seit Anfang der Woche mit seiner Familie in Stockholm. Seine Eltern haben dort, soweit ich weiß, die letzten zwanzig Jahre gelebt. Aber jetzt ist sein Vater gestorben. Herr Conrad hat sich ab Montagmittag freigenommen und kommt Donnerstag, also morgen, zurück – stimmt doch, oder?«

Burmester warf Weiler einen fragenden Blick zu, und Weiler nickte.

»Und was ist mit dem Herrn, den wir gestern an der Tür mit Ihnen getroffen haben? Hat der auch etwas mit der Therapie zu tun?« Lennart drehte sich zu Niklas Weiler.

»Professor Jacobi? Herr Professor Jacobi ist, wie Herr Dr. Burmester ihn bereits vorgestellt hat, der Leiter der Klinik für Kinder- und Jugendpsychiatrie am Universitätsklinikum. Er wird bei uns eine der Therapieeinheiten abhalten, gehört aber nicht zum Stammteam.«

»Herr Professor Jacobi«, übernahm Burmester, »hat seit Jahren tagtäglich mit Kindern und Jugendlichen zu tun, die Opfer sexueller Gewalt geworden sind. Ich kenne ihn schon eine Ewigkeit. Wir haben uns für dieses Projekt niemand Erfahreneren vorstellen können als ihn. Ein sehr kompetenter Mann, von dem wir wissen, dass er bei unseren Teilnehmern das nötige Einfühlungsvermögen für Missbrauchsopfer erzeugen kann. Für den Erfolg der Therapie ist es ganz wesentlich, dass sich unsere Klienten in das Leid der Kinder, das ihnen durch einen Missbrauch zugefügt wird, hineinversetzen.«

»Bisher ist Herr Professor Jacobi jedoch noch nicht zum Einsatz gekommen«, ergänzte Weiler. »Aber mit der ersten Gruppe bin ich jetzt so weit. Gestern wollten wir den Part, den der Professor übernimmt, genauer besprechen.«

»Setzen wir uns!« Thies Burmester wartete, bis Lennart und Riedel an dem runden Tisch in der Mitte des Raumes Platz genommen hatten, setzte sich ebenfalls und schenkte den beiden Kommissaren Kaffee ein.

»Milch und Zucker stehen auf dem Tisch. Bitte bedienen Sie sich. Und nehmen Sie sich auch gerne von den Brötchen. Noch sind welche da.«

Er schob das Tablett mit den Brötchenhälften in Lennarts und Riedels Richtung.

»Frau Dr. Johansson und Herr Dr. Jungmann sind natürlich informiert. Frau Johansson ist gestern, direkt nachdem sie meine Nachricht abgehört hat, hierhergekommen. Sie und Herr Weiler waren diejenigen, die mit den Männern, die sich hier gemeldet haben, gesprochen haben.«

Burmester nickte Theresa Johansson zu.

»Wir haben bisher mit siebzehn Klienten gesprochen«, sagte sie. »Mein Kollege, Herr Weiler, hat Ihnen die Übersicht geschickt. Zu den Teilnehmern, die heute hier ihre Therapie hätten: Wir wissen, dass einer bereits in Lübeck am Bahnhof angekommen war und wieder zurückgefahren ist. Wohin, wissen wir natürlich nicht. Drei andere Klienten haben sich auf dem Weg hierher gemeldet. Entweder aus dem Zug oder aus dem Auto. Alle haben ebenfalls umgedreht. Zwei haben von zu Hause aus angerufen. Beide wohnen also vermutlich nicht weit entfernt. Sie haben sich gar nicht erst auf den Weg gemacht. Ein Teilnehmer, den wir angemailt haben, hat sich bis jetzt nicht gemeldet. Aber das wissen Sie ja längst.«

»Das heißt, keiner der Männer, mit denen Sie gesprochen haben, ist in der Stadt«, stellte Riedel fest und nahm sich ein Brötchen mit Salami. »Was auch heißt, dass keiner bereit war, mit uns zu sprechen.«

»Wir haben an unsere Klienten weitergeleitet, dass Sie mit ihnen sprechen möchten. Genau so, wie Ihre Kollegen das mit Herrn Weiler und mir besprochen haben. Aber …« Theresa Johansson zuckte die Schultern. »Es hätte mich gewundert, wenn sich einer der Männer dazu bereit erklärt hätte, mit jemandem zu sprechen, der nicht zum Projekt gehört.«

»Vor allem, wenn dieser Jemand auch noch von der Polizei ist«, gab Riedel zurück. »Das hätte mich auch gewundert, zumal Herr Dr. Burmester meinem Kollegen gestern erzählt hat, dass an Ihrer Therapie auch Menschen teilnehmen können, die sich an Kindern vergangen haben. Menschen, die das hier zugeben und immer noch an Spielplätzen rumhängen können.«

Theresa Johansson sah Riedel ausdruckslos an.

»Noch etwas Kaffee zum Brötchen, Herr Kommissar?«, fragte sie dann und zauberte ein Lächeln auf ihr Gesicht.

Lennart schmunzelte in sich hinein. Er konnte seinem Partner ansehen, dass das nicht die Reaktion war, die er bei der jungen Frau hatte provozieren wollen.

Dann übernahm Thies Burmester das Gespräch und lenkte es auf den Mann, von dem alle hofften, er hätte die Nachricht gelesen und wäre entweder zu Hause geblieben oder aber – er würde in wenigen Minuten die Treppe hochkommen.

»Ich möchte nicht auf unserer Schweigepflicht herumreiten«, sagte er. »Nur so viel: Allein die Tatsache, dass sich der Mann bei uns in Therapie befindet, fällt unter den Geheimnisschutz. Ich möchte Sie bitten, in diesem Raum zu bleiben, während Frau Dr. Johansson ihn in Empfang nimmt und mit ihm spricht. Wir werden Sie informieren, sollte er bereit sein, mit Ihnen zu sprechen.« Burmester sah Riedel mit hochgezogenen Brauen an, als erwarte er Gegenwind von ihm, den er auch prompt bekam.

»Ich verstehe, dass Sie das sagen. Aber drei tote Männer haben wir schon. Die Männer, die an Ihrem Projekt teilnehmen, sind in Gefahr. Wir können unmöglich einfach hier oben sitzen und Däumchen drehen.«

Plötzlich sprang Niklas Weiler auf und beugte sich, auf die Tischplatte gestützt, zu Matthias Riedel vor.

»Wenn der Mann die Nacht überlebt hat und hier angekommen ist, dann kann von Gefahr für Leib oder Leben und einem rechtfertigenden Notstand – darauf wollen Sie doch hinaus – keine Rede mehr sein«, bemerkte er aufgebracht. »Ich will Ihnen mal was sagen: Die größte Angst der Menschen, die zu uns kommen, ist die, dass irgendjemand von ihrer Neigung erfahren könnte. Wenn jemand als pädophil geoutet wird, dann bricht das gesamte Leben zusammen. Und zwar so schnell, so schnell können Sie gar nicht gucken. Hierherzukommen und sich uns zu offenbaren, kostet diese Menschen eine unglaubliche Überwindung. Und ich denke, ich übertreibe nicht, wenn ich sage, dass sich einige von ihnen sicherlich lieber umbringen lassen würden, wenn die Alternative wäre, dass irgendeine Person außerhalb der Therapie etwas von ihrer Neigung erfährt. Und noch etwas: Diese Menschen haben sich auf uns eingelassen, weil wir ihnen gesagt haben, dass wir unter Schweigepflicht stehen. Weil wir ihnen gesagt haben, dass sie keine Angst zu haben brauchen, dass wir irgendetwas von dem nach außen tragen, was sie uns anvertrauen. Ja nicht einmal, dass sie Kontakt zu uns aufgenommen haben.« Weiler war hochrot im Gesicht. »Und eins versichere ich Ihnen: Ich werde nicht dabei zusehen, wie Sie …«

Thies Burmester war ebenfalls aufgestanden und legte eine Hand auf Weilers Schulter.

»Herr Kommissar«, übernahm er an Riedel gewandt. »Wir werden – so gut es geht – Ihre Ermittlungen unterstützen. Und natürlich ist es auch in unserem Interesse, den Mann zu schützen. Aber dieser Schutz besteht für uns auch darin, seine Anonymität zu wahren. Und noch einmal: Frau Johansson wird, genau wie sie die anderen Männer gefragt hat, auch diesen Klienten fragen, ob er bereit ist, mit Ihnen zu sprechen. Bitte zwingen Sie mich nicht, auf mein Hausrecht verweisen zu müssen.«

Matthias Riedel verschränkte die Arme und lehnte sich auf seinem Stuhl zurück. Er wollte auf Burmester reagieren, kam aber nicht dazu.

»Ich glaube, wir können uns diese Diskussion sparen!« Theresa Johansson sah Lennart an. »Wir haben zwanzig nach neun. Ich denke nicht, dass der Mann noch kommt.«

Ein betretenes Schweigen machte sich breit.

Etwa zur gleichen Zeit packten Franka Dahlberg und Joseph Walther in der Polizeiinspektion Dießen ihre Sachen. Viel mehr als das, was sie bei ihrer Ankunft ausgepackt hatten, war in den Tagen, die sie in dem kleinen, ihnen zur Verfügung gestellten Büro verbracht hatten, nicht dazugekommen.

»Das ist alles«, meinte Walther, klemmte sich einen vollgestopften Karton unter den Arm, zog mit der freien Hand den Autoschlüssel aus seiner Jackentasche und verließ den Raum.

Franka nickte und seufzte leise. Sie hätte gerne mit Christiane Hofer und ihrer Tochter gesprochen – aber Faust hatte recht. Es machte keinen Sinn, noch länger auf die Rückkehr der beiden zu warten. Julia war den Rest der Woche von der Schule beurlaubt und mit ihrer Mutter verreist. Es war unwahrscheinlich, dass sie vor Sonntag hier erscheinen würden, was bedeutete, dass sie noch mindestens fünf Tage nichts tun konnten. Und nur fürs Rumsitzen und Däumchendrehen konnte Faust sie in Lübeck nicht entbehren.

Franka und Walther hatten die Kollegen gebeten, Augen und Ohren offenzuhalten, weiterhin einen Beamten vor dem Haus der Hofers zu postieren und sich umgehend bei ihnen zu melden, sollten Mutter und Tochter auftauchen. Wenn es so weit war, würde Faust entscheiden, ob er sie erneut nach Schondorf schickte. Franka schnappte sich ihre Jacke und vergewisserte sich, dass sie von dem wenigen, was sie einpacken mussten, nicht noch die Hälfte vergaßen. In dem Moment klingelte ein Telefon auf einem der Schreibtische. »Dahlberg!«, meldet sie sich.

»Griàs Gōd, Frau Kommissarin«, hörte sie eine männliche Stimme sagen.

Der Mann stellte sich als einer der Kollegen vor, die das Haus der Hofers observierten. Er teilte Franka mit, dass eine Frau und ein Kind das Grundstück der Hofers betreten hatten und in das Haus hineingegangen waren. Und dass es sich bei dem Kind, wie es aussah, um Julia Hofer handelte – bei der Frau aber nicht um ihre Mutter, Christiane Hofer.

Sie hatten den Beamten ein Foto gegeben, das sie tags zuvor in Julias Zimmer gefunden hatten und das Mädchen mit ihrer Mutter bei Julias Einschulung zeigte. Julia sah auf dem Foto beinahe noch genauso aus wie auf dem, das Michael Hofer bei sich trug. Nur die struwweligen Haare waren etwas länger geworden und zu zwei abstehenden Zöpfchen zusammengebunden.

Christiane Hofer war auf dem Foto demgegenüber nicht wiederzuerkennen. Sie hatte sich von einem keck und spitzbübisch dreinblickenden Teenager mit kurzen braunen Haaren in Karohemd und Latzhose zu einer sehr eleganten Dame mit blondem langem Haar gewandelt.

»Nicht Frau Hofer?«, fragte Franka. »Sind Sie sicher?«

»Nia ned d'Mutter.«

»Wir sind unterwegs.«

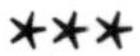

Der Mann, der sich nicht gemeldet hatte und auch nicht im Sauerbruchweg erschienen war, nannte sich Andy. Theresa Johansson hatte kurz überlegt, den Beamten von ihm zu erzählen, sich dann aber dagegen entschieden. Sie hatten sie nicht gefragt.

Sie saß in ihrem Büro an ihrem Schreibtisch und starrte

vor sich auf die Liste der Teilnehmer, die zum jetzigen Zeitpunkt eigentlich eine Etage höher an ihrer Therapie hätten teilnehmen sollen.

Hinter sechs Namen, über die sich die Männer ansprechen ließen und die sie neben die sechsstelligen Codes geschrieben hatte, hatte sie Häkchen gemacht. Hinter Klaus, Felix und Markus sowie hinter K., wie sich einer der Männer einfach nur nannte. Außerdem hatte sich Lukas gemeldet, von dem sie aus irgendeinem ihr nicht weiter erklärbaren Grund glaubte, dass er wirklich so hieß, und – Müller. Müller war der einzige Teilnehmer, der sich über einen Nachnamen ansprechen ließ.

Nur hinter Andy hatte sie kein Häkchen gemacht. Dem Klienten mit der Nummer 176982. Er war ein durchtrainierter, schlanker, hochgewachsener Mann. Mitte dreißig. Alleinstehend. Von Beruf Fotograf.

Er hatte von Anfang an mit sich und seiner Teilnahme an dem Projekt gehadert und jedes Mal angekündigt abzubrechen. Aber am Ende war er dann doch immer wieder in den Sauerbruchweg gekommen.

Theresa lehnte sich zurück und verschränkte die Arme hinter ihrem Kopf.

Andy, dachte sie und sah den Mann vor sich, wie er nach der letzten Sitzung einfach auf einem der Stühle sitzen geblieben war – auch dann noch, als alle anderen den Raum längst verlassen hatten.

»Mit dreizehn hatte ich meine erste Freundin«, hatte er gesagt, während Theresa ihre Sachen zusammenpackte. »Sie war in meiner Klasse und hieß Annika.« Lächelnd hatte er hinzugefügt, dass er richtig verschossen in sie gewesen war und bis dahin wohl noch als ganz normal durchgegangen sei. »Ich war dreizehn, Annika war dreizehn – alles im grünen Bereich!«

Es hatte nicht lange gedauert, da hatte sich Andy in ein anderes Mädchen *verschossen*, in Chris. Und nach Chris in Ariane, danach in Claudia und nach Claudia in noch einige andere mehr. Die Liste der Mädchen war lang. Und obwohl Andy immer älter wurde, waren die Mädchen, für die er Gefühle empfand, alle in dem Alter, in dem sie gerade in die Pubertät kamen.

»Das hat mich verwirrt. Und mir wurde klar, dass ich wohl doch nicht so normal war. Meine Verwirrung wechselte irgendwann in Verzweiflung, denn ich wusste nicht, wohin mit meinen Gefühlen, mit dem Ekel vor mir selber und der Angst, dass irgendjemand bemerken könnte, was ich für einer war – und sie *Kleinmädchenficker* hinter mir herschreien würden.«

Theresa sah Andy vor sich – den gequälten Ausdruck, den sein Gesicht angenommen hatte.

»Mit einundzwanzig habe ich Nikola getroffen.«

Nikola hatte ihn zu ihrem dreizehnten Geburtstag eingeladen. Und das, obwohl ihre Eltern nicht wollten, dass sie sich mit ihm abgab. Andy hatte gelacht und gemeint, dass er am liebsten in die Luft gesprungen wäre, so glücklich sei er damals gewesen. »Ich war überzeugt, dass das Liebe war«, hatte er gesagt. »Ich meine, ich liebte sie sowieso – das war klar. Aber sie musste mich auch lieben. Warum sonst hätte Nikola wegen mir sogar Ärger mit ihren Eltern in Kauf genommen?«

Theresa erinnerte sich, wie sie bei den Worten innerlich

zusammengezuckt war. Aber ehe sie etwas darauf hatte erwidern können, hatte sie Andy sagen hören: »Ein typischer Fall von kognitiver Verzerrung, wie ich hier gelernt habe, was?« Theresa hatte ein dünnes Lächeln über sein Gesicht huschen sehen.

»Und?«, hatte sie ihn gefragt. »Sind Sie zu dem Geburtstag gegangen?«

Andy hatte den Kopf geschüttelt. »Nein. Das bin ich nicht. Und Frau Johansson, ich möchte, dass Sie wissen, dass ich mein ganzes Leben lang kein Mädchen angefasst und nie ein Kind missbraucht habe.« Mit diesen Worten war er aufgestanden und gegangen.

Theresa hatte ihm geglaubt. Sie legte die Teilnehmerliste zurück auf den Schreibtisch. Bitte, flehte sie und hoffte, Andy hätte ihre Nachricht gelesen und entschieden, zu Hause zu bleiben.

Dann lehnte sie sich erneut in ihrem Schreibtischstuhl zurück und schloss die Augen. Sie war todmüde und gleichzeitig völlig aufgedreht.

Weiler und sie hatten die ganze Nacht vor dem Telefon gesessen. Auch dann noch, als die Beamten ihnen gegen ein Uhr nachts gesagt hatten, sie könnten nach Hause gehen. Aber da hatten sie auf ihre Mails längst nicht von allen Teilnehmern eine Rückmeldung bekommen. Und da sie in der Nachricht geschrieben hatten, dass sich die Männer melden sollten – egal um welche Uhrzeit –, und sie unter allen Umständen verhindern wollten, dass die Polizei den Anruf eines ihrer Klienten entgegennahm, waren sie geblieben.

Kein Auge hatten sie zugetan. Und auch jetzt hätte Theresa nicht eine Sekunde schlafen können.

Sie fragte sich erneut, ob sie irgendetwas von dem, was ihr bezüglich Andy durch den Kopf gegangen war, der Polizei gegenüber erwähnen sollte. Sie entschied sich abzuwarten, was die Beamten weiter von ihr wissen wollten.

***

Thies Burmester zeigte währenddessen Lennart und Riedel die Räumlichkeiten im Sauerbruchweg.

Im Obergeschoss befand sich gleich neben dem Besprechungsraum, in dem sie noch eine Viertelstunde vergeblich auf den Teilnehmer gewartet hatten, eine kleine Küche. Daneben waren die Toiletten und auf der gegenüberliegenden Seite der Raum, in dem die Gruppensitzungen stattfanden.

Der Gruppenraum war durch seine Einrichtung zweigeteilt. Im vorderen Bereich standen zu einem U zusammengestellt Tische. Es gab zwei Flip-Charts, mehrere tragbare Pinnwände und einen Tisch mit einem offen stehenden, gut gefüllten Moderatorenkoffer. Am Kopf des Raumes war eine große weiße Leinwand befestigt. Unter der Decke hing ein Beamer.

Der hintere Teil des Raumes war gemütlich eingerichtet, mit Sofas und Couchtischen. Auf die rückwärtige Wand hatte man eine Fototapete tapeziert, eine hellgrün leuchtende Waldlandschaft.

Im Erdgeschoss befanden sich die Büros der Mitarbeiter. Rechts des Eingangs das von Niklas Weiler, der nach Hause gefahren war, um sich frisch zu machen. Anschließend wollte er im Universitätsklinikum vorbeisehen und Professor Jacobi mitteilen, dass sie ihr Treffen ein weiteres Mal verschieben mussten. Weiler meinte, er sei so bald wie möglich zurück.

Neben seinem Büro lag das von Burmester bereits erwähnte Untersuchungs- und Behandlungszimmer, das von Dr. Jungmann, dem Sexualmediziner, genutzt wurde. Ein kleiner Raum, ausgestattet mit einer grauen Liege, einem schmalen Schreibtisch und einem abschließbaren Medizinschrank. Jungmann hatte sich ebenfalls verabschiedet, nachdem Riedel ihm noch einige Fragen gestellt hatte. Er gab an, dass man ihn im *ZVV* fände, sollten Lennart und Riedel noch Fragen haben.

»Herr Dr. Jungmann ist selten im Sauerbruchweg«, sagte Burmester. »Er nimmt an den hier stattfindenden Teamsitzungen teil, absolviert Seminare zur medikamentösen Behandlung und kommt ansonsten bei Bedarf vorbei.«

Burmester zeigte auf zwei weitere Türen neben dem Behandlungszimmer. »Links ist die Personaltoilette und rechts eine kleine Abstellkammer mit Putzmitteln, falls Sie das interessiert.«

Lennart nickte. Von außen hatte das Gebäude größer auf ihn gewirkt, als es von innen war.

»Und hier ist das Büro, das sich Frau Dr. Johansson und Herr Conrad, der Kollege, der derzeit nicht im Haus ist, teilen.«

Thies Burmester drückte die Klinke und öffnete die Tür.

»Kommen Sie! Frau Johansson wird Ihnen sicher weitere Fragen beantworten.«

***

Theresa erschrak, als Matthias Riedels Handy klingelte und sie bemerkte, dass Thies Burmester mit den beiden Kommissaren den kleinen Raum betreten hatte. Sie öffnete die Augen und richtete sich abrupt auf.

»Faust!«, sagte Riedel an Lennart gewandt mit Blick auf das Display und verließ das Büro.

Und auch Thies Burmester verabschiedete sich, nachdem er Theresa Johansson gebeten hatte, die Fragen der Kommissare zu beantworten.

Sie bot Lennart den Stuhl hinter Fabian Conrads Schreibtisch an. Eine andere Sitzgelegenheit gab es in dem Büro auch nicht.

»Viel Platz haben Sie hier ja nicht gerade«, stellte Lennart fest und setzte sich.

In der Mitte des Raumes waren zwei Schreibtische zu einem Block zusammengeschoben worden. An der Decke hing eine Strahlerleiste und zwischen zwei Fenstern eine Pinnwand, an die Unmengen Papier geheftet war. Hinter Fabian Conrads Platz befand sich ein abschließbarer metallener Aktenschrank und auf Theresa Johanssons Seite ein weißes IKEA-Regal, auf dem ein Radio stand. Ansonsten war es mit Büchern, Zeitschriften und Ordnern vollgestopft.

»Herr Dr. Burmester hat mir gestern bereits einiges über die Therapie erzählt«, sagte Lennart und betrachtete ein gerahmtes Foto vor sich auf dem Schreibtisch. Das Bild zeigte ein kleines Mädchen, er schätzte es auf fünf Jahre, einen kleinen Jungen, vielleicht zwei oder drei Jahre alt, eine liebevoll und gutmütig auf die Kinder schauende junge Frau sowie einen stolz geradewegs in die Kamera blickenden Mann. »Ihr Kollege und seine Familie?«

Theresa nickte.

»Phhh«, machte Lennart leise. »Ich will ehrlich sein. Ich tue mich schwer mit dem, was Sie hier machen. Und ich frage mich, wie Sie das, was Sie hier zu hören bekommen, aushalten können.« Er zögerte. »Und wenn man dann noch selber kleine Kinder hat …«

Theresa sah ihm in die Augen.

»Und Sie?«, fragte sie. »Wie halten Sie all das aus, was Sie erleben? Die Brutalität, die Leichen und die Reaktionen der Angehörigen, wenn Sie ihnen mitteilen, dass ein geliebter Mensch getötet wurde?«

Sie schwiegen einen Moment. Dann lächelten sie einander an.

»Was sind das für Menschen, die zu Ihnen in die Therapie kommen?«, fragte Lennart.

»Oh, das kann man so pauschal nicht beantworten. Zu uns kommen ganz unterschiedliche Menschen. Allerdings haben diejenigen, bei denen wir eine Pädophilie diagnostizieren und denen wir einen Therapieplatz anbieten, gemeinsam, dass sie verzweifelt sind. Und unglücklich.«

»… diagnostizieren?«, wiederholte Lennart fragend.

»Ich dachte immer, Pädophile lehnen es ab, als krank bezeichnet zu werden?«

»Was sie ablehnen, ist die Abwertung ihrer Person – nicht die Bewertung ihrer sexuellen Präferenz.«

Theresa Johansson holte ihre Tasche, die neben ihrem Stuhl stand, hervor und stellte sie auf ihren Schreibtisch.

»In unserer Gesellschaft gelten Pädophile als krank im Sinne von *abartig* und *pervers*. Dagegen wehren sie sich. Ich finde das nur nachvollziehbar.«

Sie kramte in ihrer Tasche.

»Wissen Sie, die sexualmedizinische Einordnung der Pädophilie ist umstritten«, sagte sie und wühlte weiter. »Das genauer auszuführen würde jetzt zu weit führen. Nur so viel: Wir hier sehen in der Pädophilie dann eine krankheitswerte und behandlungsbedürftige Sexualstörung, wenn die betroffenen Personen sich oder anderen durch ihr Verhalten Schaden zufügen und sie unter ihrer sexuellen Neigung leiden. Dann setzten wir Pädophilie einer Krankheit gleich, und zwar einer chronischen, da sich eine einmal manifestierte sexuelle Präferenzstruktur nicht ändern lässt.«

»Gibt es Pädophile, auf die das nicht zutrifft?«, fragte Lennart mit hochgezogenen Augenbrauen. Er beobachtete, wie Theresa Johansson ein Päckchen Zigaretten aus ihrer Tasche fischte.

»Die gibt es. Es gibt Menschen, die sich zu Kindern hingezogen fühlen, diese Neigung aber ihr Leben lang nicht ausleben und dadurch seelisch nicht beeinträchtigt sind. Wir finden sie sowohl unter denjenigen, die sich ausschließlich durch ein kindliches Körperschema sexuell angesprochen und erregbar fühlen, als auch unter denen, die daneben auch eine sexuelle Befriedigung mit erwachsenen Partnern erleben können. Da ist die Anzahl natürlich größer.«

»Diese … Kombi kommt vor?«

»Ja, diese Kombi, wie Sie es nennen, gibt es.« Theresa lachte, wurde kurz darauf aber wieder ernst.

»Unter denen, die an unserer Therapie teilnehmen, findet man natürlich niemanden, der nicht leidet. Und die meisten, die hierherkommen, haben anderen schweres Leid zugefügt. Teilweise unmittelbar. Aber mehr noch mittelbar.«

»Sie meinen durch Konsum von Kinderpornografie?«

»Ja. Allerdings bevorzuge ich den Begriff *Missbrauchsabbildungen*. Das, was man auf den Bildern und in den Filmen sieht, ist Missbrauch von Kindern und hat nichts mit Pornografie zu tun.«

Theresa drehte das Päckchen mit den Zigaretten zwischen den Fingern und sah Lennart an. Dann entfernte sie die dünne Plastikverpackung, öffnete die Schachtel, zog das Silberpapier ab und stand auf.

»Leider gibt es noch immer Menschen, die der Meinung sind, es sei besser, Pädophile würden sich vor solchen Bildern einen runterholen, als … Sie wissen, was ich meine«, sagte sie, ging zum Fenster und öffnete es. »Übrigens sind auch Staatsanwälte und Richter nicht selten dieser Meinung.«

Theresa hielt Lennart vom Fenster aus die Schachtel mit den Zigaretten entgegen.

Er schüttelte den Kopf. »Danke. Gewöhne ich mir

gerade ab.« Zum hunderttausendsten Mal, dachte er und beobachtete, wie Theresa Johansson sich eine Zigarette anzündete, kräftig daran zog und den Rauch aus dem Fenster blies.

»Wie viele der Männer, die hierherkommen, nutzen Missbrauchsabbildungen?«, fragte er.

»Siebzig bis achtzig Prozent.«

»Hören sie in der Therapie damit auf?«

Theresa nahm einen weiteren Zug und musterte Lennart einen Moment lang.

»Sagen wir mal so …«, antwortete sie dann. »Sie steigen um. Das heißt, sie lernen zunächst einmal, sich auf Bilder mit Kindern zu beschränken, die nicht eigens dazu hergestellt wurden, sexuelle Bedürfnisse von Erwachsenen zu befriedigen.«

»So etwas wie Bilder in Katalogen?«

»Zum Beispiel.«

»Hm. Und wie viele sind übergriffig geworden? Unmittelbar?«, fragte er dann.

»Von den fünfunddreißig Männern, die bisher einen Therapieplatz bekommen haben, und den fünf Männern, die auf der Warteliste stehen, haben ungefähr die Hälfte angegeben – wie wir das hier ausdrücken –, die Genitalien von Kindern manipuliert oder aber Kinder ermutigt zu haben, das Gleiche mit ihren Genitalien zu tun. Über vier von ihnen wissen wir, dass es bis zur Penetration gekommen ist.«

Theresa Johansson sah Lennart abwartend an. So, als wolle sie ihm die Möglichkeit geben, etwas dazu zu sagen.

Aber Lennarts einzige Reaktion war ein langsames

Nicken. Dann fuhr er mit dem Finger über den Rand der Auflage, die vor ihm auf dem Schreibtisch lag.

Fabian Conrad hatte einige Zettel unter die transparente Abdeckung geklemmt. Listen mit Namen und Telefonnummern, außerdem ein Post-it, auf dem *Ich liebe Dich!* stand. Und ein, wie Lennart vermutete, von Conrads Tochter gemaltes Bild: vier Männchen zwischen zwei Bäumen. Das größte links, das kleinste auf der rechten Seite, eine große gelbe Sonne über ihnen, um die herum rote und orangefarbene Schmetterlinge flatterten. Unter den Figuren stand mit kindlicher Schrift geschrieben: *Papa, Mama, Nele* und *Jonas.*

»Sie sind Kriminalkommissar«, hörte Lennart Theresa Johansson sagen und sah, wie sie die Zigarette in einem Aschenbecher ausdrückte, der auf dem Sims vor dem Fenster stand. Dann schloss sie das Fenster und setzte sich zurück an ihren Schreibtisch.

»Ich gehe davon aus, dass Sie wissen, dass mehr als die Hälfte aller Sexualstraftaten an Kindern nicht von Pädophilen begangen werden.«

Lennart kannte die Studien, die das belegten. Er wusste, dass rund sechzig Prozent derer, die sich an einem Kind vergingen, das taten, obwohl sie eigentlich einen erwachsenen Partner sexuell bevorzugten. Darunter Menschen mit einer Persönlichkeitsstörung oder einer geistigen Behinderung, Menschen, die Macht ausüben wollten, und solche, für die Frauen unerreichbar schienen. Außerdem die, die Kinder missbrauchten, weil sie die Gelegenheit dazu hatten.

Mia war damals so eine Gelegenheit.

Sie war zur falschen Zeit am falschen Ort, ging es Lennart durch den Kopf. Einem Ort, an dem sie gar nicht hätte sein dürfen. Einem Ort, an dem sie missbraucht worden war – weil jemand die Gelegenheit dazu hatte.

Lennart spürte, wie sich sein Herz zusammenkrampfte.

»Ist bei Ihnen alles okay?« Theresa sah ihn an, den Kopf leicht auf die Seite gelegt.

»Ich glaube, für ein Kind ist es ziemlich egal, aus welcher Motivation heraus es missbraucht wird und welche Neigungen und Vorlieben derjenige hat, der sich an ihm vergeht«, hörte Lennart eine Stimme wie aus weiter Ferne. Es dauerte einen Moment, bis er realisierte, dass es seine eigene war.

»Ja«, gab Theresa zurück. »Für das Kind spielt das sicher keine Rolle. Aber für die Männer, die hierherkommen. Für sie ist es schlimm, dass in den Köpfen der Menschen das Bild vorherrscht, sexueller Kindesmissbrauch werde grundsätzlich von Pädophilen begangen.«

»Sicher.« Lennart versuchte sich zusammenzureißen und auf das zu konzentrieren, was Theresa Johansson sagte.

»Für uns und unseren Therapieansatz spielt die Unterscheidung natürlich ebenfalls eine Rolle. Unser Konzept ist darauf ausgerichtet, Menschen mit einer pädophilen Präferenz zu befähigen, mit der Verantwortung, die ihre Neigung mit sich bringt, umgehen zu können. Der Verantwortung dafür, niemals oder niemals wieder ihre sexuellen Wünsche und Bedürfnisse über die Fantasie hinaus auszuleben. Das passt nicht auf Menschen, die Kinder zum Ausgleich ihrer Defizite, die sie in der Gestaltung einer Beziehung zu einem Erwachsenen haben, missbrauchen.«

Lennart nickte. »Dr. Burmester hat gesagt, dass sich auch Menschen hier melden, die nicht pädophil sind. Ich nehme an, er meinte genau diese Männer. Die, die trotzdem Kinder missbrauchen.«

»Davon gehe ich aus. Diese Menschen setzen ihr Verhalten mit Pädophilie genauso gleich, wie der Großteil der Gesellschaft das tut.«

»Das heißt, sie halten sich für pädophil?«

Theresa Johansson nickte. »Aber sie lieben keine Kinder. Sie verlieben sich nicht in sie – so, wie sich pädophil veranlagte Menschen in Kinder verlieben. Für sie sind Kinder, wie gesagt, nur ein Ersatz für den Sex, den sie mit einer erwachsenen Person nicht haben können.«

Bei dem Wort *Liebe* zuckte Lennart zusammen.

»Liebe! Sie meinen die Männer, also Ihre Männer hier, die echten Pädos …«

Theresa unterbrach ihn.

»Diese, wie Sie sagen, *echten Pädos* fühlen sich von Kindern angezogen und verlieben sich in sie. Natürlich nicht in alle. Es ist ein Irrglaube, dass sich Pädophile in jedes Kind verlieben, das ihnen über den Weg läuft. Genau wie jeder andere Mensch auch, verliebt sich ein Mensch mit einer pädophilen Neigung, wenn er sich von etwas angezogen fühlt. Bei manchen unserer Klienten ist das eine bestimmte Augenfarbe, die ein Mädchen oder ein Junge hat. Andere finden bei Kindern Sommersprossen anziehend – oder eine Zahnlücke.«

Theresa Johansson musste Lennarts Entgeisterung in seinem Gesicht gesehen haben, denn sie fügte hinzu, dass er nicht der Erste sei, dem es nicht gefalle, wenn sie über *Liebe* in Zusammenhang mit Pädophilen sprach.

»Ich kenne so gut wie niemanden, der nicht entsetzt ist, wenn ich, beziehungsweise wir hier, das Wort *Liebe* gebrauchen. Ich kann das in gewisser Weise nachvollziehen. Aber … jemand, der eine Neigung zu Kindern hat, begehrt sie und verliebt sich in sie. Das kann man hören wollen oder auch nicht.«

In Lennart sträubte sich alles, und am liebsten hätte er protestiert. Nur, was hätte er sagen sollen?

»Das ist alles nicht so leicht zu verdauen«, brachte er hervor.

»Ich weiß.« Theresa Johansson lächelte ihn an.

Dann zog sie die oberste Schublade des Rollcontainers unter ihrem Schreibtisch auf und nahm ein Päckchen Kaugummis heraus.

»Auch einen?«

Lennart nahm dankend an.

»Wie kriegen Sie das raus?«, fragte er, nachdem sie sich eine Weile schweigend gegenübergesessen hatten. »Ich meine, wie finden Sie heraus, wer von denen, die sich hier melden, eine pädophile Neigung hat und wer nicht?«

»Nachdem jemand zu uns Kontakt aufgenommen hat, führen wir ein Erstgespräch mit ihm durch – ein klinisches Interview, wie wir das nennen. In diesem Gespräch geht es unter anderem darum, die Motivation, mit der jemand zu uns kommt, abzuklären – seine Erwartungen an uns und die Therapie, seine Wünsche und Bedürfnisse. Und wir erfassen seine sexuelle Präferenz. Heißt, wir stellen den Klienten in dem Gespräch viele Fragen, und wir lassen sie eine Reihe von Fragebögen ausfüllen. Jungmann, unser Sexualmediziner, würde das so beschreiben: Wir durchleuchten jeden Winkel menschlicher Abgründe. Das wiederum heißt, dass wir nach dem bevorzugten Alter fragen, das die Kinder haben sollen, dem bevorzugten Geschlecht, nach sexuellen Verhältnissen der Gegenwart und der Vergangenheit, nach exhibitionistischen, voyeuristischen und nach sadistischen Fantasien. Und wir fragen nach Übergriffen, die sie begangen haben. Wir wollen wissen, ob sie Missbrauchsabbildungen nutzen, wenn ja, welche und wo sie die finden. Uns interessiert, ob sie vorbestraft sind oder bereits eine Strafe verbüßt haben. Wir klären, ob sie schon einmal den Versuch gemacht haben, sich das Leben zu nehmen, und wollen wissen, ob sie sich für suizidgefährdet halten. Jeden Winkel!«, betonte Theresa. »Nun zu Ihrer Frage: Wie kriegen wir raus, ob derjenige, der sich hier meldet, eine pädophile Neigung hat oder nicht? Wir bitten ihn, uns seine sexuellen Fantasien beim Onanieren zu schildern. Wir wollen wissen, ob er dabei an das Nachbarskind denkt oder an dessen Mutter – wenn Sie verstehen.«

»Und der, der nicht pädophil ist«, erwiderte Lennart, »würde an die Mutter denken.«

»Ja.«

»Und den, der das Kind missbraucht, obwohl er eigentlich die Mutter haben will, den würden Sie nicht nehmen.«

»Genau.«

»Und das erzählen die Ihnen einfach so?«

Theresa sah Lennart an, ohne zu antworten.

»Frau Johansson, kann es nicht sein, dass die Menschen, die hierherkommen, das einfach nur tun, weil sie darüber ihr schlechtes Gewissen beruhigen wollen?« Matthias Riedel stand auf einmal in der Tür.

»Ich bin pädophil«, sagte er mit gekünstelter Stimme. »Und für meine Neigung kann ich nichts. Ich kann auch nichts daran ändern, dass ich mir nun einmal gerne von kleinen Jungs den Schwanz lutschen lasse und ihn in ihre süßen Kinderpopos stecke. Aber ich mache ja eine Therapie. Es kann also keiner sagen, ich hätte nicht alles versucht.«

Theresa sagte kein Wort.

Riedel machte einen Schritt auf sie zu. Im selben Moment klingelte sein Handy erneut. Er grinste, zuckte die Schultern und war kurz darauf wieder verschwunden.

Lennart seufzte. »Mein Kollege ist etwas …«

»Schon gut. Wenn es um Pädophile geht, sind die meisten Menschen etwas …«

Theresa sah Lennart mit ihren tiefen, grünen Augen an.

»Sie befürchten, dass wir den Missbrauch an Kindern entschuldigen wollen; dass wir nach Rechtfertigungsgründen suchen. Und sicher sind viele so empört, weil sie genau das glauben, was Ihr Kollege gesagt hat. Nämlich, dass wir den Menschen hier ein Forum bieten, über das sie ihr schlechtes Gewissen beruhigen können. Aber das tun wir nicht.«

Sie sahen sich erneut einen Moment schweigend an.

Dann stand Lennart auf, ging zur Tür und drehte sich noch einmal um.

»Frau Johansson, wer ist der Mann mit der Nummer 176982?«

Sie antwortete nicht.

»Sie wissen doch, wer er ist. Nicht wahr?«

»Er nennt sich Andy«, sagte sie nach einem längeren Zögern und wandte den Blick ab. »Mehr darf ich Ihnen nicht sagen.«

Lennart fragte nicht weiter nach.

***

Sie saßen sich auf einem der weißen Sofas im Wohnzimmer der Hofers gegenüber. Die Frau – Franka Dahlberg schätzte sie auf Ende dreißig – trug einen Pagenschnitt, ein dunkelgraues Wollkleid, hochgeschlossen, mit langem Arm, dazu eine Charleston-Kette aus feinen rosafarbenen Perlen.

»Jasmin Lavater«, stellte sie sich Franka und Walther vor. »Ich bin eine Freundin von Christiane Hofer, Julias Mutter.«

Julia Hofer rutschte auf dem Schoß der Frau hin und her und spielte mit den Enden der Kette, die durch einen lockeren Knoten zusammengehalten wurden. Sie hatte noch ganz feuchte Augen von den Tränen, die sie um *Bonnie*, ihr Meerschweinchen, geweint hatte.

Das Mädchen hat sich ganz schön verändert, ging es Franka durch den Kopf. Sie sah das Kind auf den Aufnahmen vor sich, die sie im Portemonnaie ihres Vaters und in ihrem Zimmer von ihrer Einschulung gefunden hatten. Aus den beiden abstehenden Zöpfchen waren zwei dicke, lange, geflochtene Zöpfe geworden, die mit starken Gummibändern zusammengehalten und mit roten Schleifen verziert waren. Julia trug ein rosa Kleid mit weißen Pünktchen und knallrote Lackschuhe. Ein schmales goldenes Armband mit einem glitzernden Herzanhänger blitzte immer mal wieder unter dem Ärmelende des Kleidchens an ihrem linken Arm hervor.

Sie ist ein richtiges Mädchen geworden. Eine kleine Prinzessin.

»Mein Mann, Julia und ich waren in der Schweiz. In Lausanne«, sagte die Frau. »Meine Schwester lebt dort mit ihrer Familie. Wir haben den vierzigsten Geburtstag meines Schwagers gefeiert. Am Freitag. Wir sind das Wochenende dort geblieben und anschließend weiter nach Bern gefahren, wo mein Mann beruflich zu tun hatte.«

Jasmin Lavater sah die Beamten unsicher an, während Julia auf ihrem Schoß eifrig nickte.

»Ihr sprecht kein Wort mit dem Kind, ohne dass jemand vom Jugendamt dabei ist«, hörte Franka in Gedanken Benno Faust am Telefon sagen, als sie ihm mitgeteilt hatte, dass Julia Hofer zusammen mit einer bisher nicht bekannten Frau im Haus der Hofers erschienen war. »Kein Wort!«, hatte er gebrüllt. Franka hatte den Hörer ein ganzes Stück vom Ohr weggehalten. »Julia ist sieben Jahre alt, und so wie es aussieht, war ihr Vater pädophil. Wir haben keine Ahnung, ob er etwas mit dem Kind angestellt hat und wenn ja, was. Kein Wort ohne das Jugendamt! Ist das klar?« Franka Dahlberg konnte Fausts Aufregung verstehen. Sie hatte ihm versichert, dass er sich auf sie verlassen konnte.

»Frau Lavater, wir müssten einmal mit Ihnen alleine sprechen«, sagte sie.

Die Frau sah Julia liebevoll an. »Hast du gehört, mein Schatz?«

Das Mädchen zog einen Flunsch, rutschte aber ohne jeden Protest von dem Schoß herunter und schlenderte neben einem der Beamten, die Franka und Walther begleitet hatten, aus dem Raum.

Franka wartete, bis sich die Tür von außen geschlossen hatte.

»Gut!«, sagte sie. »Ich will nicht um den heißen Brei herumreden. Wir sind hier, weil wir Julias Vater tot aufgefunden haben. Ermordet.«

Jasmin Lavater sah sie erst verwirrt, danach schockiert an, als Franka ihr in knappen Worten berichtete, was passiert war.

Die Frau wurde blass.

»Und wo ist Christiane?«, fragte sie. »Frau Hofer?« Ihre Augen waren von einem Tränenschleier überzogen.

»Wir wissen es nicht«, sagte Franka. »Wir waren im Glauben, Julia sei mit ihrer Mutter verreist.«

Jasmin Lavater blickte durch sie hindurch und schüttelte den Kopf. Sie nahm ein Päckchen Taschentücher aus ihrer Handtasche, zog eins der Tücher heraus und wischte sich die Tränen ab.

»Nein«, sagte sie und schüttelte erneut den Kopf. »Julia ist, also war – wie gesagt – sie war mit uns, mit mir und meinem Mann, in der Schweiz.«

Auf Frankas Frage, woher sie und Christiane Hofer sich kannten, antwortete Frau Lavater, dass sie sich vor elf Jahren bei einer Münchner Benefizveranstaltung zugunsten krebskranker Kinder kennengelernt hätten.

»Danach haben wir uns häufiger getroffen«, sagte sie. »Mit der Zeit hat sich eine tiefe Freundschaft zwischen uns entwickelt.«

Dann berichtete Jasmin Lavater, dass sie und ihr Mann Julia häufiger mit auf Reisen nahmen. Seit Julia noch ganz klein war. Sie erzählte, dass ihr Mann geschäftlich sehr oft verreisen müsse, sie ihn stets begleite und sie sich immer sehr gefreut habe, wenn sie Julia mitnehmen konnte.

»Wissen Sie, wir haben selber keine Kinder. Leider.« Ein Schatten legte sich über Jasmin Lavaters Gesicht. Aber dann lächelte sie und meinte, dass Julia sehr gerne bei ihr und ihrem Mann sei. »Manchmal kommt es mir vor, als ob wir so etwas wie Tante und Onkel für das Kind sind … neben Michael Hofers Schwester und ihrem Ehemann natürlich.«

»Hatten Sie schon lange geplant, Julia mit in die Schweiz zu nehmen?«, fragte Joseph Walther, der sich bisher zurückgehalten hatte.

»Nein. Das kam eher spontan. Ich meine, dass wir zu meinem Schwager und nach Bern fahren würden, das stand natürlich schon lange fest. Aber dass Julia mit uns kommen sollte, das hat sich kurzfristig ergeben.«

Franka fragte sie, wie es dazu gekommen sei, und Jasmin Lavater erzählte, dass Christiane Hofer in der Woche, bevor sie losfahren wollten, angerufen und gefragt habe, ob sie Julia mitnehmen könnten.

»Christiane wusste von dem Geburtstag meines Schwagers. Und … sie meinte, sie habe etwas Wichtiges zu erledigen.«

»Und Sie wissen nicht, was das war, was Ihre Freundin zu erledigen hatte?«

Sie schüttelte den Kopf.

»Wussten Sie denn, dass Frau Hofer ihre Tochter für die Reise extra von der Schule hat befreien lassen?«, übernahm Walther wieder.

Jasmin Lavater sah ihn niedergeschlagen an.

»Ich gebe zu, dass ich mir darüber gar keine Gedanken gemacht habe«, antwortete sie. »Aber Urs, mein Mann, hatte sich gewundert. Es waren ja keine Schulferien.«

»Und Sie haben Frau Hofer nicht gefragt, was so dringend ist, dass sie Julia vom Unterricht abgemeldet hat?«

Jasmin Lavater schüttelte wieder den Kopf.

»Nein, ich habe nicht weiter nachgefragt. Ich habe mich einfach nur darauf gefreut, Julia bei mir zu haben.«

»Kam das denn häufiger vor, dass Frau Hofer Sie so spontan darum bat, das Kind mitzunehmen – und dann noch außerhalb der Schulferien?«

Wieder ein Kopfschütteln.

»Früher, als Julia noch nicht zur Schule ging, hatten wir sie ständig bei uns. Ferienzeiten spielten da keine Rolle. Aber nachdem sie eingeschult worden war, ist Julia natürlich immer nur dann mit uns mitgekommen, wenn sie schulfrei hatte. In den Ferien oder an langen Wochenenden. Und das hatten wir dann selbstverständlich auch länger im Voraus geplant.«

»Sie wissen also nicht, was Ihre Freundin vorhatte?« Franka sah Jasmin Lavater mit ernstem Gesichtsausdruck an.

»Nein.«

»Und Sie haben keine Ahnung und keine Idee, wo sich Frau Hofer aufhalten könnte!«, stellte Walther fest.

Sie schüttelte erst wieder den Kopf. Dann nickte sie.

»Wir wissen, dass Frau Hofer ihren Wagen in der Tiefgarage am Hauptbahnhof in München abgestellt hat – kurz bevor auch ihr Mann dort angekommen und von dort aus nach Lübeck gefahren ist. Nach dem, was Sie uns gerade erzählt haben, gehe ich davon aus, dass Frau Hofer Julia zunächst zu Ihnen gebracht hat und dann nach München gefahren ist. Könnte es sein, dass sie, genau wie ihr Mann, einen Zug nach Lübeck genommen hat?«, versuchte es Franka weiter.

Ein verlegenes Schulterzucken.

»Ich weiß es nicht.«

»Hat Ihre Freundin Ihnen gegenüber einmal von Lübeck gesprochen?«

»Nein.« Jasmin Lavater sah Franka Dahlberg und Joseph Walther ängstlich an. »Warum fragen Sie mich das alles?«

Franka dachte nach, und auch auf Walthers Stirn hatte sich eine Falte gebildet.

Ja, warum fragten sie das?

Weil sie sich ganz offensichtlich geirrt hatten, als sie davon ausgingen, Christiane Hofer sei mit ihrer Tochter verreist. Und, weil es auf einmal gar nicht mehr so abwegig erschien, dass auch Frau Hofer einen Zug nach Lübeck genommen haben könnte – auch wenn es nach wie vor keinen Grund gab, davon auszugehen, dass sie ihren Mann nach Lübeck begleitet hatte.

Was, wenn sie ihm gefolgt ist?, fragte sich Franka.

Das war reine Spekulation. Aber Fakt war, dass Christiane Hofers Wagen in der Tiefgarage am Bahnhof stand, von wo aus ihr Mann einen Zug nach Lübeck genommen hatte. Fakt war außerdem, dass ihr Ehemann, der Vater ihrer gemeinsamen siebenjährigen Tochter, pädophil und ermordet worden war. Und – es stand fest, dass Christiane Hofer nicht, wie bisher angenommen, mit ihrer Tochter verreist war. Dazu kam, dass sie niemanden gefunden hatten, der wusste, wo sich die Frau aufhielt.

Nach einer Weile fragte Joseph Walther: »Sie sagen, Sie sind sehr gut mit Frau Hofer befreundet. Können Sie uns etwas über die Ehe der Hofers erzählen?«

Jasmin Lavater sah sie mit weit aufgerissenen Augen an. »Glauben Sie etwa, Christiane hat ihren Mann umgebracht?«

Frankas und Walthers Blicke ruhten auf der Frau.

»Würden Sie ihr das zutrauen?«, wollte Walther wissen.

Jasmin Lavater schüttelte kraftlos den Kopf. »Nein, natürlich nicht. Christiane bringt doch ihren Mann nicht um. Sie ist doch keine Mörderin!«, antwortete sie leise.

»Die Ehe war – distanziert«, fuhr Jasmin Lavater nach einer Weile fort.

»Was meinen Sie mit distanziert?«, fragte Franka.

Jasmin Lavater suchte nach einer Erklärung. »Distanziert ist nicht richtig«, sagte sie dann. »Christiane meinte arrangiert.«

»Arrangiert?«

»Ja. Sie sagte, sie und Michael, sie hätten sich arrangiert.«

»Und weiter?«, wollte Walther wissen.

»Weiter nichts.«

Joseph Walther sah Jasmin Lavater abwartend an, und wenig später erzählte die Frau, dass sie und Christiane Hofer natürlich viel miteinander sprächen. Über Mode, gerne über Frisuren, viel über Julia und manchmal über sie und ihre Ehe mit Urs.

»Über Christiane und ihren Mann haben wir jedoch, außer das eine Mal, weiter nicht geredet. Christiane ist dem immer ausgewichen.«

»Arrangiert«, wiederholte Franka. »Frau Lavater, könnte es auch sein, dass die Ehe der beiden … dass die Ehe der Hofers gescheitert war? Dass sie sich trennen wollten?«

»Das glaube ich nicht. Warum hätten sie sich trennen sollen? Sie hatten Julia. Und auch wenn sie jetzt nicht das verliebte Ehepaar waren – ich hatte nicht den Eindruck, dass sie unglücklich waren oder einer aus der Ehe hätte ausbrechen wollen. Also Michael bestimmt nicht. Der sah zwar ziemlich gut aus und hätte sicher so seine Affären haben können … Aber der hatte außer seinen Entwürfen und Gebäuden nichts anderes im Kopf. Und Christiane? Die hat keinen anderen. Da bin ich mir sicher.«

Außer Entwürfen und Gebäuden nichts anderes im Kopf.

Jasmin Lavater weiß ganz offensichtlich von nichts, dachte Franka. Und das bedeutete, dass Christiane Hofer, sollte sie etwas von der Neigung ihres Mannes geahnt oder gewusst haben, nicht mit ihrer Freundin darüber gesprochen hatte.

»Haben Sie den Eindruck, dass sich Frau Hofer in der letzten Zeit verändert hat?«, fragte Joseph Walther.

»Christiane? Nein. Ich wüsste nicht, inwiefern.«

»War sie irgendwie anders? Verschlossen? Hat sie sich vielleicht zurückgezogen? Oder wirkte sie verunsichert? Aufgebracht oder erschöpft? Nervös?«

»Nein. Also mir gegenüber war sie wie immer.«

»Und Julia? Hat Julia sich verändert?«, fragte Franka.

»Was heißt verändert? Ich meine, Kinder verändern sich doch ständig – oder?« Sie lächelte gequält.

Franka nickte. »Ja sicher. Können Sie die Veränderung von Julia beschreiben?«

Die Frau überlegte einen Augenblick.

»Mein Mann hat früher immer gesagt«, begann sie dann, »Julia hätte eigentlich ein Julian werden sollen.« Ihre Stimme klang unsicher. »Die Süße sah früher aus wie ein kleiner Junge und hat sich auch so benommen – ist auf Bäume geklettert, Kettcar gefahren und hat am liebsten Hockey gespielt.« Jasmin Lavater lächelte angespannt.

»Julia wollte unbedingt in einen Hockeyverein. Anfangs hatte Christiane auch nichts dagegen. Aber dann hat sie es doch verboten. Julia wurde nicht beim Hockey, sondern beim Kinderballett angemeldet. Sie war sehr traurig darüber.«

Wieder das angespannte Lächeln.

»Dann war da noch etwas …«

»Was war da noch?«, fragte Franka.

»Julias Lieblingskleidung. Ich meine, ich höre immer wieder in meinem Freundeskreis, dass Eltern es wagen, die völlig durchlöcherte Lieblingsjeans ihres Kindes zu entsorgen, und es danach ein Heidentheater gibt. Aber Christiane hat nicht nur die Lieblingskleidung von Julia aussortiert, ihre Jeans und Sweatshirts, sondern ihr ein komplett neues Outfit verpasst. Überwiegend Kleidchen, Röcke und Blusen.«

Jasmin Lavater sah die beiden Beamten verzweifelt an.

»Und mir fällt noch etwas ein. Seit einiger Zeit geht sie mit Julia zur Maniküre. Die Kleine ist erst sieben. Und sie musste ihre Haare wachsen lassen, obwohl Julia sie gerne kurz tragen würde.«

»Das klingt nicht so, als hätte sich Julia verändert ...«, sagte Walther, »sondern Frau Hofer.«

»Jetzt, wo Sie das sagen. Ja. Ich meine, ich habe mir bisher darüber weiter keine Gedanken gemacht. Aber ... wissen Sie, als ich Christiane kennengelernt habe, da hatte sie noch braune Haare. Und sie waren kurz. Das lange, blonde Haar kam erst später. Sie hat sich damals auch nie wirklich geschminkt. Und sie hat sich ganz anders angezogen. Nicht so schick. Und schon gar nicht so damenhaft.« Jasmin Lavater zupfte an ihrem Kleid. »Wenn ich so überlege – Christiane hat sich doch ganz schön verändert.«

Frankas und Walthers Blicke trafen sich.

»Ist Ihnen sonst noch etwas aufgefallen?«, fragte der Kommissar.

Jasmin Lavater schüttelte den Kopf.

»Wusste Frau Hofer, dass Sie und Julia heute zurückkommen würden?«, wollte Franka wissen.

»Das hatten wir so vereinbart.«

Sie ist nicht zu Hause, obwohl sie weiß, dass ihr Kind zurückkommen sollte, stellte Franka fest. Gleichzeitig fragte sie sich, warum sie Julia auch für den Rest der Woche vom Unterricht hatte freistellen lassen.

»Sie haben doch sicher mit Christiane Hofer telefoniert, während Sie unterwegs waren?«

Jasmin Lavater schüttelte den Kopf. »Nein. Ich habe sie nicht erreicht.«

»Aber Frau Hofer hat Sie doch bestimmt angerufen?«

»Nein.«

»Nicht ein einziges Mal?« Franka konnte ihr Erstaunen nicht zurückhalten.

»Nein.«

»Und das kam Ihnen nicht komisch vor?«, fragte Joseph Walther.

»Doch. Natürlich ... Ich habe es immer wieder auf ihrem Handy versucht und bei ihnen zu Hause. Ich habe auf Band gesprochen und Christiane um Rückruf gebeten. Aber sie hat sich nicht gemeldet.«

Mist, dachte Franka. Sie hatten sich völlig verritten, als sie davon ausgegangen waren, Christiane Hofer sei mit ihrer Tochter verreist. Natürlich hatten sie die Anrufe auf dem Anrufbeantworter im Haus der Hofers und auf dem Handy der Frau abgehört – auch die von Jasmin Lavater. Aber Jasmin Lavater hatte nichts auf die Bänder gesprochen, was ihnen einen Hinweis darauf gegeben hätte, dass sie Julia bei sich hatte.

Sie waren davon ausgegangen, dass jemand, der auf das Band eines Festnetzanschlusses spricht, davon ausgeht, dass die Person, die er erreichen will, zu Hause ist. Warum hätte er sonst anrufen sollen. Und daraus resultierend waren sie außerdem davon ausgegangen, dass Frau Lavater, genau wie die anderen Anrufer, ihnen hinsichtlich der Klärung der Frage, wo sich Julia und ihre Mutter aufhielten, nicht weiterhelfen konnte. Also hatten sie sich nicht weiter für die Frau interessiert.

Mist. Mist. Mist.

»Ich habe zwischendurch überlegt, in dem Architekturbüro von Julias Vater anzurufen«, hörte Franka Jasmin Lavater sagen. »Aber ich habe es gelassen. Wissen Sie, ich kannte Michael, also Herrn Hofer, nicht besonders gut. Ich meine, wir haben uns geduzt – aber … Mein Mann und ich, wir haben Christiane und ihren Mann einmal zu uns zum Abendessen eingeladen. Ein einziges Mal in all den Jahren. Und ich glaube, Michael hat den ganzen Abend keine drei Sätze gesprochen.« Sie seufzte leise. »Im Wesentlichen hat sich unser Kontakt auf ein *Hallo!*, eine *Gute Reise!* oder ein *Vielen Dank!* beschränkt, wenn wir Julia abgeholt oder wieder nach Hause gebracht haben. Und bei dem, was ich von Julia so mitbekommen habe, hatte ich immer den Eindruck, Michael Hofer hätte kein Händchen für Kinder.«

Kein Händchen für Kinder. Franka drehte sich der Magen um. Sie nickte Joseph Walther zu, und sie erzählten Jasmin Lavater, was sie über Michael Hofer in Erfahrung gebracht hatten – auch wenn sie wussten, was das für Mutter und Tochter bedeutete. Was es für sie hieß, wenn sich herumsprach, dass der Ehemann und Vater pädophil war. Aber die Presse würde sowieso ihr Übriges erledigen. Sie mussten es Jasmin Lavater sagen und gemeinsam mit dem Jugendamt überlegen, was sie Julia sagen würden. Und … sie mussten dem Kind unbedingt einige Fragen stellen.

***

»Wie geht es dann weiter, wenn ein Interessent das Erstgespräch, in Anführungszeichen, *bestanden* hat?«, fragte Lennart.

»Bestanden?«, wiederholte Theresa Johansson und sah ihn lächelnd an. »Wenn sie bestanden haben, dann ist das nächste Ziel, ihnen möglichst bald einen Therapieplatz anzubieten. Leider ist das aufgrund der hohen Nachfrage schon jetzt nicht immer möglich. Deshalb die Warteliste. Wer einen Platz bekommen hat, hat die Möglichkeit, ein Jahr lang einmal wöchentlich an der Therapie teilzunehmen.«

»Erzählen Sie mir über die Therapie. Über die Inhalte. Was machen Sie mit den Männern?«

Theresa sah Lennart eine Weile lang intensiv an. Er hatte sie mit seiner Art überrascht. Klug, nicht provozierend – aber kritisch. Sie hatte ihm angesehen, dass er sich, wie er eingangs gesagt hatte, mit dem, was sie machten, schwertat, und dennoch war er sachlich, beinahe besonnen mit der Thematik umgegangen. Das konnten nicht viele. Und Theresa schätzte ihn dafür.

»Wir integrieren psychotherapeutische, sexualwissenschaftliche und medizinische Ansätze in unserer Therapie. Letztere einschließlich einer medikamentösen Behandlung.«

»Wir haben bei einem der Opfer ein Antiandrogen gefunden.«

Theresa nickte. »Der Sexualtrieb ist ein sehr starker.

Ohne Ihnen zu nahe treten zu wollen – aber ich denke, das können Sie bestätigen.« Sie lächelte wieder. »Wir setzen Medikamente ein, die die sexuelle Reaktionsfähigkeit, aber auch die sexuelle Fantasiebildung dämmen. Einige unserer Klienten sind so überhaupt erst in der Lage, an der Therapie teilzunehmen. Das ist ähnlich wie bei dem Einsatz von Psychopharmaka. Ein Mensch, der zum Beispiel unter einer Angst- oder Zwangsstörung leidet, ist nicht selten erst durch die Einnahme von Medikamenten in der Lage, auf das zu schauen, was diese Störung ausmacht, und Wege zu finden, damit umgehen zu können.«

»Nehmen alle hier Medikamente?«

»Nein. Das ist keine Bedingung, wenn Sie das meinen. Wir können niemanden dazu zwingen. Ungefähr ein Fünftel der Klienten lässt sich medikamentös behandeln.«

»Und was passiert in den Therapiesitzungen?«

Theresa Johansson stand auf, zog einen Aktenordner aus dem Regal hinter ihrem Schreibtisch und lehnte sich mit dem Ordner in der Hand neben die Pinnwand.

»Uns geht es in der Therapie darum, dass die Menschen ihre sexuelle Präferenz akzeptieren und sich im Griff haben. Sämtliche Therapieinhalte zielen, wie gesagt, darauf ab, dass die Teilnehmer lernen, mit ihrer Neigung so umzugehen, dass sie keinem Kind etwas zuleide tun – weder indem sie es anfassen, noch indem sie Missbrauchsabbildungen nutzen.«

Theresa machte eine kurze Pause.

»Um nicht zu sehr ins Detail zu gehen, nur so viel: Unsere Klienten sind immer wieder ganz typischen, aber auch sehr speziellen, ihrem Lebensumfeld entsprechenden Gefahrensituationen ausgesetzt, in denen es zu einem Missbrauch kommen kann. Damit sie diesen Situationen standhalten können, erarbeiten wir mit ihnen Strategien, die verhindern, dass sie zu Tätern werden. Außerdem suchen wir gemeinsam nach Wegen, über die weitere Missbrauchshandlungen abgewandt werden können, sogenannte Rückfallpräventionsstrategien.«

Theresa beobachtete Lennarts konzentrierten und interessierten Gesichtsausdruck.

»Wir arbeiten in Blöcken. Jeder Block hat einen thematischen Schwerpunkt«, sagte sie. »Ich gebe Ihnen zwei Beispiele. Ein Schwerpunkt liegt auf dem Thema *Wahrnehmung*. Es ist sicher nichts Neues für Sie, wenn ich Ihnen erzähle, dass pädophil veranlagte Menschen nicht selten der Meinung sind, nichts getan zu haben, was das Kind nicht auch gewollt hätte. Und sie sind felsenfest davon überzeugt, die Kinder, die sie begehren, würden sich genauso zu ihnen hingezogen fühlen wie sie sich zu ihnen. Dass sie so denken, liegt daran, dass sie das Verhalten von Kindern völlig falsch wahrnehmen und interpretieren. Sie fassen die Zuneigung, die Kinder ihnen entgegenbringen, als ein sexuelles Interesse auf. Sie fühlen sich eingeladen, das Kind zu berühren, und glauben, auch das Kind wolle sie streicheln und sexuell befriedigen.«

Theresa öffnete den Ordner, blätterte ein wenig und schloss ihn dann wieder.

»Das ist natürlich falsch. Und deshalb müssen die Männer Methoden erlernen, mit denen sie ihre Wahrnehmung überprüfen und Verzerrungen und Fehlinterpretationen korrigieren können.«

Sie ging zu ihrem Schreibtisch und legte den Ordner auf den Tisch. Dann kam sie zu ihrem zweiten Beispiel – dem Thema *Opferempathie.*

»Wir wollen bei unseren Teilnehmern das Mitgefühl für sexuell missbrauchte Kinder herstellen und so die Hemmschwelle erhöhen, einen Übergriff zu begehen«, sagte sie. »Dafür nehmen wir uns viel Zeit. Unsere Klienten müssen sich in die Lage der Kinder versetzen. Sie sollen fühlen, wie es ist, wenn ein Kind Angst vor Strafe und vor Ablehnung hat. Sie sollen nacherleben, wie es ist, wenn sich ein Kind schuldig fühlt. Sie müssen lernen zu empfinden, was ein Kind durchlebt, wenn es missbraucht wird – den Schmerz, den Ekel und die Hilflosigkeit. Sie sollen spüren, welche Folgen Missbrauch hat, was für ein Leid dadurch verursacht wird. Oder besser … was für ein Leid von ihnen verursacht wird. Professor Jacobi unterstützt uns dabei. Der Leiter der Kinder- und Jugendpsychiatrie, den Sie heute Morgen ansprachen und gestern mit meinem Kollegen gesehen haben. Nicht wenige der Kinder, die er behandelt, sind missbraucht worden.«

»Klingt, als würden Sie den Männern ganz schön was abverlangen.«

Theresa sah Lennart ruhig an.

»Das tun wir. Anders geht es nicht. Wir müssen ein Gegengewicht schaffen. Etwas, das stärker ist als der Druck der Teilnehmer, ihre Wünsche und Vorlieben befriedigen zu wollen.«

Theresa nahm den Ordner und reichte ihn Lennart.

»Wie gesagt, das sind nur zwei Beispiele. Wenn Sie Genaueres über die Inhalte wissen möchten – ich stelle

Ihnen unser Konzept gerne zur Verfügung.«

»Danke.« Lennart nahm den Ordner entgegen. »Und nach der Therapie? Was ist dann?«

»Wir haben Nachsorgegruppen und ein Notfalltelefon – eine Nummer, die die Klienten jederzeit anrufen können. Nach Abschluss der Therapie – aber natürlich auch während der Teilnahme.«

»Ich habe oben einen Beamer gesehen. Aber ... ich kann mir nicht vorstellen, dass Sie das, was Sie beschreiben, Ihren Klienten anhand einer PowerPoint-Präsentation deutlich machen.«

Theresa lachte.

»Nein – da haben Sie natürlich recht. Sicher, die Klienten lernen auch theoretische Modelle kennen oder Definitionen, und da setzen wir schon mal Präsentationen ein. Dr. Jungmann arbeitet viel damit, wenn er über Medikamente spricht. Der Kern unserer Methodik liegt aber im Austausch. Wissen Sie, die Arbeit in der Gruppe hat wesentliche Vorteile. Die Teilnehmer sehen, dass es andere Menschen gibt, die genauso empfinden wie sie. Das ist etwas, das sie sich vorher meistens gar nicht vorstellen konnten. Und – sie korrigieren sich gegenseitig.«

Theresa dachte nach.

»Lassen Sie mich Ihnen das mit dem Korrigieren erklären«, sagte sie. »Stellen Sie sich vor, ein Mann berichtet in der Gruppe darüber, dass er in der vergangenen Woche wie zufällig an einem Kinderspielplatz vorbeigekommen ist. Was meinen Sie, wie die anderen auf dieses *wie zufällig* reagieren?«

Dann berichtete sie, dass sie die Klienten Situationen

nachstellen ließen, in denen sie die verschiedenen Rollen einnahmen: Täter, Opfer, die Rolle der Angehörigen, sowohl auf Opferseite als auch auf Täterseite.

»Rollenspiele«, sagte Lennart.

Theresa suchte nach einem Ausdruck von Belustigung in seinem Gesicht – einer recht häufig vorkommenden Reaktion, wenn sie über ihre Therapiemethoden sprach. Sie fand keinen.

Sie machte sich nichts vor. Es gab viele Menschen, die sie belächelten, weil sie die Männer Briefe aus der Sicht eines Opfers schreiben ließen und mit ihnen Schutzpläne verfassten. Pläne mit Warnsignalen. Und die wenigsten hatten Verständnis dafür, dass sie mit Betroffenen übten, wie sie Menschen außerhalb der Therapie ins Vertrauen ziehen konnten. Dass sie mit ihnen jedes Wort, jeden Satz erarbeiteten, um es ihren Partnern oder ihren Eltern sagen zu können – genauso, wie sie jedes Wort herausarbeiteten, das sie besser nicht benutzen sollten.

Theresa wusste, dass es eine Menge Menschen gab, denen es lieber gewesen wäre, man würde versuchen, Pädophile mit Elektroschocks und Brechreiz auslösenden Medikamenten umzukonditionieren – mit Aversionsmethoden, wie sie in den Sechzigerjahren angewandt wurden.

***

Während Lennart mit Theresa Johansson sprach, war in

der Polizeidirektion die Hölle los. Gegen zehn Uhr fünfzehn hatte Benno Faust die Nachricht erreicht, dass Christiane Hofer nicht mit ihrer Tochter verreist war und weder Jasmin Lavater noch Julia wussten, wo sie sich aufhielt. Keine fünf Minuten später hatte Faust Christiane Hofer zur Fahndung ausschreiben lassen.

Um kurz nach elf ging eine Nachricht der Kollegen der Bundespolizei aus München ein, die Christiane Hofer mithilfe des aktuelleren Fotos, das sie bei der Einschulung ihrer Tochter zeigte, auf den Videoaufzeichnungen erkannt hatten. Die Frau war am Freitagmorgen auf dem Bahnsteig zu sehen – und zwar am selben Gleis und zur selben Zeit wie Michael Hofer. Sie stand keine zwanzig Meter von ihrem Mann, den sie nicht aus den Augen gelassen hatte, entfernt; halb verdeckt von einer Werbesäule. Und nachdem der Zug mit Ziel Hamburg abgefahren war, war Christiane Hofer, genau wie ihr Mann, vom Bahnsteig verschwunden.

Fast zeitgleich meldeten sich die Kollegen der Bundespolizei vom Hamburger Hauptbahnhof. Auch sie hatten die Videobänder ein zweites Mal ausgewertet und berichtet, dass Frau Hofer aus demselben Zug ausgestiegen war wie ihr Mann. Zwei Waggons hinter ihm. Die Bilder zeigten, dass Christiane Hofer ihm nachgegangen war. Ohne miteinander in Kontakt zu treten, hatten sie den Bahnsteig gewechselt und waren beide um fünfzehn Uhr vierundvierzig in den Regionalexpress nach Lübeck gestiegen. Getrennt voneinander, in zwei verschiedenen Waggons.

Ebenfalls fast zur selben Zeit meldeten sich die Beamten, die noch einmal die verschiedenen Taxizentralen aufgesucht hatten, deren Fahrer am Lübecker Bahnhof auf Kundschaft warteten. Sie hatten zwei Männer ausfindig gemacht, die Christiane Hofer gefahren hatten. Sie hatte die Fahrer den Wagen folgen lassen, in denen ihr Mann gesessen hatte.

Zehn Minuten später meldete sich der Direktor eines weiteren Hotels, dem *Blue-Line*, um mitzuteilen, dass eine Christiane Hofer am Freitag am späten Abend ein- und vor nicht einmal zwei Stunden ausgecheckt habe. Er hatte das Foto von ihr und Julia, das die Ermittler an sämtliche Hotels gemailt hatten, an seine Mitarbeiter weitergegeben. Sowohl eine Empfangsdame als auch ein Zimmermädchen hatten Christiane Hofer auf dem Bild erkannt.

In kürzester Zeit war der gesamten Sonderkommission klar, dass die Ehefrau eines pädophilen Mannes, die Mutter eines kleinen Mädchens, während der gesamten Zeit vor Ort gewesen war, in der drei pädophile Männer in der Hansestadt ermordet worden waren. Alle verfügbaren Beamten waren in der Stadt unterwegs; die Kollegen an Bahnhöfen und Flughäfen informiert. Die Suche lief auf Hochtouren.

Um zwölf Uhr drei ging erneut ein Anruf der Bundespolizei vom Hamburger Hauptbahnhof ein. Christiane Hofer saß dort auf einer Bank.

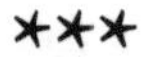

Sie sah sie auf sich zukommen, richtete sich abrupt auf,

machte einen Satz nach vorn und stand an der Bahnsteigkante. Ihre Zehenspitzen lugten über den Rand; unter ihr das Gleisbett.

Christiane Hofer hörte die laufenden Schritte, die Rufe der Polizisten und … das Herannahen eines Zuges.

Die Schritte wurden lauter. Die Stimmen kamen immer näher.

Er wird nicht langsamer, dachte sie, als sie das Führerhaus des einfahrenden Zuges näher kommen sah. Er wird nicht halten.

Sie stand da. Ihr Herz klopfte bis zum Hals. Sie zählte. Drei, zwei, eins – und sprang.

***

»Was können Sie mir über die Männer sagen, die hierherkommen?«

Theresa Johansson sah Lennart an und schwieg. Sie fragte sich, was er hören wollte.

Sollte sie ihm erzählen, was einige der Männer getan hatten, bevor sie hierherkamen? Oder interessierte ihn ihr Leben?

Sie könnte ihm von der Angst berichten, mit der sie in der Regel lebten. Der Furcht davor, entdeckt zu werden und die Fassade, die sie teilweise über Jahrzehnte aufgebaut hatten, in sich zusammenbrechen zu sehen.

Sie könnte über die Scham sprechen, die die Männer empfanden. Eine Scham, die nicht selten auch in Schamlosigkeit umschlug. Dann, wenn sie ihr Gesicht verloren hatten und die einzige Überlebensstrategie darin zu bestehen schien, zu leugnen und zu lügen. Theresa wusste, wie es war, wenn Menschen, die sich schämten, vom Rückzug in die Konfrontation wechselten; wie sie sich immer mehr verstrickten und den Bezug zur Realität komplett verloren.

Es gab so vieles, was sie dem Kommissar hätte sagen können.

Theresa dachte an die Männer, die fast alle an einen Punkt kamen, an dem sie die Therapie hinschmeißen wollten, voller Wut, Verzweiflung und mit einem unglaublich starken Selbsthass. Lennart Bondevik hatte recht: Sie verlangten ihnen viel ab. Aber mehr noch als das, mussten die Männer sich selber alles abverlangen.

»Unsere Klienten kommen aus sämtlichen gesellschaftlichen Schichten. Vierzig Prozent haben Abitur, die anderen haben einen Haupt- oder Realschulabschluss. Sie sind Beamte, Fotografen, Waldarbeiter, Ingenieure, Lehrer, Geistliche, Briefzusteller – kurz, es sind alle Berufsgruppen vorhanden. Einer ist übrigens Polizist. In ihrer Kindheit haben sie Fußball gespielt oder ein Instrument erlernt. Sie kommen aus ganz Deutschland und einer, soweit ich weiß, aus Österreich. Viele sind verheiratet, haben Kinder – andere sind geschieden und leben allein. Manche haben nie geheiratet. Im Schnitt wissen sie seit ihrem zweiundzwanzigsten Lebensjahr von ihrer sexuellen Präferenz, achtundfünfzig Prozent bevorzugen Jungen, zweiundvierzig Mädchen. Das Durchschnittsalter liegt bei neununddreißig Jahren, wenn sie hierherkommen. Weit über die Hälfte reist mehr als einhundert Kilometer an, um an der Therapie teilnehmen zu können. Einige sind in ihrer Kindheit missbraucht worden. Mehrheitlich sind sie es nicht. Die meisten leiden unter Sekundärsymptomen: Depressionen, sozialem Rückzug, psychosomatischen Erkrankungen. Suizidgedanken haben weit über die Hälfte. Versucht haben es von den Männern, die zu mir kommen, vielleicht fünf Prozent.«

Das war am Ende alles, was Theresa sagte.

***

»Das muss man sich mal vorstellen!«

Irmgard Traut stand vor ihrem Büro am Kopierer, einen Stapel Papiere in der Hand, als Lennart und Riedel gegen zwei Uhr im K1 ankamen. Keine halbe Stunde, nachdem Benno Faust sie in die Direktion geordert hatte.

»Da rauscht ein Zug durch den Bahnhof – und die springt!«

»Was ist mit ihr?«, fragte Riedel.

»Weißt du, was von einem Menschen übrig bleibt, wenn er …«

»Irmi, bitte.«

Irmgard Traut seufzte und nickte über den Flur in Richtung des Verhörraums.

Lennart und Riedel sahen sich fragend an, gingen den Gang hinunter und betraten einen schmalen Raum, der durch einen Einwegspiegel vom Verhörzimmer abgetrennt war.

Sie trafen auf Benno Faust, Staatsanwalt Sven Fahnenbruck sowie Kriminaldirektor Frank Grunwald, der einem schnaubenden Oberstaatsanwalt Ole Blohm irgendetwas zuflüsterte.

Blohm und Grunwald waren, wie die meisten in der Direktion wussten, seit ihrer Schulzeit befreundet. Sie standen beide gerne in der Öffentlichkeit, liebten beide den großen Auftritt und hörten sich selbst gerne reden. Aber anders als der Kriminaldirektor, der jede Gelegenheit dazu nutzte, trat Ole Blohm normalerweise erst dann ins Rampenlicht, wenn es positive Nachrichten zu vermelden gab. Solange sie der Presse und der Öffentlichkeit keinen Täter präsentieren konnten, schob er entweder seine Staatsanwälte vor oder hüllte sich in Schweigen – jedenfalls dann, wenn Kameras und Mikrofone dabei waren. Hinter den Kulissen sah das anders aus. Hinter den Kulissen schikanierte Blohm seine Mitarbeiter, setzte sie unter Druck und mischte sich in ihre Ermittlungen ein. Es war allseits bekannt, dass unter keinem der Oberstaatsanwälte die Staatsanwälte so häufig wechselten wie unter ihm.

Neben ihrem Hang zur Selbstdarstellung gab es zwischen den Männern eine weitere, auffällige Gemeinsamkeit. Genau wie Grunwald musste auch Blohm gute Beziehungen gehabt haben, um das werden zu können, was er geworden war. Aber auch bei dieser Gemeinsamkeit gab es einen kleinen Unterschied. Denn anders als bei Grunwald, bei dem nie durchgesickert war, wer hinter seinem steilen Aufstieg stand, hieß es bei Dr. Ole Blohm, er habe den Job im Staatsdienst vor vielen Jahren, genau wie die spätere Beförderung zum Oberstaatsanwalt, nur deshalb bekommen, weil er eine Ambauer gevögelt, geschwängert und geheiratet habe. Mitgliedern der Stifterfamilie hatten sich schon immer Türen wie von selbst geöffnet.

Lennart konnte sich nicht daran erinnern, dass sich Oberstaatsanwalt Dr. Ole Blohm jemals zuvor zu einer Befragung oder einem Verhör bequemt hatte. Er deutete das so, dass Blohm der Arsch auf Grundeis ging. Genau wie Grunwald, den man sonst nämlich auch höchst selten in diesem Raum sah.

Hinter der Scheibe saßen Kurt Jankowski und Daniel Becker auf der einen und eine Frau, eindeutig Christiane Hofer, auf der anderen Seite. Die Befragung hatte bereits begonnen.

Lennart stellte sich neben Faust.

»Irmi sagt, sie ist vor einen Zug gesprungen. Danach sieht sie aber nicht aus.« Lennarts Blick ruhte auf der schmalen, blassen Frau, die zusammengekauert in dem kleinen, fensterlosen, durch Neonlicht erhellten Raum mit den kahlen grauen Wänden saß und völlig verloren schien.

»Dass sie hier sitzt, haben wir einzig und allein einem ziemlich taffen Passanten zu verdanken. Der hat sie von hinten gepackt und auf den Bahnsteig geschleudert, als sie springen wollte.«

»Sie wollte sich umbringen?«

»Sie sagt nein.«

»Natürlich nicht!«, polterte Blohm. »Die wollte türmen, weil sie ihren Mann umgebracht hat!«

Lennart konnte nicht fassen, was die Frau gemacht hatte.

Sie musste total verrückt sein. »Wie hat sie denn auf den Tod ihres Mannes reagiert?«, wollte er wissen.

»Verhalten. Beinahe reglos«, antwortete Faust.

»Wie hätte sie auch sonst reagieren sollen. Überrascht? Mit einem Tränenausbruch? Lächerlich.« Blohm schnaubte und stützte sich auf dem Vorsprung unterhalb des Einwegspiegels ab.

»Sie sind also am Freitagmorgen mit denselben Zügen nach Lübeck gefahren, mit denen auch Ihr Mann hierhergekommen ist«, hörte Lennart Kurt Jankowski sagen. »Am Abend haben Sie sich ein Zimmer im *Hotel Blue-Line* genommen, in dem Sie bis heute Morgen geblieben sind. Heute Morgen haben Sie dort ausgecheckt und sind zum Bahnhof gegangen.«

»Ja«, erwiderte Christiane Hofer, den Kopf gesenkt, die Augen geschlossen. Die Frau sah übernächtigt aus und verzweifelt. Ihre Kleidung war zerknittert, die Haare nachlässig zu einem Zopf zusammengebunden. Und dennoch war deutlich zu erkennen, dass sie eine Person war, die Wert auf ihr Äußeres legte. Sehr gepflegt. Sehr feminin. Ganz anders als auf dem Foto, das Hofer mit sich herumgetragen hatte.

»Und Sie haben gesagt, dass das Ganze nicht geplant, sondern ein spontaner Entschluss von Ihnen war und Sie nicht vorhatten, sich länger in Lübeck aufzuhalten.«

»Bitte«, sagte die Frau. Sie öffnete die Augen und sah Jankowski und Becker flehend an. »Ich habe Ihnen doch bereits alles gesagt. Bitte«, wiederholte sie. »Bitte lassen Sie mich gehen. Ich muss dringend nach Hause. Ich muss mich um meine Tochter kümmern.«

»Sie brauchen sich um Julia keine Sorgen zu machen«, meldete sich Daniel Becker zu Wort. »Sie ist, wie wir Ihnen bereits sagten, bei Ihrer Freundin und deren Mann. Sie kann dort erst einmal bleiben.«

Tränen rannen über Christiane Hofers Gesicht, und in einer Mischung aus Hilflosigkeit und Wut wandte sie sich ab.

»Frau Hofer, warum sind Sie Ihrem Mann, wie Sie sagen, spontan nach Lübeck gefolgt?«, übernahm Jankowski wieder.

Sie schniefte leise und antwortete nicht direkt. Jankowski wartete.

»Ich hatte so eine Vermutung«, sagte sie dann.

»Was für eine Vermutung?«

»Ich … ich habe vermutet, dass Michael sich hier mit einer anderen Frau trifft.«

»Sie meinen, Sie dachten, Ihr Mann hätte eine Geliebte?«

Sie nickte.

»Die erzählt doch Stuss!«, dröhnte Blohm. »Die hat ganz genau gewusst, dass ihr Mann ein Kinderficker war.«

Lennart sah im Augenwinkel, wie Sven Fahnenbruck einen Schritt zurücktrat und leicht den Kopf schüttelte. Offensichtlich war der Mann, der neben Ole Blohm den Mund nicht aufmachte, nicht einverstanden mit dem Auftreten seines Chefs.

»Sie haben Ihrem Mann also nachspioniert, um herauszubekommen, ob Ihre Vermutung stimmt und er sich hier mit einer anderen Frau trifft?«

»Ja.«

»Was haben Sie gemacht, als Sie in Lübeck ankamen?«

»Ich bin ihm gefolgt. In einem Taxi.«

»Wohin?«

Für Lennart sah es so aus, als überlege Christiane Hofer, was sie antworten sollte.

»Zu einem Hotel.«

»Zu einem Hotel?«

Sie nickte wieder, ohne Jankowski anzusehen.

»Sie sind am Bahnhof angekommen, in ein Taxi gestiegen und Ihrem Mann in ein Hotel gefolgt.«

»Die lügt wie gedruckt!«, ätzte Blohm.

»Was für ein Hotel?«

»Das weiß ich nicht. Ich weiß den Namen des Hotels nicht mehr.«

»Und dann?«

»Ich habe das Taxi bezahlt und bin ausgestiegen. Etwas von dem Eingang entfernt. So, dass mein Mann mich nicht sehen konnte. Und dann habe ich beobachtet, wie er in das Hotel gegangen ist und eingecheckt hat … Da war dann alles klar.«

»Sie meinen, da waren Sie sich sicher, dass Ihr Mann sich in dem Hotel mit einer anderen Frau traf?«

»Ja.«

»Sind Sie Ihrem Mann in das Hotel gefolgt?«

Sie schüttelte den Kopf.

»Was haben Sie dann gemacht?«

»Dann?« Christiane Hofer sah Kurt Jankowski kurz an, wandte ihren Blick aber wieder ab. Es schien, als sei sie mit ihren Gedanken ganz woanders.

»Ich … ich wollte nach Hause zurückfahren. An der Straße vor dem Hotelparkplatz standen Schilder. Ich bin in Richtung Bahnhof gegangen. Zu Fuß.« Sie sah wieder zu Jankowski. »Das Nächste, an das ich mich erinnere, ist, dass ich in dem Hotelzimmer auf dem Bett gesessen habe.«

»Im *Hotel Blue-Line*, in dem Sie dann bis heute Morgen geblieben sind. Fünf Nächte lang!«

Sie reagierte nicht.

»Warum sind Sie nicht wieder nach Hause gefahren?«

»Ich weiß es nicht.«

»Das wissen Sie nicht?«

»Nein.« Christiane Hofer knibbelte an der Haut an ihren Fingernägeln.

»Sie hatten gerade die Bestätigung dafür bekommen, dass Ihr Mann Sie betrog. Ich nehme an, Sie standen unter Schock?«

»Schock«, wiederholte sie. »Vielleicht. Ich meine, ich weiß es nicht. Aber …«

»War das auch der Grund, weshalb Sie sich nicht ein einziges Mal bei Ihrer Tochter und Ihrer Freundin Jasmin Lavater gemeldet haben?«, unterbrach Jankowski sie.

Sie starrte ihn an und sah doch durch ihn hindurch.

»Frau Hofer.« Kurt Jankowski wandte den Blick nicht von der Frau. »Ich fasse das jetzt noch einmal zusammen. Sie sagen, Sie haben sich spontan entschieden, Ihrem Mann nachzuspionieren, weil Sie davon ausgegangen sind, er hätte eine Geliebte. Sie sind ihm nach Lübeck ins *Hotel Hanseblick* gefolgt – so heißt das Hotel, in das Sie Ihren Mann haben gehen sehen. Als er dort eingecheckt hat, haben Sie sich in Ihrer Vermutung, er würde fremdgehen, bestätigt gefühlt. Das war eine solche Enttäuschung, ja ein derartiger Schock für Sie, dass Sie sich für fünf Tage in einem anderen Hotel, im *Hotel Blue-Line*, verkrochen haben, wenn ich das so ausdrücken darf. Und das, ohne ein einziges Mal Kontakt zu Ihrer siebenjährigen Tochter oder Ihrer Freundin zu suchen. Heute dann haben Sie das Hotel verlassen, weil Sie, wie Sie sagen, zurück zu Ihrer Tochter müssen. So weit richtig?«

Christiane Hofer nickte kaum merklich.

»Sie sind zum Bahnhof gegangen und nach Hamburg gefahren, wo Sie zunächst auf die Verbindung nach München gewartet haben. Dann …« Jankowski zögerte. »Dann wollten Sie vor einem herannahenden Zug ins Gleisbett springen. Aber nicht, weil Sie sich wegen Ihres untreuen Mannes das Leben nehmen wollten, wie Sie sagen, sondern weil Sie zu Ihrer Tochter wollten. Frau Hofer, ich verstehe das nicht. Erklären Sie mir das bitte noch einmal: Warum wollten Sie springen?«

»Ich … ich bin in Panik geraten«, druckste Christiane Hofer herum.

»Warum?«

»Ich weiß es nicht … Auf einmal waren da die vielen Polizisten, die auf mich zugekommen sind.«

»Sie sind wegen der Polizisten in Panik geraten? Warum? Sie hatten doch nichts verbrochen. Warum die Angst vor der Polizei?«

»Weil, weil … ich weiß es nicht. Ich wollte einfach nur zu meinem Kind.«

Jankowski schüttelte den Kopf. »Ich verstehe das immer

noch nicht. Aber gut. Sie haben also die Polizisten gesehen und sind in Panik geraten. Dann haben Sie einen Zug einfahren hören und die fixe Idee gehabt, vor dem Zug die Gleise zu überqueren, und zwar so knapp, dass die Kollegen Ihnen nicht folgen konnten. Weil Sie, wie Sie sagen, zu Ihrer Tochter mussten.« Jankowski schüttelte erneut den Kopf. »Frau Hofer, möchten Sie das so stehen lassen?«

Den Blick gesenkt, antwortete sie nicht.

»Frau Hofer. Das ergibt doch alles keinen Sinn. Ich frage Sie deshalb noch einmal. Wollen Sie das so stehen lassen?«

»Ja.« Ihre Antwort war mehr gehaucht als gesprochen.

»Auch wenn ich Ihnen sage, dass wir wissen, dass Sie uns nicht die Wahrheit sagen?«

Christiane Hofer sah nicht auf. Stattdessen schloss sie wieder die Augen.

»Ich habe Sie eingangs belehrt. Ich möchte an dieser Stelle noch einmal betonen, dass Sie hier nichts zur Sache aussagen müssen, wenn Sie sich selber damit belasten. Und ich weise Sie erneut darauf hin, dass Sie einen Anwalt hinzuziehen können.«

»Was soll das?« Oberstaatsanwalt Blohm stieß sich von dem Vorsprung ab und verschränkte die Arme auf seinem Bauch. »Belehrt ist belehrt. Warum reibt er ihr das jetzt noch mal unter die Nase?«

Sven Fahnenbruck schüttelte wieder nur den Kopf.

»Frau Hofer«, fuhr Jankowski fort. »Wir haben die Aussage eines Taxifahrers und wissen, dass Sie ihn vom Hauptbahnhof aus hinter einem Wagen haben herfahren lassen. Einem Wagen, in dem Ihr Mann saß.«

»Das habe ich Ihnen doch gesagt.«

»Ja. Aber anders, als Sie gesagt haben, sind Sie Ihrem Mann nicht vom Bahnhof aus unmittelbar in das Hotel gefolgt, sondern in Richtung *Sana Klinik*. Der Taxifahrer hat ausgesagt, dass er einhundert Meter vor der Klinik, vor der der Wagen mit Ihrem Mann hielt und an der er ausgestiegen ist, angehalten und Sie dort rausgelassen hat.« Jankowski wartete einen Augenblick. Als er sah, dass Christiane Hofer nichts dazu sagen würde, fuhr er fort. »Wir wissen, dass der Taxifahrer danach an den Taxistand vor der Klinik herangefahren ist und auf seine nächste Tour gewartet hat. Er hat beobachtet, wie Sie Ihrem Mann gefolgt sind – in die Kahlhorststraße.«

Christiane Hofer stöhnte leise.

»Später hat dieser Fahrer gesehen, wie Sie in die Dorfstraße gegangen und von dort aus in den Sauerbruchweg eingebogen sind. Das konnte er, weil er in der Zwischenzeit einen neuen Fahrgast bekommen hatte, den er von der *Sana Klinik* in die Uniklinik bringen sollte.« Jankowski sah die Frau abwartend an.

»Frau Hofer, wir gehen davon aus, dass Sie Ihrem Mann bis in das Gebäude gefolgt sind, in das er hineingegangen ist.« Wieder wartete Jankowski auf eine Reaktion. Es kam keine.

»In diesem Gebäude werden Männer therapiert, die – genau wie Ihr Mann …«

»Hören Sie auf!«, krächzte Christiane Hofer plötzlich mit erstickter Stimme. Sie stützte ihre Ellbogen auf und legte den Kopf in die Hände.

Jankowski wartete.

»Ja!«, sagte sie nach einer Weile. »Ich bin ihm in dieses Gebäude gefolgt.«

»Haben Sie es schon vorher gewusst?« Jankowski lehnte sich über den Tisch. Seine Stimme klang fordernd.

»Frau Hofer, haben Sie schon vorher gewusst, dass Ihr Mann pädophil ist?«

Sie schüttelte den Kopf und blickte langsam auf.

»Ich habe es nicht gewusst … aber … ich habe es befürchtet.«

Blohm klatschte laut in die Hände. »Na bitte, meine Herrschaften!«

Alle anderen schwiegen.

»Und im Sauerbruchweg kam dann die Bestätigung?«, fragte Jankowski.

»Ja.« Christiane Hofers Stimme war so gut wie nicht zu hören. Sie schluckte und räusperte sich. »Mein Mann hat mich nicht gesehen«, sagte sie zögerlich.

Jankowski nickte ihr ermutigend zu.

»Ich nehme an, dass er in die obere Etage gegangen ist – aber das ist nur so eine Vermutung. Nach mir ist jemand reingekommen. Der Mann hat mich aus Versehen leicht angerempelt und ist die Treppe hochgegangen.« Sie zögerte wieder. »Gleich hinter dem Eingang stand ein Ständer mit Flyern. Es gab dort Informationen – aller Art. Aber die obersten Faltblätter …«

»Gehörten zu der Therapie?«

»Ja.«

»Frau Hofer«, Jankowski sah sie eindringlich an, »Sie sind Ihrem Mann nicht gefolgt, weil Sie geglaubt haben, er hätte eine Geliebte.«

»Nein.«

»Und Sie sind ihm auch nicht spontan gefolgt, sondern hatten das geplant.«

Christiane Hofer setzte sich kerzengerade hin. »Nein«, protestierte sie. »Nein, das habe ich nicht. Ich hatte das nicht geplant.« Sie sah aufgeregt von Jankowski zu Becker und wieder zurück zu Jankowski.

»Wie kam es, dass Sie ihm nach Lübeck gefolgt sind? Warum jetzt? Soweit wir wissen, kommt Ihr Mann seit über zwei Monaten regelmäßig hierher.«

Es dauerte eine Weile, bis Jankowski eine Antwort erhielt.

Christiane Hofer berichtete, dass sie in München eine kleine Boutique mit mehreren Angestellten betreibe. Vor gut einer Woche hatte sie das Geschäft früher verlassen als sonst, war einkaufen gegangen und dann nach Hause gefahren. Sie wollte Julias Lieblingsessen kochen, bevor ihre Tochter nach Hause kam.

Als sie die Eingangshalle betreten hatte, hatte sie ein Kinderlachen gehört und … ein Stöhnen. Sie hatte leise die Einkaufstaschen abgestellt, war auf Zehenspitzen in die Richtung, aus der die Geräusche kamen, geschlichen und hatte ihren Mann gesehen.

Michael Hofer war zu Hause, obwohl er seiner Frau gesagt hatte, dass er nicht vor Mitternacht nach Hause komme würde. Er saß auf dem Boden, gegen einen Sessel gelehnt. Ein selbstgedrehter Videofilm lief auf dem großen Fernsehbildschirm. Eine Aufnahme, die er an Julias letztem Geburtstag gemacht hatte.

Julia hüpfte lachend auf der Terrasse um ihre Geburtstagstorte herum, zusammen mit zwei Schulfreundinnen und zwei Jungs aus der Nachbarschaft. Das Mädchen und die anderen Kinder hatten vorher im Pool geplanscht und trugen nur Badesachen.

Christiane Hofer meinte, dass sonst nie Freundinnen und Freunde von Julia zu Besuch kämen, weil ihr Mann zu Hause seine Ruhe brauche und keine Kinder im Haus haben wolle. Und das, obwohl er so gut wie nie zu Hause sei. Sie sagte, dass ihre Tochter darüber oft sehr traurig gewesen sei und sich unglaublich gefreut habe, als ihr Vater an ihrem Geburtstag eine Ausnahme gemacht hatte.

»Mein Mann hat mich nicht bemerkt.« Christiane Hofer sah Kurt Jankowski und Daniel Becker stumpf an. »Er hatte seine Hand in der Hose, die Augen halb geschlossen.«

Sie schwieg, und Lennart hatte das Gefühl, es säße nur noch ein Hülle von der Frau im Raum.

»Was haben Sie dann gemacht?«, fragte Kurt Jankowski.

»Was ich dann gemacht habe? Ich wollte auf ihn losgehen – aber ich konnte nicht. Ich war wie gelähmt. Mein Mann hat mich nicht gehört und nicht gesehen. Irgendwann habe ich mich umgedreht und das Haus verlassen. Als ich wiederkam, war er nicht mehr da. Ich bin in Julias Zimmer gegangen, weil ich ein paar Sachen zusammenpacken und mit ihr weg wollte. Aber wohin hätten wir gehen sollen?«

Sie wischte sich eine Träne von der Wange.

»Ich habe mich auf Julias Bett gesetzt und geheult. Dann habe ich nachgedacht. Ich brauchte Zeit und einen Plan.«

»Und dann?«

»Mir fiel ein, dass Jasmin mit ihrem Mann verreisen wollte. Ich habe sie gebeten, Julia mitzunehmen, und sie von der Schule abgemeldet. Meinem Mann habe ich davon erst einmal natürlich nichts gesagt. Ich wollte die Zeit nutzen und in Ruhe überlegen, was ich tun konnte.«

»Wie kam es, dass Sie Ihrem Mann nach Lübeck gefolgt sind?«

»Ich wusste, dass er seit einigen Wochen freitags nicht in sein Büro ging. Ich hatte keine Ahnung, was Michael stattdessen machte – aber ich war mir sicher, dass das nichts Geschäftliches war. Anfangs habe ich wirklich geglaubt, er hätte eine andere.«

Christiane Hofer sah Jankowski unsicher an.

»Mir hat Michael erzählt, er würde an einem Seminar teilnehmen. Irgendeine Weiterbildung für Architekten. So ein Schmarrn. Mein Mann war ein Experte auf seinem Gebiet. Der würde höchstens einer erlesenen Schar anderer bekannter Architekten ein Seminar geben – aber an keinem teilnehmen.« Sie schnaubte.

»Nachdem ich ihn vor *Flöckchen* … so nannte mein Mann Julia … nachdem ich ihn vor dem Film …« Sie sprach den Satz nicht zu Ende. »Nach diesem Tag habe ich ihn nicht mehr aus den Augen gelassen und bin nicht mehr in die Boutique gegangen. Ich wollte auf jeden Fall zu Hause sein, wenn Julia kam. Meinem Mann und den Mitarbeiterinnen habe ich gesagt, ich würde mich nicht wohlfühlen.«

Christiane Hofer wartete einen Augenblick. Dann sprach sie weiter.

»Am Donnerstagvormittag war Michael wieder zu Hause. Warum auch immer. Er meinte, er würde erst später nach München fahren. Er saß in seinem Büro. Mein Mann hat auch zu Hause ein Büro. Im oberen Stock. Ich war in dem Zimmer nebenan und habe Julias Bett gemacht. Julia schläft oben – aber sie spielt unten. In ihrem Spielzimmer. Ich habe mitbekommen, dass Michaels Handy klingelte und er rausgegangen ist. Von seinem Büro aus geht eine Wendeltreppe runter in den Garten. Es war ein kalter Tag – aber wunderbar sonnig. Ich habe von Julias Zimmer aus beobachtet, dass er ans Wasser gegangen ist. Ich habe mich in sein Büro geschlichen und an seinen Computer gesetzt. Ich war wie fremdgesteuert. Mein Mann war dabei, ein Bahnticket zu buchen. Nach Lübeck. Für den kommenden Tag. Letzten Freitag. Als ich hörte, dass er vom See zurückkam, habe ich das Büro verlassen. Ich weiß nicht warum – aber ich habe mir die Abfahrtszeit am Bahnhof gemerkt. Er hatte sie auf einem kleinen Zettel notiert. Komisch eigentlich, dass er sich das aufgeschrieben hat. Ich meine, er hatte ja nicht das erste Mal den Zug nach Lübeck genommen … Am Freitag habe ich mich dann spontan entschlossen, ihm zu folgen. Julia und ich waren schon auf dem Weg zu Jasmin Lavater. Ich habe Julia bei ihr abgesetzt und bin, ohne noch einmal nach Hause zufahren, zum Bahnhof.«

»Sie hatten das also nicht geplant?«

»Nein.«

»Deshalb haben Sie auch nichts weiter mitgenommen.«

»Nein. Nichts. Als wir los sind, habe ich nur mein Portemonnaie gegriffen. Ich wollte Julia und Jasmin noch

Geld geben. Wir haben extra an einem Geldautomaten gehalten. Sonst hatte ich gar nichts dabei.«

»Nicht einmal Ihr Handy.«

»Nein. Das hatte ich nicht mitgenommen. Warum auch. Ich wollte Julia ja nur wegbringen und eine halbe Stunde später wieder zu Hause sein.«

»Sie sind dann also zum Bahnhof gefahren. Wie ging es weiter?«

»Das wissen Sie doch. Ich habe den Wagen in der Tiefgarage abgestellt, habe eine Fahrkarte gekauft, bin auf das Gleis gegangen, an dem der Zug nach Hamburg abfahren sollte, und habe auf meinen Mann gewartet.«

»Von einem Platz aus, von dem aus er Sie nicht sehen konnte.«

»Ja.«

»In Hamburg sind Sie in den Zug nach Lübeck umgestiegen. Genau wie Ihr Mann.«

Sie nickte.

»Sie sind ihm im Taxi und zu Fuß bis in den Sauerbruchweg gefolgt, wo sich Ihre Befürchtungen bestätigt haben.«

»Das war furchtbar!« Christiane Hofer schwieg eine Weile. »Können Sie sich vorstellen, wie das ist, wenn alles dafürspricht, dass Ihr Ehepartner pädophil ist? Wenn Ihnen klar wird, dass Sie mit einem Mann verheiratet sind, der … der geil wird, wenn er an Kinder denkt? Der sich einen runterholt, wenn er seine Tochter …?« Christiane Hofer sprach nicht weiter.

Lennart atmete tief ein und sah, dass auch Jankowski und Becker Luft holten.

»Was haben Sie gemacht, nachdem Sie gesehen haben, wo Ihr Mann seine Freitage verbracht hat?«, fragte Jankowski als Nächstes.

»Ich bin aus dem Haus raus und habe mich draußen auf eine Bank gesetzt. Von dort aus konnte ich den Eingang des Gebäudes sehen. Als mein Mann rauskam und zum Taxistand ging, bin ich ihm wieder gefolgt. Aber ich nehme an, dass Sie auch das längst wissen. Irgendwann waren wir dann bei diesem Hotel. Ich habe Ihnen schon gesagt, dass ich ihn da habe reingehen sehen.«

»Und Sie? Sind Sie ihm in das Hotel gefolgt?«, fragte Jankowski noch einmal.

Christiane Hofer sah ihn mit gereiztem Blick an. »Nein!«, zischte sie. »Auch das habe ich Ihnen schon gesagt! Sie wissen, was ich gemacht habe. Sie wissen, dass ich eigentlich zum Bahnhof wollte, dann aber irgendwie in diesem anderen Hotel gelandet bin.«

Jankowski nickte. »Sie waren fast fünf Tage dort. Haben Sie das Hotel zwischendurch verlassen?«

»Nein.«

»Sie sind die ganze Zeit in dem Haus geblieben? Auf Ihrem Zimmer?«

»Ja.«

»Und Sie haben sich nicht ein einziges Mal bei Ihrer Tochter gemeldet. Oder bei Frau Lavater«, wiederholte Jankowski.

»Nein.«

»Warum nicht?«

Christiane Hofer zögerte. »Ich konnte nicht. Ich musste immer daran denken, dass mein Mann unsere Tochter …«

Ihre Stimme brach ab. »Ich brauchte einfach Zeit.«

»Etwas anderes«, sagte Jankowski. »Wir wissen von Ihrer Freundin, dass Sie gesagt haben, Sie hätten sich in Ihrer Ehe mit Ihrem Mann arrangiert.«

»Was soll das? Was wollen Sie?«

»Hatten Sie schon, bevor Sie Ihren Mann vor dem Video angetroffen haben, die Vermutung, er sei pädophil?«

Christiane Hofers Augen verengten sich, und Lennart sah, dass Jankowskis Frage sie aufbrachte. Aber dann antwortete sie ganz ruhig, dass sie, wie gesagt, ursprünglich davon ausgegangen sei, er hätte eine Geliebte.

»Haben Sie ihn darauf angesprochen?«

»Nein.«

»Warum nicht?«

»Warum denn?« Der Trotz in ihrer Stimme war nicht zu überhören.

»Und nachdem Sie sahen, dass er sich vor Ihrer Tochter und den anderen Kindern …«

»Hören Sie auf!«, sagte sie wieder. »Ich will das nicht hören!«

»Haben Sie da versucht, mit Ihrem Mann zu reden?«

»Zu reden? Worüber denn? Darüber, dass er …« Christiane Hofer wandte den Blick von Jankowski ab.

»Frau Hofer, hat Ihr Mann Ihre Tochter angefasst?«

Jetzt rannen die Tränen nur so über die Wangen der Frau. Sie war kreidebleich. Ihre Stimme dünn.

»Ich weiß es nicht. Ich weiß es doch nicht!«

Nachdem sie lange geschwiegen hatten, sprach Jankowski die beiden Männer an, die ebenfalls an der Therapie teilgenommen hatten und auch ermordet worden waren. Von Christiane Hofer kam keine Reaktion.

»Sie waren, während die drei Morde begangen wurden, hier in Lübeck.«

Noch immer keine Reaktion.

»Frau Hofer, wir müssen Sie vorerst hierbehalten.«

»Das geht nicht!« Sie sprang auf. »Ich muss nach Hause. Ich muss zu Julia!«

»Auf einmal!«, keuchte Blohm. »Auf einmal macht die auf Supermami. Und das, nachdem sie sich tagelang nicht bei ihrer Tochter gemeldet hat. Bei ihrem Kind, von dem sie nicht ausschließen kann, dass sich der eigene Vater, ihr Ehemann, an ihm vergangen hat. Das ist doch gequirlte Scheiße, was die uns hier erzählt!«

Jankowski wartete, bis sich Frau Hofer wieder hingesetzt hatte.

»Eine Kollegin wird Ihnen Kleidung bringen, die Sie bitte anziehen«, sagte er dann. »Wir müssen Ihre Kleidung untersuchen lassen.«

Christiane Hofer saß da, wie versteinert.

»Frau Hofer«, Jankowski sah sie eindringlich an, »haben Sie uns noch etwas zu sagen?«

»Nein.«

Für Blohm ist der Fall klar, dachte Lennart, als er nach der Befragung von Christiane Hofer den Verhörraum verlassen hatte und in sein Büro gegangen war. Er ließ sich auf seinen Schreibtischstuhl fallen.

Irgendetwas in ihm sagte ihm, dass Christiane Hofer ihren Mann nicht umgebracht hatte. Er hätte nicht erklären können, was und warum. Es war nur ein Bauchgefühl.

Und sicher – er konnte sich auch irren. Schließlich wusste die Frau von der sexuellen Neigung ihres Mannes. Dazu kam, dass nicht auszuschließen war, dass sich ihr Mann an ihrer siebenjährigen Tochter vergangen hatte. Wenn Frau Hofer davon ausging oder sogar wusste, dass er es getan hat, dann hatte sie ein ziemlich starkes Motiv, ihren Mann umzubringen.

Lennart erblickte eine Schachtel Zigaretten auf Riedels Schreibtisch und spürte das Verlangen, das in ihm aufstieg.

Und – sie war in Lübeck, dachte er. Während der gesamten Zeit, in der die Morde begangen worden waren. Außerdem hatte sie kein Alibi.

Lennart konnte sich nicht vorstellen, dass einer der Hotelmitarbeiter oder einer der Gäste bestätigen würde, Christiane Hofer während der Tatzeiten im Hotel gesehen zu haben. Mitten in der Nacht. Aber gut, sie würden die Ergebnisse der Befragung abwarten müssen.

Nein, ging es ihm durch den Kopf, sie war es nicht. Wenn sie die Männer hätte umbringen wollen – das hätte sie von langer Hand planen müssen.

Er glaubte Christiane Hofer, dass sie den Entschluss, ihrem Mann zu folgen, spontan gefasst hatte. Dafür sprachen ihr Handy, das in der Villa lag; das Meerschweinchen, das Franka und Walther in seinem Käfig verdurstet gefunden hatten; das Frühstück, das einfach so stehen geblieben war und das Erscheinungsbild der Frau. Sie sah nicht so aus, als hätte sie in den letzten Tagen ihre Kleidung gewechselt. Außerdem hätte sie ihrem Mann nicht in den Sauerbruchweg zu folgen brauchen, wenn sie alles geplant hätte. Dann hätte sie direkt im Hotel warten können.

Und wenn sie das alles nur inszeniert hat?

Lennart stand auf, griff sich die Schachtel, nahm eine Zigarette heraus und setzte sich zurück an seinen Schreibtisch.

Quatsch! Er konnte sich nicht vorstellen, dass die Frau so abgebrüht war.

Lennart drehte die Zigarette zwischen den Fingern seiner rechten Hand.

Andererseits … warum eigentlich nicht?

Er beugte sich vor, nahm den Telefonhörer in die Hand und wählte Franka Dahlbergs Nummer.

»Habt ihr schon mit dem Mädchen gesprochen?«

»Ja. Dabei ist aber nichts herausgekommen.«

»Wo ist Julia jetzt?«

»Bei den Lavaters.«

»Gut!«, sagte Lennart, klemmte die Zigarette hinter das freie Ohr und überlegte einen Augenblick. »Damit nicht noch einmal das Jugendamt antanzen muss: Bitte Frau Lavater, Julia zu fragen, ob ihre Mutter in letzter Zeit häufiger von zu Hause weg war. Auch über Nacht.«

»Du willst wissen, ob sie in Lübeck war und die Männer …«

»Lass uns später noch einmal telefonieren«, unterbrach Lennart sie und legte die Zigarette behutsam in das Seitenfach seiner Tasche. »Ich muss los.«

Keine fünf Minuten später saß er im Auto und telefonierte ein weiteres Mal.

»Frau Johansson, ich muss mit Ihnen über Michael Hofer sprechen.«

***

Lennart wartete bereits, als Theresa Johansson um kurz nach fünf auf ihrem Fahrrad in den Sauerbruchweg einbog. Er hatte sie im *ZVV* auf ihrem Handy erreicht und sich hier mit ihr verabredet. Sie schloss die Tür auf, machte Licht, ließ ihn rein, zog ihre Jacke aus und rieb sich die kalten Hände. Dann saßen sie sich erneut in dem kleinen Büro gegenüber.

»Ich muss alles über Michael Hofer wissen«, sagte Lennart bestimmt. »Was können Sie mir über ihn sagen?«

»Nichts. Sie wissen, dass ich Ihnen nichts sagen darf.«

»Frau Johansson, wir haben drei Morde aufzuklären. Vielleicht vier – auch wenn sich bisher niemand gemeldet hat, der eine Leiche gefunden hat.«

Lennarts Blick bohrte sich in ihren.

»Michael Hofer ist tot. Mit Offenbarungspflicht und rechtfertigendem Notstand brauche ich Ihnen nicht zu kommen. Aber glauben Sie nicht, dass es in Herrn Hofers Interesse wäre, dass Sie mir alles über ihn sagen, wenn Sie so dazu beitragen, den Täter zu fassen und weitere Morde zu verhindern?«

Theresa schwieg.

»Wissen Sie, dass Herr Hofer verheiratet war?«

Sie schüttelte den Kopf, nickte dann aber zögerlich.

»Wissen Sie auch, dass er eine Tochter hatte?«

»Ja«, antwortete sie.

»Sie ist sieben Jahre alt!« Lennart ließ seine Worte wirken, bevor er weitersprach. »Eine Freundin der Ehefrau und das Jugendamt kümmern sich derzeit um das Mädchen.«

Theresa sah Lennart überrascht an. »Das Jugendamt? Wo ist die Mutter?«

Dieses Mal reagierte Lennart nicht.

Theresa dachte nach. Sie überlegte, was sie der Polizei über Michael Hofer, der sich in der Therapie nur Toni genannt hatte, erzählen konnte. Sie wog ab.

»Hören Sie!«, sagte Lennart energisch. »Wir haben erfahren, dass die Ehefrau über die sexuellen Vorlieben ihres Mannes Bescheid wusste. Was wir nicht sagen können aber unbedingt wissen müssen –, ist, ob Hofer seine Tochter missbraucht hat. Wissen Sie etwas darüber? Dann sagen Sie das, bitte!«

Theresa schüttelte den Kopf.

»Was heißt das? Wissen Sie es nicht, oder hat er es nicht getan?«

»Er hat das Kind nicht angefasst.«

»Sicher?«

»Sicher!« Sie sah Lennart an, dass er sich damit nicht zufriedengeben würde. »Den Mann haben Mädchen nicht interessiert.«

Theresa erinnerte sich an Michael Hofers Erstgespräch,

das sie zusammen mit Jungmann geführt hatte. In ihrer Erinnerung sah sie Michael Hofer vor sich sitzen – nervös und angespannt. In dem Gespräch hatte er das erste Mal vor jemandem ausgesprochen, dass er sich zu Jungen hingezogen fühle.

»Das war erleichternd und zugleich das Schwerste in meinem Leben überhaupt«, hatte er später zu ihr gesagt. »Ich wollte den Himmel umarmen und gleichzeitig im Erdboden versinken.«

In einer ihrer Sitzungen hatte er geäußert, dass er immer dann, wenn er in der Zeitung von Pädophilen gelesen oder im Fernsehen darüber gehört hatte, stundenlang durch die Gegend gelaufen sei und mantraartig vor sich hin geflüstert habe: »Ich bin nicht so. Ich bin nicht so. Ich habe nichts mit diesen Menschen gemein!«

»Sie wollen etwas über Michael Hofer wissen! Gut!« Theresa sah Lennart mit festem Blick an. »Michael Hofer wollte mit seiner Schwester reden. Er wollte sich ihr gegenüber offenbaren ... Wir sind das Szenario in den Therapiesitzungen so viele Male durchgegangen. Aber er hat es immer wieder aufgeschoben. Am Ende hat die Angst, sie würde sich von ihm abwenden, gesiegt. Er hat sich nicht getraut.«

»Wie hat Michael Hofer seine Neigung ausgelebt?«

Theresa wog ihre Antwort ab.

»Er hat gesagt, dass er nie in seinem Leben einen Jungen angefasst habe. Aber er war nahezu jeden Tag im Netz unterwegs und – er hat sich dafür geschämt.«

»Was waren das für Missbrauchsabbildungen, die er sich angesehen hat?«

Theresa überlegte, ob es für die Ermittlung von Bedeutung sei, wenn Lennart Bondevik das genauer wisse.

»Überwiegend *Posing-Bilder*«, antwortete sie. »Die sind leicht zu finden.«

Die Filme verschwieg sie. Genauso, wie das, was Michael Hofer ihr darüber erzählt hatte.

Anfangs waren es Szenen, in denen die Jungen im Freien spielten und sich mit Wasserschläuchen nass spritzten. Später suchte er nach solchen Filmen, in denen sie sich gegenseitig *erkundeten*. Er liebte es, »wenn die kleinen Glieder ihre Fähigkeiten und Bestimmung entdeckten«. So hatte er das ausgedrückt.

Aber dann hatte das alles nicht mehr gereicht. Er hatte sich in Foren angemeldet, in denen Jungen sich penetrierten. »Ich mag es, wenn es auch mal härter zur Sache geht.« Was er genau damit meinte, dazu hatte er sich nicht geäußert. Er hatte gesagt, dass er den *point of no return* längst überschritten habe – und dass er sich dafür hassen würde. Michael Hofer hatte ganz genau gewusst, was den Kindern in den Filmen angetan wurde – dass sie gezwungen wurden, ihren Popo und ihre Genitalien zu zeigen oder sexuelle Handlungen an sich oder anderen vorzunehmen. Und ihm war auch bewusst, welchen Anteil er, als Konsument dieser Filme, an ihrem Leid hatte.

Er formatierte nahezu täglich seine Festplatte und wartete ständig darauf, dass ein Spezialeinsatzkommando sein Haus oder sein Büro stürmen und ihn mitnehmen würde. Michael Hofer hatte Angst. Aber die Angst hatte ihn nicht davon abgehalten, die Filme zu schauen und zu chatten. Im Chat verlangte er von den Kindern, dass sie sich vor der Kamera auszogen und taten, was er sagte. »Was ich dabei gemacht habe«, hatte Hofer Theresa gesagt, »brauche ich wohl nicht zu erwähnen.«

»Wissen Sie, ob er sich auch während der Therapie Bilder angesehen hat?«, wollte Lennart wissen.

»Einmal hat er von einem *Rückfall* gesprochen«, antwortete Theresa, ohne näher darauf einzugehen.

»Hat Hofer Medikamente genommen?«

»Wir haben das mit ihm besprochen und ihm dazu geraten. Wir haben vorgeschlagen, ihm Salvacyl zu injizieren. Salvacyl fährt die Testosteronproduktion mit der Zeit fast auf null. Erst sinkt in der Regel die Orgasmus-, dann die Erektionsfähigkeit, und am Ende verschwindet die Lust. Mögliche Nebenwirkungen: Depressionen, Gewichtszunahme, Brechreiz, Brustwachstum, Osteoporose. Er hat sich gegen das Medikament entschieden.«

»Hat Michael Hofer über seine Frau gesprochen?«

Theresa überlegte, was Hofer ihr über das Verhältnis zu seiner Frau erzählt hatte. Sie erinnerte sich, dass er gesagt hatte, sie habe ausgesehen wie ein kleiner Junge, als sie sich kennengelernt hatten. Und er hatte gesagt, dass das der Grund gewesen sei, weshalb er sie ausgewählt, sie geheiratet und eine Familie mit ihr gegründet habe. Und das, obwohl er bereits seit seiner Pubertät wusste, was los war.

Michael Hofer wollte schon immer Architekt werden. Bereits während des Studiums hatte er einen Preis nach dem anderen bekommen. »Ich wollte Erfolg und Anerkennung«, hatte er ihr gesagt. »Ich wollte bewundert werden. Eine perfekte Welt. Und dazu gehörte eine Frau. Eine heile Familie. Zumindest nach außen.«

Theresa entschied sich, Lennart Bondevik nichts davon zu erzählen.

»Er hat selten von ihr gesprochen«, gab sie zurück. »Er hat sie vielleicht ein-, zweimal erwähnt.«

»Hat Hofer Ihnen gegenüber geäußert, dass seine Frau etwas von seiner Neigung wusste?«

»Er meinte, er glaube nicht, dass sie etwas wisse oder auch nur ahne.«

»Aber sicher war er sich nicht.«

Theresa schüttelte den Kopf.

»Was geht in Menschen vor, die erfahren oder befürchten, dass ihr Partner oder ihre Partnerin sich sexuell zu Kindern hingezogen fühlt? Das muss schrecklich sein.«

Theresa sah Lennart an und gestand sich ein, dass sie ihn mochte. Sie fand ihn attraktiv. Und ihr gefielen seine sensible Art auf der einen und sein entschlossenes Auftreten auf der anderen Seite.

»Gehen Sie die Palette beschissener Gefühlszustände von oben bis unten durch und suchen Sie sich etwas aus«, gab sie zurück.

Lennart nickte. »Können Sie sich vorstellen, dass Frau Hofer ihren Mann umgebracht hat?«

»Dazu kann ich nichts sagen.«

»Wenn sie es nicht war: Was glauben Sie, wer die Männer umgebracht hat?«

»Das weiß ich nicht.«

»Ihr Chef hat von einer generalisierten Verachtung gegenüber den Menschen gesprochen, die zu Ihnen kommen, und er meinte, dass es jeder getan haben könnte.«

»Unsere Klientel gehört definitiv nicht zu den Sympathieträgern unserer Gesellschaft. Das ist wohl wahr. Einer meiner Teilnehmer hat einmal gesagt, dass die ganze Welt *Kreaturen* wie ihn am liebsten tot sähe.« Sie kräuselte die Stirn. »Und wissen Sie, Menschen, die missbraucht wurden, sind zu Unglaublichem fähig. Und diejenigen, die diesen Menschen nahestehen, sind das auch. Aber das brauche ich Ihnen sicher gar nicht zu erzählen.«

Lennart nickte wieder.

»Aber dennoch kann ich mich Burmesters Ansicht nicht anschließen. Nicht jeder Mensch ist in der Lage, einen Mord zu begehen – geschweige denn eine ganze Mordserie. Aber ich will Ihnen nicht zu nahe treten. Sie sind der Kriminalist.«

Lennart lächelte.

»Frau Johansson, eine Frage noch. Haben Sie schon einmal etwas von jemandem gehört, der sich *Der Kinderschützer* nennt?«

Die Abendbesprechung hatte Lennart wieder einmal verpasst. Faust, Riedel und die meisten der anderen Kollegen waren bereits nach Hause gegangen. Er betrat sein Büro, rief seinen Partner an, erzählte ihm, was er von Theresa Johansson über Michael Hofer erfahren hatte, und ließ sich von ihm auf den neuesten Stand bringen.

Blohm war nach Christiane Hofers Befragung mit den

Worten »Morgen knacken wir die Nuss« aus der Direktion gerauscht.

Auf den Aufzeichnungen vom *Blins Hotel* war sie nicht zu sehen. Im *Hotel Blue-Line*, dem Hotel, in dem Christiane Hofer sich ununterbrochen die letzten Tage aufgehalten haben wollte, hatten die Kollegen niemanden ausfindig gemacht, der das hätte bestätigen können. Sie hatten aber auch niemanden gefunden, der angab, sie hätte das Haus verlassen. Es blieb dabei. Sie hatte kein Alibi. In der Zwischenzeit hatten sich die restlichen Männer, die an der Therapie teilnahmen und von Niklas Weiler und Theresa Johansson angeschrieben worden waren, im Sauerbruchweg gemeldet. Alle bis auf denjenigen, der am Morgen seine Therapie gehabt hätte und nicht erschienen war. Es bestand Hoffnung, dass er die Nachricht gelesen und sich entschieden hatte, zu Hause zu bleiben. Es hatte den ganzen Tag über niemand den Fund einer Leiche gemeldet.

Franka Dahlberg hatte angerufen und ihnen mitgeteilt, dass Christiane Hofer laut ihrer Tochter in der letzten Zeit häufig nicht zu Hause gewesen sei. Manchmal mehrere Tage nicht. Ein Kindermädchen, das in der Zeit auf Julia aufpasste, hatte ausgesagt, dass Frau Hofer häufig Messen besuche. Die Überprüfung lief noch.

Außerdem hatten sie den jungen Mann und die junge Frau ausfindig gemacht, die vor dem *ZVV* mit dem Plakat *Wer Kinderficker schützt, ist selber einer!* gestanden hatten. Die beiden waren Geschwister. Sie wurden in der Ukraine geboren. Mit sechs und acht Jahren waren sie mit ihren Eltern nach Deutschland gekommen, wo sie, so wie es aussah, selbst Opfer von Kindesmissbrauch geworden waren. Der Vater, mit dem zwei Kollegen aus dem Team der SOKO gesprochen hatten, hatte so etwas angedeutet. Das Geschwisterpaar selbst war zwei Tage nach der kleinen Demonstration vor dem *ZVV* zu den Großeltern in die Ukraine gereist und seitdem nicht zurückgekommen.

Und – sie hatten mehrere PCs und Notebooks aus Michael Hofers Büro und seinem Haus sicher- und auf den Kopf gestellt. Die Filme, die sie darauf gefunden hatten, waren für die Kollegen nahezu unerträglich anzusehen gewesen.

Nachdem Lennart aufgelegt hatte, saß er nachdenklich da. Und verärgert. Verärgert darüber, dass Theresa Johansson ihm etwas von Posing-Bildern aufgetischt hatte.

Dann nahm er den Zettel, den ihm Daniel Becker auf den Schreibtisch gelegt hatte, zur Hand und las.

Hier, die Infos über die Person, die in den LN den Kommentar … eine gerechte Bestrafung selbst in die Hand nehmen … losgelassen hat.
Gruß Daniel

Weiter kam Lennart nicht. Sein Handy klingelte. Es war Faust. Sein Chef hatte einen Anruf von der KTU erhalten. Lennart hörte sich an, was er zu sagen hatte. Kurze Zeit später legte er resigniert auf, machte das Licht aus und ging.

3. Teil

Amberg 1977

Seine Klavierstunde begann um elf Uhr. Und dieses Mal würde er Jo nicht enttäuschen. Er würde sich unter Kontrolle haben. Dafür hatte er gesorgt. Die Jungen im Internat sagten wichsen dazu. Er mochte das nicht. Wie sie sich ausdrückten! Er bevorzugte das Wort: entleeren. Er hatte sich entleert.

»Du bist früh«, sagte Joachim Wegener, nachdem er ihm die Tür geöffnet hatte. Sein Lehrer knöpfte sich die Hose zu, drehte sich um, ging zu dem Sofa neben dem Klavier und ließ sich erschöpft sinken.

Er trat in den Raum.

Vor dem Klavier stand Ernesto. Ernesto zog sich langsam erst die Unterhose und danach die graue Leinenhose hoch.

»Ich gehe dann«, hörte er den Jungen leise, mit zittriger Stimme sagen.

»Ja, geh ruhig, mein liebes Kind«, erwiderte Joachim Wegener und sah seinem Schüler, ein Lächeln auf den Lippen, hinterher.

Er hatte das Gefühl, die Wände würden sich bewegen. Es schien ihm, als kämen sie von allen Seiten auf ihn zu – so, als wollten sie ihn ganz langsam zerquetschen.

Beruhige dich, flüsterte eine Stimme in seinem Kopf. Beruhige dich. Das ist nur deine gerechte Strafe. Jo muss dich bestrafen. Du warst ein egoistischer, undankbarer Junge. Aber du wirst es wiedergutmachen. Du kannst das. Du bist gut. Das weißt du.

Er wusste, was er konnte.

Sein Vater hatte ihn einmal gefragt, ob er sich eigentlich sicher sei, dass er Klavier spielen wolle.

»Bei deinem Talent könntest du ein verdammt guter Bläser werden.«

Sie hatten herzhaft gelacht.

Alles, was er konnte, hatte er seinem Vater zu verdanken. Und das, was er konnte, hatte auch sein Lehrer zu schätzen gewusst.

»Wie geschickt du bist, mein liebes Kind«, hatte Jo verzückt, ja geradezu beseelt nicht nur einmal in sein Ohr gehaucht. »So geschickt mit deinen Händen und deinen Lippen.«

Beruhige dich!

Ernesto kam langsam auf ihn zu, den Kopf gesenkt, den Oberkörper gekrümmt, die Knie leicht eingeknickt. Im Vorbeigehen sah der Junge auf. Ihre Blicke trafen sich gerade so lange, dass er die Tränen in Ernestos Augen sehen konnte.

»Was ist?«, raunzte Joachim Wegener. »Willst du da Wurzeln schlagen?«

Die Stimme in seinem Kopf wurde lauter und hektischer. Beruhige dich, hämmerte es. Jo kann sich auf dich verlassen. Sag ihm das. Sag ihm, dass du dich unter Kontrolle hast, dass du ihn nicht noch einmal enttäuschen wirst.

Aber er bekam kein Wort heraus. Stattdessen ging er zu

dem Klavier, zog den Hocker heran, setzte sich und spielte. Er spielte Brahms. Seine Hände bewegten sich wie von selbst über die Tasten.

Heute werden wir sicher nicht singen, dachte er, und in demselben Augenblick überkam ihn eine unbändige Angst. Die Angst davor, sie würden nie wieder singen.

Donnerstag, 19. November

Christiane Hofer saß bereits wieder in dem kleinen Verhörraum, als Lennart um kurz vor acht in der Direktion erschien.

Er war am Abend, nach dem Telefonat mit Faust, zu Anne gefahren und die Nacht über dort geblieben. Ihre Gesellschaft hatte ihm gutgetan. Lennart hatte sich entspannt und tatsächlich ein paar Stunden geschlafen. Aber dennoch fühlte er sich schlecht, denn er wusste, dass das, was Faust ihm gestern mitgeteilt hatte, ausreichte, um gegen Christiane Hofer Haftbefehl erlassen zu können.

Lennart betrat den kleinen Raum neben dem Verhörzimmer. Genau wie tags zuvor, standen Blohm, Fahnenbruck und Faust vor der Spiegelscheibe. Wer fehlte, war Matthias Riedel.

Sie begrüßten sich mit einem Nicken.

»Und? Was sagt sie dazu?«, fragte Lennart an Faust gewandt.

»Die Katze ist noch nicht aus dem Sack!«

Blohm hob wachsam den Kopf und wandte sich dem Leiter der Mordkommission zu. »Was meinen Sie damit? Gibt es etwas, was ich wissen sollte?«

»Warten Sie es einfach ab!«

Christiane Hofer sah noch blasser aus als am Tag zuvor. Sie saß in viel zu großer Kleidung, in die sie sie gesteckt hatten, Kurt Jankowski gegenüber. An der Tür stand

Joseph Walther, der für Daniel Becker übernommen hatte. Franka Dahlberg und Joseph Walther waren in der Nacht aus Schondorf zurückgekommen.

»Frau Hofer«, sagte Jankowski, »Sie haben uns gestern gesagt, Sie hätten das Hotel, in dem Ihr Mann eingecheckt hat, nicht betreten. Ist das richtig?«

»Ja«, gab sie mit dünner Stimme zurück.

»Würden Sie das heute wiederholen? Bleiben Sie dabei, dass Sie nicht in dem Hotel waren?«

Sie sah Kurt Jankowski unsicher an. Dann nickte sie.

»Bitte beantworten Sie meine Frage so, dass ich die Antwort hören kann.«

»Ja.«

Jankowski sah Christiane Hofer abwartend an.

»Frau Hofer, Sie haben uns gestern mehrmals angelogen«, sagte er dann. »Einmal, als Sie uns etwas von einer Geliebten erzählt haben. Und ein weiteres Mal, als Sie sagten, Sie seien Ihrem Mann vom Bahnhof aus auf direktem Wege ins Hotel gefolgt. Sie haben uns den wahren Grund, weshalb Sie nach Lübeck gekommen sind, verschwiegen. Genauso, wie Sie uns verschwiegen haben, dass Sie im Sauerbruchweg waren. Dort, wo die Therapie stattfindet. Ich frage Sie jetzt noch einmal. Bleiben Sie dabei, dass Sie nicht in dem Hotel waren?«

Im Nebenzimmer waren alle Augen auf Christiane Hofer gerichtet.

»Frau Hofer?«

»Ich war drin.« Ihre Stimme war fast nicht zu hören, der Blick auf den Boden gerichtet.

»Würden Sie das bitte laut und deutlich wiederholen.«

»Ich war drin!« Sie sah auf und fügte hektisch hinzu, dass sie das Hotel aber gleich wieder verlassen habe.

»Sie waren also in dem Hotel?«

»Ja.«

»Waren Sie auf dem Zimmer Ihres Mannes?«

»Nein.«

»Sie waren nicht auf dem Zimmer Ihres Mannes?«

»Nein. Ich habe Ihnen doch gesagt, dass ich das Hotel sofort wieder verlassen habe.«

»Sie sind reingegangen und dann sofort wieder raus?«

»Ja. Ich habe Michael an der Rezeption gesehen und … bin dann wieder gegangen. Er sollte mich ja nicht sehen.«

Sie schwiegen.

»Haben Sie Ihren Mann umgebracht?«, fragte Joseph Walther plötzlich.

Christiane Hofer sah bestürzt zur Tür. Bisher hatte Walther kein Wort gesprochen.

»Nein!«, protestierte sie.

»Das würde erklären, warum Sie am Bahnhof vor unseren Kollegen flüchten wollten.«

»Nein! Nein! Ich bin in Panik geraten … aber doch nicht, weil … ich meinen Mann umgebracht habe!«

Ihre Blicke trafen sich.

»Ich habe Michael nichts getan!«

»Warum sollen wir Ihnen das glauben?« Walther trat auf die Frau zu.

Christiane Hofer antwortete nicht.

»Sie lügen uns in einer Tour an. Mein Kollege hat Sie jetzt mehrmals gefragt, ob Sie auf dem Zimmer Ihres Mannes waren. Sie haben das jedes Mal verneint.« Walther ließ die Frau nicht aus den Augen. »Sie haben Kot und Urin an Ihren Schuhen. Kot und Urin Ihres Mannes – in dem er tot auf seinem Hotelzimmer lag.«

Lennart schloss die Augen. Faust hatte ihm am Abend zuvor am Telefon berichtet, dass die Spuren wegen des Regens nicht mehr unter der Sohle, sondern nur am Rand eines der Schuhe von Christiane Hofer festgestellt worden waren. Sie waren minimal. Aber sie waren da. Und das hieß: Christiane Hofer war am Tatort gewesen.

Als Lennart die Augen wieder öffnete, sah er, dass Riedel den Raum betreten und Oberstaatsanwalt Ole Blohm die Faust zum Sieg geballt hatte.

»Was hätte ich denn sagen sollen?« Christiane Hofer richtete sich auf. Ihre Stimme klang kräftiger.

»Die Wahrheit!«

»Aber ich konnte doch nicht sagen, dass ich auf dem Zimmer war. Sie hätten mir doch nie im Leben geglaubt, dass ich meinen Mann nicht umgebracht habe. Schon gar nicht, wenn ich zugegeben hätte, dass ich ihm in diese Therapieeinrichtung gefolgt bin. Und erst recht nicht, wenn ich Ihnen erzählt hätte, wie sich mein Mann vor dem Video … vor seiner Tochter … Sie hätten mir doch nicht geglaubt.«

Die Frau sah Walther und Jankowski wie um eine Bestätigung bettelnd an. Und mit purer Verzweiflung in der Stimme fuhr sie fort: »Am Bahnhof … als ich die Polizisten sah … Ich hatte Angst, mich hätte jemand in dem Hotel gesehen, und ich hatte Angst, dass genau das passieren würde, was jetzt passiert ist … dass die Polizisten mich festnehmen würden, weil sie mich für die Täterin halten.

Und dann, dann habe ich nur noch an Julia gedacht und dass ich zu ihr muss … da bin ich gesprungen. Ich weiß auch nicht …« Sie zögerte. »Wissen Sie, wie das ist, wenn man nicht weiß, ob der eigene Mann dem eigenen Kind etwas angetan hat?« Sie zögerte wieder. »Wissen Sie«, sagte sie dann, »ich weiß nicht, was ich getan hätte, wenn ich sicher gewusst hätte, dass Michael Julia angefasst hat … aber ich weiß es nicht. Was ich aber mit Sicherheit sagen kann, ist, dass ich meinen Mann nicht umgebracht habe. Ich habe Michael nicht getötet.«

»Wir gehen nicht davon aus, dass Ihr Mann Julia missbraucht hat«, sagte Walther.

»Sie gehen nicht davon aus? Woher wollen Sie das wissen?«

»Wir wissen von seiner Therapeutin, dass Ihr Mann eine sexuelle Präferenz für Jungen hatte.«

»Jungen«, sagte sie dumpf.

»Ja. Jungen … Das wussten Sie doch! Nicht wahr?«

Christiane Hofer sah zu Walther hoch, der jetzt direkt vor ihr stand.

»Wie meinen Sie das?«

»So, wie ich es gesagt habe.«

»Nein! Das wusste ich nicht!«

»Das nehme ich Ihnen nicht ab. Ich bin überzeugt davon, dass Sie genau gewusst haben, dass Ihr Mann sich zu kleinen Jungs hingezogen fühlte!«, sagte Walther nachdrücklich. »Und das haben Sie schon eine geraume Weile gewusst – da bin ich mir sicher!«

Lennart ahnte, worauf Walther hinauswollte.

»Frau Hofer, wir haben Fotos Ihrer kleinen Tochter

gefunden. Von Julia. Von der andere sagen, sie hätte eigentlich ein Julian werden sollen. Auf einem der Fotos haben wir eine burschikose, glücklich wirkende Hockeyspielerin gesehen. Ein Kind, aus dem Sie eine kleine Prinzessin gemacht haben.«

»Es reicht!«

»Ja. Sie haben recht. Es reicht. Sie haben es schon lange gewusst, nicht wahr? Deshalb die Verwandlung Ihrer Tochter. Sie wollten nicht, dass Julia herumlief wie ein kleiner Junge.«

Christiane Hofer schloss die Augen und öffnete sie kurz darauf wieder. Sie seufzte.

»Vielleicht haben Sie recht«, sagte sie. »Vielleicht habe ich etwas geahnt … vielleicht habe ich unbewusst irgendwelche Schlüsse gezogen … aber glauben Sie mir: Dass mein Mann pädophil sein könnte, habe ich bewusst erst erkannt, als ich ihn vor dem Video gesehen habe. Und von da an hatte ich nur noch Angst um meine Tochter.«

»Schildern Sie uns bitte, was Sie in dem Hotel gesehen haben«, übernahm Kurt Jankowski.

Christiane Hofer sah elend aus. »Das war furchtbar«, sagte sie. »Es war entsetzlich. Ich bin meinem Mann in das Hotel gefolgt, habe beobachtet, wie er eingecheckt hat, in die Bar gegangen ist und kurz darauf wieder herauskam und den Fahrstuhl betrat. Ich bin die Treppe hoch und konnte sehen, wo der Aufzug hielt. In dem Hotel ist alles offen und aus Glas. Mein Mann ist ausgestiegen und in einen der sternförmig abgehenden Flure gegangen. Ich wollte ihm auf sein Zimmer folgen und ihn zur Rede stellen. Aber ich konnte nicht. Stattdessen bin ich weggelaufen. Raus aus dem Hotel.«

»Sie waren also oben auf dem Flur und haben gesehen, wie Ihr Mann in das Zimmer gegangen ist?«

»Ja.«

»Demnach haben Sie Ihren Mann noch lebend gesehen.«

»Ja.«

»Und ohne das Zimmer betreten zu haben, sind Sie weggelaufen?«

»Ja.«

»Wie kommen dann die Kot- und Urinspuren an Ihre Schuhe?«

Christiane Hofers Blick verlor sich irgendwo im Raum.

»Nachdem ich das Hotel verlassen hatte, habe ich mich draußen auf einen großen Stein gesetzt«, sagte sie kraftlos.

Walther und Jankowski sahen die Frau abwartend an.

»Ich weiß nicht, wie lange ich dort gesessen habe. Aber eine Stunde bestimmt. Ich war wie betäubt und habe um mich herum überhaupt nichts mehr wahrgenommen. Aber irgendwann wurde mir kalt. Die Luft war eisig. Dann überkam mich diese wahnsinnige Wut, und ich bin zurück in das Hotel. Wie getrieben. Ich musste eine Antwort von Michael haben. Ich musste wissen, ob er Julia angefasst hat. Ich bin hoch in den dritten Stock gelaufen, in den Flur, in den zuvor mein Mann gegangen war, bis zu seinem Zimmer. Die Tür stand einen Spalt offen. Ich habe den Raum betreten. Und dann lag er da. Das war so ein schlimmer Anblick.«

»Sie sagen also, dass Ihr Mann schon tot war, als Sie das Zimmer betreten haben?«

»Ja.«

»Eine Lügnerin vor dem Herrn!« Blohm, der sich bis jetzt zurückgehalten hatte, schnaubte. »Sie hätte Schauspielerin werden sollen.« Dann zückte er sein Handy, und Lennart hörte, wie er jemanden anwies, die Beantragung eines Haftbefehls vorzubereiten.

»Das war's dann wohl!« Blohm grinste mit seinem fleischigen Gesicht in die Runde, drehte sich um und ging.

Er war schon durch die Tür, als er noch einmal den Kopf hereinsteckte. »Ach, Bondevik!«, flötete er. »Einen schönen Gruß auch an Ihre Frau Mama und die allerbesten Glückwünsche.«

***

Die Vernehmung war noch nicht beendet, als auch Lennart und Riedel den kleinen Raum neben dem Verhörzimmer verließen.

»Und liebe Grüße an die Frau Mama«, äffte Riedel den Oberstaatsanwalt nach. »Woher weiß der, dass heute Friedas Geburtstag ist?«

Lennart zuckte mit den Schultern. Es war ihm egal. Blohm war ihm egal. Er hatte nur noch ein Ziel. Er musste raus, an die Luft.

Lennart holte seine Jacke, rauschte die sieben Etagen bis zum Ausgang hinunter und verließ die Direktion.

Draußen war es stürmisch. Den Kopf tief in den hochgeschlagenen Kragen gezogen, stapfte er zur Trave. Lennart hatte sich gerade für eine Richtung entschieden, in die er am Wasser entlanggehen wollte, als es ungemütlich zu nieseln begann. Also beschloss er, einen Kaffee in *Trudes Lädchen* zu trinken, und machte sich auf den Rückweg.

Lennart war der einzige Kunde in dem kleinen, nur wenige Hundert Meter von der Direktion entfernten Tante-Emma-Laden. Er stellte sich an einen der beiden Stehtische und entdeckte Trude zwischen den Regalen; damit beschäftigt, die Lücken aufzufüllen.

»Moin Trudchen.«

»Moin, mien Jung«, gab die kleine, rundliche Frau zurück, die seit über vierzig Jahren hinter der Ladentheke stand und noch heute Butter verkaufte, die sie von einem großen Block abschnitt und in Papier verpackte.

Lennart bestellte einen Kaffee und ein Franzbrötchen.

Beides stellte Trude kurz darauf vor ihn hin.

»Nich nur Schietwedder, hm?«, sagte sie.

»Nicht nur!« Lennart lächelte Trude an, die sich wieder an ihre Arbeit machte. Er beobachtete, wie sie zwei Dosen Kondensmilch aus einem Karton auf dem Boden nahm, kurz zögerte, die Dosen dann aber ohne einen weiteren Kommentar ins Regal stellte.

Lennart öffnete die beiden kleinen Tütchen, die auf der Untertasse lagen, schüttete den Zucker in seinen Kaffee und rührte. Seine Gedanken kreisten um Christiane Hofer.

Es widerstrebte ihm, aber er musste zugeben, dass ein Haftbefehl gegen sie unausweichlich gewesen war. Die Frau hatte sie nach Strich und Faden belogen. Dazu kam, dass sie sich während aller Morde in Lübeck aufgehalten und für keine der Tatzeiten ein Alibi hatte. Aber am schwersten wog, dass Christiane Hofer am Tatort gewesen war – in dem Hotelzimmer, in dem ihr Mann ermordet worden war. Lennart sah auf und seufzte.

An der Wand schräg gegenüber der Kasse war ein Fernseher angebracht. Das modernste Stück im ganzen Laden lief tonlos vor sich hin, und Lennart fragte sich, wie lange es wohl dauern würde, bis Blohm und Grunwald vor die Kameras treten und selbstgefällig die erfolgreiche Klärung der Mordserie verkünden würden. Mürrisch biss er in das Teilchen. Er glaubte trotz alldem, was gegen Christiane Hofer sprach, nicht, dass sie ihren Mann und erst recht nicht einen der beiden anderen Männer ermordet hatte.

Kauend kramte Lennart einen Zettel aus seiner Tasche hervor, auf dem er die Nacht zuvor ein wildes Gekritzel hinterlassen hatte. Er hatte zusammen mit Anne versucht, eine Struktur in das Chaos seiner Gedanken zu bringen. Immer wieder hatte er die Frage gestellt: *Wer hat warum die Männer ermordet?* Auch noch, nachdem Anne längst eingeschlafen war. Aber das Durcheinander war nicht weniger geworden. Im Gegenteil. Am Ende hatte Lennart der Kopf nur noch mehr geschwirrt.

Jetzt formulierte er die Frage anders. Er nahm einen Stift zur Hand und schrieb: *Was musste der Täter wissen?*

Was musste der Täter wissen, um die Morde an Michael Hofer, Hanno Classen und Gernot Fenger begehen zu können? Lennart dachte nach, listete auf, was ihm einfiel, strich einige Punkte wieder und ergänzte andere. Am Ende blieben folgende Überlegungen stehen: Der Täter musste wissen, dass Hofer, Classen und Fenger pädophil waren, sie eine Therapie machten, wo diese Therapie stattfand – nicht im *ZVV*, sondern im Sauerbruchweg – und an welchem Tag die Männer in welcher Gruppe teilnahmen. Außerdem musste er wissen, dass alle drei in Lübeck ein Hotel gebucht hatten, in welche Hotels sie wann gingen, in welchen Zimmern sie übernachteten und wie er sie dort unbemerkt erdrosseln konnte.

Wer konnte all das wissen?

Christiane Hofer? Sie wusste, dass ihr Mann pädophil war. Und sie wusste von der Therapie. Außerdem kannte sie das Hotel, in dem ihr Mann übernachtete. Und – sie hatte den Tatort betreten und wieder verlassen. Vermutlich, ohne jemandem dabei aufgefallen zu sein. Aber das würden die Kollegen noch prüfen. Lennart biss erneut in sein Franzbrötchen.

Sie hatte also alles, was sie wissen musste, gewusst – zumindest, was ihren Mann betraf. Aber wie hätte sie das alles auch über Classen und Fenger in Erfahrung gebracht haben können? Woher sollte sie die überhaupt gekannt haben? Hat sie die Männer beobachtet? Ist sie an all die Informationen gekommen, weil sie nicht nur ihrem Mann nachspioniert hat, sondern auch den anderen beiden Opfern? Blödsinn, dachte Lennart. Das hätte viel zu viel Zeit gekostet, Geduld und Geschick. Außerdem – warum hat sie sich dann nicht einfach erst einmal auf die Männer einer Gruppe konzentriert? Das wäre doch viel einfacher gewesen.

Lennart legte das Brötchen zurück auf den Teller. Er stellte sich vor, wie Christiane Hofer immer dann, wenn alle glaubten, sie sei auf einer Messe, tagelang im Gebüsch auf der Lauer gelegen hatte und den Männern durch die ganze Stadt gefolgt war – wild entschlossen, sich an allen Pädophilen für das, was ihr Mann ihrer Tochter angetan haben könnte, zu rächen. Er schüttelte den Kopf.

»Schwachsinn«, zischte er.

Dann erregte eine Meldung, die am unteren Bildschirmrand des Fernsehers entlanglief, seine Aufmerksamkeit.

Eilmeldung: Im Fall der drei in Lübeck getöteten pädophilen Männer ist Haftbefehl beantragt worden +++ Einzelheiten in den News um Punkt 11 +++ Eilmeldung: Im Fall der drei in Lübeck getöteten pädophilen Männer ist Haftbefehl beantragt worden +++ Einzelheiten in den …

Das ging schnell, dachte er. Immerhin war das Verhör noch nicht einmal beendet gewesen, als er die Direktion verlassen hatte. Lennart warf einen Blick auf seine Armbanduhr. Zehn Uhr neunundfünfzig. Als er wieder aufsah, stand Trude neben ihm. Sie hielt ihm die Fernbedienung hin.

Lennart stellte den Ton an und hörte auch schon das Intro, das den Beginn der Nachrichtensendung ankündigte. Eine schlanke Frau mit langen blonden Haaren in einer hellblauen Seidenbluse erschien auf der Bildfläche, die die Zuschauer zu den *News um Punkt 11* begrüßte.

»Wie wir soeben erfahren haben«, sagte sie mit ernstem Gesichtsausdruck, »hat die Staatsanwaltschaft Lübeck im Fall der drei in der Hansestadt ermordeten pädophilen Männer Haftbefehl beantragt. Wir schalten direkt zu meiner Kollegin, die vor dem Gebäude der Polizei bereitsteht und uns hoffentlich genauere Informationen geben kann.«

Die Nachrichtensprecherin drehte sich zu einem Bildschirm, auf dem eine weitere Frau, ebenfalls mit blonden langen Haaren, ein Mikro in der Hand, konzentriert in die Kamera blickte.

»Anja, im Fall der ermordeten pädophilen Männer ist Haftbefehl beantragt worden. Hast du genauere Informationen für uns?«

»Ja, Imke«, sagte die Reporterin. »Das ist richtig. Es ist, wie wir erfahren haben, wohl schon am gestrigen Tage zu einer Festnahme gekommen und heute dann, vor wenigen Minuten, Haftbefehl gegen die festgenommene Person beantragt worden.«

»Weiß man denn schon irgendetwas über den mutmaßlichen Täter?«

»Nein. Bisher haben wir keine weiteren Details. Wir warten darauf, dass von Seiten der Staatsanwaltschaft oder der Polizei jemand vor die Kameras tritt und uns mehr über den Vorgang und die Person berichtet.«

»Danke für den Moment, Anja. Wir schalten umgehend zu dir zurück, wenn sich etwas tut.« Die Nachrichtensprecherin wandte sich wieder der Kamera zu.

»Ja, liebe Zuschauer, Sie haben es gehört. Wir müssen uns noch etwas gedulden. Ich bin mir aber sicher, dass wir im Laufe der Sendung noch Genaueres erfahren werden.«

Es folgte eine Zusammenfassung dessen, was sich in den letzten Tagen in der Hansestadt ereignet hatte. Außerdem wurden Bilder von dem Gebäude im Sauerbruchweg eingespielt und eine Traube von Reportern gezeigt, die sich davor postiert hatte.

Keine Live-Aufnahme, ging es Lennart durch den Kopf, denn er vermutete, dass die Journalisten ihre Zelte dort längst abgebrochen hatten und vor die Polizeidirektion gezogen waren.

Dann wurden Bilder von der Eröffnung des Projekts und den Demonstranten eingeblendet und kurz darauf die Berichterstattung unterbrochen. Die Ansagerin erschien erneut im Bild.

»Meine sehr verehrten Zuschauerinnen und Zuschauer, ich höre gerade«, sie senkte den Kopf, hielt einen Finger an den Knopf in ihrem Ohr und blickte wieder auf. »Ich höre gerade, dass es sich bei der Person, gegen die Haftbefehl erlassen wurde, um eine Frau handeln soll. Angeblich um die … um die Ehefrau eines der Opfer.« Sie machte eine Kunstpause, bevor sie fortfuhr. »Die Ehefrau eines der Opfer und … Mutter eines kleinen, sieben Jahre alten Mädchens.«

Lennart richtete sich stocksteif auf.

Woher wussten die das?

Dass die Journalisten spitzbekommen hatten, dass die Opfer pädophil waren und im Sauerbruchweg eine Therapie besuchten, das wunderte ihn nicht. Aber woher wussten sie von Christiane Hofer? Und von Julia? Lennart konnte sich nicht vorstellen, dass irgendjemand die Freigabe dieser Informationen genehmigt hatte. Wer hatte der Presse solche Details gesteckt?

»Nicht auszuschließen«, hörte er die Frau fortfahren, »dass der eigene Vater sich an dem Kind vergangen hat und die Ehefrau aus Verzweiflung und Rache …«

Lennart war entsetzt. Aus genau diesem Grunde hätten

diese Informationen nicht nach außen dringen und so den wildesten Spekulationen Tür und Tor öffnen dürfen. Fassungslos starrte er auf den Bildschirm.

***

»Sie müssen den Termin absagen? Schon wieder?«

»Nur verschieben«, antwortete Theresa Johansson in den Telefonhörer. Sie saß in ihrem Büro im Sauerbruchweg.

»Hm. Und auf wann?«

»Das kann ich Ihnen noch nicht so genau sagen. Ich schlage vor, ich melde mich wieder bei Ihnen.«

»Hören Sie! Sie haben den Termin jetzt zum wiederholten Male …«

»Ja, ich weiß.«

»Ich lasse die Akte jetzt noch eine Woche lang hier liegen. Danach schicke ich sie zurück ins Archiv.«

»Danke«, gab Theresa zurück und legte auf.

Feigling, schalt sie sich und spürte dennoch, wie sich Erleichterung in ihr breitmachte.

Viermal hatte sie den Termin in der Adoptionsstelle bereits abgesagt. Und das, obwohl die Vereinbarung eines Termins dort eine ihrer ersten Handlungen nach ihrem Umzug von Berlin nach Lübeck gewesen war.

Theresa Johansson wollte wissen, wer ihre leibliche Mutter war, und … sie wollte mehr darüber herausfinden, was mit ihrer Mutter geschehen war. Deshalb war sie in die

Hansestadt gekommen.

Aber sie hatte Angst. Angst vor dem, was sie zum Vorschein bringen könnte und sie am Ende vielleicht doch lieber nicht erfahren hätte. Deshalb hatte sie immer wieder nach Gründen gesucht, ihre Nachforschungen zu verschieben. Und auch jetzt hatte sie einen Vorwand gefunden, sich nicht der Vergangenheit stellen zu müssen: die Gegenwart! Das, was derzeit um sie herum passierte. Die Morde.

Theresa kritzelte die Namen Michael Hofer, Hanno Classen, Gernot Fenger und Andy auf ihren Schreibtischkalender. Den Namen Andy klammerte sie ein.

»Hanno Classen«, flüsterte sie. »Hanno Classen.« Sie machte ein Fragezeichen hinter den Namen.

Was hatte dieser Bondevik über Hanno Classen gesagt? Theresa dachte nach. Es war irgendetwas, das ihr aus irgendeinem Grund schon während des ersten Gesprächs mit ihm und seinem Kollegen seltsam vorgekommen war. Irgendetwas, das sie nicht richtig hatte greifen können – sie aber auch seitdem nicht in Ruhe ließ. Theresa zog immer wieder mit der Mine über das Fragezeichen, bis es fast nur noch ein schwarzer Klecks war.

Hanno Classen.

Ihr Blick fiel auf einen Stapel Papier am Rand des Schreibtischs. Obenauf lag die Liste, auf der sie die Teilnehmer abgehakt hatten, die sich auf ihre *Warnung* hin gemeldet hatten. Sie nahm das Blatt Papier zur Hand. Und auf einmal war es da.

»Die Liste! Na klar … die Liste!« Theresa sprang auf, riss die Schublade des Rollcontainers auf und nahm einen Schlüssel heraus. Dann preschte sie zu dem Schrank hinter Fabian Conrads Schreibtisch, schloss ihn auf und fuhr mit dem Finger über die Ordnerrücken im oberen Fach.

Da! Sie zog einen Ordner hervor, öffnete ihn und blätterte hektisch darin herum, während sie zu ihrem Schreibtisch zurückging. Theresa setzte sich. Kurz darauf hatte sie gefunden, was sie suchte. Die Anwesenheitsliste der Montagsgruppe. Ihre Augen wanderten auf dem Blatt, von rechts nach links, von der obersten zur nächsten und von dort weiter herunter bis zur siebten, der letzten Spalte.

Theresa blickte auf.

Das war es. Aber wie konnte das sein?

Sie schob den Ordner beiseite und warf erneut einen Blick auf den Namen Hanno Classen vor sich auf dem Schreibtischkalender. Dann griff sie mit der einen Hand nach dem Telefonhörer. Mit der anderen suchte sie nach der Visitenkarte, die Lennart Bondevik ihr am Tag zuvor gegeben und die sie in ihre Ablage gestopft hatte.

Lennarts Handy klingelte in dem Moment, in dem die Fernsehsprecherin erneut zu ihrer Kollegin geschaltet hatte. Gabriele Borggreve – langjährige Pressesprecherin der Polizeidirektion Lübeck – war vor die Kameras getreten.

»Nein!«, dröhnte sie in Richtung der Journalisten. »Zum jetzigen Zeitpunkt werden wir keine Aussagen machen. Sie müssen sich schon bis zur Pressekonferenz am Nachmittag gedulden.«

Lennart sah, wie sich Borggreve – die *Rassel*, wie sie die Kettenraucherin aufgrund der Auswirkungen des ständigen Qualmens bloß nannten – umdrehte und im Inneren der Polizeidirektion verschwand. Dann nahm er das Gespräch an.

»Theresa Johansson hier.«

»Frau Johansson.«

»Sie haben mich gebeten, mich bei Ihnen zu melden, sollte mir noch irgendetwas einfallen, was wichtig sein könnte.«

»Ja – was ist Ihnen denn eingefallen?«

»Eingefallen ist nicht ganz richtig. Mir ist da eher etwas aufgefallen. Kann ich Sie treffen?«

Erst jetzt bemerkte Lennart die Aufregung in ihrer Stimme. »Sicher! Ich kann in zwanzig Minuten mit einem Kollegen bei Ihnen sein.«

»Ich würde lieber zu Ihnen kommen, wenn es Ihnen recht ist. Die Journalisten sind endlich abgezogen, und ich muss unbedingt mal hier raus.«

Da geht es ihr wie mir, dachte Lennart.

»Wenn Sie in die Direktion kommen wollen, dann kommen Sie vom Regen in die Traufe«, gab er mit Blick auf den Fernsehbildschirm zurück, auf dem ein Meer wartender Journalisten vor dem Polizeihochhaus zu sehen war.

»Ich sitze gerade in *Trudes Lädchen* …« Lennart zögerte und fragte sich, ob es eine gute Idee sei, sich mit Theresa Johansson hier zu treffen, beschrieb ihr kurz darauf aber den Weg.

Keine Viertelstunde später sah er von seinem Stehtisch aus, wie sie ihr quietschgelbes Fahrrad an einen Laternenpfahl schloss, auf den kleinen Laden zuging und die Tür öffnete. Draußen nieselte es nicht mehr nur, sondern es schüttete in Strömen. Lennart ging Theresa Johansson entgegen und nahm ihr die nassen Regensachen ab, aus denen sie sich nach und nach schälte.

»Kein Wetter zum Radfahren«, sagte er.

»Nein. Aber die Luft tut gut«, gab sie zurück. »Und der Regen ist nichts im Vergleich zu der Belagerung durch die Journalisten. Das war seit gestern der reinste Spießrutenlauf!«

»Kommen Sie!«

Sie stellten sich an den Stehtisch, und Lennart nickte mit einem flüchtigen Blick zum Fernseher. »Sie haben es gerade verpasst«, sagte er und stellte den Ton ab. »Die gesammelte Meute lungert jetzt bei uns herum. Am Nachmittag wird eine Pressekonferenz stattfinden.«

»Sie haben eine Frau verhaftet«, sagte Theresa, zupfte ein paar Servietten aus einem Ständer, der auf dem Stehtisch stand, und trocknete sich damit das nasse, von der Kälte rosig strahlende Gesicht ab. »Ich habe es im Radio gehört; gerade als ich mein Büro verlassen wollte.«

Sie sah Lennart an. Aber er reagierte nicht.

»Die Ehefrau eines der Opfer«, ergänzte sie.

Keine Reaktion.

»Die Mutter einer siebenjährigen Tochter.«

»Frau Johansson, ich …«

»Ist es Frau Hofer? Haben Sie die Ehefrau von Michael Hofer verhaftet?«

»Ich darf dazu nichts sagen«, sagte Lennart, wohlwissend, dass Theresa Johansson genau wusste, dass er das sagen musste.

»Sie glauben nicht, dass sie es war. Stimmt's?«, ignorierte sie seine Bemerkung.

Sieht sie mir das an?, fragte sich Lennart verblüfft.

»Es …«, er hielt inne. Er hätte gerne mit Theresa Johansson über Christiane Hofer gesprochen – ihr von seinen Zweifeln an der Richtigkeit ihrer Verhaftung erzählt und ihre Meinung dazu gehört. Aber abgesehen davon, dass ihm das sein Job verbot, war er sich nicht sicher, ob er ihr vertrauen konnte. Nicht nach der Sache mit den angeblichen *Posing-Bildern*.

»Haben Sie gestern, als es um Michael Hofer ging, absichtlich nur die harmlosere Variante gewählt?« Lennart sah Theresa herausfordernd an. »Haben Sie gewusst, vor welchen Filmchen Ihr Schützling in Wirklichkeit gesessen hat? Haben Sie gewusst, in welchen Chat-Rooms er sich stundenlang, Tag für Tag, herumgetrieben hat? Der Herr Architekt?«

Theresa wandte den Blick ab und nickte. Sie räusperte sich. »Sie sind sauer!«, sagte sie kleinlaut. »Zu Recht. Ich habe das gewusst.«

»Sauer?« Lennart tobte. »Ich sag Ihnen, was ich bin …«

»Es tut mir leid. Aber …«

»Aber was? Die Schweigepflicht! Oder besser: Ihr großes Herz für Kinderschänder!«

»Hören Sie doch auf!« Theresas Stimme war ebenfalls deutlich lauter geworden. »Was hätte es Ihnen für Ihre Ermittlungen denn gebracht, wenn ich Ihnen erzählt hätte, wer Michael Hofer wirklich war?« Und leiser, aber nicht weniger energisch, fügte sie hinzu: »Ich habe Ihnen gesagt, dass er auf Jungs stand. Das war wichtig. Und das hätte ich nicht tun müssen. Ich habe das für die Ehefrau getan. Damit Sie ihr das sagen und sie beruhigt ist, was ihre Tochter angeht.«

Lennart hätte platzen können. »Ich glaube nicht, dass Sie darüber entscheiden sollten, was für unsere Ermittlungen wichtig ist und was nicht!«, zischte er durch die Zähne.

Sie schwiegen.

»Sie haben recht«, lenkte Theresa nach einer Weile ein. »Tut mir leid.«

Wieder sprach keiner von beiden ein Wort.

»Es gibt einfach vieles, was dafür spricht, dass Frau Hofer es war«, sagte Lennart dann. Sein Ton war versöhnlich.

Trude kam an ihren Tisch, und Theresa bestellte einen Tee.

Dann beugte sie sich zu ihrer Regenjacke, griff in die Tasche und zog ein zusammengefaltetes Blatt Papier heraus.

»Weshalb ich Sie sprechen wollte …«, sagte Theresa. Ihre Stimme hatte wieder den weichen, warmen Klang angenommen, der Lennart schon während ihrer Gespräche im Sauerbruchweg aufgefallen war. Er musterte sie eine Weile und gestand sich ein, dass er sich in Theresa Johanssons Gegenwart wohlfühlte – auch wenn sie ihm, was Michael Hofer betraf, nicht die Wahrheit gesagt hatte.

»Ich vermute, dass Hanno Classen bei uns gar keine Therapie gemacht hat«, sagte sie.

Lennart sah Theresa fragend an und beobachtete, wie ein Tropfen aus ihren nassen Haaren über ihre Wange perlte. Er hob die Hand, ließ sie dann aber wieder sinken. Er hätte Theresa gerne berührt.

»Seit Sie das erste Mal über Hanno Classen gesprochen haben, ist mir etwas komisch vorgekommen. Sie sagen, dass er am Montag zu uns kommen wollte.«

»Ja. Wir wissen von seinem Bruder, dass er montags bei Ihnen zur Therapie ging.«

»Das hier«, Theresa hielt den Zettel hoch, »ist die Anwesenheitsliste der Montagsgruppe. Fabian, mein Kollege Herr Conrad, leitet die Therapie. Er hatte es am Montag sehr eilig, weshalb er mich gebeten hat, sie für ihn abzuheften.« Sie legte das Blatt auf den Tisch und strich es glatt. »Ich bin erst gar nicht darauf gekommen … Aber dann fiel mein Blick auf die Übersicht, auf der wir abgehakt haben, wer sich bei uns auf die Mail, die wir verschicken sollten, gemeldet hat. Als ich das Papier gesehen habe, ist mir diese Anwesenheitsliste wieder eingefallen. Und mit einem Mal war mir klar, was ich so seltsam fand, als von Hanno Classen die Rede war. Nämlich genau das: dass er montags zu uns zur Therapie kommen sollte.«

Theresa Johansson schob Lennart die Liste hin. »Sehen Sie … Das sind die Teilnehmer der Montagsgruppe. Anonymisiert.«

Lennart warf einen Blick auf den Zettel und überflog die Zeilen.

»Wir führen in allen Gruppen Anwesenheitslisten. In den Spalten hier oben …«, sie wies mit dem Finger auf den oberen Teil des Papiers, »tragen wir das jeweilige Datum der Therapiesitzungen ein. In der linken Spalte stehen die Kennungen der Klienten. Rechts daneben wird Woche für Woche vermerkt, wer anwesend war und wer nicht. Ein Häkchen bedeutet, der Teilnehmer hat teilgenommen. Ein großes E tragen wir ein, wenn ein Teilnehmer entschuldigt fehlt. Ein U steht für unentschuldigtes Fehlen.«

Lennart nickte.

»Ein A(+)«, fuhr sie fort, »bekommen Teilnehmer, die die Therapie abgebrochen und ihren Abbruch angekündigt haben. Ein A(-) steht für einen Abbruch ohne Ankündigung – das heißt, ein Klient ist einfach nicht mehr erschienen.«

Während Trude den Tee brachte und auf den Tisch stellte, überflog Lennart die Liste erneut.

»Wenn ich das richtig sehe, sind von den ursprünglich sieben Teilnehmern noch fünf dabei. Zwei Teilnehmer sind abgesprungen. Hinter beiden steht ein A(+). Das heißt, beide haben ihren Abbruch angekündigt. Einer nach der ersten, der andere nach der zweiten Sitzung.«

»Genau. Und keiner der beiden Abbrecher hat es sich anders überlegt und die Therapie fortgesetzt, was man daran sieht, dass die Spalten hinter der Kennung durchgestrichen sind.«

Lennart betrachtete die durchgezogenen Linien.

»Wir führen diese Listen hauptsächlich für die Statistik. So können wir sehen, wie viele Teilnehmer das ganze Programm durchhalten, wie viele abbrechen und vor allem wann. Und jetzt schauen Sie sich einmal die Anwesenheit von letztem Montag an.« Sie fuhr mit dem Finger die Spalte herunter. »Außer hinter den beiden, die die Therapie abgebrochen haben, ist hinter allen Kennungen ein Häkchen.«

»Sie meinen, es hat niemand gefehlt?«

»Das meine ich.«

Lennart nahm den Zettel zur Hand. »Aber Hanno Classen war bereits tot, als die Gruppe sich getroffen hat.«

Theresa Johansson überlegte einen Moment. »Wissen Sie, seit wann Hanno Classen zu uns zur Therapie kommen sollte?«, fragte sie dann.

Lennart versuchte sich zu erinnern, was Winter ihnen erzählt hatte. Er meinte, dass er und sein Bruder nach seinem ersten Termin in Lübeck am Abend zusammengesessen hätten. Das war an Hanno Classens Geburtstag gewesen.

Lennart nahm sein Handy und wählte Ralf Thiels Nummer. Thiel war einer der beiden Aktenführer während der Ermittlungen. Beim zweiten Klingeln ging er dran. Lennart fragte ihn nach Classens Geburtsdatum und legte kurz darauf auf.

»Classen war das erste Mal am 19. Oktober hier.«

»Das war vor vier Wochen.«

Lennart nickte.

»Dann gibt es keinen Zweifel.«

»Was meinen Sie?«

»Hanno Classen hat bei uns definitiv keine Therapie gemacht! Sehen Sie: Wir haben die Anwesenheitsliste, nach der kein Teilnehmer gefehlt hat. Und wir wissen, dass Classen das erste Mal vor vier Wochen hier war. Die Gruppe, die montags stattfindet, gibt es, wie Sie anhand der Einträge nachvollziehen können, seit zweieinhalb Monaten. In eine einmal bestehende Therapiegruppe kommt kein neuer Teilnehmer nachträglich mehr rein. Die Gruppen sind fest. Ein Quereinstieg ist nicht möglich.«

»Aber warum …« Lennarts Gedanken überschlugen sich.

Dann wählte er erneut Thiels Nummer. »Ich noch mal. Klär doch mal bitte, ob auf Classens Handy unsere Mail eingegangen ist … Genau … die, die wir über das *ZVV* an die Männer haben schicken lassen …« Er wartete. »Okay, danke!«, sagte er dann und legte wieder auf.

»Sie hatten doch von allen, die an der Therapie teilnehmen, eine Mailadresse – oder?«, fragte er Theresa.

»Ja. Und wir haben alle angeschrieben.«

»Auf Classens Handy ist diese Nachricht nicht eingegangen. Ich glaube, Sie haben tatsächlich recht.«

Was hat das zu bedeuten? Arnold Winter hatte ihnen erzählt, sein Bruder habe an seinem Geburtstag gesagt, er werde die Therapie machen und gleich die kommende Woche starten. Jetzt sah es so aus, als hätte Classen seinen Bruder angelogen – ihm etwas vorgemacht. Weil er die neugewonnene Beziehung zu ihm nicht aufs Spiel setzen wollte? Aber warum war Classen dann in Lübeck gewesen?

»Warten Sie! Mir kommt da gerade so ein Gedanke«, hörte Lennart Theresa Johansson sagen und beobachtete, wie sie ebenfalls ihr Handy zur Hand nahm und wählte.

»Niklas!«, rief sie in den Hörer. »Schau doch bitte mal nach, ob es am 19.10. ein Erstgespräch gegeben hat.« Und an Lennart gewandt sagte sie: »Er hat nicht an der Therapie teilgenommen. Aber vielleicht hatte er das vor. Vielleicht war er in Lübeck, weil er sich um einen Therapieplatz bemühen wollte.«

Sie warteten.

»Bist du sicher?«, sagte Theresa dann. »Gut. Hat sich der Klient noch einmal gemeldet … Bei dir nicht … Okay.« Theresa Johansson legte ihr Handy auf den Stehtisch.

»Also!«, sagte sie. »Am 19.10. war ein Aufnahmegespräch – oder auch Erstgespräch – geplant. Bei Niklas Weiler und meinem Kollegen Jungmann. Dr. Jungmann ist bei Erstgesprächen immer dabei. Sie werden bei ihm im *ZVV* durchgeführt. Das geplante Gespräch hat aber nicht stattgefunden, weil niemand erschienen ist.«

»Herr Dr. Jungmann ist bei den Erstgesprächen immer dabei?«

»Ja. In seiner Funktion als Arzt nimmt er grundsätzlich teil.«

Lennart trank einen Schluck Kaffee und überlegte.

»Jungmann ist immer dabei«, wiederholte er. »Dann hat mit Classen weder an dem Neunzehnten noch zu einem anderen Zeitpunkt ein Gespräch stattgefunden.«

Theresa sah Lennart fragend an.

»Sie erinnern sich? Wir haben Ihnen gestern die Fotos der drei ermordeten Männer gezeigt.«

Theresa nickte.

»Kurz davor hat Ihr Kollege Jungmann einen Blick darauf geworfen. Da waren Sie noch nicht im Raum.«

»Und Jungmann hat Classen nicht gekannt«, schloss Theresa.

»Das ist richtig. Dr. Jungmann hat Hanno Classen nicht gekannt.«

Lennart rauschte so vieles durch den Kopf. Sie waren

davon ausgegangen, Classen würde montags an der Therapie teilnehmen. Sie wussten, dass er zweimal im *Hotel am Krankenhaus Süd* ein Zimmer gebucht hatte, und hatten vermutet, dass er die anderen Male in einem anderen Hotel untergekommen war. Jetzt kam heraus, dass er gar nicht an der Therapie teilgenommen hatte. Und es war nicht auszuschließen, dass er außer den beiden Malen, von denen sie definitiv wussten, auch gar nicht in Lübeck gewesen war.

»Wenn das Erstgespräch vor vier Wochen tatsächlich mit Classen hätte stattfinden sollen und er den Termin nicht wahrgenommen hat – kann es sein, dass er letzten Montag einen zweiten Anlauf nehmen wollte?«

»Darüber habe ich auch gerade nachgedacht«, gab Theresa zurück. »Es kommt nicht selten vor, dass unsere Klienten mehrere Anläufe brauchen, bis sie den Schritt ins *ZVV* wagen.«

»Könnte er sich für Montag einen neuen Termin gegeben haben lassen?«

Theresa nickte, schüttelte dann aber den Kopf. »Montag war Jungmann in Hamburg, zusammen mit Weiler. Sie waren auf einem Psychologenkongress, auf dem sie über das Projekt referiert haben. Werbung in eigener Sache, sozusagen. Montag hat kein Erstgespräch stattgefunden.«

»Nicht?«

Theresa schüttelte wieder den Kopf.

»Und wenn Classen ohne Termin gekommen ist? Einfach so … auf gut Glück?«

»Ohne Termin? Das glaube ich nicht. In unseren Flyern und im Internet steht ausdrücklich, dass ein erstes Gespräch nur nach Terminvereinbarung stattfinden kann. Dass er ohne einen Termin gekommen ist, erscheint mir unwahrscheinlich. Aber ganz auszuschließen ist das natürlich nicht.«

Unwahrscheinlich, wiederholte Lennart Theresas Worte in Gedanken – aber nicht auszuschließen. Er sah Classen vor sich, wie er vor vier Wochen vor dem *ZVV* gestanden und auf dem Absatz kehrtgemacht hatte. Dann stellte er sich vor, wie er vor seinem Bruder so tat, als mache er die Therapie, und Winter ihm stolz auf die Schultern klopfte. Arnold Winter!, dachte er, und ihm fiel ein, dass Winter seinen Bruder nach Lübeck begleiten wollte. Wenn es dazu gekommen wäre, wäre Classens Lüge aufgeflogen.

Lennart rieb sich die Stirn.

Wenn Classen das verhindern wollte, dachte er, brauchte er schleunigst einen Therapieplatz. Also fährt er aufs Geratewohl nach Lübeck.

Lennart seufzte.

So könnte es gewesen sein.

Dann fragte er sich, woher Christiane Hofer von Classens Aufenthalt in Lübeck hätte wissen können, wenn der gar nicht an der Therapie teilgenommen hatte.

Als Lennart und Theresa kurze Zeit später vor dem Polizeipräsidium erschienen, waren die Journalisten bereits in den zwölften Stock gezogen, wo um vierzehn Uhr dreißig die Pressekonferenz stattfinden sollte.

Sie fuhren mit dem Aufzug bis unter das Dach und betraten die ehemalige Asservatenkammer. Die SOKO war drastisch geschrumpft, und Lennart stellte fest, dass die wenigen verbliebenen Kollegen damit beschäftigt waren, ihre Sachen zu packen. Er konnte sich nicht vorstellen, dass Faust schon jetzt die Auflösung der Sonderkommission angeordnet hatte, und vermutete, dass Grunwald dahintersteckte. Wenn das mal kein Schnellschuss ist, dachte er und war überzeugt davon, dass sie schon bald wieder alle hier oben vereint waren.

Sicher, Christiane Hofer war als dringend tatverdächtig verhaftet worden. Und vermutlich wollte Blohm am Nachmittag der Öffentlichkeit verkünden, dass die Mordserie geklärt war. Aber – ob es dazu wirklich kam, das blieb noch abzuwarten. Lennart warf einen Blick auf die Anwesenheitsliste in seiner Hand.

Er brachte Theresa zu einem Kollegen, der ihre Aussage aufnahm, und fand Benno Faust und die anderen im siebten Stock in ihren Büros. In der Zwischenzeit war das gesamte Team der Mordkommission von den Außeneinsätzen zurückgekehrt. Die Ermittler versammelten sich im Besprechungsraum, und Lennart berichtete, was er von Theresa Johansson erfahren hatte.

»Ich habe das richtig verstanden? Hanno Classen hat nicht an der Therapie teilgenommen?«, fragte Faust.

Lennart nickte.

»Es könnte aber sein, dass er vor vier Wochen einen Termin für ein Erstgespräch hatte, zu dem er nicht erschienen ist.«

Lennart nickte wieder. »Das könnte sein.«

»Und – es könnte auch sein, dass er letzten Sonntag nach Lübeck gekommen ist, um dieses Gespräch am Montag nachzuholen. Einen Termin hatte er aber nicht. Richtig?«

»Richtig.«

»Und ohne Termin ist ein solches Gespräch nicht möglich. Auch richtig?«

Lennart nickte noch einmal.

Faust lehnte sich gegen das Whiteboard, die Stirn gerunzelt.

»Mal angenommen, es war so«, sagte er, »dann lautet die Frage, die wir uns hinsichtlich einer möglichen Täterschaft stellen müssen, also nicht: *Wer wusste, dass Classen an der Therapie teilnahm?*, sondern: *Wer wusste, dass Classen an der Therapie teilnehmen wollte?* Stimmt's?«

»So sieht's aus«, erwiderte Lennart. »Und ich glaube nicht, dass Frau Hofer diese Information hatte!«

Faust blickte in die Runde. »Aber wer wusste das?«

Kurt Jankowski meldete sich zu Wort. »Also, wenn Classen tatsächlich derjenige war, der vor vier Wochen den Termin für das Erstgespräch hatte, dann wusste zumindest jemand aus dem Sauerbruchweg davon – der, der Classen den Termin gegeben hat. Wer das war, müsste sich herausfinden lassen.«

Faust sah Jankowski skeptisch an. »Selbst wenn wir sicher wüssten, dass das Classens Termin war, und wir außerdem wüssten, wer ihm den Termin gegeben hat – wusste derjenige dann auch, dass Classen letzten Sonntag ein weiteres Mal hierhergekommen ist?«

»Davon ausgegangen ist der Bruder«, meinte Joseph Walther.

»Hmmm«, machte Faust. »Weil er geglaubt hat, Classen hätte längst einen Therapieplatz und würde regelmäßig an den Sitzungen teilnehmen.«

»Und«, Walther hob einen Finger in die Luft, »der Bruder wusste auch, welches Hotel sein Bruder gebucht hat.«

»Das passt«, übernahm Jankowski wieder. »Und dennoch: Es gibt drei *Aber*. Aber eins: Warum soll der seinen Bruder umgebracht haben? So, wie ihr das erzählt habt, hat der sich doch ganz rührend um den gekümmert.« Jankowski warf Lennart und Riedel einen Blick zu.

»Oh, da würden mir schon so einige Gründe einfallen!« Ansgar Alhaus, der bis dahin die Beine ausgestreckt und die Hände hinter dem Kopf verschränkt unbeteiligt dagesessen hatte, richtete sich auf.

Alhaus hatte vor einem halben Jahr den Dienst in der Mordkommission aufgenommen. Zusammen mit seinem Partner Maximilian Jost machte er das Team der Mordkommission komplett.

Alhaus war dreißig Jahre alt, hatte gerade seine Ausbildung für den höheren Dienst der Kriminalpolizei abgeschlossen und seinen Doktortitel im Fach Psychologie von der Uni Hamburg verliehen bekommen.

Wer suchte, fand eine Menge über den Mann im Internet. Vor allem Artikel, die ihn schon zu Studienzeiten als Experten für die Deutung von Mikroexpressionen auswiesen. Er wurde von Universitäten im In- und Ausland eingeladen und gebeten, über die flüchtigen Gesichtsausdrücke zu referieren. Reaktionen, die nur einen Sekundenbruchteil andauerten und unter anderem einen entscheidenden Hinweis darauf geben konnten, ob ein Mensch die Wahrheit sagte oder ob er log. Und es kam nicht selten vor, dass er über die Landesgrenze hinaus zu Verhören und Gerichtsverhandlungen hinzugezogen und um seine Einschätzung gebeten wurde.

Bei den Fähigkeiten blieb es nicht aus, dass die Kollegen über ihn nur als *Dr. Auge* sprachen. *Dr. Auge*, dem nichts entging. Böse Zungen behaupteten jedoch, dass Alhaus diesen Spitznamen selbst in Umlauf gebracht hatte. Und es gab viele böse Zungen und viele bissige Bemerkungen, wenn von Ansgar Alhaus die Rede war.

Lennart kannte ihn zu wenig, um eine abschließende Meinung über ihn zu haben – jedenfalls, was seine Fähigkeit als Ermittler einer Mordkommission betraf. Seine Person betreffend hatte er demgegenüber ein recht eindeutiges Bild von Alhaus: Er hielt den hochgewachsenen Mann mit dem stets korrekt gezogenen Scheitel in seinen handgefertigten Lederschuhen und den maßgeschneiderten Anzügen für einen arroganten Lackaffen, der ging, als hätte er einen Stock im Arsch. Und Lennart wusste, dass das so ungefähr auch das war, was sein Chef über Alhaus dachte.

Ansgar Alhaus war Frank Grunwalds Neffe; seine Einstellung war also reine Formsache gewesen.

Wenig begeistert, wie Benno Faust von dem Mann war, hatte er damals nur resigniert die Hände gehoben und entschieden, ihn mit Maximilian Jost zusammenarbeiten zu lassen. Jost war seit drei Jahren im K1 und machte einen guten Job. Er war sehr genau, ein Teamplayer und ein Mann mit einer schier endlosen Geduld. Fausts Hoffnung war, dass sich Maxe, wie sie Jost nannten, neben Alhaus behauptete und Alhaus Profi genug war, jemanden an seiner Seite zu dulden.

Darüber hinaus blieb ihnen allen einzig die Hoffnung, dass *Dr. Auge* das K1 genauso schnell wieder verlassen würde, wie er es betreten hatte.

Die Chancen dafür standen gut. Jeder wusste, dass sich Ansgar Alhaus zu Höherem berufen fühlte und der Job als Ermittler in einer Mordkommission für ihn nur ein Pflichtbaustein auf der Karriereleiter war – ein Muss im Lebenslauf.

»Das, was wir über die Vergangenheit der Familie Classen wissen, dürfte aus meiner Sicht für einen Brudermord reichen«, meinte er.

Lennart beobachtete, wie Alhaus sich seine Hose glattstrich. Es gefiel ihm nicht – aber er musste ihm recht geben. Arnold Winters Kindheit war vermutlich die Hölle gewesen – mit einem Kinderschänder in der Familie. Und Lennart konnte sich gut vorstellen, dass er nur ein einziges Ziel gehabt hatte: diesem Leben den Rücken zu kehren. Was er auch getan hatte, als sich ihm die Chance bot. Er hatte sich ein neues Leben aufgebaut. Ein erfolgreiches, mit einem gutgehenden Geschäft, mit Frau und zwei Kindern. Und das alles unter einem Namen, der keine Rückschlüsse mehr auf die Familie zuließ, aus der er stammte, und auch nicht auf die Person, die er einmal gewesen war. Aber dann, dann trat ausgerechnet der Mensch in dieses neue Leben, wegen dem er all das Leid erfahren hatte. Plötzlich stand sein Bruder vor der Tür und machte sich bei ihm breit. Und von einem auf den anderen Tag geriet alles, was er sich aufgebaut hatte, ins Wanken. Seine schöne neue Welt war in Gefahr, sollte jemand davon erfahren, dass der Hamburger Geschäftsmann des Jahres einen pädophilen Bruder hatte. Motive für den Mord an seinem Bruder hatte Winter also reichlich. Angst, Hass, Wut – und das eine Ziel, sich um nichts in der Welt sein Leben ein zweites Mal von Hanno Classen versauen zu lassen.

»Aber zwei«, ignorierte Jankowski Alhaus' Bemerkung. »Warum hätte er auch die beiden anderen Männer umbringen sollen? Und Aber drei: Arnold Winter war in Australien, als die Morde begangen wurden.«

»Habt ihr das in der Zwischenzeit überprüft?«, wollte Faust wissen.

»Überprüft?«, fragte Riedel. »Gab es dafür einen Anlass? Der kam aus *dem Land der glühenden Sonne.* Ich meine, wir haben den doch am Flughafen …«

Dem Land der glühenden Sonne. Lennart schlug sich vor die Stirn. Das war es! Er hatte es bisher nicht gesehen. Aber jetzt, jetzt lag es glasklar vor ihm.

»Du hast recht«, sagte er an Faust gewandt. »Wir hätten das überprüfen sollen. Ich hab schon am Flughafen gedacht, dass irgendetwas nicht zusammenpasst. Winter. Australien. Ich hatte mir keinen Reim darauf machen können. Aber jetzt weiß ich es. Kannst du dich noch an Winters Klamotten erinnern?« Lennart sah Riedel an.

»Trug der einen Anzug?«

»Ja. Und … einen Mantel. Den hatte er nicht an. Aber

bei sich.«

Alle Augen waren auf Lennart gerichtet.

»Überlegt mal. Wir haben November. Da geht in Australien der Frühling in den Sommer über, wenn ich das richtig weiß. Mit mehr als fünfundzwanzig Grad. Was will der da mit einem Mantel?«

»Na ja, vielleicht hatte Winter den mit, weil er wusste, dass es hier etwas andere Temperaturen hat, wenn er wiederkommt?« Alhaus sah Lennart herausfordernd an.

»Das ist richtig, macht aber keinen Sinn. Und zwar deshalb nicht, weil Winter und seine Frau vereinbart hatten, dass sie ihn abholen würde. Die hätte ihm auch einfach eine warme Jacke mitbringen können.«

Alhaus hob die Hände. »Punkt für Sie!«

»Ich werd's prüfen!« Irmi machte sich eine Notiz in den Block, der auf ihrem Schoß lag.

»Was ist mit Christiane Hofer? Reicht das neue Wissen, um sie aus der U-Haft zu bekommen?«, fragte Franka Dahlberg.

»Das glaube ich nicht. Aber auf jeden Fall sollte es dafür reichen, dass Blohm zurückrudert und sich auf der Pressekonferenz bedeckt hält. Wenn er sie nicht ganz absagt.« Faust rieb sich die Hände.

»Nur mal so gefragt«, meldete sich Riedel. »Können wir eigentlich ausschließen, dass Arnold Winter und Christiane Hofer sich kennen?«

»Meinst du, die haben gemeinsame Sache gemacht?«, erwiderte Walther. »Meinst du, Winter hat Frau Hofer beauftragt, seinen Bruder umzubringen, und sie wiederum ihn, ihren Mann zu töten? Und beide zusammen haben Fenger erdrosselt? Das erscheint mir etwas weit hergeholt. Glaube ich nicht, dass die sich kennen.«

»Ich habe schon Pferde kotzen sehen.« Riedel grinste.

»Ich gehe zwar auch nicht davon aus, dass Arnold Winter und Christiane Hofer sich kennen und eine Verbindung zwischen ihnen besteht«, übernahm Faust, »dennoch werden wir auch das prüfen.« Dann wandte er sich an Lennart.

»Diese Psychologin …«

»Theresa Johansson.«

Faust nickte. »Sie sagt, dass sie es für unwahrscheinlich hält, dass Classen ohne einen Termin ins *ZVV* kommen wollte – aber nicht für unmöglich.« Faust zog die Augenbrauen kraus. »Mal angenommen«, sagte er dann in Gedanken, »Classen wollte tatsächlich einen zweiten Anlauf nehmen, um an der Therapie teilnehmen zu können. Und mal angenommen, er hätte angerufen um sich einen neuen Termin geben zu lassen. Und – er hätte auch einen bekommen.«

»Ja – aber am Montag hat definitiv kein …«

»Warte! Nur mal angenommen, Classen hätte angerufen und einen Termin bekommen …«

»Du meinst, einer der Mitarbeiter hat ihn hierhergelockt?«, fragte Jankowski.

Faust nickte.

»Dann lasst uns die noch mal durchgehen.«

»Fangen wir mit diesem Burmester an.« Benno Faust ließ sich auf einem der Stühle nieder.

»Der sitzt im *ZVV*, hält sich aber auch immer mal wieder im Sauerbruchweg auf, zum Beispiel zu Teamsitzungen«, sagte Lennart.

»Alibis?«

»Thies Burmester hat ausgesagt, dass er in der Zeit, in der Michael Hofer und Hanno Classen ermordet wurden, also am Freitag- und am Sonntagabend, zu Hause war. Allein. Er ist geschieden. Seine zwei Töchter haben bereits eigene Familien. Burmester wohnt *Am Brink*. An dem Abend, an dem Fenger ermordet wurde, hat er sich mit einem Freund getroffen. Sie waren im *Brauberger*. Burmester will auf direktem Wege von der Brauerei nach Hause gegangen und gegen dreiundzwanzig Uhr dort angekommen sein. Demnach käme er als Täter nicht in Betracht. Der Freund gibt an, keine genauen Zeitangaben machen zu können. Er sei zu betrunken gewesen.«

»Dünn!«, sagte Faust. »Sehr dünn. Aber weiter. Was ist mit diesem Sexualmediziner?«

»Dr. Gunnar Jungmann. Der sitzt normalerweise ebenfalls im *ZVV*, hält sich aber, genau wie Burmester, auch immer wieder zu Teamsitzungen im Sauerbruchweg auf und wenn Untersuchungen anstehen«, sagte Lennart. »Er war alle drei Abende zu Hause. Die Ehefrau hat das bestätigt.«

»Und die Nachbarn«, ergänzte Jankowski. »Die waren an dem Abend, an dem Classen ermordet wurde, bei den Jungmanns zum Essen und erst nach Mitternacht wieder zurück in ihrem Haus.«

»Er hat also für eine Tatzeit ein sicheres Alibi«, erwiderte Faust. »Dann können wir ihn ausschließen.«

»Das ist das Praktische an einem Serienmord, dass man bereits mit einem Alibi raus ist«, griff Alhaus Fausts

Bemerkung auf und grinste.

»Machen wir mit Niklas Weiler weiter.« Faust sah Lennart an.

»Weiler sagt, dass er an den Abenden der beiden ersten Morde mit seinem Lebensgefährten zusammen war. Der Freund hat das bestätigt. Für den dritten Mord hat er kein Alibi. Da war er allein zu Hause.«

»Zwei Alibis von seinem Lebensgefährten. Hm. Ich möchte, dass Weiler und dem Freund noch einmal auf den Zahn gefühlt wird. Wen haben wir noch?«

»Fabian Conrad«, sagte Riedel. »Über Conrad wissen wir, dass er zwei kleine Kinder hat und zurzeit mit seiner Familie in Schweden ist. Sein Vater wird dort beerdigt. Er hat sich seit Montagmittag freigenommen und ist am selben Tag nach Stockholm gefahren, also bevor der dritte Mord begangen wurde. Er kommt heute Abend zurück.«

»Ich möchte, dass ihr so bald wie möglich mit ihm sprecht!«

»Was ist eigentlich mit diesem Professor?«, meinte Franka Dahlberg.

»Jacobi, dem Leiter der Kinder- und Jugendpsychiatrie?«, fragte Lennart und beobachtete, wie sich *Dr. Auge* plötzlich aufrichtete.

»Kann der die Opfer denn gekannt haben?«, fragte Alhaus. »Ich meine, Jacobi hat seinen Arbeitsplatz im Universitätsklinikum und – wenn ich das richtig verstanden habe, hat der bisher noch gar keine Therapieeinheit im Sauerbruchweg übernommen. Wie soll der also mitbekommen, wer dort einen Therapieplatz hat? Und wie soll er – vorausgesetzt, Classen hat bei dem ersten Termin gekniffen

– mitbekommen haben, dass er einen neuen wollte?«

Franka zuckte die Schultern. »Stimmt schon«, sagte sie. »Der wird die nicht gekannt haben.«

»Trotzdem«, meldete sich Faust zu Wort und wandte sich an Riedel und Lennart. »Ich möchte, dass ihr dem Professor heute Nachmittag einen Besuch abstattet und ihn nach seinen Alibis fragt.«

Riedels Miene verfinsterte sich. Er hatte Faust schon vor Wochen darüber informiert, dass seine Tochter eine Theateraufführung habe. Und er hatte Katharina versprochen zu kommen. Sie würde bitter enttäuscht sein – nicht zum ersten – und bei seinem Job ganz sicher auch nicht zum letzten Mal. Riedel überlegte kurz, ob er protestieren solle. Aber das würde natürlich keinen Sinn machen. Er war bei der Mordkommission. Und die hatte gerade einen Serienmord zu klären.

Aber dann sah er, wie Benno Faust den Kopf schüttelte und Lennart ansah. »Riedel ist heute Nachmittag nicht da.« Faust dachte nach. »Alhaus«, sagte er dann, »Sie werden Bondevik begleiten.« Er nickte Ansgar Alhaus zu.

Na prima, dachte Lennart.

»Gut. Gibt es sonst noch jemanden?«, fragte Faust.

»Da ist noch Theresa Johansson«, antwortete Alhaus.

»Theresa Johansson war an jedem der Abende, an denen die Morde geschahen, allein zu Hause«, sagte Lennart. »Wir haben eine Bestätigung von dem Besitzer einer Pizzeria in der Hüxstraße, dass sie Montagabend bei ihm gegessen hat. Sie ist aber vor zweiundzwanzig Uhr gegangen.«

»Also kein Alibi«, fasste Faust zusammen. »Für keine der Tatzeiten. Nicht einmal ein schwammiges.«

»Nein.«

Sie schwiegen.

Lennart konnte sich nicht vorstellen, dass Theresa Johansson irgendetwas mit den Morden zu tun hatte. Vielleicht wollte er so etwas aber auch einfach nur nicht denken.

Benno Faust überlegte einen Augenblick. Dann wandte er sich an Becker.

»Daniel, du überprüfst alle im Sauerbruchweg eingegangenen Anrufe, vor allem die zwischen Classens erstem Aufenthalt hier vor vier Wochen und dem letzten Sonntag, dem Tag, an dem er ermordet wurde. Ich will wissen, ob er noch einmal angerufen und mit jemandem gesprochen hat.«

Abschließend verteilte Faust sämtliche weiteren Aufgaben.

»So!«, sagte er. »Dann werde ich mal Grunwald auf den neuesten Stand bringen. Die Entwicklung wird ihm nicht gefallen. Überhaupt nicht.«

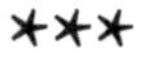

»Lufthansa, Luft-han-sa«, murmelte Irmgard Traut vor sich hin und beugte sich stehend vor ihren Computer. Sie griff ihre Brille, die an einem Band um ihren Hals baumelte, setzte sie auf, suchte die Nummer der Fluglinie im Internet heraus und wählte. Eine junge Frau meldete sich, der sie ihr Anliegen schilderte.

»Hören Sie«, sagte die Mitarbeiterin der Fluglinie, »ich kann nicht einfach Daten unserer Passagiere herausgeben.«

»Oh!«, quietschte Irmi. »Das sehe ich etwas anders. Ich gebe Ihnen jetzt die Telefonnummer der Zentrale unserer Polizeidirektion. Dort rufen Sie an und lassen sich mit Irmgard Traut, Mordkommission, verbinden. Ich denke, das dürfte als Legitimation ausreichen. Sollten Sie das nicht innerhalb der nächsten zwei Minuten tun, dann können wir Sie und Ihre gesammelte Mannschaft hier auch gerne aufschlagen lassen. Und Sie wissen schon, dass es Ärger gibt, wenn …«

»Schon gut. Warten Sie.«

Irmi wartete. Sie hörte das Klacken einer Computertastatur.

»Winter, Arnold Winter«, sagte die Frau dann. »Ein Arnold Winter ist am Dienstag, den 17. November mit uns von Frankfurt nach Hamburg geflogen. Vierzehn Uhr sieben ist er gelandet.«

»Ist er von Canberra gekommen und in Frankfurt umgestiegen?«

Irmi hörte wieder das Klacken.

»Also. Das Gepäck wurde bei uns aufgegeben. In Frankfurt.«

»Das heißt, dass …«

»Das heißt, dass es nicht von einer anderen Maschine verfrachtet wurde.«

»Sie meinen, Herr Winter ist nicht umgestiegen, sondern hat seine Reise in Frankfurt angetreten?«

»Ob er seine Reise in Frankfurt angetreten hat, das weiß ich nicht. Jedenfalls hat er sein Gepäck in Frankfurt an unserem Schalter aufgegeben. Ob er einen längeren Zwischenstopp in der Stadt gemacht hat, das kann ich Ihnen natürlich nicht sagen. Das Einzige, was ich sagen kann, ist …«

»Dass das Gepäck nicht verfrachtet, sondern in Frankfurt aufgegeben wurde!«

»Richtig!«

»Können Sie bitte noch nachsehen, ob Herr Winter auch am 7. November mit Ihnen geflogen ist. Von Hamburg nach Frankfurt.«

Klack, klack.

»Ist er.«

»Können Sie sehen, ob er von Frankfurt aus weiter nach Australien geflogen ist?«

»Nein.«

»Nein was? Können Sie es nicht sehen oder ist er nicht?«

»Sein Gepäck ist in Frankfurt in die Gepäckausgabe gegangen. Keine weitere Verfrachtung.«

Irmi bedankte sich und legte auf.

Keine fünf Minuten später waren Franka Dahlberg, Joseph Walther und zwei weitere Kollegen auf dem Weg nach Hamburg.

***

Ansgar Alhaus nickte dem Pförtner in seinem Häuschen zu, während er durch die geöffnete Schranke auf das

Gelände des Universitätsklinikums fuhr. Laut der Wegbeschreibung des Mannes befand sich das Hauptgebäude der Kinder- und Jugendpsychiatrie nicht weit vom Haupttor entfernt. Alhaus lenkte den Wagen nach links, die nächste Straße nach rechts, noch einmal nach links, und dann hatten sie auch schon die ringförmig angelegten Gebäude erreicht.

Kinder- und Jugendpsychiatrie, Direktor: Professor Dr. J. Jacobi, stand auf den Schildern vor den Eingängen sowie die jeweilige Gebäudenummer.

»Vier … fünf … sechs«, las Alhaus, während er langsam an den Häusern vorbeifuhr. »Da ist es. Die Verwaltung. Nummer acht.«

Lennart hörte Alhaus nicht. In Erinnerungen versunken, streifte sein Blick eine Fassade nach der anderen.

Er kannte das Gelände des Universitätsklinikums, das er und seine Kollegen im Rahmen von Ermittlungen schon häufig aufgesucht hatten, sehr gut. Hier, an diesem Ort, der einem kleinen Dorf auf dem riesigen Campus glich, war er jedoch, nachdem vor über dreißig Jahren all das Schreckliche geschehen war, nie wieder gewesen.

Immer wieder hatte Lennart Frieda, seine Mutter, angefleht, ihm zu sagen, wo Mia nach der Vergewaltigung hingebracht worden war. Aber anstatt zu antworten, hatte sie ihn jedes Mal nur traurig angesehen, ihm über den Kopf gestreichelt und ihn in die Arme genommen.

Und dann, eines Abends, hatte er durch Zufall gehört, wie Frieda und ihr damaliger Liebhaber über Mia sprachen. Es waren nur Wortfetzen, die er mitbekommen hatte.

Nichts, was er in Zusammenhang stellen konnte. Aber doch genug, um sicher zu sein, dass sie Mia in die Uniklinik gebracht hatten und sie in die Kinder- und Jugendpsychiatrie verlegt worden war, nachdem es ihr physisch wieder besser ging.

Alles, was Lennart bis dahin über eine Psychiatrie wusste, war, dass dort die Verrückten hinkamen. Er hatte die ganze Nacht darüber nachgedacht – und am Ende war er überzeugt davon gewesen, dass er das mit der Psychiatrie falsch verstanden haben musste. An Mia hatte sich jemand vergangen. Aber sie war doch nicht verrückt.

Am nächsten Morgen hatte er das Haus, wie sonst auch, kurz vor Schulbeginn verlassen. Aber anstatt mit seinem Fahrrad zur Schule zu radeln, war er die Ratzeburger Allee entlang bis zu dem Gelände des Universitätsklinikums gefahren. Die Leute, die er nach dem Weg zur Kinder- und Jugendpsychiatrie gefragt hatte, hatten ihn skeptisch angesehen, ihm aber den Weg beschrieben.

Lennart hatte in jedem der Gebäude nach seiner Freundin Mia gefragt. Aber man hatte ihn überall weggeschickt.

Immer wieder hatte er es versucht. Tagelang. Und als er sah, dass das nichts brachte, hatte er sich draußen in der Mitte der Häuser postiert, den Kopf in den Nacken gelegt und sich dabei von Haus zu Haus, von Fenster zu Fenster gedreht – voller Hoffnung, Mia würde hinausschauen und sehen, dass er da war.

Das hatte er fast ein Jahr lang getan. So lange, bis Mia tatsächlich einmal am Fenster gestanden haben musste. Abends, als er schon nicht mehr da war.

»Wollen Sie nicht aussteigen?«, holte Ansgar Alhaus ihn

in die Gegenwart zurück. Er hatte in der Zwischenzeit den Wagen vor dem Hauptgebäude der Psychiatrie geparkt und hielt Lennart die Tür auf.

Sie betraten das Gebäude, meldeten sich am Empfang an und saßen kurze Zeit später Professor Dr. Justus Jacobi in seinem Büro gegenüber.

»Kann ich Ihnen etwas anbieten?«, fragte der Leiter der Kinder- und Jugendpsychiatrie. »Kaffee? Tee? Wasser?«

Lennart nahm ein Wasser. Alhaus verzichtete.

»Kein schöner Anlass für ein Wiedersehen«, sagte Jacobi, als er Lennart das Wasser hinstellte, mit Blick zu Ansgar Alhaus. »Nicht wahr?«

Lennart sah, wie sein Kollege den Kopf schüttelte.

»Nein, das ist es nicht.«

»Anscheinend begegnen wir uns immer nur zu unschönen Anlässen.«

Lennart war erstaunt. Offensichtlich kannten die beiden sich. Darüber hatte Alhaus bisher kein Wort verloren.

»Sie kennen sich?«, fragte er daher.

»Kennen ist vielleicht etwas zu viel gesagt«, erwiderte Justus Jacobi. »Wir haben vor einiger Zeit flüchtig Bekanntschaft gemacht – bei einem Gerichtsprozess, bei dem ich gebeten worden bin, als Sachverständiger aufzutreten.«

Jacobi setzte sich hinter seinen Schreibtisch.

»Ich habe am Rande mitbekommen, dass wir nicht ganz einer Meinung waren«, sagte er an Alhaus gewandt. »Aber das Gericht hat sich für mich als Sachverständigen entschieden und sich meiner Ansicht angeschlossen.

Ich hoffe, Sie tragen mir das nicht nach.« Jacobi grinste Alhaus an.

Ein spitzbübisches Grinsen, wie Lennart fand. Er hatte den Eindruck, Jacobi bereite es eine gewisse Freude, Alhaus eine Niederlage unter die Nase reiben zu können. Worin auch immer diese genau bestand. Und es schien, als würde der Professor Alhaus nicht besonders mögen, was ihn Lennart irgendwie sympathisch machte.

Ansgar Alhaus ignorierte Jacobis Kommentar, kam direkt zur Sache und fragte ihn nach seinen Alibis.

Während der erste und der dritte Mord begangen wurden, war Justus Jacobi, wie er sagte, allein zu Hause gewesen.

»Der zweite Mord geschah am Sonntag, nicht wahr?«

Lennart nickte.

Jacobi senkte den Kopf.

»Das ist der Todestag meiner Frau.« Er schwieg einen Augenblick.

»Ich verbringe diesen Tag seit sieben Jahren, seit Beeke gestorben ist, mit meiner Schwiegermutter. Er läuft immer gleich ab. Beinahe wie ein Ritual.«

Jacobi sah gequält auf.

»Am Mittag essen wir bei mir zu Hause eine Suppe, am Nachmittag gehen wir zum Friedhof, am Abend ist für uns ein Tisch im *Wullenwever* reserviert. Abschließend schauen wir uns bei meiner Schwiegermutter, bei einem Glas Wein, Fotos aus der Zeit an, in der Beeke noch lebte.«

Jacobi atmete schwer.

»Es ist auch nach all den Jahren ein trauriger Tag für uns«, fuhr er mit erstickter Stimme fort. »Aber der immer gleiche Ablauf hat auch eine tröstliche Wirkung. Er gibt uns Halt.«

»Das mit Ihrer Frau tut mir leid«, sagte Lennart. »Und, dass ich Sie das fragen muss – aber … wann sind Sie am Sonntag bei Ihrer Schwiegermutter weggegangen und wann waren Sie zu Hause?«

»Schon gut. Sie tun nur Ihre Arbeit.« Jacobi räusperte sich und setzte sich aufrecht hin.

»Gegangen bin ich gegen dreiundzwanzig Uhr dreißig. Eine halbe Stunde später war ich zu Hause. Ich wohne in der Glockengießerstraße. In der ehemaligen Apotheke.«

»Und wo erreichen wir Ihre Schwiegermutter?«

Jacobi nannte den Beamten ihren Namen, ihre Adresse und ihre Telefonnummer.

Lennart bedankte sich.

»Kann ich sonst noch etwas für Sie tun?«

»Herr Professor«, hörte Lennart Alhaus sagen, »soweit ich weiß, wollen Sie mit Ihrem Beitrag im Sauerbruchweg Empathie bei den Klienten erzeugen – Einfühlungsvermögen Kindern gegenüber, die einen Missbrauch erlebt haben.«

»Ja. So war das zumindest angedacht«, erwiderte Jacobi und ergänzte, dass Thies Burmester ihn vor einiger Zeit gebeten habe, den Part in dem Therapieprogramm zu übernehmen. »Bisher habe ich mich jedoch noch nicht einbringen können. Und jetzt? Nach allem, was passiert ist … Wer weiß, ob das Projekt überhaupt weitergeführt werden kann.«

»Wenn es dazu kommt – und davon gehe ich jetzt einmal aus –, dann sind Sie mit Ihrer Erfahrung sicher eine

Bereicherung für das Team.«

Alhaus klang zynisch, und Lennart hatte das Gefühl, dass sein Kollege seinerseits Justus Jacobi nicht sonderlich schätzte.

Der Professor lächelte und ließ sich nicht aus der Reserve locken. Im Gegenteil.

»Oh, vielen Dank«, gab er zurück und rührte in seinem Kaffee. »Ich will nicht unbescheiden klingen – aber ich stimme Ihnen zu. Schließlich beschäftige ich mich hier seit Jahren mit Mädchen und Jungen, die physisch wie psychisch gepeinigt wurden. Mit Kinderseelen, die durch den Missbrauch, der an ihnen begangen wurde, geschunden sind.«

»Ich nehme an, es ist die Darstellung der Schicksale der Kinder, die den Schwerpunkt Ihrer Tätigkeit im Sauerbruchweg ausmachen wird«, sagte Alhaus.

»Ja, gewiss. Es geht darum, den Klienten nahezubringen, was sie diesen Kindern antun, wenn sie ihrem Trieb nachgeben.«

Jacobi stand auf und ging zum Fenster.

»Sehen Sie dort draußen!« Er wartete, bis auch Lennart und Alhaus ans Fenster getreten waren.

»Das ist die kleine Katta. Katta ist sechs Jahre alt. Sie können sie von hier oben nicht richtig sehen – das ist gut, sonst hätte ich Sie auch nicht ans Fenster holen dürfen, um Ihnen etwas über das Mädchen zu erzählen. Sie wissen schon. Patientengeheimnis.« Jacobi lächelte. »Aber ich denke nicht, dass ich meine Schweigepflicht verletze, wenn ich Ihnen sage, dass ihr richtiger Name Katharina ist. Ein

Betreuer in ihrer Kita hat sie jahrelang missbraucht.«

Noch eine kleine Katharina, dachte Lennart und sah Riedels Tochter vor sich – ein quirliges Kind, mit dunklen langen Zöpfen, blauen Augen und einer Stupsnase, das alle Kathi nannten.

Katta saß auf einer Bank, die auf einer Rasenfläche in der Mitte der Gebäude stand. Genau da, wo Lennart damals gestanden hatte.

Das Mädchen wirkte schmächtig. Es trug eine Baseballkappe, und das Einzige, was Lennart von ihrem Gesicht sah, war ihr Mund. Er meinte zu erkennen, dass das Kind etwas vor sich hin brabbelte.

»Katta leidet unter einer dissoziativen Störung. Was das ist, brauche ich *Ihnen* sicher nicht zu erklären«, meinte Jacobi an Alhaus gewandt und drehte sich zu Lennart. »Dissoziation ist eine typische Bewältigungs- oder besser gesagt Überlebensstrategie missbrauchter, traumatisierter Kinder. Ausgelöst wird sie durch Angst und Schmerzen, die den Körper, den Geist und die Seele dieser kleinen Wesen komplett überwältigen. Es kommt zu einer …«, Jacobi überlegte, »zu einer Bewusstseinsspaltung – einfach ausgedrückt.«

Lennart beobachtete noch immer das Mädchen.

»Katta sitzt stundenlang, bei Wind und Wetter, reglos auf der Bank. Sie schaut durchgängig nur in eine Richtung und murmelt mehr, als dass sie singt, immer wieder das Lied von den Königskindern. Während sie dort sitzt, nimmt sie nichts um sich herum wahr. Sie ist nicht ansprechbar und reagiert auf keinerlei äußere Reize. Katta entzieht sich komplett der Realität. Es ist, als würde sie ihrem Körper, der Welt um sich herum und sämtlichen Empfindungen entfliehen. Der Angst und dem Schmerz, dem Ekel, den Schuld- und Schamgefühlen sowie dem Gefühl, verdorben zu sein.« Jacobi zögerte. »Das Schamgefühl sollte übrigens ein Gefühl sein, das die Männer im Sauerbruchweg nur allzu gut kennen dürften. Es ist sicher ein wesentlicher Anker, um ihr Mitgefühl herstellen zu können.«

Ansgar Alhaus verschränkte die Arme. »Ich habe vor einiger Zeit auch ein Mädchen kennengelernt, das komplett in eine andere Welt entflohen ist«, sagte er. »In die Welt der *Prinzessin Lillifee.*« Alhaus sah Jacobi herausfordernd an. »Sie hat die Identität dieser Figur angenommen, nachdem sie mehrere Jahre missbraucht worden war – von einem Mann, der dafür nicht zur Rechenschaft gezogen worden ist.«

Lennart war Alhaus' abschätziger Blick nicht entgangen. Und auch der provokative, ja … beinahe vorwurfsvolle Unterton nicht, der in seiner Stimme mitschwang. Er hatte keine Ahnung, worauf Alhaus hinauswollte, vermutete aber, dass das, was er hier ansprach, etwas mit dem Gerichtsprozess zu tun haben könnte, den Jacobi eingangs erwähnt hatte.

»Dieses sich Abspalten führt dazu, dass die Kinder jeden Bezug zur Realität verlieren«, sagte der Professor ernst, ohne auf Alhaus' Bemerkung einzugehen. »Jeden Bezug zu der Welt, in der sie leben und in der sie lernen müssen, sich zurechtzufinden.«

Jacobi trat einen Schritt von dem Fenster zurück.

»Neben Katta hat Nadja ihr Zimmer«, sagte er und

erzählte, dass Nadja von ihrem Vater missbraucht worden war. »Sie hat jahrelang alles verdrängt, was man ihr angetan hat, und ihren Vater zu einem *Gutmenschen* erhoben. Während sie das tat, war sie auch wirklich überzeugt davon, dass ihr Vater ein guter Mensch war. *Mein Vatilein*, hat sie ihn genannt, wenn sie von ihm sprach.«

Jacobi setzte sich an seinen Schreibtisch zurück.

»Aber irgendwann griff die Strategie des Verschleierns, des sich Schönredens nicht mehr. Eine andere Methode musste her, um das, was er ihr angetan hatte, aushalten zu können. Nadja hat zunächst geschnüffelt. Dann kam der Alkohol. Mit ihren vierzehn Jahren wurde sie fünfmal mit einer Alkoholvergiftung ins Krankenhaus eingeliefert.«

Lennart und Alhaus setzten sich ebenfalls wieder hin.

»Wissen Sie«, meinte Jacobi, »Kinder, die die Welt entdecken, merken früh, dass es auf diesem Planeten auch Bedrohliches gibt. Sie suchen Schutz bei den Eltern, bei anderen Familienangehörigen, bei den Lehrern – auf jeden Fall bei Erwachsenen. Sie vertrauen ihnen. Und dann sind es ausgerechnet diese Menschen, die sie so sehr verletzen. Wie soll ein Kind mit seinem zerbrechlichen Körper, seinem sensiblen Geist und seiner empfindsamen Seele diesen Vertrauensbruch verarbeiten?«

Sie schwiegen.

»Mein erster kleiner Patient hier hat anfangs fast jede Nacht im Schrank seines Zimmers verbracht. Für Sie vielleicht etwas weit hergeholt – aber in unserer Welt kann ein solches Verhalten bedeuten, dass sich ein Kind zurück in den Mutterleib wünscht. Zurück an einen Ort, von dem es glaubt, dass es dort sicher ist.«

Jacobi verschränkte die Hände und legte sie auf seinen Schreibtisch.

»Es gibt viele Strategien, das Erlebte aushalten zu können«, sagte er. »Das Verdrängen; das Nichtwahrhabenwollen, dass ein geliebter Mensch einen derart verletzt hat; die Flucht in die Sucht: Alkohol, Drogen, Medikamente – um nur einige zu nennen; viele Betroffene entwickeln eine Essstörung oder somatisieren.«

Jacobi zögerte einen Moment.

»Über all diese Strategien und Reaktionen vermeiden die Opfer von Missbrauch, sich mit dem, was ihnen widerfahren ist, auseinandersetzen zu müssen. Ohne eine solche Auseinandersetzung werden sie aber nie in der Lage sein, ihre traumatischen Erfahrungen zu verarbeiten und ein halbwegs normales Leben zu führen. Ein Leben, in dem sie sich und ihren Körper nicht hassen, sondern annehmen können. Ein Leben, in dem sie ganz normale Teenager sind, die ihre erste Liebe erleben, ihren ersten Liebeskummer, in dem sie lernen, mit Niederlagen umzugehen. Ich weiß, das klingt etwas pathetisch.« Jacobi lächelte.

»Sie haben eben von Schuldgefühlen gesprochen«, sagte Lennart. »Es ist nicht so, als hätte ich davon noch nie etwas gehört – aber warum glauben die Kinder, sie seien selber schuld daran, missbraucht zu werden?«

»Ja warum?«, sagte Jacobi. »Dafür gibt es viele Gründe.« Der Professor richtete sich auf und lehnte sich über seinen Schreibtisch.

»Die Kinder fühlen sich schuldig, weil sie glauben, dass sie schlecht sind – denn wenn sie es nicht wären, würde man sie ja nicht so behandeln. Sie fühlen sich schuldig, weil sie unter all der Angst, der Gewalt und dem Schmerz komplett verunsichert und darüber außerstande sind, die Realität zu sehen. Sie fragen sich zum Teil ihr Leben lang, was sie hätten tun müssen, um all das, was man mit ihnen gemacht hat, zu verhindern.«

»Nichts hätten sie tun müssen. Sie hätten nichts tun können.«

»Nein, natürlich nicht. Teile unserer Gesellschaft sehen das leider häufig anders. Ich höre immer wieder, dass die jungen Dinger doch selber schuld seien – so aufreizend, wie die herumliefen.« Jacobi schüttelte den Kopf.

»Und dann ist da noch die sexuelle Erregung«, sagte er. »Auf sexuelle Stimulierung reagiert der Körper in der Regel mit Erregung. Auch der eines Kindes. Dagegen kann man nichts machen. Aber ein Kind fühlt sich schuldig – denn … was soll sein Gegenüber denken? Doch nur, dass es ihm, dem Kind, gefällt, was man mit ihm macht, und es befriedigt werden will.«

»Aber …« Lennart hielt inne. Er spürte, wie sich alles in ihm zusammenkrampfte.

Jacobi sah ihn ruhig an.

»Und es gibt noch eine weitere Form von Schuld. Eine in Aussicht gestellte Schuld, wie ich sie gerne nenne. Die Schuld, die Kinder glauben, auf sich zu laden, wenn sie sich nicht dem Befehl des Stillschweigens beugen.«

Jacobi lehnte sich zurück.

»Nehmen wir beispielsweise den Vater, der der Tochter damit droht, dass sie von ihm getrennt wird, wenn sie etwas verrät. Auch wenn wir uns das schwer vorstellen können – aber der Verlust des Vaters ist für das Kind in der Regel schlimmer als das, was er ihm antut. Sie drohen Kindern damit, dass die ganze Familie zerbricht. Sie trichtern ihnen ein, verantwortlich dafür zu sein, dass die Mutter unglücklich ist, krank wird und sterben könnte, wenn sie ihr kleines Geheimnis nicht für sich behalten. Die Angst, so etwas könne passieren und sie könnten daran auch noch schuld sein, lässt sie verstummen.«

Jacobi nahm einen Stift zur Hand und drehte ihn zwischen den Fingern.

»Übrigens, die Drohung damit, dass ein Kind die Schuld am Tod eines Menschen trägt, wenn es zum …«, Jacobi zeichnete mit den Fingern Anführungszeichen in die Luft, »wenn es zum *Verräter* wird, ist keine Seltenheit.«

»Eine in Aussicht gestellte Schuld«, wiederholte Lennart gedankenverloren.

»Ein Druckmittel, das so wirkungsvoll ist, dass die Mehrheit der Betroffenen noch Jahre später nicht über das Verbrechen, das an ihnen begangen wurde, spricht. Manche ihr Leben lang nicht.«

Jacobi wartete einen Augenblick, bevor er weitersprach.

»Wir versuchen, die Kinder an sich heranzuführen, sie in die Auseinandersetzung und in die Realität zu bringen«, sagte er dann. »Und wir erarbeiten Wege mit ihnen, die ihnen ein – unter den gegebenen Umständen – normales Leben ermöglichen. Für alle Beteiligten ist das keine leichte Aufgabe.«

Alhaus, der lange schweigend zugehört hatte, nickte. »Sie werden den Männern im Sauerbruchweg also von Ihren kleinen Patientinnen und Patienten berichten. Das geht unter die Haut. Wie wollen Sie noch vorgehen?«

»Es ist geplant, Tonbandaufzeichnungen abzuspielen. Aufzeichnungen aus Therapiesitzungen mit den Kindern. Die Männer sollen die Stimmen hören und die Gefühle, die mitschwingen, spüren. Außerdem werden sie sich in Übungen in die Opfer hineinversetzen müssen, um nachempfinden zu können, wie ein Kind einen Übergriff erlebt. Ich möchte, dass sie wissen, wie sich so ein Vertrauensbruch, so eine Grenzüberschreitung, das Ausgeliefertsein, der Zwiespalt und die Ohnmacht anfühlen. Ich denke, wenn sie eine Vorstellung von der Angst, der Leere und der Verzweiflung haben, die ein missbrauchtes Kind empfindet, dann sind sie einen großen Schritt weitergekommen. Sie sollen den Herzensbruch spüren. Ich weiß, ich klinge wieder etwas pathetisch.«

Jacobi sah Lennart an.

»Sollte das Projekt fortgesetzt werden«, fuhr er fort, »sehe ich meine Aufgabe darin, die Männer zu sensibilisieren. Und ich denke, das sollte mir gelingen.« Er lehnte sich in seinem Schreibtischstuhl zurück. »Ich hoffe, dass die Therapeuten, ähnlich wie ich, der ich über Kinder berichte, über die Erwachsenen sprechen, die als Kinder missbraucht wurden. Über die Frauen und Männer, die ehemaligen Mädchen und Jungen, die bis heute unfähig sind, sich zu spüren, sich wahrzunehmen, die in Abhängigkeiten versinken und völlig unselbstständig durchs Leben gehen. Über die Frauen mit ihren psychogenen Unterleibsschmerzen und die Menschen, die unfähig sind, eine Beziehung aufrechtzuerhalten. Ich kann nur wiederholen, dass das alles vielleicht etwas theatralisch und dramatisch klingt. Aber das ist die Realität vieler, vieler Missbrauchsopfer. Die wenigsten von ihnen schaffen es, ein halbwegs normales Leben zu führen.« Jacobi presste die Lippen aufeinander.

»Vor allem nicht, wenn sie sich doch überwinden, von dem zu berichten, was man ihnen angetan hat … und ihnen dann nicht geglaubt wird und sie als Lügner hingestellt werden!«, erwiderte Alhaus und warf Jacobi einen vernichtenden Blick zu.

***

Es war kurz nach halb fünf, als Arnold Winter von einem Geschäftstermin zurückkam und in seiner Weinhandlung von Franka Dahlberg und Joseph Walther bereits erwartet wurde.

»Wo sind Ihre Kollegen?«, fragte er, nachdem Franka sich und Walther vorgestellt hatte.

»Oh, die sind heute anderweitig beschäftigt«, gab sie zurück.

»Ich auch. Ich meine, ich habe jetzt wirklich keine Zeit für Sie.« Winter preschte durch das Geschäft, vorbei an einer Reihe dekorativ arrangierter alter Weinfässer, an unzähligen Weinflaschen, die in hohen Regalen lagerten, und an abschließbaren Vitrinen, in denen sich besonders exklusive Tröpfchen befanden.

Die beiden Kommissare folgten ihm bis in die obere Etage, in der die Verwaltung untergebracht war.

»Dann wollen wir gleich zur Sache kommen«, übernahm Walther und konfrontierte den Weinhändler noch auf dem Gang ohne Umschweife damit, dass sie begründete Zweifel daran hätten, dass er in Australien gewesen sei.

»Wie bitte?«

»Außerdem sieht es so aus, als ob Sie der Einzige sind, der wusste, wann Ihr Bruder nach Lübeck fahren und … in welchem Hotel er in der Nacht übernachten würde, in der er sterben musste.«

Walther verlor kein Wort darüber, dass Classen nie an der Therapie teilgenommen und vermutlich noch nicht einmal das *ZVV* betreten hatte. Das spielte keine Rolle. Entscheidend war, dass Arnold Winter ganz offensichtlich glaubte, dass sein Bruder die Therapie regelmäßig besuchte.

»Was wollen Sie damit sagen?«, fragte er, während sie sein Büro betraten.

Joseph Walther beobachtete, wie Winters Augen erst leicht hin und her huschten und dann heftig flatterten.

»Wie gesagt, dass wir außer Ihnen bisher niemanden gefunden haben, der wusste, wo Ihr Bruder zum Zeitpunkt seiner Ermordung war. Und dass wir davon ausgehen, dass Sie, anders als Sie uns weismachen wollten, nicht in Australien waren und folglich kein Alibi haben.«

Walther sah Winter in die Augen.

»Haben Sie Ihren Bruder ermordet, Herr Winter?«, fragte er dann geradeheraus.

Arnold Winter sah ihn entsetzt an.

»Nein! Natürlich nicht! Was glauben Sie denn? Ich meine, warum sollte ich Hanno umgebracht haben? Ich hab doch gar keinen Grund, das zu tun.« Seine Stimme überschlug sich. Er schüttelte energisch den Kopf.

»Wissen Sie, was ich glaube?« Walthers Blick fixierte Winter. »Ich glaube, dass Sie sehr wohl einen Grund hatten, Ihren Bruder zu töten.«

»Was reden Sie denn da?«

»Sie haben Ihren Bruder gehasst. Nicht verwunderlich, wenn man bedenkt, was Sie und Ihre Eltern seinetwegen durchmachen mussten.«

»Das ist doch Schwachsinn«, schnaubte Winter. »Ich habe Hanno nicht gehasst!« Er ließ sich auf seinen ledernen Stuhl hinter seinem Schreibtisch sinken.

Franka und Walther blieben davor stehen.

»Wenn ich Hanno gehasst hätte, warum hätte ich ihn dann bei uns einziehen lassen und ihm diesen Therapieplatz suchen sollen?«

»Sagen Sie es uns!«

Winter schnaubte wieder.

»Sagen Sie«, übernahm Franka Dahlberg erneut, »warum hat Ihr Bruder bei seinen Aufenthalten in Lübeck überhaupt im Hotel übernachtet? Hamburg ist nur einen Katzensprung entfernt.«

»Das stimmt. Aber so war es für Hanno entspannter. Ohne die Anreise konnte er sich voll und ganz auf die Therapie konzentrieren, wenn Sie so wollen.«

»Haben Sie ihm den Vorschlag gemacht, im Hotel zu übernachten?«

»Ja, das war meine Idee.«

»Damit Ihr Bruder sich besser … konzentrieren konnte?«

»Was soll der Zynismus?«

»Oh, ich frage mich nur, ob Sie ihm den Vorschlag nicht aus einem anderen Grund gemacht haben.«

»Der da wäre?«

Franka antwortete nicht, sondern nickte Walther zu.

»Herr Winter«, sagte er. »Ich frage Sie noch einmal: Haben Sie Ihren Bruder ermordet? Ihren Bruder Hanno, wegen dem Sie in Ihrer Kindheit durch die Hölle gegangen sind. Einen Kinderschänder, der plötzlich wie aus dem Nichts aufgetaucht ist und mit ihm die Angst …«

»Nein! Nein! Nein!« Winter sprang auf. »Ich habe doch all die Jahre nicht einmal geglaubt, dass Hanno wirklich den Jungen in unserer Schule angefasst hat.«

»Das glaube ich Ihnen nicht. Ich glaube, Sie haben sehr wohl gewusst, dass das, was Ihrem Bruder vorgeworfen wurde, stimmte.«

»Nein! Das habe ich nicht!«

»Selbst wenn Sie es nicht für wahr gehalten haben – alle anderen haben es geglaubt, und Sie haben darunter gelitten. Unter Ihrem Bruder – dem Kinderschänder. Ob er getan hatte, was behauptet wurde – oder nicht. Ihr Bruder hat Ihnen Ihre Kindheit verdorben! Und jetzt stand er kurz davor, Ihnen Ihr Leben ein weiteres Mal zu versauen!«

»Das ist doch Wahnsinn!«

»Ist es das? Ich denke nicht! Sie haben sich ein neues Leben aufgebaut, einen neuen Namen angenommen und alles, was Sie an Ihre Kindheit erinnerte, hinter sich gelassen. Und dann?« Walther trat einen Schritt an Winters Schreibtisch heran. »Dann steht auf einmal Ihr Bruder wieder in der Tür und macht sich breit in Ihrem schönen neuen Leben.«

Walther stützte sich an Winters Schreibtisch ab, den Blick fest auf sein Gegenüber gerichtet.

»Ich sage Ihnen, wie ich das Ganze sehe: Wenn herausgekommen wäre, dass der Hamburger Unternehmer des Jahres einen Bruder hat, der sich an Kindern vergreift, dann hätten Sie einpacken können. Davor hatten Sie Angst. Dazu kamen die Wut, die sich über Jahre angestaut hatte, und der Hass auf Ihren Bruder. Für Sie gab es nur eine Lösung. Und die bestand nicht darin, Ihren Bruder anzuzeigen! Nein! Ihr Bruder musste weg! Ganz und gar! Und deshalb haben Sie ihn kaltblütig ermordet.«

Winter stützte sich ebenfalls auf der Schreibtischplatte ab und beugte sich zu Walther vor. Ihre Gesichter waren nur wenige Zentimeter voneinander entfernt.

»Sie haben recht!«, quetschte er heraus und spuckte dabei. »Nachdem sie Hanno abgeholt hatten, war mein – und das Leben meiner Eltern – die Hölle!«

Arnold Winter ließ sich zurück in seinen Sessel sinken.

»Mein Vater hat seinen Job verloren und als Erster aufgehört zu sprechen. Er ist nur noch rausgegangen, um die Hauswand, die sie ständig mit ihren Beleidigungen und verachtenden Sprüchen beschmiert hatten, zu schrubben. Meine Mutter hat zumindest noch geweint – am Anfang. Aber irgendwann ist auch sie nur noch apathisch durchs Haus geschlichen. Mich haben sie in der Schule wüst beschimpft. Und es gab keine Tafel in dem ganzen Gebäude, an der nicht stand *Arnold – der Bruder vom Kinderficker!* oder *Wo es einen Kinderficker in der Familie gibt, gibt es auch einen zweiten!*«

Winter nahm die Brille ab und rieb sich die Augen.

»Und ja … ich wollte nichts mehr mit meiner Vergangenheit zu tun haben. Ich war froh, als die Grenze aufging, ich mir mein eigenes Geschäft aufbauen und meinen Nachnamen ablegen konnte. Deshalb habe ich Hanno auch nie gesucht. Aber ich habe ihn nicht ermordet. Das müssen Sie mir glauben.«

Walther nickte.

»Herr Winter«, sagte er. »Ich kann mir vorstellen, dass das damals für Sie und Ihre Familie eine sehr schwere Zeit war, aber ich …« Walther trat einen Schritt von dem Schreibtisch zurück.

»Aber Sie glauben mir nicht, dass ich meinen Bruder nicht umgebracht habe!«, sagte Winter müde, rieb sich erneut die Augen und setzte dann seine Brille wieder auf.

»Warum sonst haben Sie Ihre Frau und uns glauben lassen, Sie seien in Australien? Wir wissen, dass Sie nicht dort waren. Sie haben uns glauben lassen, Sie hätten von unseren Anrufen nichts mitbekommen. Sie haben uns glauben lassen, uns nicht zurückgerufen zu haben, weil Sie im Flugzeug von Australien – wo Sie nicht waren – zurück nach Deutschland gesessen hätten. Warum?«

»Bitte! Ich habe meinen Bruder nicht umgebracht! Wenn ich gewollt hätte, dass Hanno stirbt, dann hätte ich ihn doch einfach zwischen den Containern am Hafen verrecken lassen können. Warum hätte ich einen Krankenwagen rufen sollen?«

»Weil Sie Angst hatten, dass Sie jemand dort gesehen hat und Sie wegen unterlassener Hilfeleistung dran gewesen wären. Herr Winter … haben Sie Ihren Bruder getötet?

Ihren Bruder und die anderen Männer?«

»Nein! Ich – habe – meinen – Bruder – nicht – getötet«, sagte er betont langsam und deutlich, um direkt danach aufzubrausen und zu zischen, dass er auch keinen der anderen Männer umgebracht habe. »Die kannte ich doch überhaupt nicht!«

»Wo waren Sie, wenn Sie nicht in Australien waren?«

Aus Arnold Winters Gesicht war jede Farbe gewichen.

»Herr Winter, wenn Sie nichts dazu sagen, dann wird es verdammt eng für Sie. Sie haben uns belogen, und Sie wussten, wo Ihr Bruder sich aufhielt, als er ermordet wurde. Sofern Sie uns kein Alibi liefern, nehmen wir Sie mit, und es ist mehr als fraglich, ob Sie in der nächsten Zeit wieder hierher zurückkehren.«

Winter schüttelte resigniert den Kopf und stöhnte.

»Also gut«, sagte er. »Sie wollen ein Alibi? Sie kriegen Ihr Alibi!«

***

Sie verabschiedeten sich von Professor Jacobi, und Lennart warf einen Blick auf seine Armbanduhr. Verflucht, dachte er.

Seine Mutter wurde heute siebenundsiebzig Jahre alt, und wieder einmal hatte er es nicht zum alljährlichen Matjesessen im engsten Familienkreis ins *Friedas* geschafft. Stattdessen würde er, wie nahezu jedes Jahr, dort ankommen, wenn die Party bereits in vollem Gange war.

Lennart ließ sich von Ansgar Alhaus vor einem Lebensmittelgeschäft in der Nähe seiner Wohnung absetzen. Er kaufte das Nötigste ein, ging nach Hause und packte die Taschen aus. Dann machte er sich zwei belegte Brote, öffnete eine Dose Bier, ließ sich auf sein Sofa fallen und wählte Matthias Riedels Nummer. Riedel war längst von der Theateraufführung seiner Tochter zurück und berichtete Lennart, was Irmi über die Flughafenverwaltung erfahren hatte und davon, dass Franka und Walther Arnold Winter gerade in seiner Weinhandlung in die Zange nehmen würden.

»Und Christiane Hofer?«, fragte Lennart.

»Die schmort nach wie vor in Untersuchungshaft«, antwortete Riedel und berichtete, dass Blohm nichts davon hören wollte, dass es mehr als unwahrscheinlich war, dass sie Classen gekannt hatte. Genauso wenig, wie Blohm hören wollte, dass Classen nicht an der Therapie teilgenommen und ihnen der Bruder mit seiner Australienreise etwas vorgemacht hatte.

»Außerdem«, meinte Riedel, »hat es den werten Oberstaatsanwalt nicht interessiert, dass Winter im Moment der Einzige ist, von dem wir wissen, dass er wusste, wo sich Hanno Classen aufgehalten hat, als er ermordet wurde.« Riedel gab einen spöttischen Laut von sich. »Bei der Pressekonferenz hat der Fettsack dann aber doch lieber Fahnenbruck vorgeschickt. Blohm war nicht dabei.«

»Hm«, machte Lennart. Blohms Verhalten wunderte ihn nicht, auch wenn es völlig absurd war, was der Mann tat. Der Oberstaatsanwalt würde vermutlich nicht einmal dann zugeben, dass er einen Fehler gemacht hatte, wenn jemand anderes die Morde gestand. Lennart überlegte, ob Arnold Winter derjenige war, der dieses Geständnis ablegen könnte, begann abzuwägen, zwang sich dann aber, die Gedanken daran ruhen zu lassen. Jetzt stand erst einmal Friedas Geburtstag an.

Lennart legte auf, ging unter die Dusche und zog sich eine Jeans, ein frisches Hemd und ein Sweatshirt an.

Das Abschalten gelang ihm mehr schlecht als recht. Zwar schaffte er es, die Frage, ob Winter etwas mit den Morden zu tun haben könnte, beiseitezuschieben. Gegen die Bilder von damals, die immer wieder aufblitzten, konnte er sich jedoch nicht wehren. Ständig aufs Neue sah er Mia vor sich. Und unter diese Erinnerungen mischte sich das, was Jacobi ihnen über die Kinder erzählt hatte. Lennart fühlte sich beschissen.

Um kurz nach neun verließ er seine Wohnung. Er schwang sich auf sein Fahrrad, fuhr die Mühlenstraße hinunter, bog in die St.-Annen-Straße ein, radelte an der Aegidienkirche vorbei, den Balauerfohr entlang und bog in die Hüxstraße. Lennart hoffte, dass ein paar Bierchen in der Kneipe seiner Mutter das Chaos in seinem Kopf dämpfen würden.

Er war noch nicht am Ziel, als er am Ende der Straße das seit Jahren immer gleiche Bild sah. Und schon waren sie weg, die trüben Gedanken. Lennart grinste.

In der Hüxstraße standen in Reih und Glied drei dicke schwarze Limousinen. Die erste gehörte, samt Fahrer und einem muskelbepackten Bodyguard mit Goldkette, zu seinem Bruder Lado.

Lado war der älteste der vier Brüder. Mit sechzehn Jahren war er nach Hamburg gegangen; ein junger Mann mit einem charmanten Auftreten. Dazu gutaussehend. Die Mädchen flogen reihenweise auf ihn, was er sich Ende der 60er, Anfang der 70er zunutze machte, indem er als Poussierer arbeitete. Er warb für diverse Zuhälter Mädchen in Diskotheken an. In den 80ern hatte er es dann selber zu einer der Kiezgrößen auf St. Pauli geschafft. *Lado der Lude* hatten sie ihn genannt.

Lado war clever. Er war einer der ganz wenigen, die nicht im Zeitalter von Aids mit dem Einbrechen der Geschäfte, dem späteren *Kiez-Krieg*, dem Zerfall des *St. Pauli Kodex* und vor allem nicht durch den eigenen Konsum von Drogen vom millionenschweren Milieuprotz zum obdachlosen Pleitier abgestiegen war.

Lado hatte sich, als sich Anfang der 90er Albaner und Türken einen regelrechten Krieg um die Vorherrschaft in der Hamburger Rotlicht- und Drogenszene lieferten, zunächst für die Türken als Strohmann angeboten. Als er jedoch sah, dass die Albaner diesen Krieg für sich entscheiden würden, hatte er auf deren Seite gewechselt. Ende der 90er heiratete er in einen dem Bundesnachrichtendienst nur allzu gut bekannten albanischen Familienclan ein, dessen Vermögen auf mehrere Hundert Millionen Euro geschätzt wurde.

Wenn Lado gefragt wurde, was er beruflich mache, dann gab er an, in der Immobilienbranche tätig zu sein. Etwas anderes würde man von ihm nicht hören. Und Genaueres wollte in Lennarts Familie auch niemand wissen. Vor allem Lennart nicht.

Mit dem zweiten Wagen, einem Mercedes-Benz

S-Klasse, hatte sich sein Bruder Leo fahren lassen. Leo unterhielt drei Kanzleien, alle spezialisiert auf Medienrecht. Die erste hatte er in Hamburg eröffnet, danach eine weitere in München und die dritte zuletzt in Berlin. Zu seinen Mandanten gehörte Prominenz aus Wirtschaft und Politik. Darüber hinaus vertrat er Mitglieder der europäischen Königshäuser, Würdenträger des Vatikans und diverse Größen der Unterhaltungsbranche.

Seit Leo vor einigen Jahren von der Exfrau eines Mandanten niedergestochen worden war, hatte auch er einen Fahrer, der ihm gleichzeitig als Bodyguard diente.

Die Frau hatte über eine auflagenstarke Illustrierte verbreiten lassen, ihr Mann, eine der bekanntesten Wirtschaftsgrößen Hamburgs, habe sie geschlagen und misshandelt. Dem Ganzen vorausgegangen war die Eröffnung des Mannes, er würde sich von ihr scheiden lassen. Und da es einen Ehevertrag gab, hatte sie ihre Felle davonschwimmen sehen und ihren Mann nicht ungestraft davonkommen lassen wollen. Leo hatte einige Gutachten eingefordert und der Frau nachweisen können, dass sie sich die Hämatome, Schürfwunden und Quetschungen, mit denen sie ihre Behauptung untermauern wollte, selbst zugefügt hatte und die ganze Geschichte erstunken und erlogen war. Er und sein Mandant hatten der Redaktion der Zeitung mit einer Klage gedroht, woraufhin in der nächsten Ausgabe eine Gegendarstellung erschien.

Am Tag der Scheidung war die Frau dann auf direktem Wege vom Gericht in Leos Kanzlei gestürmt und auf ihn losgegangen. Die Ärzte hatten gesagt, er hätte verdammtes Glück gehabt. Einen Messerstich einen halben Zentimeter weiter links, und sie hätten ihn gar nicht mehr ins Krankenhaus gebracht.

Seitdem begleitete Leos fahrender Bodyguard ihn auf Schritt und Tritt.

In dem dritten Wagen, ebenfalls einem Mercedes-Benz S-Klasse, wurde Ludwig gefahren.

Ludwig war Staatssekretär im Innenmisterim des Landes Schleswig-Holstein in Kiel, mit Ambitionen auf einen Ministerposten. Anders als Lado und Leo, hatte Ludwig keinen Bodyguard. Dafür begleiteten ihn zwei Beamte in einem Polizeiwagen, die für den nötigen Personenschutz zuständig waren.

Schmunzelnd schloss Lennart sein Fahrrad an einen Laternenpfahl vor dem Eingang der Kneipe.

Ein in dubiose Geschäfte verwickelter gealterter Lude, dachte er, ein Staranwalt der Reichen und Schönen, ein zielstrebiger Politiker, ein Kriminalhauptkommissar – die vier Kinder einer 77-jährigen Wirtin, einer ehemaligen Prostituierten und Bordellbetreiberin.

Lennart grüßte amüsiert in Richtung der Fahrer, Bodyguards und Polizisten und betrat das *Friedas*.

Seine Mutter, selbst in ihrem hohen Alter eine attraktive Frau mit einem unbändigen Stolz, stand hinter dem Tresen und lächelte, als sie Lennart hereinkommen sah. Sie trug ein langes, mit silbernen Pailletten besticktes Kleid, das ihre nach wie vor schlanke, zerbrechlich wirkende Figur betonte. Die langen weißen Haare hatte sie leicht toupiert und zurückgebunden. Ihr Mund war knallrot geschminkt.

»Schön, dass du da bist«, las Lennart die Worte auf ihren Lippen ab. Es war schon jetzt viel zu laut, als dass er sie hätte hören können. Er trat an sie heran und drückte ihr einen dicken Kuss auf die Wange.

Wenig später entdeckte er Lado am Ende des Tresens. Sein ältester Bruder hatte ganz offensichtlich schon so einiges getrunken, denn er stierte mit glasigen Augen vor sich hin.

Ludwig konnte Lennart in dem Getümmel nicht ausmachen – aber Leo, der an einem der Bartische stand, eine große, schlanke, dunkelhaarige Frau im Arm, die Lennart nicht kannte. Als Leo ihn sah, prostete er ihm zu.

Aus den Boxen dröhnte Starfish and Coffee.

Dann sah Lennart, wie die Tür aufging und sich Faust, Walther, Jankowski, Becker und Riedel an den vielen Leuten vorbei ins Innere der Kneipe quetschten. Sie waren Stammgäste bei Frieda und jedes Jahr an ihrem Geburtstag dabei. Aber es war das erste Mal, dass sie Franka Dahlberg im Schlepptau hatten.

Lennart schnappte sich zwei Gläser Bier und steuerte auf Riedel zu.

»Hat Winter gestanden?«, brüllte er ihm ins Ohr.

»In gewisser Weise …«, dröhnte Riedel zurück.

Lennart zog ihn hinter den Tresen, in einen kleinen Raum mit einer Pantryküche, in dem es nicht wesentlich, aber doch zumindest etwas leiser war.

»Hat er nun oder hat er nicht?«, wollte Lennart wissen.

»Wie gesagt, in gewisser Weise – ja.« Riedel grinste, ließ Lennart stehen und ging zu Frieda. Er hob sie hoch und wirbelte sie durch die Luft. »Happy Birthday, lovely Lady!«, grölte er. Sie lachten. Er ließ Frieda wieder herunter, schob sie sanft zur Seite und sich hinter den Zapfhahn.

4. Teil

Amberg 1977

»Möchtest du dich zu den Vorwürfen äußern?«

Er saß dem Direktor gegenüber, der sich über einen schweren, klobigen Eichenschreibtisch zu ihm herüberbeugte. Neben dem Direktor stand sein Lehrer, Joachim Wegener, die Arme verschränkt, den Blick starr auf den Boden gerichtet.

»Ich frage dich noch ein einziges Mal, mein Junge. Möchtest du dich zu den Vorwürfen äußern?«

Er reagierte nicht.

»Gut«, sagte der Direktor. »Dann bleibt mir nichts anderes übrig, als dein Schweigen als Geständnis dafür zu werten, dass du den Diebstahl begangen hast, und als Bestätigung, dass die Beschuldigung, die Herr Wegener gegen dich vorgebracht hat, der Wahrheit entspricht.« Der Direktor stand auf. »Du weißt, was das bedeutet!«, sagte er, ging um den Schreibtisch herum und stellte sich vor ihn. »Du bist mit sofortiger Wirkung vom Unterricht ausgeschlossen.«

Er reagierte noch immer nicht.

»Junge!«, sagte der Direktor. »Was hast du dir nur dabei gedacht?«

»Was soll er sich schon dabei gedacht haben?«, raunzte Wegener. »Nichts! Er ist ein kleiner Dieb! Und ich denke, wir sind uns einig, dass Diebe auf einer Schule wie der unseren

nichts zu suchen haben.«

Der Direktor schüttelte niedergeschlagen den Kopf.

»Ich werde jetzt deinen Vater anrufen – damit er dich abholt.«

Er hatte den Blick das Gespräch über nicht ein einziges Mal von seinem Lehrer abgewandt. Aber Joachim Wegener konnte ihm nicht in die Augen sehen. Nicht eine Sekunde.

Ich bin kein Dieb, dachte er. Ich – bin – kein – Dieb.

»Du kannst dann gehen«, sagte der Direktor.

Er stand auf, verließ den Raum und wusste, dass er und sein Lehrer nie wieder singen würden.

Freitag, 20. November

Theresa Johansson konnte sich nicht erinnern, morgens jemals vor Niklas Weiler im Sauerbruchweg gewesen zu sein. Sie warf einen Blick auf ihre Armbanduhr. Es war Viertel nach acht. Normalerweise bereitete ihr Kollege um diese Uhrzeit längst den Gruppenraum für die Therapie vor. Aber was war noch normal?

Sie legte ihre Tasche und Jacke in ihrem Büro ab, ging eine Etage höher in die kleine Küche, setzte Wasser auf und wartete.

Theresa war müde. Vorletzte Nacht hatte sie kein Auge zugetan, als sie mit Niklas Weiler auf die Rückrufe der Teilnehmer gewartet hatte. Und die letzte Nacht hatte sie bis in die Morgenstunden wachgelegen. Als sie endlich eingeschlafen war, hatte sie geträumt. Den Traum, der sich seit Jahren in ihren Schlaf schlich. Eine Aneinanderreihung von Bildern, auf denen eine Frau in einem weißen Kleid mit einem goldenen, geflochtenen Gürtel auf den Meeresboden sank. Ihr Haar war lang und blond, das Gesicht fein und wunderschön. Sie winkte zaghaft und hatte ein Lächeln auf ihren Lippen.

Die Frau war Theresas Mutter. Ihre richtige Mutter. Jedenfalls stellte Theresa sie sich seit dem Tag, an dem sie erfahren hatte, dass sie gar nicht das Kind der Menschen war, die sie vierzehn Jahre lang für ihre Eltern gehalten hatte, so vor. Seit dem Tag, an dem ihre kleine Welt in sich zusammengebrochen war. Eine Welt, von der sie längst wusste, dass sie auch Schattenseiten hatte, in der sie sich aber dennoch sicher gefühlt hatte.

Es war ein warmer, sonniger Tag gewesen. Damals, als Theresa aufgeregt und voller Vorfreude aus der Schule gekommen war. Ihre *Mutter* hatte ihr versprochen, mit ihr ins Freibad zu gehen. Aber daraus war nichts geworden.

Als Theresa aus der Schule gekommen war, hatte Angelika Johansson, eine Flasche Wodka in der Hand, völlig betrunken auf dem Boden gekauert; den Rücken an die Kühlschranktür gelehnt.

»Theeeresaaa, mein Kind«, hatte sie gelallt, sich vom Kühlschrank abgestoßen und einen Satz nach vorne gemacht. Sie hatte sich, so gut es ging, aufgerichtet, war auf Theresa zugewankt und vor ihr zum Stehen gekommen. Dann hatte sie ihre Hände nach Theresas Gesicht ausgestreckt, über das dicke Tränen gelaufen waren.

»Es tut … es tut mir ja soooo leid, mein Schatz.«

Theresa hatte diesen Satz schon so oft von ihrer *Mutter* gehört. Sie hatte sich umdrehen und auf ihr Zimmer laufen wollen, als sie plötzlich und zu ihrem eigenen Entsetzen voller Wut Angelika Johanssons Hände weggeschlagen hatte.

»Du blöde Säuferin«, war es aus ihr herausgebrochen, und sie hatte ihre *Mutter* heftig geschubst. Angelika Johansson war gegen einen Stuhl geprallt, ins Taumeln gekommen und gestürzt.

Theresa war von dem Schreck zunächst wie gelähmt. Aber dann war sie panisch und um Entschuldigung flehend auf Angelika Johansson zugesprungen. Sie wollte ihr aufhelfen.

»Fass mich nicht an!«, hatte ihre *Mutter* sie angeschrien, sich aufgerappelt, nach der Flasche mit dem Wodka gegriffen, die am Boden lag, und »Aaach Scheiiiiße« gebrabbelt. Sie hatte einen kräftigen Schluck genommen und gemeint: »Was will man auch von so einem Balg erwarten? Dem Spross eines Vergewaltigers!« Dann hatte sie sich auf einen Küchenstuhl fallen lassen und die Flasche erneut angesetzt. Sie hatte Theresa mit glasigen Augen angeglotzt und nach einer Weile hinzugefügt: »Der Apfel fällt bekanntlich nicht weit vom Stamm. Theresa! … Vater böse! Tochter böse! … So einfach ist das!«

So hatte Theresa Johansson erfahren, dass sie ein Adoptivkind war – und das Kind eines Vergewaltigers.

Als sie älter geworden war, hatte Lasse Johansson, ihr Adoptivvater, ihr angeboten, ihr von ihrer Mutter zu erzählen, von der Theresa lediglich wusste, dass sie in Lübeck gelebt hatte, als sie sie zur Welt gebracht hatte. Aber Theresa hatte nichts über sie wissen wollen. Nichts über sie und schon gar nichts über das, was man ihr angetan hatte – der Frau, die in ihrem Traum regelmäßig im Meer versank. Damals wollte Theresa einzig ihre Angst besiegen. Die Angst davor, es könnte stimmen, was ihre Adoptivmutter in ihrem besoffenen Kopf behauptet hatte: Als Kind eines Vergewaltigers könne sie nur ein böser Mensch sein. Und all ihre Studien und Forschungen hatten nur einem Zweck gedient: Theresa wollte widerlegen, dass Angelika Johansson recht hatte.

Theresa nahm eine Tasse aus dem Schrank, häufte drei

Löffel Instantkaffee hinein und goss das Wasser, das in der Zwischenzeit kochte, auf. Vorsichtig jonglierte sie die heiße, dampfende Tasse die Treppe hinunter.

Zurück in ihrem Büro stellte sie den Kaffee ab, setzte sich hinter ihren Schreibtisch und fuhr ihr Notebook hoch. Sie zog die Ärmel ihres Wollpullis über die Hände, nahm die heiße Tasse und lehnte sich zurück. Theresa lenkte ihre Gedanken auf das, was in den letzten Tagen passiert war, und auf die Fragen, die ihr vor dem Einschlafen durch den Kopf gegangen waren.

Da war zum einen die, warum Christiane Hofer nicht auf freien Fuß gesetzt worden war. Jedenfalls hatte Theresa nichts dergleichen in den Meldungen gehört. Im Gegenteil. Bis spät in den Abend hinein waren in sämtlichen Nachrichtensendungen immer wieder Ausschnitte der Pressekonferenz ausgestrahlt worden, in denen die Festnahme einer Person durch die Staatsanwaltschaft offiziell bekannt gegeben wurde. Der Ehefrau eines der Opfer. Offensichtlich hielt man Christiane Hofer trotz allem, was sie über Hanno Classen in Erfahrung gebracht hatten, auch weiterhin für tatverdächtig.

Theresa trank einen Schluck.

Die andere Frage, die sie beschäftigte, war die, warum Lennart Bondevik sie nach diesem Blogger gefragt hatte.

Wie nannte der sich noch mal? Der … Der Kinderschützer?

Sie stellte ihre Tasse auf den Schreibtisch zurück, ging ins Internet, tippte und öffnete die Website des *Kinderschützers.*

Nach einer Weile blickte sie auf und spürte, wie sich

eine Mischung aus Bestürzung, Abscheu und Wut in ihr breitmachte.

Als sie in einer ihrer Teamsitzungen über den Widerstand und die Gegner der Therapie sprachen und Burmester über den Blogger berichtet hatte, war sie wie selbstverständlich davon ausgegangen, dass es sich dabei um eine Person handelte, die der Meinung war, ihr Angebot gelte mehr dem Täter- als dem Opferschutz. Aber das, was hier jemand veröffentlichte, hatte nichts mit dem zu tun, was sie sich vorgestellt hatte. Wer immer der Blogger war – ihm ging es nicht um Opfer- vor Täterschutz. Und ganz sicher hatte das, was er vertrat, nichts mit Kinderschutz zu tun.

Theresa sah fassungslos auf den Bildschirm.

An den Anfang des Blogs hatte er ein Zitat gestellt, in dessen Hintergrund ein transparent gestaltetes Foto einen Jungen zeigte, der neben einem Mann auf einer Wiese lag. Das hohe Gras bog sich leicht im Wind, und beide blinzelten mit einem glücklichen und zufriedenen Lächeln auf den Lippen in die Sonne. Als Urheber des Zitats hatte der Blogger Fritz Morgenthaler angegeben. Es lautete:

Jede Gesellschaft produziert Perversionen
und die Perversen, die sie braucht.

Darunter hatte der Blogger geschrieben:

Was ist das für eine Gesellschaft,
in der wir leben?

Eine Gesellschaft,

in der ein Kind um sein Recht gebracht wird:
sein Recht auf Liebe.

Eine Gesellschaft,
in der ein Kind um sein Recht gebracht wird,
die Liebe zu und von einem erwachsenen Menschen
in Sinnlichkeit, voller Leidenschaft
und Hingabe zu vereinen,
sich gegenseitig zu begehren und
in Wohlwollen zu gedeihen.

Was ist das für eine Gesellschaft,
in der wir leben?

Eine Gesellschaft,
die sich zusammengerottet hat,
die aufrichtige Liebe,
die reine und unschuldige Liebe eines Kindes
zu einer Frau oder zu einem Mann
und die ehrliche und aufrichtige Liebe
eines Mannes oder einer Frau zu einem Kind
in den Dreck zu ziehen und zu verurteilen.

Eine Gesellschaft,
die etwas von Gott Gegebenes für pervers erklärt.
Ist Gottes Schöpfung pervers?

Wir leben in einer Gesellschaft,
die Perversionen und die Perversen produziert,
die sie braucht,

um von sich selbst, ihrer Schlechtigkeit,
ihren schmutzigen Fantasien und abartigen Taten
abzulenken.

Das ist die Gesellschaft, in der wir leben!

Aber: Wir lassen uns nicht benutzen, damit ihr euer Gesicht
im Spiegel ertragen könnt.

Wir sind rein!
Ihr Kinder: Wir kämpfen für euer Recht!

Der Kinderschützer!

Was die Therapie im Sauerbruchweg betraf, so hatte *Der Kinderschützer* die letzten Wochen nahezu tagtäglich kräftig dagegen geschossen und Thies Burmester böse beschimpft. Nach dem, was Theresa aus all den Anfeindungen herausfiltern konnte, war der Blogger – getreu seinem Eingangsstatement – der Meinung, dass das Therapieangebot genau denen in die Hände spiele, die ein an sich natürliches Verhalten als pervers hinstellten. Und das nur, um von ihrer eigenen Perversion abzulenken.

Immer wieder rief er zum Boykott dieser Gehirnwäsche auf und dazu, sich von nichts und niemandem verunsichern zu lassen.

Wir sind rein!

In einem seiner ersten Einträge, Anfang 2007, berichtete er über die im Jahr zuvor gegründete *PNVD* – die niederländische *Partei für Nächstenliebe, Freiheit und Vielfalt.*

Die wesentlichen Ziele der Vereinigung bestanden darin, sexuelle Kontakte zwischen Erwachsenen und Kindern ab zwölf Jahren zu legalisieren, das Schutzalter auf lange Sicht ganz abzuschaffen sowie den Besitz von Kinderpornografie zu legalisieren.

Der Blogger schrieb, er sei von der Courage von Parteigründer Ad van den Berg und all derer, die die einzig richtige Sache unterstützen, zutiefst beeindruckt. Außerdem fühle er sich durch ihre Entschlossenheit sowohl ermutigt als auch verpflichtet, ihrem Vorbilde gleich auch in Deutschland für die Legalisierung der reinen und unschuldigen Liebe zu kämpfen. Mit der Erstellung dieses Blogs, so *Der Kinderschützer*, wolle er einen ersten Beitrag leisten.

Reine Liebe. Unschuldige Liebe.

Angewidert las Theresa weiter.

Es gab viele Einträge über diese Partei. Einer, der Theresa besonders auffiel, trug die Überschrift: *Sieg der Gerechtigkeit!* Er handelte von dem gescheiterten Versuch, van den Bergs Partei zu verbieten.

Außerdem rief der Blogger in regelmäßigen Abständen immer wieder dazu auf, es den Nachbarn gleichzutun und sich in einer Partei zu organisieren. Der letzte Eintrag in diese Richtung war keinen Monat alt – und das, obwohl sich die Partei in den Niederlanden bereits etliche Jahre zuvor selbst aufgelöst hatte. Zu den Gründen der Auflösung – sie hatte nicht die erforderliche Anzahl von Unterstützungsunterschriften erlangt, die für die Parlamentswahlen erforderlich gewesen wären – hatte sich der Blogger nicht weiter geäußert. Stattdessen hatte er einen

Dank an Ad van den Berg eingestellt; verbunden mit dem Versprechen, den von ihm begonnenen Kampf für die Gerechtigkeit – für die Kinder – fortzusetzen. Komme, was da wolle.

Der Kinderschützer, dachte Theresa, was für ein Hohn. Sie suchte nach einem Impressum. Nach irgendetwas, das ihr einen Hinweis darauf gab, wer sich dahinter verbarg. Aber anders als sein großes Vorbild Ad van den Berg und die anderen *Größen* dieser Partei, war diese Person zu feige, ihr Gesicht zu zeigen und ihren Namen preiszugeben.

Als Lennart erwachte, war es bereits hell. Ein stechender Kopfschmerz durchfuhr ihn. Und ihm war schlecht. Er drehte sich vorsichtig um und spürte, wie sich Erleichterung in ihm breitmachte, als er sah, dass er allein in seinem Bett lag. Dann richtete er sich langsam auf und versuchte sich zu erinnern, wann und wie er vom *Friedas* aus nach Hause gekommen war. Spät. Völlig betrunken. Und nicht mit seinem Fahrrad. So viel wusste er. Er tastete nach dem Wecker auf dem Fußboden und blinzelte.

»Mist!«

Lennart hatte verschlafen. Und dennoch blieb er einen Moment lang einfach nur sitzen. Dann ging er ins Bad, stellte den Regler der Dusche auf kalt, hielt seinen Kopf unter den eisigen Wasserstrahl, biss die Zähne zusammen und machte einen Schritt nach vorn.

Nachdem er geduscht und sich angezogen hatte, schleppte er sich mit einer Dose Cola zurück ins Schlafzimmer, setzte sich wieder auf sein Bett und begann, den Abend zu rekapitulieren.

Riedel hatte ihm dann doch noch berichtet, dass Arnold Winter ein Geständnis abgelegt hatte. Keines, was die Morde betraf. Winter hatte zugegeben, ein Doppelleben zu führen. In Hamburg war er Arno Winter, erfolgreicher Geschäftsmann, verheiratet und Vater zweier mittlerweile erwachsener Söhne. In Frankfurt, wo er die ganze Zeit über war, während seine Frau glaubte, er sei auf Geschäftsreise, lebte er die Rolle des Milan Mertens. Milan Mertens, der angeblich in einer Bank arbeitete. Ein Mann, der dort mit einer fünfundzwanzig Jahre jüngeren Frau liiert war, mit der er eine zwei Jahre alte Tochter hatte.

Was für ein Stress, dachte Lennart.

Er stöhnte und massierte sich die Schläfen. Dann stand er auf, ging in die Küche, öffnete den Kühlschrank auf der Suche nach etwas Essbarem, spürte seinen völlig übersäuerten Magen und machte den Kühlschrank wieder zu. Er stützte sich auf der Arbeitsfläche ab und schloss die Augen.

Lennart sah Ole Blohm vor sich, öffnete die Augen wieder und stöhnte erneut.

Der Fettsack hat sich bestimmt eins ins Fäustchen gelacht, dachte er, als er von Winters Doppelleben erfuhr. Und sicher hatte er sich in seinem Festhalten an Christiane Hofer als Täterin nur noch bestärkt gefühlt. Lennart hätte kotzen können – und das nicht nur wegen der Sauferei.

Er glaubte nach wie vor nicht, dass Christiane Hofer etwas mit den Morden zu tun hatte. Derjenige, der die Morde begangen hatte, musste Hanno Classen gekannt haben, und zwar nicht als Klient der Therapie, sondern als Interessent. Und je länger er darüber nachdachte, desto sicherer war er, dass der Täter jemand aus dem Kreis derer war, die die Therapie anboten. Burmester oder einer seiner Mitarbeiter.

Lennart wischte die Gedanken beiseite, ging in den Flur, zog sich seine Schuhe und seine Jacke an und überlegte, was noch alles an dem Abend passiert war.

Irgendwann hatte sein Bruder Ludwig vor ihm gestanden. Der Herr Staatssekretär. Wie immer wie aus dem Ei gepellt. Sein fleißiger, ordentlicher und akkurater Bruder, von dem Lado immer nur als dem Spießer vor dem Herrn sprach. Der Sohn, über den Frieda, seit Lennart sich erinnern konnte, scherzte, er müsse im Krankenhaus vertauscht worden sein, weil er so gar nicht zum Rest der Familie passte. Lennart und Ludwig hatten miteinander gesprochen. Kurz. Ludwig und er hatten sich noch nie viel zu erzählen gehabt.

Das Letzte, was er von Friedas Geburtstagsfeier in Erinnerung hatte, war, dass er Anne angerufen hatte und sie überreden wollte, in die Kneipe zu kommen. Aber sie war nicht an ihr Telefon gegangen. Also hatte er sich zu einer jungen, hübschen, blonden Frau gesellt – wobei er sich jetzt fragte, ob sie wirklich so jung und so hübsch gewesen war. Er hatte sie kräftig angebaggert und immer mehr Alkohol getrunken. Aber so wie es aussah, war er allein nach Hause gegangen.

Oder waren wir noch bei ihr?

***

Als Lennart um neun Uhr im K1 eintrudelte, grinste Irmgard Traut über beide Ohren, hielt ihm ein Glas Wasser entgegen und reichte ihm eine Packung Aspirin. Er nahm das Wasser und die Tabletten dankend an, löste zwei von ihnen auf und stürzte den Inhalt des Glases hinunter. Lennart zog ein Gesicht und schüttelte sich. Dann schlich er sich den Gang hinunter.

Die Tür von Benno Fausts Büro stand offen. Lennart sah Daniel Becker, der auf Fausts Platz saß. Hinter ihm standen Riedel – unrasiert, mit verquollenen Augen –, sein Chef und Franka Dahlberg. Sie blickten auf den Bildschirm vor sich, ohne ein Wort zu sprechen.

»Moin«, brummte Lennart und stellte sich zu ihnen.

»Mach noch mal von vorn«, sagte Faust, warf Lennart einen kurzen Blick zu und grinste.

Eine Melodie erklang. Die Titelmusik der Talkshow *Nachgefragt mit Jana Jörgens*. Im Vorspann liefen die immer gleichen Bilder berühmter Persönlichkeiten des Nordens aus Politik, Wirtschaft und Gesellschaft über den Bildschirm, bis die Kameras im Studio mit einem Schwenk über die geladenen Gäste und Jana Jörgens, die in der Mitte der Runde saß, übernahmen.

»Da sitzen doch …« Lennart beugte sich zu dem Bildschirm vor, richtete sich wieder auf und warf Faust einen verdutzten Blick zu. Noch ehe er weitersprechen konnte, ertönte die Stimme der Moderatorin.

»Guten Abend, meine sehr verehrten Damen und Herren hier im Studio und einen guten Abend an die Zuschauerinnen und Zuschauer zu Hause. Das Thema des heutigen Abends lautet: *Ist Pädophilie therapierbar?* Ich begrüße ganz herzlich meine Gäste, die sich bereit erklärt haben, sich diesem schwierigen und sicher kontrovers zu diskutierenden Thema zu stellen. Guten Abend Margot Schramm-Brandtner, Ministerin für Soziales, Gesundheit, Wissenschaft und Gleichstellung des Landes Schleswig-Holstein.«

Die Ministerin wurde eingeblendet. Sie nickte mit einem stummen Gruß auf den Lippen in die Kamera. Ein verhaltener Applaus ertönte.

»Herzlich willkommen Klaus Wahnke«, fuhr die Moderatorin fort, »Journalist und Autor diverser Veröffentlichungen zum Thema Kindesmissbrauch.«

Ein kahlköpfiger Mittvierziger erschien auf dem Bildschirm. Dann schwenkte die Kamera weiter.

»Herzlich willkommen Lutz Feldberg, Vizepräsident des Deutschen Kinderschutzbundes, und Ekkehard Wiesental, bekannt als Anwalt für Opfer in Missbrauchsprozessen.« Jana Jörgens wartete, bis der Applaus, der merklich zugenommen hatte, abebbte.

»Und«, sagte sie dann, »ich darf ganz herzlich Dr. Thies Burmester, den Leiter des Zentrums für Verhaltenstherapie und Verhaltensmedizin aus Lübeck, mit seinem Mitarbeiter, dem Psychologen Dr. Niklas Weiler, begrüßen. Die Initiatoren eines Therapieangebotes, das sich an pädophile Menschen richtet und in der nächsten Woche starten wird.« Burmester und Weiler wurden eingeblendet. Danach kam wieder Jana Jörgens ins Bild.

»Schön, dass Sie heute meine Gäste sind.«

Die Moderatorin nickte in die Runde und wandte sich wieder den Zuschauern zu.

»Meine Damen und Herren, was genau das Ziel dieser Therapie für Pädophile ist und wie so eine Therapie aussieht – meine Kollegen Gunnar Frackmann und Bernd Jahn haben für Sie recherchiert.«

Es folgte ein Einspieler. Bilder vom *ZVV* und ein Interview mit Burmester und Weiler. Sie sprachen darüber, wie es dazu kam, das Therapieangebot zu entwickeln, erläuterten die genauen Ziele der Therapie, erklärten einiges zu der Zielgruppe und den Aufnahmekriterien, machten Angaben über die bisherige Nachfrage und sprachen über die Inhalte.

»Das wurde am achtundzwanzigsten August ausgestrahlt, wenige Tage vor der offiziellen Eröffnung des Projekts«, sagte Becker, ohne den Blick vom Bildschirm zu wenden.

Nach dem Bericht erschien erneut die Moderatorin. Sie wandte sich zuerst an die Ministerin und danach an die anderen Gäste.

Lennart hatte eine kontroverse Diskussion erwartet, so wie von Jana Jörgens angekündigt. Aber alles, was zustande kam, war ein oberflächlicher und, wie Lennart fand, lahmer Austausch, was er auf die völlig unzusammenhängenden Fragen der Moderatorin zurückführte und darauf, dass sie jeden aufkommenden Disput im Keim erstickte.

Interessant wurde es jedoch, als es um das Thema Schweigepflicht ging und sich Zuschauer aus dem Publikum darüber empörten, dass die Therapeuten nicht verpflichtet waren, begangene Übergriffe an Kindern anzuzeigen. Das Verständnis dafür ging gegen null.

Dann erregte eine weitere Situation Lennarts Aufmerksamkeit – und die der anderen. Jana Jörgens hatte sich an Niklas Weiler gewandt.

»Herr Dr. Weiler, wir haben in dem Einspieler gerade gehört, dass geschätzt ein Prozent der männlichen erwachsenen Bevölkerung pädophil ist. Das entspräche etwa einer Viertelmillion Deutscher.«

Weiler nickte.

»Wir haben auch gehört, dass Menschen mit pädophilen Neigungen in allen sozialen Schichten zu finden sind und Berufe aller Couleur ausüben.«

»Das ist richtig.«

»Und wir haben gehört, dass es bestimmte Ausschlusskriterien gibt, weshalb nicht jeder, der sich bei Ihnen meldet, einen Therapieplatz bekommt.«

»Auch das ist richtig.«

»Herr Weiler, gibt es irgendeine Berufsgruppe, die Sie von der Teilnahme an der Therapie ausschließen?«

Der Psychologe sah Jana Jörgens fragend an.

»Oder lassen Sie mich das anders formulieren: Herr Weiler, mich würde interessieren, ob an Ihrer Therapie auch Menschen teilnehmen können, denen wir unsere Kinder anvertrauen.«

»Was wird das denn?«, fragte Riedel.

»Psst!« Faust hielt den Zeigefinger vor seine Lippen.

Weiler sah Jana Jörgens mit einem Lächeln an.

»Unsere Therapie ist für alle offen«, sagte er. »Und sicher, zu uns können auch Menschen kommen, die beruflich oder in ihrer Freizeit mit Kindern zu tun haben. Ich denke, sie sprechen Erzieher an, Lehrer und Leiter von Kinder- und Jugendgruppen.«

»Oder Trainer von Fußballmannschaften.«

Worauf will sie hinaus, fragte sich Lennart.

»Herr Weiler, kann auch ein Fußballtrainer an Ihrer Therapie teilnehmen, der den Kindern Ballgefühl, Kampfgeist und Fairness beibringen soll?«

Weiler antwortete nicht sofort.

»Sicher«, sagte er dann. Er wirkte irritiert. »Solange es keine Ausschluss …«

Weiter kam er nicht.

»Das heißt, für Sie ist es in Ordnung, wenn ein Mann zu Ihnen kommt, der Kinder und Jugendliche als Fußballtrainer betreut und dieser Mann zu Ihnen sagt, dass er pädophil ist und sich therapieren lassen möchte.«

Weiler nickte, kaum merklich.

Was ist mit dem los? Lennart beugte sich wieder zu dem Bildschirm hinunter. *Der ist total verunsichert.*

Dann ließ Jana Jörgens die Bombe platzen.

»Fußballtrainer, wie Ihr Fußballtrainer einer war, Herr Weiler?«

»Fußballtrainer, wie …?« Lennart verstummte.

Was passiert da?

Er sah, wie der Psychologe die Moderatorin entgeistert ansah.

»Herr Dr. Weiler, wir haben recherchiert und wissen,

dass Sie als Kind und Jugendlicher in Braunschweig, Ihrer Geburtsstadt, im Fußballverein waren. In der FjB, der Fußballjugend Braunschweig.«

»Und warum wissen wir nichts davon?«, schnaubte Faust.

»Der Fußballverein und das, was sich dort zugetragen hat, ging damals durch die Medien, und ich denke, einige unserer Zuschauer erinnern sich noch sehr gut an die Berichterstattung.«

Jana Jörgens blickte geradeaus in die Kamera.

»Um uns alle auf einen Stand zu bringen, hier noch einmal einige wichtige Informationen über das, was von 1979 bis 1989 in einem Braunschweiger Fußballverein von einem Menschen getrieben wurde, dem ahnungslose Eltern, wie die von Dr. Niklas Weiler, ihre Kinder anvertraut haben.«

Es folgte ein weiterer Einspieler. Ein Bericht über einen Mann, der sich als Trainer an mindestens elf Jungen im Alter von sechs bis acht Jahren vergriffen hatte und vor einem Jahr verstorben war. Zwei seiner Opfer hatten sich bereit erklärt, über das Erlebte zu sprechen. Sie waren völlig unkenntlich gemacht und ihre Stimmen verzerrt worden. Einer der beiden erzählte mit brüchiger Stimme von einem Freund, der vier Jahre lang von dem Trainer missbraucht worden war und sich mit Mitte zwanzig das Leben genommen hatte.

Die Kamera blendete zwischendurch immer wieder Niklas Weiler in einem kleinen Fenster ein; parallel zu dem Bericht. Er saß schweigend da. Die Augen geschlossen.

Dann erschien Thies Burmester im Bild, und Lennart sah, wie er dazu ansetzte, etwas zu sagen. Aber bevor er zu Wort kam, ertönte erneut die Stimme der Moderatorin.

»Herr Weiler, das ist sicher nicht leicht für Sie, und wir haben in der Redaktion lange überlegt, ob wir Ihnen diese Frage stellen. Wir haben uns dafür entschieden.« Sie zögerte. »Herr Weiler, setzen Sie sich deshalb so sehr für das Therapieprogramm ein, weil Sie genau wissen, wie es ist, missbraucht worden zu sein?« Jörgens ließ ihre Worte wirken. »Und ... weil Sie verhindern wollen, dass noch mehr Kindern dieses große Leid zugefügt wird?«

»Oder weil er so die Möglichkeit hat, sich an allen Pädophilen zu rächen, die ihm in die Finger kommen!«, brauste Faust auf.

Jana Jörgens sah Niklas Weiler mit einem aufgesetzten Lächeln an.

»Lassen wir das mal so stehen. Meine Damen und Herren, ich sehe, wir sind mit unserer Sendezeit auch schon am Ende angelangt.«

Was folgte, war die Aufforderung der Moderatorin an ihre Gäste, sich in einer Abschlussrunde dazu zu äußern, ob sie bereit wären, einen Menschen als Babysitter zu engagieren, von dem sie wüssten, dass er pädophil ist und an einer Therapie teilgenommen hat.

Lennart beobachtete, wie Burmester energisch dazwischenging.

»Diese Frage ist eine Unverschämtheit. Wer bei uns eine Therapie macht, wird ganz sicher nicht anschließend als Babysitter ...«

Benno Faust wies Becker an, die Aufzeichnung zu stoppen. »Riedel«, dröhnte er, »du und Lennart, ihr nehmt euch diesen Weiler vor! Und … ich möchte, dass ihr sofort Verstärkung anheuert, wenn irgendetwas ist. Ist das klar? Macht keinen Scheiß. Keine Alleingänge!«

***

Theresa Johansson klickte sich durch die Seiten des Bloggers.

Unter der Rubrik *Politik* fand sie Beiträge zu aktuellen Ereignissen und Diskussionen rund um das Thema Pädophilie. Außerdem waren dort Auszüge aus dem Grundsatzprogramm der Grünen aus den 80ern eingestellt worden sowie Porträts der Parteigrößen, die es im Zusammenhang mit der sogenannten Pädophilenbewegung zu nennen gab. Der Blogger verwies auf diverse Landesverbände, die die Forderung einiger Pädophilenvereinigungen unterstützten, die Paragrafen einhundertvier- und einhundertsechsundsiebzig des Strafgesetzbuchs zu liberalisieren. Außerdem veröffentlichte er nahezu alles, was über die FDP und ihre Spitzenpolitiker in diesem Zusammenhang geschrieben worden war.

Die Klassiker, dachte Theresa.

Sie öffnete eine Übersicht über Organisationen und Aktionsbündnisse der Pädophilenbewegung in Deutschland und überflog die Gruppierungen, von denen sie wusste, dass es die meisten zum Teil seit Jahrzehnten nicht mehr gab.

AG-Pädo, las sie; *Bundesarbeitsgemeinschaft Schwule, Päderasten und Transsexuelle; Indianerkommune; Kanalratten,* die sich vorrangig für die Legalisierung pädosexueller Kontakte zwischen Mädchen und Frauen ausgesprochen hatten. Außerdem war die heute noch aktive *K 13* – die *Krumme 13* – gelistet, einige Vereinigungen, von denen Theresa noch nie etwas gehört hatte, und zu guter Letzt eine in jüngerer Zeit gegründete Organisation mit Namen *f*ckinglegal.*

Unter der Rubrik *Recht* fand sie Links, die zu Gesetzestexten und Namen von Rechtsanwälten *in eigener Sache* führten.

Sie klickte sich auf die Seite eines Verlages, der damit warb, belletristische und wissenschaftliche Literatur für Pädophile anzubieten, und wieder zurück.

Der Blog enthielt eine Übersicht über Termine, wie den im Frühjahr stattfindenden *Doris Day* oder den *Internationalen BoyLoveDay* im Winter. Außerdem gab es eine Reihe Links zu anderen Bloggern, mit zum Teil aktiven, zum Teil vor Jahren eingestellten oder nicht zu öffnenden Websites. Blogger, die sich *Hase10, Sugar-Daddy* oder *boys6to12* nannten. Und es gab ein Forum für BoyLover, in das aber nur hereinkam, wer sich registriert hatte.

Über neunhunderttausend Seitenaufrufe hatte es gegeben, wie Theresa in einem Kästchen in der unteren rechten Ecke der Homepage lesen konnte. Allein heute Morgen hatten die Seite achtunddreißig Personen besucht. Im Forum waren angeblich sieben eingeloggt.

Theresa klickte sich in die Rubrik *Favorites* und öffnete willkürlich einen der Artikel, die dort vom Blogger eingestellt worden waren. In dem Bericht griff der Autor die Frage auf, ob die bestehenden Strafbestimmungen in Bezug auf pädophile Handlungen angemessen seien.

Natürlich kam der Verfasser des Artikels zu dem Schluss, dass das nicht der Fall ist und eine Reformierung des Strafrechts mehr als überfällig sei. Zu seiner Unterstützung führte er eine Reihe Politiker, Rechtsanwälte, Schauspieler und andere Künstler auf, von denen sich jedoch, soweit Theresa das wusste, kein einziger jemals für die Legalisierung von Sex mit Kindern ausgesprochen hatte. Die Aufgelisteten waren vielmehr überwiegend des Missbrauchs von Kindern bezichtigt und zum Teil überführt sowie verurteilt worden. Menschen, die sicher nicht begeistert wären, wenn sie wüssten, dass sie hier namentlich genannt wurden.

In den Fußnoten wurden außerdem eine Reihe Sexualwissenschaftler, Biologen und Autoren populärwissenschaftlicher Literatur angeführt. Namen, die Theresa überwiegend etwas sagten. Personen, die von sanfter Pädophilie sprachen und vertraten, dass man leichte Berührungen nicht dem gleichsetzen solle, was heutzutage unter dem Begriff Pädophilie verstanden würde. Und solche, die für eine generationsübergreifende sexuelle Beziehung standen, soweit sie auf Gegenseitigkeit und Selbstbestimmung beruhte. Amerikaner, Franzosen, Belgier, Engländer und Deutsche, die sich auf ihr Expertenwissen beriefen und sich vor diesem Hintergrund für straffreie sexuelle Beziehungen zwischen Erwachsenen und Kindern aussprachen.

Viele von ihnen waren seit Jahren tot, wie Theresa

wusste. Andere hatten sich längst öffentlich von ihren Ansichten distanziert. Aber das ließ der Autor des Artikels natürlich unerwähnt.

Theresa wollte die Seite gerade schließen, als ihr eine weitere Fußnote ins Auge stach. Sie gehörte zu einem in dem Text erwähnten Artikel, der die Überschrift *Das falsche Tabu!* trug.

»Das kann nicht sein!«, flüsterte sie, als sie den Namen des Verfassers des Artikels las. »Das ist doch …«

Es klingelte an der Tür. Aber das hörte Theresa nicht.

Sie hatte das Gefühl, ihr würde die Kehle zugeschnürt.

***

Lennart und Riedel fuhren in die Kronsforder Allee und standen kurze Zeit später mit Thies Burmester in der Empfangshalle des ZVV.

»Nein, das wird nicht nötig sein«, gab Matthias Riedel auf Burmesters Einladung, in sein Büro zu gehen, zurück. »Wir kommen gerade aus dem Sauerbruchweg. Dort hat uns niemand geöffnet.«

Burmester sah Riedel überrascht an.

»Wir wollten zu Herrn Weiler.«

»Und der ist nicht drüben?«

Riedel spitzte die Lippen und schüttelte langsam den Kopf. »Nein. Wie gesagt – uns hat niemand geöffnet.«

»Hm.«

»Ihrer Reaktion entnehme ich, dass Sie Herrn Weiler

im Sauerbruchweg vermutet hätten. Ich kann also annehmen, dass Sie nicht wissen, wo er sich sonst aufhalten könnte? Vielleicht bei einem Außentermin?«

»Nicht, dass ich wüsste.«

Burmester ging zum Empfang, meldete sich dort am Rechner an und rief die Dienstpläne der Mitarbeiter im Sauerbruchweg auf.

»Also hier ist nichts eingetragen. Bei Herrn Weiler nicht und auch bei Frau Johansson nicht. Beide müssten eigentlich drüben sein. Auch, wenn die Therapie heute natürlich ausfällt.«

Thies Burmester zückte sein Handy und wählte Weilers Handynummer. »Nur die Mailbox«, sagte er und sah Lennart und Riedel mit einem Schulterzucken an.

»Das heißt, Sie können uns nicht sagen, wo wir Herrn Weiler finden?«, übernahm Lennart.

»Nein. Aber ehrlich gesagt, wüsste ich das auch gerne.«

»Herr Dr. Burmester … Sie und Niklas Weiler waren Teilnehmer einer Talkshow.«

Burmesters Miene verfinsterte sich.

»Ja, im August. Bei dieser … dieser Jana Jörgens.« Es war ihm anzusehen, dass er sich nur schwerlich beherrschen konnte. »Inkompetent. Einfach nur inkompetent, diese Frau. Grenzüberschreitend und unverschämt!«

»Das mag sein«, erwiderte Lennart mit einem nicht weniger grimmigen Gesichtsausdruck. Allerdings war der Grund für seine Verärgerung ein anderer.

»Sie wissen, dass Herr Weiler als Kind Fußball gespielt hat«, sagte er. »Und Sie wissen auch, dass sein Trainer Kinder sexuell missbraucht hat.«

»Ja …«

»Und Sie haben es nicht für nötig gehalten, uns darüber in Kenntnis zu setzen?«

Burmester lief rot an. So wie jemand, den man bei etwas ertappt hatte.

»Ich … ich dachte … also, Niklas hat mir gesagt, der Trainer hätte ihm nichts angetan. Er meinte, er hätte damals, als er noch in dem Verein war, auch gar nichts von all dem mitbekommen. Er hat erst davon erfahren, als es durch sämtliche Medien ging.«

»Und das haben Sie ihm geglaubt?«

»Ja. Sicher. Warum hätte ich ihm das nicht glauben sollen?«

»Und weil Sie ihm geglaubt haben, haben Sie uns gegenüber nichts davon gesagt?«

»Nein. Ich meine … ja. Warum hätte ich das erzählen sollen? Warum in alten Wunden …«

»Weil Herr Weiler sich zufällig eine Wirkstätte ausgesucht hat, in der er es mit Pädophilen zu tun hat?!«

Lennart war kurz davor, die Beherrschung zu verlieren.

»Und weil zufällig genau dort, an seinem Arbeitsplatz, ein pädophiler Mann nach dem anderen ermordet wird?!«

Burmester sah Riedel und Lennart bestürzt an.

»Sie glauben doch nicht, dass Niklas … Sie glauben doch nicht, dass Herr Dr. Weiler die Männer umgebracht hat?« Er stützte sich am Empfangstresen ab.

»Wo finden wir ihn?«, fragte Matthias Riedel.

»Ich weiß es nicht.« Burmester schüttelte verzweifelt den Kopf. »Ich weiß es wirklich nicht.«

Riedel schnaubte. »Gut. Dann sagen Sie uns, wo Herr

Weiler wohnt!«

»Das kann doch alles nicht wahr sein … Erst die toten Männer, und jetzt verdächtigen Sie einen meiner Mitarbeiter.«

»Wo – wohnt – Weiler?«

»In der Engelsgrube. Engelsgrube 115.«

***

Zur selben Zeit stand Daniel Becker in seinem Büro.

In der einen Hand hielt er einen Ausdruck, auf dem die Termine und Arbeitszeiten der Mitarbeiter im Sauerbruchweg aufgeführt waren, die Thies Burmesters Sekretärin ihm kurz zuvor gemailt hatte.

In der anderen Hand hatte er eine Liste. Den Verbindungsnachweis der im Sauerbruchweg eingegangenen Anrufe. Einen der Anrufe hatte er mit gelbem Textmarker markiert. Er stammte vom fünften November, einem Donnerstag. Eingegangen war der Anruf um neunzehn Uhr vierundvierzig. Er wurde angenommen und nach knapp fünf Minuten wieder beendet. Bei der eingehenden Rufnummer handelte es sich um eine Nummer, die zu Arnold Winters Anschluss gehörte – dem Apparat im Gästeapartment.

Sie konnten also davon ausgehen, dass Hanno Classen tatsächlich ein weiteres Mal im Sauerbruchweg angerufen hatte. Wahrscheinlich, um sich einen neuen Termin geben zu lassen. Und vermutlich hätte dieser Termin letzten Montag stattfinden sollen. Warum sonst hätte Classen nach Lübeck kommen und die Nacht von Sonntag auf Montag in einem Hotel wenige Straßen vom *ZVV* entfernt verbringen sollen?

Becker legte den Verbindungsnachweis auf seinen Schreibtisch und blätterte den Ausdruck mit den Arbeitszeiten und Terminen der Mitarbeiter im Sauerbruchweg durch.

Bingo, dachte er.

Am fünften November hatte nur noch ein Mitarbeiter Dienst, als der Anruf einging. In seinem Kalender war eine Einzeltherapie eingetragen. Von siebzehn Uhr bis neunzehn Uhr dreißig. Der Mitarbeiter war Dr. Niklas Weiler.

»Das glaube ich nicht!«, sagte Theresa Johansson jetzt laut und deutlich. Sie ging zum Fenster, öffnete es und nahm den Aschenbecher vom Sims. Dann setzte sie sich zurück an ihren Schreibtisch, zögerte einen Moment und klickte dann den Link hinter dem Namen in der Fußnote an. Eine PDF-Datei öffnete sich – der Artikel mit der Überschrift:

Das falsche Tabu!
Wie Dummheit, Feigheit und Defensivität eine längst überfällige Reformierung des Strafrechts verhindern!

Ein Beitrag zur sogenannten Pädophilenbewegung
Frühjahr 1994

Eingeleitet wurde der Artikel von Jannis Martinek, einem Redakteur der 1961 gegründeten, bis heute publizierenden Zeitschrift *PUK* – einem weit links angesiedelten Blatt für *Politik, Umwelt und Kultur.*

Theresa kannte die Zeitschrift, in der nicht nur Journalisten veröffentlichten, sondern auch Politiker, Professoren, Schriftsteller und andere Personen, die die Redaktion zu Wort kommen lassen wollte. Sie hatte während ihrer Studienzeit keine Ausgabe verpasst.

Martinek wies darauf hin, dass der nachstehend abgedruckte Artikel ursprünglich im Monatsheft des *BSK*, einer deutschlandweit agierenden Vereinigung, die sich für die Rechte von Kindern einsetzte, hätte veröffentlicht werden sollen. Er schrieb, dass die Verantwortlichen der Presseabteilung des *Bundes zum Schutz von Kinderrechten*, wie die Organisation mit vollem Titel hieß, den Artikel zunächst abgesegnet, sich dann aber doch gegen die Veröffentlichung entschieden hatten. Die Begründung des *BSK* hatte Martinek in Auszügen angeführt:

Leider mussten wir feststellen, dass das, was der Autor des Artikels vertritt, eine Verharmlosung pädophiler Handlungen ist. Im Namen des BSK distanzieren wir uns in aller Ausdrücklichkeit von seinen Forderungen und dem dahinterliegenden Gedankengut …

Theresa zündete sich eine Zigarette an. Dann las sie, was

der Verfasser des Artikels hatte veröffentlichen wollen.

Ich bedaure zutiefst, dass Pädophilie ein Tabuthema ist und selbst Parteien und Verbände, die sich als sexualpolitisch fortschrittlich bezeichnen oder bezeichnet haben, bestehende Strafbestimmungen in Bezug auf pädophile Handlungen nicht oder nicht länger infrage stellen.

Und ich bedaure zutiefst, dass die meisten, die über Pädophilie sprechen, moralisierend, mit erhobenem Zeigefinger durch die Welt laufen. Das sind dumme Menschen.

Die anderen, die, die es besser wissen sollten, hüllen sich in Schweigen. Das sind feige Menschen.

Dumme und Feiglinge. Seit Jahren habe ich es mit Dummen und Feiglingen zu tun.

Und dann gibt es noch die Weichlinge. Das sind die Schlimmsten. Das sind die, die sich in Defensivität ergehen. Die, die meinen, eine an sich richtige Sache beschönigen und rechtfertigen zu müssen, nur weil die Gesellschaft sie in den Schmutz zieht und der Staat sich anmaßt, sie unter Strafe zu stellen.

Die Rede ist von Pädophilen, die ihre Liebe zum Kind als eine besonders innige Form von Elternliebe deklarieren. So ein Quatsch!

Ich rede von Pädophilen, die sich hinstellen und erklären, allein zur Entfaltung der sexuellen Wünsche der Kinder beitragen zu wollen. Das ist ein noch viel größerer Quatsch! Alles vorgeschobener Mist! Ausflüchte, die über die eigenen körperlichen Gelüste hinwegtäuschen sollen.

Aber warum dieses Getue? Sexuelle Leidenschaft, Wollust, Geilheit – das alles gehört zur Liebe dazu. Das sind ganz normale Wünsche eines Menschen, der liebt. Eines jeden Menschen, der liebt. Eines pädophilen, wie eines hetero- oder homosexuell veranlagten Menschen. Und – das sind im Übrigen auch die ganz normalen Wünsche eines Kindes, das einen Erwachsenen liebt …

Theresa blickte auf. Den Scheiß ziehe ich mir nicht rein, dachte sie, während sie bereits fassungslos weiterlas.

Am Ende angekommen, starrte sie auf die Zeilen. Minutenlang.

Sie drückte ihre Zigarette aus, die, ohne dass sie daran gezogen hatte, bis zum Filter heruntergebrannt war. Sie nahm ihr Handy, zögerte und wählte.

Theresa bebte am ganzen Körper.

Sie hörte mehrmals das Freizeichen, bevor die Mailbox ansprang. Niklas Weiler ging nicht dran.

Sie legte auf und überlegte, ob sie Thies Burmester anrufen sollte, entschied sich aber dagegen. Stattdessen druckte sie den Artikel aus, griff ihre Tasche und ihre Jacke und verließ den Sauerbruchweg.

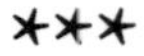

Der untere Teil der Engelsgrube war bereits abgesperrt und das SEK dabei, sich zu positionieren. Benno Faust hatte auf Unterstützung bestanden, nachdem Daniel Becker ihm den Verbindungsnachweis und die Ausdrucke der Dienstpläne der Mitarbeiter im Sauerbruchweg gezeigt hatte. Sie mussten davon ausgehen, auf einen Serienmörder zu treffen, der auf grausamste Art und Weise in kürzester Zeit drei Menschen getötet hatte.

Wie meistens vor einem Einsatz, an dem das Spezialeinsatzkommando beteiligt war, war es unwirklich still. Die schwarz gekleideten Männer huschten lautlos auf ihre Plätze. Und nur wer wusste, dass sie da waren, konnte sie im Hinterhof sowie hinter den Vorhängen und auf den Dächern der umliegenden Häuser ausmachen – genauso wie die Gewehre, deren Läufe sie auf das Haus in der Engelsgrube einhundertfünfzehn gerichtet hatten.

»Wir gehen vor!«, sagte Oliver Mahlstädt, seit vielen Jahren Einsatzleiter beim SEK, als er Lennart und Riedel auf sich zukommen sah. Lennart kannte Mahlstädt schon eine Ewigkeit, aber er hatte ihn noch nie außerhalb eines Einsatzes getroffen. Und da ein Ort, an dem das SEK zum Einsatz kam, in der Regel kein Ort war, an dem viele Worte gemacht wurden, hatte er von Mahlstädt auch noch nie mehr gehört als die an einem Einsatzort unbedingt erforderlichen Ansagen und Befehle. Es fiel Lennart schwer, sich vorzustellen, dass der Mann – verheiratet und Vater von vier Kindern – einen Einsatzort verließ und im Rahmen seiner Familie einen anderen Ton anschlug.

Lennart nickte. Das SEK würde vor ihnen hergehen. Das war in Ordnung. Er wusste, dass Mahlstädt und seine Leute nicht versuchen würden, das Ding an sich zu reißen. Sie würden sich positionieren, ihnen die nötige Deckung geben und alles tun, um sie zu schützen.

Keine zehn Minuten später war es so weit. Oliver Mahlstädt nickte Lennart und Riedel zu. Sie gingen zur Haustür.

Vier Parteien, dachte Lennart mit Blick auf die Klingeln. Sie läuteten bei *Dr. Niklas Weiler* und *Dr. Stephan Ronnenberg*, wie der Lebensgefährte hieß.

Weder der Summer noch die Sprechanlage ertönten. Sie klingelten erneut. Nichts passierte. Lennart warf Riedel einen Blick zu. Dann drückte er die beiden Knöpfe über – und den einen unter Weilers Klingel.

»Wer ist da?«, dröhnte eine Stimme. Für Lennart klang sie wie die eines Menschen über siebzig.

»Paketdienst«, antwortete er. »Ich habe hier ein Päckchen für – Moment …«, Lennart zögerte gespielt. »Für Herrn Weiler.«

»Kenne ich nicht. Wohnt der hier?«, hörten Lennart und Riedel den Mann fragen. Sie sahen sich irritiert an.

»Steht auf dem Päckchen und auf der Klingel.«

»Soso«, brummte es. »Sie meinen bestimmt einen von den Herren Doktoren. Schwules Gesocks!«

Lennart hatte Mühe, sich zu beherrschen.

»Hören Sie«, sagte er gepresst, »Herr Weiler öffnet nicht. Sie müssen nichts unterschreiben. Ich möchte das Päckchen nur in den Flur legen.«

Lennart hatte den Satz gerade zu Ende gesprochen, als es in der Sprechanlage knackte und die Verbindung unterbrochen wurde. Dann ertönte der Summer, und die Tür sprang auf.

Die Männer nickten sich zu und betraten das Haus.

»Wenn die Reihenfolge der Namen an den Klingeln identisch ist mit den Stockwerken, in denen die Personen wohnen«, flüsterte Lennart Riedel zu, »dann müssen Weiler und sein Lebensgefährte über uns im ersten Stock wohnen.«

SEK-Beamte huschten an ihnen vorbei die Treppe hoch und verteilten sich auf allen Etagen. Dann traten auch Lennart und Riedel die Treppe hinauf, in den ersten Stock.

Vor der Haustür lag eine Fußmatte mit der Aufschrift *Herzlich willkommen*, und neben der Tür hing ein Schild, auf dem, genau wie auf dem an der Eingangstür, die Namen *Dr. Niklas Weiler* und *Dr. Stephan Ronnenberg* standen.

Lennart wollte gerade den Klingelknopf drücken, als er sah, dass die Tür einen winzigen Spalt offen stand. Er drückte leicht gegen das weiße Holz, als er hörte, wie weiter oben eine quietschende Tür geöffnet wurde. Der Mann, der ihnen aufgedrückt hatte, vermutete Lennart und sah vor sich, wie die Kollegen ihm blitzschnell die Hand auf den Mund drückten und ihn, halb zu Tode erschrocken, zurück in seine Wohnung schoben.

Die Tür gab Lennarts Druck nach und öffnete sich weiter. Das SEK schob sich an ihm und Riedel vorbei und trat auf den Flur.

»Polizei! Ist hier jemand?«, schrien die Männer in die Stille und stürmten blitzschnell und zeitgleich sämtliche Räume.

Nur wenige Sekunden später standen sie wieder auf dem Flur und gaben sich zu verstehen, dass die Zimmer leer waren. Alle bis auf eins.

Lennart und Riedel betraten die Wohnung und gingen in Richtung des Raumes, in den einer der SEK-Beamten nickte. Es war das Schlafzimmer.

Niklas Weiler lag auf der Seite, leicht gekrümmt, Arme und Kopf nach hinten gestreckt – vor ihm hing ein großer Spiegel. Rechts vor dem Spiegel stand ein Stuhl. Weiler war nackt. Seine Kleidung lag ordentlich zusammengelegt auf einem Stuhl. Die Verfärbungen am Hals waren eindeutig. Dr. Niklas Weiler war erdrosselt worden.

***

Frank Grunwald sah Benno Faust aus zusammengekniffenen Augen an.

»Niklas Weiler? Das ist doch einer der Therapeuten … oder?«, fragte er und sprang hinter seinem Schreibtisch auf.

Faust nickte.

»Wie?«

»Erdrosselt. Genau wie die anderen auch.«

»Wie die anderen auch!«, wiederholte der Kriminaldirektor und wanderte in seinem Büro auf und ab. Dann schwang er sich hinter seinen Schreibtisch zurück.

Benno Faust beobachtete, wie Grunwald die Hände zusammenfaltete, die Zeigefinger streckte, aneinanderlegte und damit immer wieder an die aufeinandergepressten Lippen tippte. Er wusste, dass Grunwald nie im Leben zugeben würde, vorschnell gehandelt zu haben, als er die Auflösung der Sonderkommission nach Christiane Hofers Festnahme angeordnet hatte. Aber er konnte ihm ansehen, dass er sich über diesen Fehler ärgerte. Und darüber, dass die Bedenken, die Faust ihm gegenüber der Verhaftung geäußert hatte, begründet gewesen waren. Bedenken, die er nicht hatte hören wollen.

Frank Grunwald fixierte einen Moment lang das Telefon auf seinem Schreibtisch. Dann griff er nach dem Hörer.

»Rufen Sie die Jungs zurück!«, sagte er unwirsch – ohne Faust anzusehen, wählte und gab ihm zu verstehen, dass er gehen konnte. Christiane Hofer erwähnte der Kriminaldirektor mit keiner Silbe.

***

Keine Stunde später hatte sich das gesamte Team der Sonderkommission wieder in der ehemaligen Asservatenkammer eingefunden. Müde und frustriert.

Lennart lehnte an der Fensterbank und ließ seinen Blick über die Stadt schweifen.

»Gehen Sie zurück auf Los«, hörte er Ansgar Alhaus sagen, drehte sich in den Raum und sah, wie Riedel genervt die Augen verdrehte.

Alhaus hat recht, dachte Lennart missmutig. Sie mussten wieder von vorne anfangen. Und das, obwohl es vor nicht einmal zwei Stunden noch so ausgesehen hatte, als hätten sie endlich den Durchbruch geschafft.

Es hatte so vieles dafür gesprochen, dass Niklas Weiler ihr Mann gewesen war: Weiler hatte als einziger Mitarbeiter im Sauerbruchweg Dienst, als Classens Anruf dort eingegangen war. Er konnte wissen, dass der Mann ein weiteres Mal nach Lübeck kommen wollte. Und – er hatte die Gelegenheit, ihm zu entlocken, in welchem Hotel er die Nacht verbringen würde. Dazu kamen die Talkshow und der Missbrauchsskandal in dem Fußballverein, in dem Weiler als Junge viele Jahre aktiv gewesen war. Alles hatte zusammengepasst. Ein Psychologe, der als Kind missbraucht worden war und sich an Pädophilen rächte – stellvertretend für das, was ihm sein in der Zwischenzeit verstorbener Fußballtrainer angetan hatte.

Lennart beobachtete, wie Benno Faust sein Handy aus der Hemdtasche zog und ein Gespräch annahm. Er hörte ihn mehrmals bestätigend brummen.

Kurz darauf ließ Faust das Handy zurück in seine Hemdtasche gleiten.

»Das war unser werter Oberstaatsanwalt«, sagte er. »Die U-Haft von Christiane Hofer ist aufgehoben.« Und mit einem breiten Grinsen im Gesicht fügte er hinzu: »Der war ganz schön angepisst!«

Daran zweifelte Lennart keine Sekunde. Er sah Blohm vor sich. Sah, wie sich seine Augen in seinem fleischigen Gesicht immer weiter verengten, als ihm klar wurde, dass Christiane Hofer, die in Untersuchungshaft saß, als Weiler ermordet worden war, nicht die Mörderin sein konnte. Und er stellte sich vor, wie der Oberstaatsanwalt, mühsam beherrscht, das Eingeständnis eines Fehlers durch bewegungslose Lippen presste.

»So, Leute!« Faust stand auf und stemmte die Arme in die Hüften. »Wir haben keine Zeit zum Trübsal blasen. Da draußen läuft noch immer ein Serienmörder frei herum!«

Und zwar einer, der die Zielgruppe geändert hat, ging es

Lennart durch den Kopf. Einer, der es jetzt nicht mehr nur auf Kinderschänder und solche abgesehen hat, die es werden könnten, sondern auch auf die, die den Missbrauch von Kindern verhindern wollten. Er setzte sich auf einen freien Stuhl neben Riedel.

»Warum hat er das gemacht? Warum hat er die Opferauswahl geändert?«, fragte Franka Dahlberg, die offensichtlich den gleichen Gedanken nachging.

Es dauerte eine Weile, bis sich Daniel Becker zu Wort meldete.

»Vielleicht hat er das ja gar nicht«, sagte er.

»Du meinst, derjenige, der Weiler ermordet hat, ist nicht der Mörder von Hofer, Classen und Fenger? Ein Trittbrettfahrer?«

»Kann doch sein.«

»Das glaube ich nicht.« Jankowski schüttelte den Kopf. »Das scheint ja nicht einmal Blohm in Erwägung gezogen zu haben. Der hätte Christiane Hofer sonst im Leben nicht gehen lassen.«

Benno Faust nickte. »Glaube ich auch nicht. Ich hab vorhin mit Odebrecht telefoniert. Der hat Weiler zwar noch nicht auf dem Tisch – aber er würde schon jetzt, nachdem er ihn am Tatort gesehen hat, eine Wette darauf abschließen, dass es sich bei allen vier Morden um denselben Täter handelt. Das würde Odebrecht niemals tun, wenn er nicht hundertprozentig sicher wäre, dass er die Wette gewinnt.«

»Aber warum dann Weiler?« Franka Dahlberg sah fragend in die Runde. »Warum ist Niklas Weiler genauso umgebracht worden, wie die anderen? Der war schwul.

Nicht pädophil. Jedenfalls haben wir keinen Grund, irgendetwas anderes anzunehmen. Und – der ist vermutlich selbst missbraucht worden.«

»Ja, warum? Das ist die Preisfrage!«, gab Alhaus von sich.

»Vielleicht hat er mit dem Mörder gemeinsame Sache gemacht«, überlegte Becker weiter. »Vielleicht hat Weiler die Informationen besorgt und ein anderer den Rest.«

Franka runzelte die Stirn. »Und warum hat dieser andere den Psychologen – seinen Komplizen – dann umgebracht?«

»Vielleicht hat er Schiss bekommen, dass Weiler ihn verpfeifen könnte?«

»Ich weiß nicht. Das hätte Weiler doch längst tun können.«

Becker zuckte die Schultern.

»Ein anderer Gedanke: Streichen wir mal die Idee, der Psychologe könnte mit dem Mörder gemeinsame Sache gemacht haben.« Kurt Jankowski legte nachdenklich sein Kinn zwischen Daumen und Zeigefinger. »Was, wenn Weiler – wie auch immer – dahintergekommen ist, wer die Männer ermordet hat.«

»Und der Mörder wusste, dass Weiler wusste?«, meinte Faust.

»Genau. Und weil der Mörder wusste, dass Weiler wusste, hat er den Psychologen aus dem Weg geschafft.«

»Könnte sein. Bleibt aber immer noch die Frage, wie der Mörder davon erfahren hat, dass Hanno Classen letzten Sonntag nach Lübeck kommen und die Nacht auf Montag im *Hotel am Krankhaus Süd* verbringen würde.«

Niemand sagte etwas.

Dann beendete Riedel das Schweigen.

»Weiler hatte an dem Abend, an dem Classen angerufen hat, einen Gesprächstermin in seinem Kalender stehen, eine Einzeltherapie. Vielleicht ist dieser Klient an den Apparat in Weilers Büro gekommen.«

»Du meinst, einer der Männer, die an der Therapie teilnehmen, ist unser Täter? Du denkst, der hat sich da eingeschlichen?« Faust schüttelte den Kopf. »Das kann ich mir nicht vorstellen.« Er zögerte und schüttelte dann erneut den Kopf. »Nein. Alles, was wir bisher haben, spricht dafür, dass der Täter Mitarbeiter in diesem Therapiezentrum ist. Da müssen wir dranbleiben. Und ich möchte, dass wir den Fokus nicht nur auf Burmester und die Therapeuten legen. Ich möchte, dass wir den Kreis erweitern und uns das gesamte Personal im *ZVV* vorknöpfen. Wir müssen von jedem einzelnen Mitarbeiter wissen, wo er war, als Classens Anruf einging, und was er gemacht hat, während die Morde begangen wurden. Angefangen bei den Damen an der Rezeption, über sämtliche Ärzte und Therapeuten, bis hin zu den Mitarbeitern der Verwaltung und den Reinigungskräften.«

Faust verschränkte die Arme vor der Brust.

»Und noch etwas. Ich will, dass ihr euch sofort diesen … diesen Mitarbeiter vorknöpft, der in Schweden war. Kaum ist der wieder da, haben wir eine neue Leiche!«

»Das ist richtig«, gab Kurt Jankowski zurück. »Aber der war's nicht. Wir haben Fabian Conrad gestern Abend nach seiner Ankunft in Lübeck noch einen Besuch abgestattet. Conrad war in der Nacht von Montag auf Dienstag, als Fenger ermordet wurde, bereits nicht mehr in der Stadt.

Nachweislich! Und – er hat für die Nächte, in denen Hofer und Classen erdrosselt wurden, Alibis. Alle geprüft. Alle wasserdicht!«

Faust brummte. Dann fragte er nach dem Gespräch mit Justus Jacobi, und Lennart berichtete.

»Habt ihr das Alibi geprüft?«

»Die Schwiegermutter hat alles bestätigt.«

Faust wendete sich an Daniel Becker. »Konntet ihr mit Weilers Freund reden?«

»Nur kurz. Wir haben gestern mit ihm telefoniert und erfahren, dass er beruflich unterwegs ist. Kurt hat ihn vorhin noch einmal angerufen und ihm mitgeteilt, was passiert ist. Er ist auf dem Weg hierher.«

»Hmmm.«

»Was machen wir mit Burmester, Conrad, der Frau und diesem Sexualmediziner?«, fragte Joseph Walther.

»Theresa Johansson und Gunnar Jungmann«, ergänzte Franka.

»Können wir nach Weilers Tod ausschließen, dass der Mörder sein Einzugsgebiet generell erweitert hat?« Walther sah Faust an.

»Das können wir wohl nicht.«

»Was ist mit Polizeischutz?«

»Für vier Personen Polizeischutz. Grunwald wird im Sechseck springen!« Faust wog skeptisch den Kopf hin und her. Dann nickte er. »Ich werd's veranlassen.«

»Das ist gut!« Ansgar Alhaus stand auf, streckte sich und fuhr auf seine arrogante Art und Weise fort: »Denn wenn einer von denen der Bösewicht ist, dann ist die Polizei demnächst direkt an seiner Seite, wenn er wieder zuschlägt.«

***

Theresa Johansson japste nach Luft. Wie eine Verrückte war sie mit ihrem Fahrrad vom Sauerbruchweg über die Dorfstraße zum Universitätsklinikum gerast. Sie stellte es vor dem Verwaltungsgebäude der Kinder- und Jugendpsychiatrie ab, ging hinein und entdeckte ein Schild mit der Aufschrift: *Direktor Professor Dr. Justus Jacobi.* Noch immer außer Atem, öffnete sie die Tür und trat in das Vorzimmer des Professors.

Eine blasse Frau blickte hinter ihrem Schreibtisch auf.

»Ja bitte?«, fragte sie.

»Mein Name ist Theresa Johansson. Ich möchte mit Herrn Jacobi sprechen.«

»Der Herr Professor ist nicht im Haus.« Die Frau wandte sich wieder ihrer Arbeit zu.

»Können Sie mir sagen, wann er kommt?«

Ein Kopfschütteln war die Antwort.

»Bitte. Es ist wirklich wichtig.«

Die Frau blickte erneut auf.

Ihr Telefon klingelte. Sie schob Theresa einen Stift und einen Zettel hin, nahm den Hörer ab und hielt die Sprechmuschel zu.

»Schreiben Sie Ihren Namen und Ihre Telefonnummer auf. Der Herr Professor wird sich zu gegebener Zeit bei Ihnen melden.«

»Herr Professor Jacobi«, hörte Theresa sie in den Hörer säuseln. Sie sah, wie die Frau ihr zunickte, sich gleich darauf aber von ihr wegdrehte. Theresa nahm den Stift und spitzte die Ohren.

»Ja, verstehe, Herr Professor. Heute ausnahmsweise von zu Hause aus … Ist gut … Ja, das mache ich. Ich bringe die Unterlagen gleich zur Poststelle … Nicht zur Poststelle? Gut … Ja. Zu Ihnen nach Hause … Ein Kurier. Selbstverständlich. Wird sofort erledigt … Natürlich …!«

Theresa, legte den Stift auf den leeren Zettel und verließ den Raum.

»Ich muss was essen!« Matthias Riedel rieb sich den Bauch. Lennart und er hatten die Asservatenkammer verlassen und saßen in ihrem Büro im K1. »Kommst du mit?«

Lennart schüttelte den Kopf und sah, wie Riedel den Raum verließ.

»In einer halben Stunde bin ich wieder da«, hörte er ihn über den Flur brüllen.

Lennart legte seine Arme auf die Schreibtischplatte, den Kopf darauf und stöhnte. Er hatte noch immer einen Brummschädel. Und er war verdammt müde.

Nachdem er einige Minuten so dagekauert hatte, richtete er sich auf, ließ den Kopf aber gleich wieder sinken.

Es war zum Verzweifeln. Vier Tote! Und sie traten komplett auf der Stelle.

***

Theresa Johansson stand vor einem der ältesten Backsteinhäuser der Lübecker Altstadt und blickte die beeindruckende Fassade empor. Eine Tafel neben der Eingangspforte informierte darüber, dass das Gebäude 1240 erbaut worden war. Es gehörte Justus Jacobi.

Theresa hatte den Professor bisher nur ein einziges Mal getroffen – bei einer Teamsitzung im Sauerbruchweg, auf der Thies Burmester ihn vorgestellt hatte. Wo er wohnte, wusste sie, weil der Norddeutsche Rundfunk vor einiger Zeit eine Dokumentation über *Die Königin der Hanse* ausgestrahlt hatte. Theresa hatte genau in dem Moment in das Programm geschaltet, als das Gebäude in der Glockengießerstraße gezeigt worden war.

Das war knapp drei Monate her. Eigentlich hatte Theresa an dem Abend vorgehabt, einige Regale aufzubauen, die die Packer eines Berliner Umzugsunternehmens am Morgen zusammen mit den wenigen Möbeln, die sie besaß, und ihrem restlichen Hab und Gut in ihrem neuen Zuhause abgestellt hatten – einer einhundertsechzig Quadratmeter großen, sich über zwei Etagen erstreckenden Eigentumswohnung in der Curtiusstraße, mit Blick auf den Stadtpark.

Aber dann hatte sie es sich anders überlegt und zunächst einmal den Fernseher programmiert. Anschließend war sie in gemütliche Klamotten und warme Wollsocken geschlüpft, hatte sich eine Flasche Wein geöffnet und es sich mit einer Tüte Salzstangen und einer Decke auf dem Sofa, das noch mitten im Raum zwischen all den Kartons stand, gemütlich gemacht. Sie hatte sich durch die Kanäle gezappt, in den Bericht des NDR geschaltet und Justus Jacobi mit einem Fernsehteam vor dem Gebäude stehen sehen. Er berichtete über die Entstehung des Baus und die Geschichte seiner Familie. Sie hatte das Haus 1812 erworben, im selben Jahr dort eine der ersten privat geführten Apotheken eröffnet und diese über Generationen, bis ins Jahr 1990, betrieben.

Theresa drückte den Messingklingelknopf neben dem Schild, vergrub die Hände in ihrer Jackentasche und wartete.

»Frau Johansson! Das ist ja eine Überraschung.« Justus Jacobi lächelte sie an. In seiner grauen Cordhose, dem weißen Hemd und den taupefarbenen Wildlederschuhen versprühte er den jugendlichen Charme, der Theresa schon während ihrer ersten Begegnung und auch in dem Fernsehbericht aufgefallen war.

Ein brauner, junger Labrador schob sich an ihm vorbei, tapste mit wedelndem Schwanz auf Theresa zu und sprang an ihr hoch.

»Hoppla, nicht so stürmisch, junger Mann«, lachte Jacobi. »Darf ich vorstellen – das ist Watkins.« Er griff den Hund und bat Theresa herein.

»Normalerweise trifft man mich mittags nicht zu Hause an«, sagte er und schloss die Tür. »Aber heute mache ich ausnahmsweise mal einen Home-Office-Tag. Das ist ja modern.«

Theresa betrat das Haus und ließ ihren Blick durch die

imposante, lichtdurchflutete Eingangshalle des Gebäudes schweifen, von der aus eine Treppe in die obere Etage sowie in den Keller führte. Sie nahm an, dass es sich bei dem Eingang um den früheren Verkaufsraum der Apotheke handelte und Jacobi ihn komplett hatte umbauen lassen.

Links des Eingangs stand ein alter gusseiserner Ofen, von dem eine angenehme Wärme ausging. An den hohen Wänden hingen eindrucksvolle Gemälde. Theresa hatte zwar keine Ahnung von Kunst – aber selbst sie sah, dass diese Bilder ein Vermögen wert sein mussten.

»Meine Sekretärin hat mich darüber informiert, dass Sie mich gesucht haben und mit mir sprechen wollten.«

Jacobi wies ihr den Weg durch die Halle.

»Ich muss zugeben … mit einem Besuch von Ihnen habe ich allerdings nicht gerechnet.«

Sie hatten den Eingang verlassen, waren durch einen minimalistisch, aber exklusiv und wie Theresa fand geschmackvoll eingerichteten Wohnbereich gegangen, in dem ein beinahe majestätisch wirkender weißer Flügel stand. Dann betraten sie den angrenzenden Wintergarten.

»Bitte, nehmen Sie doch Platz.«

Theresa setzte sich und beobachtete, wie Justus Jacobi zwei Holzscheite übereinander in einen Kamin legte und mithilfe einiger kleiner Anmachhölzer sowie etwas Zeitungspapier das Feuer entfachte. Watkins kam angetapst. Der Hund streckte sich gähnend, legte sich vor den Kamin und schloss die Augen.

»Ganz schön unangenehm da draußen.« Jacobi drehte sich zu Theresa.

Im selben Moment hörte sie, wie der Wind um die gläsernen Wände pfiff.

Dann entschuldigte sich Justus Jacobi und verschwand ins Innere des Hauses, kam kurz darauf in den Wintergarten zurück und setzte sich ihr gegenüber in einen der gemütlichen Rattansessel.

»Ich habe meine Haushälterin gebeten, Tee für uns zu machen, bevor sie das Haus verlässt und die Einkäufe erledigt. Ich hoffe, Sie mögen Tee.«

Theresa nickte. Dann sah sie, wie Jacobis Gesicht einen ernsten Ausdruck annahm.

»Sie kommen zu mir nach Hause … Ich kann also vermuten, dass das, worüber Sie mit mir sprechen möchten, wichtig ist.«

Das brennende Holz knackte.

»Was kann ich für Sie tun?«

Theresa zögerte einen Moment.

»Herr Professor Jacobi«, sagte sie dann, »kennen Sie einen Blogger, der sich *Der Kinderschützer* nennt?«

Auf Jacobis Stirn bildete sich eine Falte.

»Einen Blogger? Ehrlich gesagt, ich weiß nicht einmal genau, was das ist – ein Blogger.« Er lachte. »Nein, im Ernst. Natürlich ist auch an mir nicht vorübergegangen, dass es Menschen gibt, die zu allem ihren Senf dazugeben müssen. Aber jemanden, der sich *Der Kinderschützer* nennt, den kenne ich nicht.«

»Nein?«

Jacobi schüttelte den Kopf. »Warum fragen Sie mich das?«

Theresa überlegte, wie sie fortfahren sollte, und auf einmal überkamen sie Zweifel, ob es wirklich eine gute Idee gewesen war, hierherzukommen. Sicher, sie war entsetzt, als sie den Namen Justus Jacobi auf den Seiten des Bloggers gesehen und seinen Artikel gelesen hatte. Aber der Text war über zwanzig Jahre alt.

Sie fragte sich, ob Thies Burmester wusste, was Jacobi in früheren Zeiten vertreten hatte und – ob sie ihn nicht doch anrufen und zuerst mit ihm hätte sprechen sollen. Sie war verunsichert, und sie ärgerte sich, dass sie Weiler nicht erreicht hatte. Sie hätte sich gerne mit ihm beraten.

Soll ich das Thema ruhen lassen?

Sollte sie das, was Jacobi damals geschrieben hatte, als *Verirrung der Zeit* ansehen, wie ein Journalist titelte, dessen Bericht sie im Zusammenhang mit der Pädophilendebatte gelesen hatte? Oder als *groben Unfug*, wie es ein hochrangiger Politiker ausgedrückt hatte? Schließlich war Justus Jacobi seit Jahren im Vorstand genau der Organisation, die damals seinen Artikel nicht hatte veröffentlichen wollen. Im Vorstand des BSK, des *Bundes zum Schutz von Kinderrechten.*

»Wollten Sie kein Apotheker werden?«, fragte sie, sah Jacobis überraschten Gesichtsausdruck und wunderte sich selbst über ihre Frage, die nicht im Entferntesten mit dem zu tun hatte, weshalb sie eigentlich hergekommen war.

»Ich habe die Doku im NDR gesehen, in der Sie berichtet haben, dass Ihre Familie in dem Haus über Generationen eine Apotheke betrieben hat«, fügte Theresa hinzu.

»So?« Jacobi lächelte und schlug die Beine übereinander.

Die Haushälterin kam herein, stellte ein Tablett auf den

gläsernen Tisch und schenkte zwei Tassen Tee ein. Sie vergewisserte sich, dass Theresa und Jacobi weiter nichts brauchten, und verließ den Wintergarten wieder.

»Um auf Ihre Frage zu kommen. Ich bin in einer Apothekerfamilie groß geworden. Und mein Vater hat mich schon als kleinen Steppke in die Geheimnisse der heilenden Substanzen eingeführt. Aber nein … ich wollte kein Apotheker werden. Und dennoch habe ich zunächst Pharmazie studiert – meinem Vater zuliebe. Ich konnte ihn nicht enttäuschen.«

Jacobi hielt Theresa ein Töpfchen mit Zucker entgegen.

»Mögen Sie?«

»Nein danke.«

»Er ist gestorben, da habe ich gerade meine Approbation erhalten. Meine Mutter lebte da schon lange nicht mehr. Ich war gerade sechs Jahre alt, als sie verstarb.«

»Das tut mir leid.«

»Sterben gehört zum Leben dazu – auch wenn wir immer mehr Krankheiten heilen oder ihr Fortschreiten verlangsamen können«, sagte Jacobi und trank einen Schluck Tee.

»Nachdem wir meinen Vater beerdigt hatten, habe ich mich entschieden, einen anderen Weg einzuschlagen. Die Tradition zu brechen, wenn Sie so wollen.«

»Wenn ich das richtig weiß, war das hier nicht Ihre einzige Apotheke.« Theresa hob den Kopf, als wollte sie mit dieser Geste das gesamte Gebäude erfassen.

»Nein. Das Haus hier war die erste Apotheke in unserer Familie. Später dann das Mutterschiff, salopp ausgedrückt. Mein Großvater hatte bereits sieben weitere Apotheken in und um Lübeck herum eröffnet. Ja, vermutlich war er einer der Pioniere für das, was wir heute unter *Ketten* kennen. Als mein Vater das Ruder übernahm, wurden es schnell immer mehr. Am Ende gab es achtunddreißig Häuser und rund dreihundert Angestellte. Ich habe alles verkauft.«

Sie schwiegen eine Weile.

Jacobi zog die Stirn kraus.

»Frau Johansson. Sie sind doch nicht hierhergekommen, um mit mir über meine Familie und über Apotheken zu plaudern. Warum sind Sie hier? Was ist mit diesem Blogger?«

Theresa sah ihn schweigend an.

Dann zog sie den Artikel aus ihrer Tasche und spürte, wie sich erneut ihre Kehle zuzog.

Nein, dachte sie. Egal, wie viele Jahre verstrichen waren. Das, was Justus Jacobi vertreten hatte, hatte nichts mit *grobem Unfug* zu tun und es war auch nichts, was man als *Verirrung der Zeit* herunterspielen konnte. Sie musste den Mann mit dem konfrontieren, was er damals geschrieben hatte. Schließlich wollte er sich an der Therapie beteiligen und heute das genaue Gegenteil von dem vermitteln, wofür er damals plädiert hatte.

Theresa holte tief Luft.

»Sie haben recht«, sagte sie und warf einen Blick auf das Papier in ihrer Hand. »Das falsche Tabu!«, las sie vor. »Sagt Ihnen das etwas, Herr Professor Jacobi?«

Immer wieder gingen Lennart die immer gleichen Fragen durch den Kopf. Er schüttelte sich. So, als könne er dadurch die kreisenden Gedanken vertreiben.

Dann zog er den Zettel hervor, den Becker ihm schon vor zwei Tagen auf den Schreibtisch gelegt hatte. Die Info über die Person, die den Kommentar … *Bei unseren Gesetzen sollte man sich nicht wundern, wenn Betroffene oder deren Angehörige eine gerechte Bestrafung demnächst selbst in die Hand nehmen* … in den *Lübecker Nachrichten* veröffentlicht hatte. Der Verfasser hieß Franz Schröter, war neunundachtzig Jahre alt und wohnte in der Travelmannstraße. Dem Mann war das Internet nicht fremd. Es war sein einziger Kontakt zur Außenwelt. Schröter saß im Rollstuhl.

Lennart knüllte das Papier zusammen und pfefferte es durch den Raum.

Die Recherche den Blogger betreffend, hatte Becker am Morgen geschimpft, dass der Typ hinter Gitter gehöre und Lennart sich seinen Internetauftritt selber ansehen solle. Wer der *Typ* war, konnte Becker ihm nicht sagen. Stattdessen hatte er Lennart in aller Ausführlichkeit dargelegt, dass der Blogger Live-CDs nutze und einen Bloghoster, der eine anonyme Registrierung oder eine Registrierung mit Fake-Daten ermögliche. So weit hatte Lennart seinem Kollegen noch einigermaßen folgen können. Bei allem, was Becker ihm danach erklärt hatte, kam er jedoch nicht mehr mit.

Dann wollen wir doch mal sehen … Lennart gab *Der Kinderschützer* in die Suchmaske auf dem Bildschirm seines Computers ein. Er wollte die Seite gerade öffnen, als es klopfte.

»Darf ich?«

Lennart drehte sich um. Er war überrascht. Zum einen, weil er noch nie erlebt hatte, dass jemand fragte, ob er eintreten durfte. Zum anderen, weil Ansgar Alhaus derjenige war, der im Türrahmen stand. Das hatte es ebenfalls noch nicht gegeben.

»Nur zu. Kommen Sie rein«, sagte Lennart und bot ihm Riedels Schreibtischstuhl an.

Ansgar Alhaus trat ein und setzte sich.

Sie sahen sich einen Moment lang schweigend an.

»Und?«, fragte Lennart dann.

»Wissen Sie«, sagte Alhaus und beugte sich vor, »ich frage mich die ganze Zeit, was gestern eigentlich mit Ihnen im Universitätsklinikum los war.«

Lennart wusste sofort, wovon Alhaus sprach. Aber er entschied sich, so zu tun, als hätte er keine Ahnung, was er von ihm wolle, und sah Alhaus mit gerunzelter Stirn fragend an.

»Ich bin mir sicher, Sie wissen, was ich meine. Wo waren Sie mit Ihren Gedanken, als wir über das Gelände zur Kinder- und Jugendpsychiatrie gefahren sind? Oder soll ich lieber fragen, wo Sie mit Ihrem Herzen waren?«

Lennart hatte zwar gewusst, was kommen würde, aber dennoch war er perplex. Es war Alhaus' Wortwahl, die ihn verwirrte. *… mit Ihrem Herzen …*

»Wissen Sie«, fuhr Alhaus fort und beugte sich noch weiter vor, »zuerst hatte ich gedacht, Sie würden so … so gequält dreinschauen, weil Sie meiner Begleitung ausgesetzt waren.« Er lachte. »Aber seien wir doch mal ehrlich!« Alhaus Gesicht hatte einen ernsthaften Ausdruck angenommen. »Mit mir hatte das doch gar nichts zu tun.«

Die beiden Männer sahen sich an.

»Was war los mit Ihnen?«

War das Besorgnis in Alhaus' Stimme? Lennart mahnte sich, auf der Hut zu sein. Ihm gefielen die Fragen nicht. Nicht von einem Ansgar Alhaus.

»Vermutlich geht mich das gar nichts an. Aber …«

Kein Aber, lag es Lennart auf der Zunge. Er sprach es jedoch nicht aus.

»Das ist interessant«, sagte er stattdessen. »Sie fragen mich, was los war. Die Frage kann ich nur zurückgeben.«

Alhaus lehnte sich, den Kopf auf die Seite gelegt, zurück. Auch er wusste sofort, was gemeint war. Und auch er tat so, als wisse er nicht, wovon Lennart sprach, und zog die Augenbrauen hoch.

Lennart grinste. Und Alhaus grinste zurück.

»Na, mit Jacobi? Was ist denn da zwischen Ihnen und dem Professor?«

Nach einem Zögern beugte Alhaus sich wieder vor.

»Also gut«, sagte er. »Ich mache den Anfang. Ich werde Ihnen etwas über Professor Dr. Justus Jacobi erzählen, dafür erzählen Sie mir etwas darüber, was Sie im Klinikum so beschäftigt hat.«

»Einverstanden«, sagte Lennart nach einem kurzen Zögern. Er wollte wissen, was Alhaus über Jacobi zu sagen hatte. Aber er dachte nicht eine Sekunde lang daran, sich ernsthaft auf sein Quid-pro-quo-Spiel einzulassen.

Sie nickten sich zu.

»Wie der Professor bei unserem Besuch ja erwähnt hat, haben wir uns vor einem halben Jahr bei einem Prozess kennengelernt«, begann Alhaus. »Sie haben sicher von der Sache mit der kleinen Solveig gehört.«

Lennart nickte.

»Ist übrigens norwegisch. Der Name bedeutet so viel wie *Der Weg zur Sonne* oder auch *Sonnenweg.*«

Klugscheißer, dachte Lennart. Dann sah er das Mädchen vor sich. Und den Finanzminister. Ludwigs Chef. Der Minister war des sexuellen Missbrauchs an dem Kind, acht Jahre alt, angeklagt worden. Das Mädchen war seine Nichte. In den Wochen vor und während des Prozesses hatte er keine Gelegenheit ausgelassen, zu beteuern, dass an den Vorwürfen gegen ihn nichts, aber auch gar nichts dran sei.

»Natürlich war Jacobi für mich schon vorher kein Unbekannter«, riss Alhaus Lennart aus seinen Gedanken. »Ich habe ihn auf diversen Veranstaltungen und Kongressen reden hören und zwei, drei seiner Bücher gelesen. Aber persönlich kennen wir uns erst seit dem Prozess. Wir haben einige wenige Worte miteinander gewechselt.«

Alhaus stand auf und ging zum Fenster. »Ist es in Ordnung für Sie, wenn ich einen Moment frische Luft reinlasse?«, fragte er.

Lennart nickte wieder.

Kurz darauf erfüllte kalte, klamme Luft den Raum.

Alhaus blieb am Fenster stehen, verschränkte die Arme und berichtete, dass Jacobi in dem Prozess gegen den Minister, wie der Professor gestern gesagt hatte, als Sachverständiger hinzugezogen worden war.

»Es ging um die Einschätzung der Glaubwürdigkeit der Aussage des Kindes.«

»Und?«

»Jacobi hat ausgesagt, dass er trotz eingehender Prüfung keinerlei Fakten erheben könne, die es gerechtfertigt hätten, die Nullhypothese zu verwerfen und eine Alternativhypothese anzunehmen.«

»Geht das auch auf Deutsch?«

»Sicher. Vor Gericht gehen Gutachter bei der Erstellung eines Glaubwürdigkeitsgutachtens zunächst davon aus, dass eine Aussage nicht glaubhaft ist. Nicht erlebnisfundiert – also nicht wahr. Das nennt man Nullhypothese. Dann wird nach Beweisen gesucht, die es rechtfertigen, zu einem anderen Ergebnis zu kommen; zu dem Schluss, die Aussage sei erlebnisfundiert – also wahr. Es wird nach einer Alternativhypothese gesucht.«

»Und Jacobi …«

»… ist dabei geblieben, die Aussage des Mädchens sei nicht erlebnisfundiert.«

»Also gelogen.«

»Richtig.«

»Ja, und?«

»Ich bin zu einem anderen Ergebnis gekommen.« Alhaus ging zurück zu seinem Platz.

»Lassen Sie sich nicht alles aus der Nase ziehen.« Lennart war genervt. Aber irgendwie nahm ihn das, was Alhaus berichtete, auch gefangen.

»Ich bin zu dem Ergebnis gekommen, dass nicht das Mädchen gelogen hat, sondern Jacobi.«

»Wie meinen Sie das?«

»So, wie ich es gesagt habe. Das Mädchen hat die Wahrheit gesagt. Jacobi nicht.«

»Sie meinen, Jacobi hat den Wahrheitsgehalt der Aussage

falsch eingeschätzt?«

»Dann hätte ich das gesagt.«

Alhaus spielte mit einem Radiergummi, der auf Riedels Schreibtisch lag.

»Professor Dr. Justus Jacobi hat sehr wohl gewusst, dass das Mädchen die Wahrheit gesagt hat«, sagte er und legte den Radierer zurück.

»Und trotzdem hat er gesagt, dass das Mädchen das Ganze nur erfunden hat?«

»Ganz genau. Er hat vorsätzlich vor Gericht gelogen.«

»Und das haben Sie herausgefunden?«

»Habe ich.«

»Wie?«

»Ich habe es gesehen.«

»Sie haben es gesehen!«

»Ich sehe Menschen an, wenn sie lügen.«

Lennart räusperte sich, hielt sich aber zurück.

»Und haben Sie dem Gericht das gesagt?«, fragte er. »Dass Sie gesehen haben, dass Professor Dr. Justus Jacobi nicht die Wahrheit gesagt hat.«

»Nein. Jacobi war der Sachverständige. Nicht ich. Das Gericht hat mich auf Veranlassung der Staatsanwaltschaft als Sachverständigen abgelehnt.«

»Und den Mann freigesprochen.«

»Und den Mann freigesprochen. Ja.«

»Das hat wehgetan, kann ich mir vorstellen.«

»Das hat es. Und wenn Sie damit auf meine Eitelkeit anspielen – natürlich war ich enttäuscht. Aber wissen Sie … auch wenn es Ihnen schwerfällt, das zu glauben … in dem Moment tat mir einfach nur das Kind leid. Das Mädchen und seine Familie. Ich hatte eine unglaubliche Wut auf den Staatsanwalt und den Richter. Und vor allem auf Jacobi.«

»Haben Sie mit dem Professor darüber gesprochen?«

»Nein. Dazu hatte ich keine Gelegenheit. Aber Sie haben ja gestern gehört, dass er es mitbekommen hat.«

Lennart nickte.

»Wenn es stimmt, was Sie sagen – was glauben Sie, warum Jacobi gelogen hat? Warum hat er zugunsten des Ministers ausgesagt, wenn er, wie Sie glauben, genau wusste, dass Solveig von dem Mann missbraucht worden war?«

»Sie können sich sicher denken, dass ich mir diese Frage nicht nur einmal gestellt habe. Seit dem Prozess zermartere ich mir das Hirn. Aber ich finde keine Antwort. Ich weiß es nicht.«

»War er gekauft?«

Alhaus zuckte die Schultern und hob die Arme. »Wissen Sie, die Sache ist an sich schon schlimm genug. Aber es gibt noch etwas, das mir ganz und gar nicht gefällt. Etwas, das mich sehr beunruhigt.«

Lennart sah ihn erwartungsvoll an.

»Mir gefällt der Gedanke nicht, dass ausgerechnet Jacobi als Experte zu der Therapie im Sauerbruchweg hinzugezogen werden soll. Ich meine – überlegen Sie mal. Jacobi behauptet als Sachverständiger in einem Gerichtsverfahren, ein Kind habe einen Missbrauch nur erfunden. Diese Behauptung stellt er wider besseres Wissen auf. Da bin ich mir sicher. Das Gericht trifft auf Grundlage von Jacobis Lüge eine Entscheidung und spricht einen Mann frei, der sich an einem Kind vergangen hat. Es sind x Kinder in der Obhut des Professors. Wenn ich daran denke, läuft es mir eiskalt den Rücken herunter. Und nicht weniger unbehaglich ist mir zumute, wenn ich daran denke, dass ausgerechnet Jacobi an dieser Therapie mitarbeiten will. Dass er Männern, die sich an Kindern vergangen haben und sich vor Missbrauchsabbildungen befriedigen, predigen will, was sie den Kindern antun und welches Leid sie auslösen. Das klingt für mich wie blanker Hohn.«

Sie schwiegen.

»Jetzt zu Ihnen«, durchbrach Alhaus die Stille. »Was hat Sie auf dem Gelände der Kinder- und Jugendpsychiatrie so aus der Spur gebracht?«

»Was soll das schon gewesen sein?«, gab Lennart zurück. »Ich habe mir den Kopf darüber zerbrochen, wer gewusst hat, dass Classen …«

»Tststs«, machte Alhaus und spreizte Zeige- und Mittelfinger seiner rechten Hand. Er zeigte damit zunächst auf seine und dann auf Lennarts Augen. »Das ist jetzt aber nicht fair. Sie wissen doch. Ich sehe eine Lüge. Und spüren Sie's? Ihre Nase wird gerade immer länger.«

Lennart merkte, wie er sich unwillkürlich an die Nase griff.

»Also gut«, sagte er. Er hatte es nicht vorgehabt – aber dann erzählte er Alhaus doch, was vor über dreißig Jahren passiert war. Er berichtete von Mia. Von seiner Freundin Mia, die brutal missbraucht und anschließend in die Kinder- und Jugendpsychiatrie eingewiesen worden war.

Alhaus wirkte aufrichtig betroffen.

»Ins Universitätsklinikum, nehme ich an.«

Lennart nickte.

»Wie alt waren Sie da?«

»Dreizehn.«

»Und Ihre Freundin?«

»Auch dreizehn.«

»Hat man den Täter gefasst?«

»Nein. Bis heute nicht. Das Ganze ist auch längst verjährt.«

»Wo ist das passiert?«, fragte Alhaus.

Lennart zögerte und fragte sich, warum er mit Alhaus über Mia sprach. Ausgerechnet mit ihm. Und im nächsten Moment hörte er sich auch schon antworten.

»Im Puff ... Im Bordell meiner Mutter.«

»Im ...? Wie ist sie denn dahin ge–« Alhaus musste Lennarts Schmerz in seinem Gesicht gesehen haben, denn er hielt inne.

»Und wie geht es Ihrer Freundin heute?«, fragte er nach einer Weile.

Lennart atmete schwer. »Mia ist tot. Sie ist knapp ein Jahr, nachdem das alles passiert ist, in den Tod gesprungen. Aus einem der Fenster der Häuser der Kinder- und Jugendpsychiatrie, an denen wir gestern vorbeigefahren sind.«

Lennart schloss die Augen. Er sah sich wieder, wie er in der Mitte der Gebäude stand, den Kopf in den Nacken gelegt, sich stundenlang drehend, immer in der Hoffnung, Mia würde aus einem der Fenster schauen. Sie war ans Fenster gekommen – um zu springen. Als er nicht mehr da war.

»Das tut mir leid. Das tut mir sehr leid«, riss Alhaus

Lennart erneut aus seinen Gedanken, stand auf, ging zur Tür und drehte sich noch einmal um.

»Das mit Jacobi, das hätte ich Ihnen sowieso erzählt. Auch ohne unser kleines Spielchen. Aber danke, dass Sie mir von Ihrer kleinen Freundin erzählt haben.« Alhaus lächelte mitfühlend und verließ Lennarts Büro.

***

»Wo haben Sie das her?«, fragte Justus Jacobi.

»Das hat der Blogger, nach dem ich Sie vorhin gefragt habe, ins Netz gestellt.«

»Sie haben das im Internet gefunden?«

Theresa nickte.

»Das … das …« Jacobi wirkte für den Bruchteil einer Sekunde fassungslos. Aber er bekam sich sofort wieder in den Griff. »Das muss Sie verwirrt haben. Das verstehe ich.«

»Verwirrt?« Theresa stand auf und ging zu dem Kamin. Watkins hob kurz den Kopf und döste dann weiter.

»Verwirrt trifft es nicht annähernd!« Sie drehte sich Jacobi zu. »Sie setzen sich hier für die Legalisierung von Pädophilie ein!« Theresa hielt den Artikel hoch.

»Das ist so nicht richtig. Ich sage in meinem Fazit, dass eine generelle Strafandrohung für pädophile Handlungen der Vielfalt pädophiler Beziehungen nicht gerecht wird. Nicht mehr und nicht weniger.«

»Ist das alles, was Sie dazu zu sagen haben?«

Jacobi sah Theresa nachsichtig an, beinahe väterlich. »Was möchten Sie denn hören?«

Theresas Wut stieg ins Unermessliche.

»Wollen Sie hören, dass ich Opfer irreführender, aber dem damaligen Zeitgeist entsprechender Ansichten geworden bin?«

»Sie hätten es schon vor zwanzig Jahren besser wissen müssen.«

»Sehen Sie, eine Entschuldigung lassen Sie mir doch gar nicht durchgehen.« Jacobi lächelte. »Wollen Sie, dass ich mich von dem, was ich damals vertreten habe, distanziere?«

»Ich gehe davon aus, dass Sie das längst getan haben. Sonst würden Sie sich wohl kaum in die Therapie einbringen wollen«, entgegnete sie schroff.

»So, so!«

Theresa sah Jacobi irritiert an.

»Wissen Sie«, begann er. »Das war damals eine echte Chance …«

»Eine Chance? Was? Wofür? Die Chance, sexuellen Missbrauch an Kindern zu befürworten und zu verharmlosen?«

Jacobi zuckte kaum sichtbar die Schultern. »Ich rede nicht von Missbrauch, Frau Johansson. Wenn Sie meinen Artikel gelesen haben – und davon gehe ich aus –, wissen Sie das auch.«

Theresa wollte gerade protestieren, als Jacobi fortfuhr.

»Sehen Sie, Pädophilie war immer ein Tabuthema. Ein Thema, dem man aus dem Weg ging. Und dann, dann war es endlich auf dem Tisch, wenn ich das mal so ausdrücken darf. Und – es gab eine Vielzahl höchst intelligenter Menschen, Politiker und Sexualwissenschaftler, die Pädophilie nicht mehr einfach nur mit sexueller Gewalt gleichgesetzt, sondern differenziert haben. Plötzlich gab es einflussreiche Menschen, die erkannt hatten, dass eine generelle Beurteilung der pädophilen Beziehung als schlecht und böse nicht richtig war.« Jacobi zögerte. »Aber leider haben diese Menschen dem Druck konformistischer, moralisierender und feiger Verbohrtheit nicht standgehalten. Und damit war die Chance vertan.«

»Gott sei Dank! Gott sei Dank gab es nicht nur die verblendeten Vollidioten, wie ich die von Ihnen als höchst intelligent bezeichneten Menschen nennen würde.« Theresa setzte sich zurück in ihren Sessel.

»Ich verstehe, dass Sie erregt sind.« Jacobi sah sie beinahe einfühlsam an. »Allerdings würde ich in dem Zusammenhang nicht das Wort *verblendet* benutzen. Mit der Bezeichnung Vollidioten könnte ich demgegenüber – das Ganze im Nachhinein betrachtet – mitgehen. Wenn auch aus einem anderen Grunde. Sehen Sie, ich hatte gehofft, dass sich Menschen, die sich als Vordenker der sexuellen Revolution in einer so verklemmten und sexualfeindlichen Republik wie der unseren stärker würden positionieren können. Ich hatte gehofft, sie würden kämpfen – aber am Ende haben sie nur …« Jacobi unterbrach sich und lächelte.

»Ich werde mich hinreißen lassen, Frau Johansson«, sagte er. »Ich werde mich hinreißen lassen und mich Ihrer doch recht schlichten Ausdrucksweise anpassen.« Er spitzte die Lippen. »Also: Am Ende haben sie nur den Schwanz eingezogen.« Er kicherte. Dann sah er sie verschwörerisch an.

Theresa durchfuhr ein eisiger Schauer.

»Um es auf den Punkt zu bringen, Frau Johansson. Ich distanziere mich von dem, was ich damals vertreten habe, auch heute in keiner Weise.«

Theresa war erschüttert.

»Ich verstehe Sie richtig? Sie sagen mir, dass Sie heute noch genau das für richtig halten, was Sie damals geschrieben haben?« Theresa hielt erneut den Zettel hoch. Dann las sie laut: »*Sexuelle Leidenschaft, Wollust, Geilheit – das alles gehört zur Liebe dazu. Das sind ganz normale Wünsche eines Menschen, der liebt … Und – das sind im Übrigen auch die ganz normalen Wünsche eines Kindes, das einen Erwachsenen liebt.* Das ist doch nicht Ihr Ernst!«

Jacobi sah versonnen vor sich hin, ein Lächeln umspielte seine Lippen.

»Ich weiß, was ich damals geschrieben habe. Und ja, es ist mein Ernst.«

»Das glaube ich nicht. Sie … Sie setzen sich seit Jahren für die Rechte von Kindern ein. Sie sind eine Koryphäe, wenn es um Fachfragen zum Kindeswohl geht. Und Sie haben seit Jahren missbrauchte Kinder in Ihrer Obhut …«

Jacobi sah Theresa amüsiert an. »Steht Ihnen gut, der Eifer.«

Sie schnaubte. »Sie wissen ganz genau, dass man das sexuelle Empfinden eines Kindes nicht mit der Sexualität eines Erwachsenen vergleichen und schon gar nicht gleichsetzen kann.«

Er lächelte. »Sándor Ferenczi. Die Disparität des *Zärtlichen der kindlichen Erotik* und des *Leidenschaftlichen in der Erotik des Erwachsenen.* Sie kennen ihn? Sándor Ferenczi?«

»Reden Sie doch nicht so geschwollen daher!« Theresa konnte nicht an sich halten.

Jacobi lächelte. »Sie haben ja recht. Die Sexualität eines Kindes und die eines Erwachsenen sind verschiedenartig. Aber Kind ist nicht gleich Kind, Frau Johansson. Das wissen wiederum Sie ganz genau. Und Sie wissen ebenfalls ganz genau, dass es Kinder gibt, die sich nach sexueller Nähe zu einem erwachsenen Menschen sehnen.«

»Hören Sie auf. Sie …« Theresa fixierte Jacobi. »Kein Kind hat ein Interesse an einer intimen Beziehung zu einem Erwachsenen!«

Jacobi stand auf. Der Ausdruck in seinen Augen hatte sich verfinstert. »Sie meinen, kein Kind hat Lust auf Sex mit einem Erwachsenen? Sprechen Sie es doch aus!«

Er ging auf Theresa zu und beugte sich zu ihr herunter. Jacobi stützte sich auf den Lehnen ihres Sessels ab und sah ihr tief in die Augen.

Was hat er vor?

Dann richtete sich der Professor wieder auf und strich sich die Ärmel glatt.

»Das sehe und erlebe ich etwas anders, Frau Johansson«, sagte er auf seine gewohnt ruhige Art. »Ich will Ihnen mal etwas verraten. Kinder nehmen sich das, was sie möchten. Und glauben Sie mir, Kinder wissen ganz genau, was sie wollen und was nicht. Sie nehmen sich ihr Recht auf Sexualität! Auf Liebkosen – aber eben auch auf Geschlechtsverkehr. Mit wem auch immer!«

»Das Recht der Kinder auf Sexualität – mit wem auch

immer!«, brauste Theresa auf. »Und dieses Recht schließt natürlich auch das Recht von Erwachsenen auf Sex mit Kindern ein!« Sie sprang auf, trat an Jacobi heran und zischte: »Das ist es doch, worum es hier eigentlich geht!«

»Phrasen«, erwiderte Jacobi, wieder ein süffisantes Lächeln auf den Lippen. »Sie ergehen sich in Phrasen, Frau Johansson.«

Theresa schnaubte erneut. Aber noch ehe sie etwas sagen konnte, fuhr er fort: »Entscheidend ist doch zweierlei. Zum einen die Frage, was das Alter eines Kindes tatsächlich über seine geistige wie körperliche und sexuelle Reife zum Ausdruck bringt. Und das Zweite ist die Frage, was der Altersunterschied zwischen dem Kind und dem Erwachsenen über die Qualität einer Beziehung aussagt.« Jacobi hob dramatisch die Arme. »Auf beide Fragen lautet die Antwort: nichts!« Er ließ die Arme wieder sinken. »Und dennoch gibt es eine Gesellschaft, die sich anmaßt zu urteilen und eine Obrigkeit, die sich das Recht herausnimmt, völlig undifferenziert Grenzen zu bestimmen und Gesetze zu erlassen.«

»Ach, hören Sie doch …«

»Frau Johansson, bitte, ich möchte nicht unhöflich erscheinen, weil ich Sie unterbreche. Aber Sie wissen doch: Gottes Schöpfung ist bunt. Die sexuellen Neigungen und Vorlieben sind verschiedenartig. Deren Ausübung ist grenzenlos. Und auch die Art und Weise, wie ein pädophiler Mensch seine Neigung und seine Beziehung auslebt, kann sehr unterschiedlich sein. Die meisten aber würden nie im Leben etwas tun, was dem Wohl des Kindes schadet. Nichts, was seine geistige und körperliche Entwicklung beeinträchtigt und nicht seiner sexuellen Reife entspricht. Aber das interessiert niemanden.«

»Und wer bitte schön …«

Jacobi hielt einen Finger in die Luft. »Wissen Sie, es gab einen Psychologen im Bundeskriminalamt. Einen Mann, der es für kriminologisch unhaltbar hielt, dass Pädophile – und da interpretiere ich jetzt einmal – dass Pädophile, die ein Kind berührt haben, mit sexuellen Gewalttätern vom Gesetz und seinen Hütern über einen Kamm geschoren werden.«

»Das ist über dreißig Jahre her«, presste Theresa heraus. »Und ich bin mir sicher, dass er einen solchen Mist – anders als Sie – heute nicht mehr vertreten würde.«

»Ah, ich sehe, Sie wissen, von wem die Rede ist. Respekt.« Jacobi machte ein beeindrucktes Gesicht. »Ob er es vertreten würde oder nicht – soviel ich weiß, wurden seine Ansichten noch bis nach 2010 in der Schriftenreihe des BKA veröffentlicht und zum Download bereitgestellt.« Jacobi lächelte milde. »Und wie auch immer. Eins steht doch fest. Nur weil etwas vor langer Zeit gesagt wurde, wird es ja nicht unwahrer.«

Theresa konnte es nicht fassen.

»Lebt der eigentlich noch?« Jacobi machte ein nachdenkliches Gesicht. »Egal. Aber wissen Sie, was der Mann noch gesagt hat?« Jacobi überlegte einen Moment. »Wortwörtlich kriege ich das nicht zusammen.« Er ging zu der Tür, die den Wintergarten von dem Inneren des Hauses trennte, und schloss sie. »Aber sinngemäß. Sinngemäß hat er gesagt: Die Wirklichkeit des Abnormen ist häufig harmloser als die Fantasie, die die Normalen davon haben. Genial richtig – oder?« Jacobi strahlte über das ganze Gesicht.

***

Lennart schloss das Fenster, das noch immer offen stand. Er setzte sich an seinen Schreibtisch und ließ das, was er gerade von Ansgar Alhaus über Justus Jacobi erfahren hatte, sacken. Der Professor hatte bei ihrem Besuch im Universitätsklinikum einen angenehmen Eindruck bei ihm hinterlassen; freundlich, aufgeschlossen, sehr kompetent. Und als er über die Kinder berichtete, hatte er das mit großer Empathie getan. Aber wenn stimmte, was Alhaus über ihn sagte, dann geriet das Bild in Schieflage.

Lennart konnte keinen Anhaltspunkt dafür finden, dass das Ganze irgendetwas mit ihren Fällen zu tun hatte aber unabhängig davon stand im Raum, dass Professor Dr. Justus Jacobi eine Verurteilung wegen sexuellen Missbrauchs vereitelt haben könnte. Der Leiter einer Einrichtung, in der er seit Jahren Kinder und Jugendliche in seiner Obhut hat.

Lennart zog eine Dose Cola aus seiner Tasche und öffnete sie. Er lehnte sich zurück und nahm einen kräftigen Schluck.

Dann dachte er eine Weile darüber nach, was er als Nächstes tun sollte, und kam zu dem Schluss, da weiterzumachen, wo er aufgehört hatte, bevor Alhaus in der Tür gestanden hatte. Er beugte sich vor und öffnete die Seite desjenigen, der sich *Der Kinderschützer* nannte.

Jede Gesellschaft produziert Perversionen … las er, konnte sich aber nicht konzentrieren. Das Gespräch mit Alhaus ging ihm nicht aus dem Kopf.

Wichtigtuer, dachte er, stöhnte und lehnte sich wieder in seinem Schreibtischstuhl zurück. Was für ein gekränkter Fatzke. Hält sich für schlauer als ein Professor und ein Gericht. Lennart nahm einen weiteren Schluck aus der Dose.

Aber … wenn Lennart ehrlich war, dann musste er zugeben, dass Ansgar Alhaus ihn überrascht hatte. Er hatte den Eindruck gewonnen, Alhaus hätte ehrliche Anteilnahme gezeigt an dem, was er von Solveig und ihrer Familie berichtete. Und Lennart vermutete, dass das der Grund war, weshalb er ihm von Mia erzählt hatte.

Jede Gesellschaft produziert Perversionen …, versuchte Lennart es erneut, … *und die Perversen, die sie braucht.* Seine Gedanken schweiften auch jetzt wieder ab.

Wenn Jacobi wirklich gewusst hat, dass das Mädchen die Wahrheit gesagt hat, und er wissentlich behauptet hat, es würde lügen, dann …

Was ist das für eine Gesellschaft, in der wir leben? Eine Gesellschaft, in der …

… dann hatte Jacobi zu verantworten, dass ein Kinderschänder auch weiterhin auf freiem Fuß ist.

Eine Gesellschaft, in der ein Kind um sein Recht gebracht wird …

Professor Dr. Justus Jacobi, dachte Lennart und wiederholte den Namen immer wieder in Gedanken. Professor-

Dr.-Justus-Jacobi. Justus-Jacobi. Dann gab er den Namen in das Suchfeld am oberen rechten Rand des Bildschirms ein und drückte die Entertaste.

***

Justus Jacobi hob wieder seinen Zeigefinger. Diesmal wirkte die Geste belehrend.

»*Die Wirklichkeit des Abnormen ist häufig harmloser als die Fantasie, die die Normalen davon haben*«, sagte er. »Man kann das gar nicht oft genug wiederholen. Und ich will Ihnen noch etwas sagen, Frau Johansson. Die Drecksfantasie derer, die keine Ahnung haben, das ist das, was den Kindern wirklich schadet. Erst diese Drecksfantasie führt dazu, dass Eltern hysterisch werden und es zu einer Ächtung von Menschen kommt, die in keinem Verhältnis zu der sexuellen Beziehung steht, die sie führen. Zu Strafverfahren mit nicht enden wollenden Vernehmungen. Zu Verfahren, in denen Kinder gegen die aussagen sollen, die es gut mit ihnen meinen. Kinder, die gar nicht verstehen, was denen, die sie lieben, vorgeworfen wird.«

Jacobi stocherte im Kamin herum.

»Und eins sage ich Ihnen: Die Schuldgefühle der Kleinen oder das Gefühl, etwas Verbotenes getan zu haben, rühren nicht von dem Austausch von Zärtlichkeiten und wohlwollenden sexuellen Begegnungen her! Nein! Dass sie Schuldgefühle haben, liegt an der Art und Weise, wie mit etwas an sich völlig Harmlosen in der Fantasie und unserem sogenannten Rechtsstaat umgegangen wird.«

Das höre ich mir nicht länger an! Theresa richtete sich auf.

»Wissen Sie, ich gehe sogar so weit zu sagen, dass sich unsere Gesellschaft der Verunglimpfung und der Diskriminierung von Pädophilen schuldig macht, indem sie Pädophilie und sexuellen Missbrauch von Kindern synonym gebraucht. Dass man da differenzieren muss, das propagieren Sie doch auch, nicht wahr?«

Jacobis Worte prasselten auf Theresa ein. Sie wollte widersprechen, ihm sagen, dass er alles verdrehe, konnte aber nicht. Ihre Kehle war wie zugeschnürt.

»Und«, fuhr er fort, »ich gehe sogar noch weiter. Ich gehe noch weiter, wenn ich sage, dass all diejenigen, die moralisierend ihren Zeigefinger heben, in Wirklichkeit diejenigen sind, die sich an Kindern vergehen. An Kindern, die Wärme suchen, Fürsorge und Schutz. An Kindern, die einsam sind und vernachlässigt werden. Sie vergehen sich an ihnen, indem sie ihnen die Erfüllung ihrer Bedürfnisse vorenthalten. Indem sie Gesetze schaffen, die es Kindern unmöglich machen, in der Beziehung zu einem Erwachsenen ein Zuhause zu finden. Gesetze, die verbieten, eine Beziehung zu führen, die den Kleinen in ihrem Elend Trost spendet.«

Theresa fröstelte es. Ihr war schon mehrfach aufgefallen, dass die Art und Weise, wie Jacobi sich ausdrückte, der des Bloggers sehr ähnlich war. Beide nutzten die Wiederholung zur Dramaturgie, eine ähnliche Satzstellung und Wortwahl. Sie ging nicht davon aus, dass Jacobi der Blogger war – dann hätte sie wohl kaum den Artikel im

Netz gefunden. Aber sie fragte sich, ob die beiden sich kannten. Theresa sah Jacobi angewidert an.

»Lassen Sie es mich mit den Worten eines von mir sehr geschätzten, leider verstorbenen Psychologen sagen«, hörte Theresa Jacobi dozieren und sah, wie er ihr gegenüber Platz nahm. »Ist es nicht so, dass *Pädophile am Ende so etwas wie eine zärtliche Variante von Sozialarbeit verrichten?*« Jacobi lächelte gedankenverloren. »Ich kann das nur bejahen, Frau Johansson. Denn auch ich sehe in der innigen und intimen Beziehung zwischen einem Kind und einem Erwachsenen eine Möglichkeit der Therapie.«

Theresa wurde schwarz vor Augen. »Ist das die Behandlung, die die Kinder in Ihrer Obhut erfahren?« Ihre Stimme überschlug sich.

»Warum so zynisch? Frau Johansson?«

»Zynisch?«

»Ich kann auch sagen leidenschaftlich. Aber im Ernst um die erhitzten Gemüter wieder etwas herunterzufahren und wieder sachlich zu werden …« Jacobi grinste. »… ja, ja, sie ist mir nicht verborgen geblieben, Ihre kleine Spitze, Frau Johansson«, feixte er. »Natürlich ist auch mir die Argumentation um den Missbrauch des Machtgefälles zwischen Kindern und Erwachsenen nicht fremd. Das ist doch das, was Sie eigentlich mit mir diskutieren wollen, nicht wahr? Und sicher – es kann vorkommen, dass dieses Machtgefälle ausgenutzt wird.« Jacobi blinzelte ihr zu.

Theresa reagierte nicht.

»Ich will Ihnen etwas sagen – auch wenn ich, mit Verlaub, davon ausgehe, dass Sie das wissen: Bei der Mehrheit der Pädophilen kommen körperlicher Zwang und körperliche Gewalt nicht vor. Warum nicht? Sie sehen schon, das ist eine rhetorische Frage, denn ich werde Ihnen selber darauf antworten. Das liegt daran, dass ein Großteil derer, die sich zu Kindern hingezogen fühlen, selbst über ein kindliches Gemüt verfügt. Aber auch das ist sicher nicht neu für Sie – genauso wenig wie das Wissen darum, dass genau solche Menschen eine besondere Fähigkeit haben, sich in die kindliche Psyche einzufühlen. Sie kümmern sich liebevoll um die Kleinen – sie könnten ihnen niemals ein Haar krümmen. Sie könnten ihnen niemals etwas tun, was sie nicht auch wollen. Und das ist es doch, worauf es letztlich ankommt. Und wie gesagt, Kinder wissen ganz genau, was sie wollen. Und das sollen sie dann auch bekommen. Denn dann – da müssen Sie mir doch zustimmen –, dann wirkt sich ein pädophiles Verhältnis sehr positiv auf die Persönlichkeitsentwicklung eines Kindes aus.«

Jacobi lehnte sich zu Theresa vor.

»Sehen Sie mich an und was aus mir geworden ist. Professor, Doktor, der Leiter einer Einrichtung mit mehr als einhundert Mitarbeitern. Ein angesehener Bürger der Stadt.« Er lächelte. »Es ist übrigens sehr schön, mit Ihnen über all das zu sprechen«, sagte er nach einer Weile. »Diese Offenheit und Vertrautheit, in der wir beide miteinander umgehen.«

Plötzlich überkam Theresa Angst. Offenheit, Vertrautheit, hämmerten Jacobis Worte in ihrem Kopf. Er hatte zugegeben, dass er sich für die Legalisierung von Geschlechtsverkehr mit Kindern ausgesprochen hatte. Und nicht nur das. Jacobi hatte ihr gesagt, dass er heute noch genauso denkt wie damals, als er den Artikel geschrieben hatte. Und da war noch etwas, dachte Theresa. Hatte Jacobi angedeutet, dass er als Kind selbst missbraucht worden war? Und was meinte er mit »Das sehe und erlebe ich etwas anders«, als sie gesagt hatte, dass kein Kind ein Interesse an einer intimen Beziehung zu einem Erwachsenen hätte? Das konnte doch nur bedeuten, dass Jacobi selber Kinder … Theresas Herz raste.

Warum erzählt er mir das alles?

Ihre Gedanken überschlugen sich.

Warum? Er muss doch befürchten, dass ich das nicht für mich behalte …

Theresa beobachtete, wie Jacobi den Schlüssel in der Tür zum Wohnbereich umdrehte. Panik übermannte sie.

Ich muss hier raus!

Sie sprang auf.

In dem Moment machte Jacobi einen Satz auf sie zu. Das Letzte, was Theresa spürte, war etwas an ihrem Hals. Danach sackte sie zusammen.

Lennart stöberte im Internet und erfuhr, dass Professor Dr. Justus Jacobi eine große Anzahl von Büchern und Artikeln veröffentlicht hatte. Außerdem fand er eine Reihe Informationen über seine Person und seinen Werdegang. Der Erbe einer Apothekenkette las Lennart, war 1964 in Lübeck geboren. Lennart rechnete und war erstaunt. Er hätte Jacobi mit seinen weichen, beinahe knabenhaften

Gesichtszügen wesentlich jünger geschätzt.

Justus Jacobi spielte Klavier. Häufig für den guten Zweck. Lennart erinnerte sich, in den *Lübecker Nachrichten* darüber gelesen zu haben. Und auch jetzt öffnete er einige Seiten, auf denen darüber berichtet wurde. Die meisten mit Fotos, auf denen Jacobi strahlend neben einem Flügel stand und übergroße Spendenschecks überreichte.

Im Zusammenhang mit dem von Alhaus erwähnten Prozess wurde der Professor an vielen Stellen erwähnt. Meinungen, die sein Gutachten und das Urteil – den Freispruch gegen den Finanzminister – infrage stellten, fand Lennart jedoch nicht.

Und wenn Alhaus trotzdem recht hat, fragte er sich, verwarf den Gedanken aber gleich wieder. Warum sollte der Professor einen Missbrauch verleugnen?

Lennart nahm die Cola-Dose und schüttelte sie leicht. Er hatte gar nicht bemerkt, dass er sie in der Zwischenzeit ausgetrunken hatte.

Was machst du hier eigentlich?, schalt er sich. Es ärgerte ihn, dass er auf Ansgar Alhaus' Spielchen angesprungen war, obwohl er mit seinen Gedanken eigentlich hätte ganz woanders sein müssen. Schließlich hatten sie in der Zwischenzeit nicht mehr nur drei, sondern vier Morde zu klären. Eine Mordserie, bei deren Ermittlungen sie komplett auf der Stelle traten.

Wer hat die Männer ermordet? Lennart versuchte sich zu konzentrieren.

Thies Burmester erschien vor seinem inneren Auge, der meinte, es käme jeder in Frage. »Es gibt eine Menge Menschen, die einen Hass auf Pädophile haben«, ging Lennart das Gespräch mit dem Zentrumsleiter durch den Kopf. »Und zwar nicht nur auf einen – zum Beispiel den eigenen Peiniger … Es gibt viele Menschen, die eine gleichsam generalisierte Verachtung gegen diese Menschen empfinden … Am Ende muss die richtige Antwort lauten, dass es jeder gewesen sein könnte.«

Dann sah Lennart Theresa Johansson vor sich, die anderer Meinung war als ihr Chef. Aus ihrer Sicht war längst nicht jeder Mensch in der Lage, einen Mord zu begehen. Geschweige denn eine ganze Mordserie.

Und wer kann das? Eine Mordserie begehen?

Lennart stand auf und ging in Gedanken versunken in dem Büro auf und ab. Er überlegte, was er über Serienmord wusste. Nicht viel, wenn er ehrlich war. Woher auch.

»Serienmörder«, murmelte er. »Serienmörder haben in der Regel keine Beziehung zu ihren Opfern. Keine Vorgeschichte.« Und, dachte er, die weniger Cleveren kriegt man schwerer als die Schlauen. Er hatte einmal irgendwo gelesen, dass die Ergreifung eines unterdurchschnittlich intelligenten Serientäters im Schnitt doppelt so lange dauerte wie die eines durchschnittlich bis intelligenten Täters.

Hoffentlich haben wir es mit einem klugen Kopf zu tun!

Was wusste er noch?

Serienmörder wird man nicht von einem auf den anderen Tag. Serienmörder fangen in der Regel in jungen Jahren an. Ihr erster Mord ist meistens einer, der zufällig, aus einer Stresssituation heraus passiert. Eine Affekthandlung. In der überwiegenden Zahl der Fälle vergehen zwischen der ersten und den folgenden Taten Jahre, manchmal Jahrzehnte.

Wenn sich diese Theorie bewahrheiten sollte, dann hatte ihr Täter bereits Jahre zuvor einen Menschen umgebracht.

Lennart kramte in seiner Erinnerung. Was hatte Becker über Vergleichsfälle gesagt? Es war keiner dabei, der identisch mit den Morden der letzten Tage war. Das wusste er noch.

Lennart setzte sich an seinen Schreibtisch zurück, nahm den Telefonhörer in die Hand und rief Ralf Thiel an. Der Aktenführer ging an den Apparat. Keine fünf Minuten später hatte Lennart eine Übersicht aller Fälle auf dem Bildschirm, in denen ein Mensch erdrosselt worden war. Eine ellenlange Liste, die bis ins Jahr 1969 zurückging.

Na dann, dachte er und scrollte langsam die Einträge herunter.

Eine halbe Stunde später setzte er sich abrupt auf.

»Amberg«, brummelte Lennart. »Amberg.«

Er hatte sich in das Jahr 1977 vorgearbeitet. In dem Jahr hatte ein Direktor mit dem Halsband seines Hundes einen Lehrer auf einem Musikinternat erdrosselt. Später hatte sich der Direktor in seiner Zelle erhängt. Es handelte sich um eine Beziehungstat. Eine Tat aus Eifersucht. Und außer der Tatsache, dass jemand einen anderen erdrosselt hatte, gab es nichts, was vergleichbar gewesen wäre mit dem, was in den letzten Tagen in der Hansestadt passiert war. Und dennoch. Irgendetwas hielt Lennart gefangen.

Seine Augen ruhten auf dem angegebenen Ort, an dem der Mord passiert war.

Amberg.

Lennart rutsche auf seinem Stuhl hin und her. Er spürte ein Kribbeln, das durch seinen ganzen Körper fuhr. Ein Gefühl, das ihn immer dann überkam, wenn etwas zum Greifen nahe war.

***

»Da sind Sie ja wieder.« Jacobi beugte sich zu Theresa herunter. »Ist nicht schön, so ein Stromschlag. Ich weiß.«

Theresa hörte Justus Jacobis Stimme wie aus weiter Ferne. Sie blinzelte, driftete aber sofort wieder in ein Meer von Bildern ab, die in kurzen Abständen abwechselnd in ihrer Benommenheit auftauchten: Bilder von Theresas Kinderzimmer, ihrem Kleiderschrank und von Angelika Johansson ihrer Adoptivmutter, die sich darin erhängt hatte. Bilder ihrer wirklichen Mutter, die lächelnd im Meer versank, und ein Bild ihres Adoptivvaters, der Pfeife rauchend in seinem Ohrensessel saß. Anders als Angelika Johansson, hatte Theresa Lasse Johansson abgöttisch geliebt. Auch noch, nachdem sie wusste, dass er nicht ihr Vater war. Er hatte es immer ihr überlassen, den Zeitpunkt zu bestimmen, Fragen zu ihrer Mutter zu stellen und zu deren Vergewaltigung. Dafür war sie ihm dankbar. Aber als sie schließlich bereit dazu war, da war er nicht mehr da.

»Frau Johansson?«

Es dauerte eine Weile, bis es Theresa gelang, ihre Augen ganz zu öffnen. Bis auf einen schwachen Lichtstrahl, dessen Quelle sie nicht zuordnen konnte, war es um sie herum dunkel.

Jacobis Gesicht war direkt vor ihrem. Theresa wollte schreien, bekam aber keinen Laut heraus.

»Der Knebel, Frau Johansson. Der Knebel. Sie können nicht schreien.« Sie sah, wie Jacobi sich aufrichtete. »Und Sie können sich auch nicht bewegen. Versuchen Sie es erst gar nicht. Sie tun sich nur weh.« Jacobi entfernte sich von ihr.

Was ist mit mir?

Theresa fühlte sich wie gelähmt.

Was ist mit mir geschehen?

Sie versuchte sich zu erinnern, aber es gelang ihr nicht. Sie war verwirrt und wusste nicht, ob sie zwischenzeitlich das Bewusstsein verloren hatte.

Wo ist Lasse? Und meine Mutter? Wo bin ich?

Plötzlich erfüllte grelles Licht den Raum. Sie erschrak.

Nein!

Ihre Augen weiteten sich. Theresa sah sich selbst. Sie sah sich in einem Spiegel, der vor ihr stand. Nackt, auf Knien, geknebelt, die Füße und Hände gefesselt und hinter dem Rücken zusammengezogen.

Angst durchfuhr sie.

Verzweifelt versuchte sie, sich aus ihrer Lage zu befreien. Aber das war hoffnungslos. Außer einem leichten Schaukeln vor und zurück sowie von der einen Seite zur anderen konnte sie ihren Körper nicht bewegen.

Theresa starrte Jacobi an, der sich auf einen Stuhl vor ihr gesetzt hatte, von dem aus er sie betrachtete. Der Labrador lag neben ihm, die Augen halb geschlossen. Theresa war kurz davor, die Fassung zu verlieren.

Reiß dich zusammen, mahnte sie sich. *Reiß dich zusammen!*

Sie blickte erneut in den Spiegel und sah das Band um ihren Hals. Watkins' Halsband. Sie versuchte wieder zu schreien. Aber alles, was dabei herauskam, war eine Art ersticktes Stöhnen.

Jacobi schüttelte den Kopf. Er seufzte. »Frau Johansson. Bitte beruhigen Sie sich.« Er schüttelte noch immer den Kopf. »Wir haben uns so gut unterhalten. Sie und ich. Und ich kann zumindest von mir sagen, dass ich noch nie so offen mit jemandem über mich gesprochen habe. Wie haben Sie das gemacht? Ich habe mich so gut gefühlt, in Ihrer Gegenwart. Sie sind wahrlich eine gute Psychologin.« Er stand auf, ging zu ihr und streichelte ihr sanft über den Kopf. Dann ging er zu seinem Platz zurück und setzte sich wieder. »Und weil Sie das sind, gehe ich davon aus, dass Ihnen klar gewesen sein muss, dass ich Sie nach all dem, was Sie aus mir herausgekitzelt haben«, er kicherte und deutete mit seinen Fingern ein Kitzeln an, »nicht einfach so gehen lassen kann.«

Nein, dachte Theresa. Das konnte er nicht. Aber es war ihr zu spät bewusst geworden. Zu spät, um noch aus dem Haus zu kommen.

Sie beobachtete, wie Jacobi aufstand. Und sie hörte, dass er den Raum verließ.

Theresa bebte am ganzen Körper. Sie bewegte hektisch die Finger, ertastete das Seil, mit dem ihre Füße zusammengebunden waren, und – einen Knoten. Hoffnung stieg in ihr auf.

Ich muss diesen Knoten aufbekommen!

Dann hörte sie ein Seufzen. Theresa hatte Jacobi nicht zurückkommen hören. Sie sah ihn über den Spiegel hinter sich in der Tür stehen, die Arme verschränkt. Justus Jacobi trat auf sie zu. Ohne einen Kommentar von sich zu geben, umwickelte er ihre Hände mit silbernem Gewebeklebeband. Anschließend setzte er sich vor sie auf seinen Stuhl.

»Entschuldigen Sie bitte, dass ich Sie allein gelassen habe«, sagte er. »Aber ich musste kurz den Wintergarten aufräumen. Sie sind vorhin zusammengesackt. Dabei ist eine Tasse zu Bruch gegangen. Aber so, wie es aussieht, haben Sie sich nicht verletzt.«

Theresa zerrte an den Seilen.

»Sie müssen wissen, ich hasse Unordnung. Aber jetzt sieht es oben wieder aus, als wäre nichts gewesen.« Jacobi ließ seinen Blick durch den Raum schweifen.

»So ein Keller ist ja nicht gerade ein schöner Ort. Wissen Sie, eigentlich bevorzuge ich Hotelzimmer«, sagte er und sah Theresa verschmitzt an. »Die mit weichem Teppichboden. Da tut das Knien nicht so weh.« Er wartete, bis er an Theresas geweiteten, panischen Augen erkannte, dass sie verstanden hatte.

»Wissen Sie, worauf ich Lust habe, Frau Johansson?«, sagte er dann. »Ich habe Lust, ein Spiel zu spielen. Ich spiele für mein Leben gern. Das Spiel heißt: *Ich weiß, was Sie wissen wollen.* Haben Sie Lust?«

Er sah Theresa mit weit aufgerissenen Augen und einem strahlenden Lächeln an.

»Sicher wollen Sie nun antworten, dass Sie das Spiel nicht kennen. Können Sie auch nicht. Ich habe es mir selber ausgedacht.« Er nickte stolz. »Aber die Regeln sind einfach. Die haben Sie schnell gelernt. Ich erkläre sie Ihnen.« Jacobi legte den Zeigefinger an die Lippen und überlegte.

»Also. Ich sage beispielsweise: Ich weiß, was Sie wissen möchten. Sie möchten wissen, was meine Schwiegermutter heute zum Abendbrot essen wird! Richtig?«

Theresa reagierte nicht.

»Ach kommen Sie, seien Sie keine Spielverderberin. Sie müssen den Kopf schütteln, Frau Johansson. Das können Sie. Kopfschütteln geht. Wirklich. Nicken auch. Aber ich kann mir nicht vorstellen, dass es Sie interessiert, was meine Schwiegermutter essen wird.«

Er lachte.

»Die Regeln sind wirklich ganz leicht. Sie müssen nur den Kopf schütteln oder nicken. Wir machen einen zweiten Versuch.«

Wieder legte er eine nachdenkliche Miene auf.

»Ich weiß, was Sie wissen möchten. Sie möchten wissen, warum ich trotz meiner Ansichten an dem Projekt mitarbeiten möchte. Stimmt's?« Jacobi strahlte Theresa an und wartete.

»Frau Johansson. Geben Sie es zu. Die Frage brennt Ihnen doch unter den Nägeln. Das wollen Sie wissen. Sie müssen nicken.«

Theresa reagierte nicht.

»Na, Sie sind ja hartnäckig. Aber gut. Sie haben recht. Ich würde auch nicht spielen, wenn dabei nichts für mich herausspringen würde. Ich meine, wenn man spielt, will man ja etwas gewinnen. Nicht wahr?«

Theresa reagierte noch immer nicht.

»Sie sind konsequent«, sagte Jacobi. »Das gefällt mir.« Er zwinkerte ihr zu.

»Wir machen das so! Wenn ich glaube, dass Sie etwas interessiert, was Sie gar nicht wissen wollen, dann bekommen Sie einen Punkt. Also bei der Essensfrage meiner Schwiegermutter zum Beispiel, wäre der Punkt an Sie gegangen. Das interessiert Sie ja nun wirklich nicht, was die alte Dame isst. Liege ich aber richtig in dem, was ich glaube, was Sie wissen wollen, dann bekomme ich einen Punkt. Wer am Ende die meisten Punkte hat, hat gewonnen. Wenn ich gewinne, ziehe ich das Band an Ihrem Hals ins nächste Loch. Wenn Sie gewinnen, dann warte ich noch ein wenig damit.« Jacobi legte den Kopf schief und sah sie an.

»Sie sehen nicht glücklich aus, Frau Johansson. Gefällt Ihnen mein Spiel nicht? Finden Sie es langweilig? Fänden Sie das Spiel spannender, wenn Sie auch ein paar Fragen stellen dürften?«

Wieder tat er so, als denke er nach.

»Also gut. Sie dürfen auch fragen. Sie dürfen fragen, was und wie Sie wollen, und zwar ohne dass das in unsere Bewertung einfließt. Wir fragen immer abwechselnd. Erst rate ich, ob ich weiß, was Sie wissen wollen, und dann dürfen Sie mir irgendeine Frage stellen. Das ist fair. Geben Sie es zu. Das sind wirklich gerechte Spielregeln. Also, wenn Sie jetzt noch immer nicht einverstanden sind … Spielen wir?«

Was soll das? Warum dieses Theater?

Theresa versuchte ihre Gedanken zu sortieren. Sicher, sie hatte eine Menge Fragen an Jacobi, und vielleicht würde sie sogar ein paar Antworten darauf bekommen. Und sie konnte Zeit gewinnen. Aber was sollte sie damit? Was sollte sie mit mehr Zeit? Es gab niemanden, der sie suchte, niemanden, der sie hier vermutete. Sie konnte so viel Zeit schinden, wie sie wollte. Das würde ihr nichts nützen. Sie würde hier nicht lebend rauskommen!

Theresa schloss die Augen.

»Ah, Sie überlegen, ob Sie mitspielen wollen. Das ist gut, Frau Johansson. Sehr gut. Spielen Sie mit. Sie haben doch nichts zu verlieren. Und sehen Sie es so: Der Gewinn ist durchaus lebensverlängernd. Sie hängen doch am Leben. Jeder hängt an seinem Leben.«

Der ist total verrückt.

Eine Welle der Panik nach der anderen durchfuhr Theresa.

Gut, dachte sie, spielen wir. Vielleicht fällt mir irgendetwas ein. Irgendetwas, wie ich hier herauskomme. Vielleicht kommt die Haushälterin zurück. Oder der Kurier klingelt. Der Bote, den Jacobis Vorzimmerdame mit irgendwelchen Unterlagen vorbeischicken sollte. Vielleicht habe ich noch irgendeine Chance … Lennart Bondevik und seine Kollegen sind sicher schon unterwegs hierher, und es ist ganz bestimmt nur noch eine Frage der Zeit, bis sie das Haus stürmen … Theresa wusste, dass sie sich an einen Strohhalm klammerte.

Sie nickte.

»Sind Sie einverstanden? Soll das heißen, dass Sie einverstanden sind?«

Sie nickte erneut.

Jacobi klatschte in die Hände.

»Das freut mich. Das ist vernünftig von Ihnen.« Seine Augen glänzten.

»Und weil ich kein Unmensch bin, schenke ich Ihnen den Punkt für die Frage mit meiner Schwiegermutter – auch ohne dass Sie geantwortet haben.« Jacobi hielt einen Daumen hoch. »Eins zu null für Sie, Frau Johansson! Weiter so.« Er nickte ihr aufmunternd zu. »Lassen Sie mich meine zweite Frage wiederholen.«

Theresa gab ein Brummen von sich und schüttelte den Kopf.

»Ich verstehe Sie zwar nicht, Frau Johansson, aber ich vermute, Sie protestieren und wollen mir sagen, dass Sie mit Fragen dran sind?« Jacobi schüttelte gespielt empört den Kopf. »Nein, nein, nein. Jetzt werden Sie aber mal nicht gierig. Gier ist eine ganz unlautere Eigenschaft. Der erste Punkt war ein Geschenk. Den hätte ich Ihnen nicht geben müssen.« Seine Gesichtszüge entspannten sich wieder. »Aber ich will nicht lange grollen. Ich schreibe das Ihrer misslichen Lage zu. Sie sind verzweifelt. Das muss ich Ihnen nachsehen.« Er lächelte.

»Spielen wir weiter. Die nächste Frage kennen Sie ja schon: Liege ich richtig, wenn ich davon ausgehe, dass es Sie brennend interessiert, warum ich trotz meiner Ansichten an dem Projekt mitarbeiten möchte?«

Theresa zögerte, dann nickte sie, ohne Jacobi anzusehen.

»Hurraaahhh, ein Punkt für mich. Eins zu eins!«, jubelte er. »Meine Antwort darauf: Will ich gar nicht. Hatte ich nie vor. Ich hatte nie ernsthaft vor, mich mit diesen Verrätern an einen Tisch zu setzen.« Für einen

Moment stach ein unbändiger Hass aus Jacobis Augen. Nur für den Bruchteil einer Sekunde. Dann strahlte er wieder.

»Jetzt, Frau Johansson. Jetzt sind Sie dran. Fragen Sie mich etwas. Ach, das geht ja gar nicht. Warten Sie, ich nehme Ihnen den Knebel heraus. Sie können ruhig schreien, wenn es Ihnen dann besser geht. Aber glauben Sie mir. Es hört Sie niemand.«

Er trat an Theresa heran, lockerte das Band, das den Knebel festhielt, und nahm ihn aus ihrem Mund.

Theresa schluckte und versuchte die Zunge zu bewegen. Ihr Hals brannte.

»Ja, machen Sie langsam. Ist ja auch unangenehm, so ein Ding im Mund.«

»Sie … Sie haben die Männer in den Hotels umgebracht!«, krächzte Theresa.

»Na, na, das ist aber gegen die Spielregeln. Sie müssen mich fragen!«

Jacobi war nörgelig und zog eine Schnute.

»Haben-Sie-die-Männer-in-den-Hotels-umgebracht?«, formulierte er eine Frage, wobei er jedes Wort betonte. Dann gab er ihr eine Antwort.

»Ja, ich habe die Männer in den Hotels umgebracht.« Er sah sie an.

»Das ist doch nicht so schwer. Das mit der Frage. Aber wie gesagt, ich will nachsichtig sein. Ist ja auch erst die erste richtige Runde.«

Er stopfte ihr den Knebel zurück in den Mund und setzte sich auf seinen Stuhl.

»Sie sehen mich mit Ihren großen, warmen Augen an.

Jetzt sagen Sie nicht, dass ich Sie noch überraschen kann. Das macht mir ja Spaß.«

Er stand wieder auf und tänzelte vor ihr herum.

»Ich bin wieder dran! Ich bin wieder dran! Aaalsoooo. Lassen Sie mich überlegen ... Jaaaa. Das wollen Sie ganz sicher wissen: Sie haben behauptet ... Moment, ich muss noch einmal überlegen, welche Worte Sie gewählt haben. Ja, jetzt habe ich es. Sie haben behauptet, Kinder hätten kein Interesse an einer intimen Beziehung zu einem Erwachsenen – an Geschlechtsverkehr oder einfacher noch ... an Sex, wie ich das nennen würde. Ich habe gesagt ...« Jacobi stutzte.

»Wissen Sie«, sagte er, »wenn ich jetzt so darüber nachdenke, muss ich mich doch wirklich fragen, wie Sie zu so einer Behauptung kommen. Sie sind eine gebildete Frau, Frau Johansson. Sie wissen doch, dass Jungen bis zu ihrer Pubertät zu multiplen Orgasmen fähig sind. Ich meine, an dieser Fähigkeit sieht man doch, dass Ihre Ansicht – und mit der Meinung sind Sie ja nicht allein –, also, dass die Behauptung, Kinder hätten kein Interesse an Sex mit einem Erwachsenen, der sie befriedigen kann, nicht haltbar ist. Und ich muss mich doch sehr wundern, wie das, was die Natur eingerichtet hat – oder von mir aus auch *Gottes Schöpfung* –, so ignoriert werden kann.« Er schüttelte den Kopf. »Na egal. Lassen Sie mich noch einmal kurz über die genaue Formulierung meiner Frage nachdenken.«

Er kniff die Augen zusammen.

»Also, Sie haben – wie auch immer Sie darauf gekommen sind – behauptet, Kinder hätten kein Interesse an einer intimen Beziehung zu einem Erwachsenen. Ich habe gesagt: Das sehe und erlebe ich etwas anders. Ich versuche es mal so: Ich denke, Sie möchten gerne wissen, ob ich pädophil bin und selber Kinder in den Genuss multipler Orgasmen gebracht habe. Wobei … Sie würden vermutlich eher fragen, ob ich Kinder missbraucht habe. Wollen Sie das wissen?«

Theresa schnaubte. Dann nickte sie.

Jacobi schmunzelte. »So wie ich das formuliert habe – ja. So wie Sie formuliert hätten – nein.« Er lächelte. »Zwei zu eins, Frau Johansson. Jetzt Sie wieder.«

Theresa sah, wie Jacobi auf sie zukam. Er nahm ihr den Knebel aus dem Mund.

»Fragen Sie mich!« Er kniete sich vor sie. »Sie wissen nicht, was Sie zuerst fragen sollen, nicht wahr?« Jacobi seufzte und sah Theresa geduldig an. »Wägen Sie in Ruhe ab.«

»Warum haben Sie die Männer umgebracht?«

»Das ist Ihre Frage? Warum die Männer sterben mussten? Frau Johansson, Sie sind Psychologin. Das liegt doch auf der Hand. Und wenn Sie mir zugehört haben, dann wissen Sie das längst.« Jacobi sah sie ärgerlich an. »Bei allem Respekt, Frau Johansson. Aber wissen Sie, was ich glaube? Sie nehmen das Spiel gar nicht ernst!«

Jacobi ging zurück zu seinem Stuhl und setze sich. Er sah sie zornig an. Die Augen waren nur noch zwei schmale Schlitze, und Theresa hatte das Gefühl, der blanke Irrsinn stäche aus ihnen heraus.

Eine Weile passierte nichts. Dann prustete Jacobi plötzlich los.

***

Amberg, Amberg, Amberg!

Lennart drehte sich auf seinem Schreibtischstuhl. Schneller. Immer schneller. Plötzlich bremste er ab, schwang sich vor den Bildschirm und hämmerte auf seine Computertastatur ein.

Amberg. Jacobi. Amberg. Wo habe ich das gelesen?

Er öffnete einen Artikel nach dem anderen, den er über Professor Dr. Justus Jacobi gefunden hatte, las jedes Profil, jede Vita, einfach alles noch einmal. Und dann hatte er gefunden, was er suchte. Es war ein Zeitungsartikel. Hartmut Lindequist, der Leiter der Lokalredaktion der *Lübecker Nachrichten*, hatte ihn geschrieben. Der Mann, der auch das Interview mit Burmester geführt hatte. Lindequist berichtete über ein Sommerkonzert, das Jacobi vor vier Monaten für einen guten Zweck auf der Freilichtbühne gegeben hatte. Lennart überflog die Zeilen.

... Ein Konzert der Spitzenklasse ... Professor Dr. Justus Jacobi, hochgeschätzt, ein Virtuose ... ein Mann, der im Alter von vier Jahren das Klavierspielen erlernte ... der in Amberg auf einem Internat für musikalisch hochbegabte Kinder seine Ausbildung erfuhr, die wesentlich dazu beitrug, dass er schon in jungen Jahren diverse Auszeichnungen ...

Das war es. Jacobi hatte in Amberg ein Musikinternat besucht. Ein Musikinternat, in dem ein Direktor einen

Lehrer erdrosselt hatte. Lennart wusste nicht, was er davon halten sollte.

Er googelte die Worte *Amberg* und *Musikinternat* und stelle fest, dass es die Schule nicht mehr gab. Das Internat war, kurz nachdem sich der Direktor erhängt hatte, geschlossen worden.

Lennart gab zusätzlich die Worte *Mord*, *Lehrer* und *Direktor* in die Suchmaske ein. Aber er fand nichts. Nicht einen Artikel, in dem über den Mord berichtet wurde. Er öffnete die Seiten der *AZ*, der *Amberger Zeitung*, und versuchte über das Archiv an weitere Informationen zu gelangen. Aber das Material reichte nur bis in das Jahr 2001 zurück.

Er überlegte. Dann suchte er die Nummer der Amberger Polizeidienststelle heraus und wählte.

Der damalige Leiter der Ermittlungen des Mordes an dem Lehrer war längst pensioniert, aber die Kollegen waren so freundlich, Lennart seine Telefonnummer zu geben.

Er hörte, wie der Hörer abgenommen wurde und sich ein Mann meldete. Seine Stimme war alt und brüchig.

»Ja bitte?«

»Guten Tag«, sagte Lennart »Spreche ich mit Herrn Lüders?«

»Ja, das tun Sie. Und mit wem habe ich das Vergnügen?«

»Bondevik ist mein Name. Kriminalhauptkommissar Lennart Bondevik. Ich rufe von der Mordkommission in Lübeck an.«

»Aus Lübeck. Oh, das ist weit. Hoch im Norden.«

»Ja. Das stimmt.«

»Was kann ich für Sie tun?«

Lennart schilderte dem Mann kurz und bündig, was in Lübeck in den letzten Tagen geschehen war.

»Ja, ja, davon haben meine Frau und ich gehört. Das geht ja durch alle Medien. Eine schreckliche Sache. Aber warum rufen Sie *mich* an?«

»Wissen Sie«, gab Lennart zurück, »so genau weiß ich das auch noch nicht, und ganz ehrlich, ich habe keine Ahnung, ob das, was ich wissen möchte, überhaupt mit den Fällen zu tun hat. Aber …«

»Schießen Sie los.«

Jacobi lachte und lachte.

»Den Psycho kann ich gut, was?« Er schlug sich auf die Schenkel.

»Ach, Frau Johansson! Ihnen missfällt dieses Spiel, nicht wahr? Und soll ich ehrlich sein? Mir auch. Aber da ich davon ausgehe, dass Sie mich für einen Psychopathen halten, habe ich mir gedacht, dann tue ich Ihnen den Gefallen und verhalte mich auch wie einer.« Jacobi gluckste.

»Die Rolle kann ich richtig gut, nicht wahr?«

Theresa bebte am ganzen Körper.

»Warum mussten die Männer sterben?«, wiederholte sie ihre Frage.

»Mädchen! Weil sie Verräter sind. Elende Verräter. Das habe ich eben doch schon gesagt.«

»Verräter?«

»Ja. Feige Verräter. Ich glaube zwar nicht, dass Sie nicht genau wissen, was ich meine – aber bitte. Wenn Sie unbedingt wollen, werde ich es Ihnen erklären: In unserer Gesellschaft ist jede pädophile Handlung unter Strafe gestellt. Wer seine pädophilen Wünsche auslebt, ist in unserem Land ein Verbrecher. Ein Vergewaltiger. Auch dann, wenn er keinen Willen gebrochen und kein Kind dazu genötigt hat, etwas zu tun, was es nicht auch möchte. Gänzlich unabhängig davon, dass sich so ein Kleines nach sexueller Intimität mit einem Erwachsenen sehnt, und ohne Rücksicht darauf, dass eine solche Beziehung dem Kind zum Wohle gedeiht. Ohne jede Unterscheidung wird das, was Pädophile tun, verurteilt und bestraft. Wir werden öffentlich an den Pranger gestellt, unsere Existenz vernichtet, und wenn die Gesellschaft könnte, würde sie uns enthaupten und unsere Köpfe vor den Toren der Stadt aufspießen. Finden Sie das gerecht? Ich will Ihnen sagen, was das ist. Eine solche generelle, undifferenzierte Strafandrohung für pädophile Handlungen ist Diskriminierung, Deklassierung und Demütigung einer Minderheit. Das ist eine Ungerechtigkeit sondergleichen, gegen die man sich zur Wehr setzen muss!«

Jacobi ging wieder auf Theresa zu.

»Und was machen diese Verräter? Kommen hierher und unterziehen sich einer Gehirnwäsche.«

Jacobi starrte Theresa angewidert an.

»Ihnen wird gesagt, sie müssen eine Therapie machen.

Sie machen eine Therapie. Ihnen wird gesagt, sie müssen medikamentös behandelt werden, und prompt schlucken sie alles, was ihnen vorgesetzt wird. Und durch dieses Verhalten suggerieren sie: Wir sind die Bösen. Ihr seid die Guten. Nur ihr könnt uns helfen, bessere Menschen zu werden.«

Jacobi zog eine Fratze, schüttelte die Hände neben Theresas Ohren und heulte mit verstellter Stimme gespielt auf: »Hä, hä! Ich bin ein schlechter Mensch. Bitte hilf mir.«

Dann wurde er ganz still, beugte sich zu Theresa hinunter, legte seine Hand unter ihr Kinn und hob ihren Kopf an.

»Sie beugen sich denen, die sich anmaßen, Gottes Schöpfung in Frage zu stellen, Frau Johansson«, sagte er ruhig. »Denen, die uns verurteilen und als pervers hinstellen. Ich weiß nicht, wie Sie das nennen. Ich nenne das Verrat. Verrat an sich selbst und an allen, die Kinder lieben, genauso wie an allen Kindern, die uns lieben und sich nach unserer Liebe sehnen.«

Theresa hatte das Gefühl, sich übergeben zu müssen.

»Wer nicht für die Gerechtigkeit kämpft, Frau Johansson, der verrät sie. Und Burmester, Weiler, dieser Conrad und wie ihr alle heißt, ihr seid die Schlimmsten von allen!«

Theresa konnte Jacobis Gesicht nicht deutlich sehen – so nah war es an ihrem. Aber sie konnte seinen Atem spüren.

»Was maßt ihr euch eigentlich an?«, zischte er plötzlich und richtete sich abrupt auf. Dann beobachtete Theresa, wie er sich die Ohren zuhielt und vor ihr her stapfte.

»Beruhige dich!«, flüsterte er. »Beruhige dich!« Jacobi ließ den Blick durch den Raum schweifen.

»Ich muss mich wirklich entschuldigen«, sagte er. Seine Augen flatterten. »Die kalten Wände, der kalte Boden. Wie gesagt, ein Hotelzimmer wäre mir lieber gewesen. Ihr Kollege hatte wenigstens noch Parkettboden …«

Der Professor hielt den Kopf gesenkt und schielte zu Theresa.

Sie rang nach Luft.

»Mein Kollege? Was meinen Sie damit? Was meinen Sie mit: Ihr Kollege hatte wenigstens noch …« Theresa sah Jacobi entsetzt an. »Wer?«

»Wer? Sie meinen wen. Weiler! In seiner Wohnung.«

»Sie haben Niklas …«

»Habe ich!«

Theresa zerrte an ihren Fesseln. »Sie Schwein!«, schrie sie.

»Na. Na. Ich weiß ja, dass Sie in Ihrer Wortwahl nicht gerade zimperlich sind. Aber Sie sollten sich demjenigen gegenüber, der die Zügel in der Hand hat, doch ein wenig zügeln … Was für ein Wortspiel!« Jacobi kicherte. »Passen Sie auf, was Sie sagen!«, brauste er auf. Die Augen waren nur noch schmale Schlitze. »Sonst ist der Knebel schneller wieder in Ihrem schönen Mündchen, als Sie gucken können.«

»Sie haben Niklas Weiler getötet?«

»Hm. Ja. Das hatten wir bereits. Und wie Sie sich denken können, kommen Sie alle dran. Einer nach dem anderen. Gut. Eigentlich hatte ich eine andere Reihenfolge vorgesehen. Der Chef hätte natürlich zuerst drankommen sollen. Ich konnte Burmester noch nie leiden. Aber ich kann Sie beruhigen. Noch lebt diese unsägliche Kreatur.

Ich musste ein wenig umdisponieren.«

»Umdisponieren«, krächzte Theresa entsetzt.

»Ja. Umdisponieren. Ich muss zugeben, dass ich einen Fehler gemacht habe. Einen ziemlich dummen. Der hätte mir das Genick brechen können.« Jacobi schüttelte den Kopf. »Aber zum Glück habe ich ihn noch rechtzeitig bemerkt.« Er sah Theresa an.

»Sie wollen wissen, wovon ich rede? Ich rede davon, dass ich mich habe verleiten lassen. Von einer äußerst attraktiven Gelegenheit. Wissen Sie, Weiler und ich, wir waren verabredet. Bei ihm, im Sauerbruchweg. Ich saß in seinem Büro. Weiler war noch oben, bei einem seiner *Klienten*. Plötzlich ging das Telefon auf seinem Schreibtisch. Der Anrufer hatte seine Rufnummer unterdrückt. Er sprach auf den Anrufbeantworter, und ich konnte hören, dass er Interesse an der Therapie hatte. Ich hörte, wie er sagte, dass er schon einmal einen Termin gehabt habe, den aber nicht wahrnehmen konnte und jetzt um einen neuen bitten wolle …«

»Hanno Classen!«

»Ja. Hanno Classen. Ich habe abgenommen. Der Mann war so verblüfft, dass doch noch jemand an den Apparat ging, dass er aus Versehen seinen Namen genannt hat.« Jacobi kicherte wieder.

»Ich konnte nicht anders. Ich musste drangehen. Und dann habe ich ihm einen *neuen Termin* gegeben. Es war so leicht. Es war ein Geschenk. Ein Zeichen, dass meine Mission richtig ist. Verstehen Sie?« Jacobi kicherte wieder.

»Der Rest war einfach. Zeigen Sie ein bisschen Interesse für Ihre Mitmenschen, und sie erzählen Ihnen alles.

Haben Sie eine lange Anreise? Benötigen Sie ein Hotel? Sie haben schon eins. Das ist gut. Ich hoffe, es ist gut gelegen. Wie? Ja? Gleich nebenan? Das ist gut. Das kann ja nur das Hotel am Krankenhaus Süd sein. Ja. Das ist eine gute Wahl. Da haben Sie es nicht weit zu uns … Die Menschen sind so einfach gestrickt, Frau Johansson. So einfach.«

»Und die anderen? Haben die Ihnen auch alles erzählt?«

»Aber ja doch. Warten Sie mit ihnen am Bahnhof auf den Zug. Fahren Sie mit ihnen ein Stück desselben Weges. Oder setzen Sie sich mit ihnen an die Hotelbar. Kommen Sie mit den Leuten ins Gespräch. Sie werden erstaunt sein, was für ein Mitteilungsbedürfnis sie haben.«

»Sie haben sie dazu gebracht, Ihnen von der Therapie zu erzählen?«

»Nein, natürlich nicht. Das mussten sie doch auch gar nicht.«

»Aber sie haben Ihnen gesagt …«

»Sie haben mir alles gesagt, was ich wissen musste!«

»Mit wie vielen Teilnehmern haben Sie gesprochen?«

»Sie wollen wissen, wie viele von diesen Verrätern noch auf meiner Liste stehen? Fragen Sie mich doch direkt! Wir können doch offen miteinander sprechen. Das tun wir doch schon die ganze Zeit.«

Theresa sah Jacobi resigniert an.

»Auf meiner Liste stehen so gut wie alle.«

Jacobi ging zu Watkins, der die ganze Zeit, ohne sich zu regen oder einen Laut von sich zu geben, neben dem Stuhl gelegen hatte und Theresa aus schläfrigen Augen anschaute.

»Sie, Frau Johansson, Sie hätten eigentlich noch etwas

Zeit gehabt. Sie standen an letzter Stelle meiner kleinen Liste. Aber Sie konnten es ja nicht abwarten.« Jacobi streichelte den Hund. Dann setzte er sich.

»Jetzt aber erst einmal weiter mit Classen und Weiler.« Er zögert kurz.

»Ich kriege also alles, was ich brauche, von Classen am Telefon geliefert. Geben Sie zu, Frau Johansson, eine solche Gelegenheit hätten Sie sich auch nicht entgehen lassen … Aber wer sich verleiten lässt, der bereut am Ende. Und wenn nicht zufällig eins meiner Kinder in der Klinik …« Jacobi schüttelte den Kopf und seufzte.

»Die Situation war die: Hilke, ein Mädchen, das bei uns eine ambulante Therapie macht, berichtete, dass ihre Mutter am Wochenende zum x-ten Mal von einem Mann am Telefon tyrannisiert worden sei. Von einem Mann, der – genau wie Classen – seine Rufnummer unterdrückt hatte. Hilke meinte, ihre Mutter habe die Stimme des Mannes am Telefon nicht erkannt und nicht gewusst, wer der Anrufer sei.« Jacobi zögerte erneut.

»Aber dann«, fuhr er fort, »dann sagte Hilke auf einmal, dass der Anrufer, der Heizungsfritze … Ja, so hat sie ihn genannt. Den *Heizungsfritzen*!« Jacobi lachte laut auf. »Jedenfalls sagte sie, dass der Heizungsfritze eine Woche zuvor wegen einer Reparatur in ihrer Wohnung war. Na, klingelt es, Frau Johansson?«

Jacobi sah Theresa mit weit aufgerissenen Augen an. Seine Stimme klang aufgeregt.

»Frau Johansson, plötzlich sprach sie von einem *Heizungsfritzen.* Woher konnte sie wissen, dass der Anrufer ein Heizungsmonteur war? Der Stalker hatte doch die

Rufnummer unterdrückt! Und – er hatte seine Identität nicht preisgegeben.«

Theresa kannte die Antwort. Aber sie sagte nichts.

»Weil die Mutter die Polizei eingeschaltet hat und die Polizei die Nummer natürlich trotz Rufnummernunterdrückung zurückverfolgen kann.« Jacobi schlug sich vor die Stirn. »Wie dumm kann man sein. Ich meine, daran, die Fingerabdrücke am Hörer abzuwischen, daran habe ich noch gedacht, als ich mit Classen telefoniert habe. Aber an die Rückverfolgung … ich meine, ich weiß das doch, dass das trotz Rufnummernunterdrückung möglich ist. Und ich hätte doch wissen müssen, dass Classens Nummer auftaucht, wenn die Polizei irgendwelche Verbindungen zum *ZVV* prüft. Und, was glauben Sie? Weiler hätte denen mit Sicherheit gesagt, dass ich in seinem Büro war, als Classens Anruf im Sauerbruchweg einging. Der hätte mit einem Satz alles kaputt machen können. Das Risiko konnte ich unmöglich eingehen. Wenn ich das nicht noch rechtzeitig bemerkt hätte …« Jacobi schüttelte wieder den Kopf.

»Na, ich will nicht so streng mit mir sein«, sagte er dann. »Fehler machen wir alle. Aus Fehlern wird man klug, nicht wahr, Frau Johansson?«

Jacobi lächelte milde.

»Eigentlich standen Sie, wie gesagt, auf dem letzten Platz meiner Liste. Jetzt sind Sie vorgerückt.«

***

Lennart überlegte, wie er dem ehemaligen Kommissar sein Anliegen am verständlichsten erläutern konnte.

»Wir haben hier einen Mann«, sagte er dann, »einen Professor. Justus Jacobi heißt er. Professor Jacobi ist der Leiter der Kinder- und Jugendpsychiatrie an unserem Universitätsklinikum. Er hat entfernt mit dem Zentrum zu tun, an dem die Männer, die erdrosselt wurden, eine Therapie gemacht haben.«

»Sie meinen diese Therapie für Pädophile.«

»Ja. Richtig.«

»Ähm. Und wie komme ich da ins Spiel?«

»Wissen Sie, wir haben uns natürlich schlau gemacht, ob es ähnliche Fälle schon vor unseren hier gegeben hat, und ganz offen gesprochen, etwas Ähnliches haben wir nicht gefunden. Aber bei meiner Recherche bin ich darüber gestolpert, dass es ein Internat in Ihrer Nähe gegeben hat. Ein Musikinternat.«

Lennart berichtete, was er herausgefunden hatte.

»Ich bin mir nicht sicher – aber Justus Jacobi könnte genau in der Zeit Schüler an dem Internat gewesen sein, in der der Lehrer erdrosselt wurde.«

»Aha«, kam es von der anderen Seite der Leitung. »Und jetzt glauben Sie, der Junge, der Ihr Professor damals gewesen war, hätte etwas mit dem Mord an dem Lehrer zu tun?«

»Ich weiß es nicht. Laut unserer Unterlagen wurde der Direktor der Schule festgenommen und verurteilt.«

»Ja. So war es.«

»Er soll den Lehrer mit dem Halsband seines Hundes erdrosselt haben. Aus Eifersucht.«

»Es hieß, der ermordete Lehrer hätte etwas mit der Frau des Direktors gehabt. Eifersucht war wohl das Motiv.«

Lennart wunderte sich über die Ausdrucksweise des Mannes.

»Was heißt … war wohl das Motiv? Der Direktor ist verurteilt worden und hat sich in seiner Zelle erhängt!«

»Das ist richtig. Aber er hat bis zum Schluss bestritten, den Lehrer ermordet zu haben. Noch in seinem Abschiedsbrief. Wissen Sie … Ganz ehrlich? Ich war mir von Anfang an nicht sicher, dass wir den richtigen Mann hatten. Und wollen Sie noch etwas wissen? Seit seinem Selbstmord hadere ich.«

»Warum? Eifersucht ist ein starkes Motiv. Dazu die Tatwaffe. Das Halsband, das dem Hund des Direktors gehörte und in seiner Wohnung gefunden wurde.«

»Ja, ja, es gab eine Reihe Indizien. Das Halsband … Ja. Das Band. Es lag in seiner Wohnung. Aber der Direktor hat damals angegeben, dass er es schon Wochen vermisst und sogar ein neues besorgt habe. Und sicher … Eifersucht ist ein starkes Motiv. Nur, wissen Sie, die Ehefrau des Direktors hat damals Stein und Bein darauf geschworen, niemals etwas mit dem Lehrer gehabt zu haben. Diese ganze Sache – die Annahme, die beiden hätten eine Affäre – beruhte allein auf einer Aussage.«

»Was meinen Sie damit?«

»Es gab da einen Jungen, der ausgesagt hat, er hätte gesehen, wie sich die Frau des Direktors und der Lehrer getroffen hätten, im Wald hinter dem Internat. Er meinte, er hätte beobachtet, wie sie sich geküsst haben und dann in seinem Auto davongefahren sind.«

Lennart stutzte. »Sonst gab es niemanden, der bestätigt hatte, dass zwischen den beiden etwas lief?«

»Nein.«

»Hm«, machte Lennart. »Wissen Sie zufällig noch, wie der Junge hieß, der die beiden gesehen haben will?«

»Nein, das weiß ich nicht mehr. Beim besten Willen nicht.«

»Könnte es Justus Jacobi gewesen sein?«

Der Mann ächzte. »Ich weiß es nicht. Wissen Sie, ich bin ein alter Mann. Der Fall hat sich in mein Gedächtnis eingebrannt. Das können Sie mir glauben. Aber ob der Junge Hans oder Klaus hieß oder eben Justus, das kann ich wirklich nicht erinnern. Ich werde meine alte Dienststelle bitten, Ihnen die Akten zukommen zu lassen.«

Lennart bedankte sich und legte auf. Als Nächstes wählte er Riedels Nummer.

»Wo bist du? … Ich muss noch mal mit diesem Jacobi sprechen … Erklär ich dir unterwegs … Ist gut … Ist Faust oben? … Sag ihm Bescheid. Wir treffen uns am Wagen.«

Lennart wollte gerade das Büro verlassen, als Daniel Becker hereinpreschte.

»Wir sitzen jetzt zu dritt an diesem Blogger. Und – wir haben einen ersten Anhaltspunkt. Wenn das stimmt, wonach es aussieht, dann sitzt der bei der Stadt und stellt über deren Server seinen Blog ins Internet.«

Lennart sah Becker ungläubig an.

»Und«, fuhr Becker fort, »ich habe mir die Seiten noch einmal genauer angeguckt. Ich hab mir den ganzen Scheiß reingezogen, den dieses kranke Hirn veröffentlicht hat.

Dabei bin ich auf etwas gestoßen. Ein PDF-Dokument. Das ist unglaublich. Du wirst nicht glauben, wer da was geschrieben hat.« Daniel Becker hielt Lennart einen Artikel hin. *Das falsche Tabu!*

Theresas Knie schmerzten und der Hals brannte. Sie überlegte verzweifelt, was sie machen sollte. Jacobi hatte Weiler umgebracht. Und sie sollte die Nächste sein.

»Was ist eigentlich mit Ihnen?«, fragte sie Jacobi. »Sind Sie kein Verräter? Was, außer diesem Artikel, den so gut wie keiner kennt, haben Sie dazu beigetragen, der großen Ungerechtigkeit, die an Pädophilen begangen wird, entgegenzutreten? Sie haben geheiratet. Sie haben nach außen den Ehemann gemimt, später dann den trauernden Witwer.«

»Woher wissen Sie das?«

»Sie selbst haben in der Doku des NDR von Ihrer Frau erzählt. Von ihrem frühen Tod. Und wie sehr Sie darunter gelitten haben. Schon vergessen?« Theresa sah Jacobi herausfordernd an. »Ehemann und trauernder Witwer, das passte besser in Ihre Karriere nicht wahr? Besser zu dem großen Wohltäter, dem großherzigen Professor, der sich aufopfernd um die geschundenen Seelen und Körper kleiner Mädchen und Jungen kümmert. Und das, obwohl Sie von sich sagen, dass Sie pädophil sind, und obwohl Sie Menschen umbringen, denen Sie den Vorwurf machen, nicht zu ihrer Pädophilie zu stehen. Wer ist hier eigentlich der Verräter?«

»Ja, ja, versuchen Sie es nur. Sie sind verzweifelt. Aber auch Provokation wird Ihnen nicht helfen. Ich gebe zu, ich selber bin seit damals auch nicht länger mit meiner Meinung hausieren gegangen. Das kann man mir zum Vorwurf machen. Aber: Ich wäre verrückt gewesen, wenn ich in meiner Position weiter gegen die Wand gelaufen wäre. Sie haben recht. Vielleicht war ich genauso feige wie die anderen. Aber irgendwie ist das auch nur die halbe Wahrheit. Ich habe mich nicht hingestellt und gejammert, dass ich ein schlechter Mensch bin; dass ich das, was ich tun möchte, nicht tun darf. Ich habe Kinder nie darum gebracht zu lieben. Mich zu lieben. Sich von mir lieben zu lassen. Ich habe ihnen immer gegeben, was sie brauchten. Ich habe sie beglückt. Das kann ich, denn ich weiß, was Kinder glücklich macht. Mein Vater und mein Lehrer … Ich habe diesen beiden Menschen so viel zu verdanken und … ach, vergessen Sie's. Sie verstehen das sowieso nicht!« Jacobi zögerte, bevor er weitersprach. »Sie können denken und sagen, was Sie wollen! Ich habe mich jedenfalls nicht dem Druck gebeugt und mich in die Hände irgendwelcher Therapeuten begeben. So wie die, die im *ZVV* angekrochen kommen und sich dieser Gehirnwäsche unterziehen. Ich habe Kinder immer schon geliebt und ich habe diese Liebe nie verraten.«

»Sie … Sie reden davon, dass Sie Kinder lieben?«

»Das wollen Sie doch jetzt nicht infrage stellen, Frau Johansson!«

»Sie lieben keine Kinder!«

»Warum sagen Sie so etwas?« Jacobi sprang auf. »Warum sagen Sie so etwas Gemeines?«

Seine Stimme klang plötzlich ganz hell, wie die eines kleinen Jungen. Und seine Gesichtszüge wirkten noch weicher als zuvor. Theresa hatte das Gefühl, er verwandle sich selbst in ein Kind.

»Warum sind Sie so gemein zu mir?«, wimmerte er. Tränen stiegen ihm in die Augen. »Ich begehre Kinder! Von tiefstem Herzen. Nehmen wir die kleine Merve. Sie war so putzig. Alle waren sie niedlich. Aber die kleine Merve war ganz besonders bezaubernd. Ich bin dahingeschmolzen, wenn sie mich mit ihren großen blauen Augen, die so tief waren wie der Ozean, angesehen hat. Ihre kleinen Grübchen, wenn sie lächelte – die haben mich verzückt. Ihre anmutigen Bewegungen, ihre Scham, so rein.«

Jacobi sah entrückt, mit einem Lächeln auf den Lippen zu Boden.

»Sie hat mir so gerne vorgelesen, wissen Sie. Ich habe das geliebt. Ihre Augen wanderten dann ganz langsam und konzentriert über die Buchstaben. Dabei hatte sie die zarten feinen Lippchen reizend gespitzt. Es war eine Wonne, ihr zu lauschen, und eine noch viel größere, sie dabei zu liebkosen. Sie genoss es, wenn ich sie sanft berührte. Keine Stelle war mir verwehrt. Und Merve war so ein begabtes Kind.«

Jacobi zwinkerte Theresa zu.

»Verstehen Sie? Sie lernte schnell und war sehr geschickt, es auch mir zu meinem Wohlwollen zu bereiten. Die Kleine hat mich sehr an mich selbst erinnert. Ja, ja.

Das Kind hat mir sehr viel Freude gemacht. Und sie hat mich sehr geliebt. So, wie ich sie geliebt habe.«

»Oh, nein!«, protestierte Theresa. »Sie haben sich an ihr vergangen!«

Jacobi machte einen Satz vor, beugte sich zu Theresa herunter und riss ihren Kopf an ihren Haaren nach hinten.

»Ich warne Sie, hören Sie auf, solche Gemeinheiten zu verbreiten«, zischte er. »Hören Sie auf, so böse zu mir zu sein!«

»Ach, und wenn nicht? Bringen Sie mich dann um?«

Jacobi schlug ihr mit der flachen Hand ins Gesicht. Es war ein harter Schlag, und Theresa brauchte eine Weile, bis sie sich davon erholt hatte.

»Was haben Ihr Vater und Ihr Lehrer mit Ihnen gemacht?«, fragte sie. »Die Menschen, denen Sie angeblich so viel zu verdanken haben? Sie haben Sie missbraucht und dann haben sie Sie fallen lassen, nicht wahr?«

Jacobi hielt sich wieder die Ohren zu. »Hören Sie auf!«, schrie er.

»Nein! Ich höre nicht auf! Diese Männer haben sich an Ihnen vergangen, und als Sie zu alt wurden, haben sie Sie abgeschrieben. Ihr Vater hat sich eine Frau mit kleineren Kindern gesucht und Ihr Lehrer hat in Klassen unter Ihrer gefischt. Und Sie konnten nichts dagegen tun. So war es doch, oder?«

Plötzlich ließ Jacobi sich vor ihr auf die Knie sinken.

»Ich hätte alles für die beiden getan. Und ich habe alles versucht«, jammerte er. »Wirklich alles!« Seine Augen füllten sich wieder mit Tränen.

»Aber Sie konnten kein kleiner Junge bleiben!«

»Nein. Das konnte ich nicht. Auch wenn ich das lange nicht wahrhaben wollte … Wissen Sie, naiv, wie ich war, habe ich geglaubt, dass das, was die Chinesen mit den Füßen kleiner Mädchen machten …, dass mir das mit meinem Adamsapfel gelänge. Ich habe ihn eingeschnürt. Nacht für Nacht. Aber das hat nichts genutzt. Er wurde immer größer und meine Stimme immer tiefer. Dazu kam mein Geschlecht, das machte, was es wollte. Ich habe mich entleert, bevor ich zu ihnen gegangen bin. Verstehen Sie? Ich wollte ja nicht egoistisch sein …«

»Aber das hat alles nicht gereicht!«

»Nein. Das hat es nicht. Ich war damals sehr verzweifelt, als sie sich von mir abwandten … Und ich war enttäuscht, als Jo, mein Klavierlehrer, behauptet hat, ich hätte eine Stimmgabel gestohlen. Er hat mich nicht nur fallen lassen, wie Sie sagen, er wollte mich ganz weg haben. Das war gemein. Mich als Dieb hinzustellen. Ich! Ein Dieb!« Jacobi vergrub sein Gesicht in seinen Händen.

»Das alles hat Sie ganz schön wütend gemacht … das kann ich mir vorstellen.« Theresa sah Jacobi fest an. »Und zwar so wütend, dass Sie einen Entschluss gefasst haben: Nie wieder sollte Sie jemand demütigen dürfen und Macht über Sie haben! Stattdessen wollten zukünftig Sie derjenige sein, der Macht über andere hat und demütigt. War es nicht so?«

Jacobi reagierte erst nicht – aber dann sah er Theresa mit irrem Blick und einem breiten Grinsen in die Augen.

Theresa lief es eiskalt den Rücken herunter.

»Wo ist die kleine Merve heute? Was haben Sie mit dem

Mädchen gemacht, nachdem Sie es missbraucht haben?«, fragte sie kaum hörbar.

In dem Moment sprang Jacobi auf und spuckte Theresa ins Gesicht.

»Du kleine Schlampe«, zischte er. »Du elende Fotze! Ich sage es nicht noch einmal. Hör auf. Ich habe niemanden missbraucht!«

»Wo ist sie? Was haben Sie mit ihr gemacht?« Theresa nahm ihre ganze Kraft zusammen.

»Was glauben Sie denn?« Jacobi riss erneut ihren Kopf nach hinten. Er zuckte vor Zorn, während er sprach. »Na, was glauben Sie, was ich mit ihr gemacht habe?«

Theresa röchelte.

»Die Antwort ist doch ganz einfach. Ich habe das mit ihr gemacht, wozu uns unser *Rechtsstaat* zwingt. Das habe ich getan!« Jacobi stieß Theresas Kopf nach vorn und ließ ihre Haare los. »Aber glauben Sie mir, mir ging es nicht gut dabei. Meine Seele hat geweint und mein Herz hat geblutet. Mein Darm hat tagelang nicht geruht. Ich habe jedes Mal Qualen durchlitten.« Jacobi hatte wieder diese kindliche Stimme angenommen.

»Sie haben sie getötet!« Theresa hatte das Gefühl, das Bewusstsein zu verlieren.

»Was hätte ich denn sonst tun sollen? Mal abgesehen davon, dass ich nur ungern Gefahr laufe, eingesperrt zu werden. Hätte ich sie fallen lassen sollen? So, wie man mich hat fallen lassen? Das hätte ich niemals übers Herz gebracht.«

»Was meinen Sie mit *jedes Mal*? Ich habe *jedes Mal* Qualen durchlitten?« Theresas Stimme war kaum zu hören. »Wen? Wie viele? Wo sind die Kinder?«

»Ganz schön viele Fragen. Was meinst du, Watkins?« Jacobi ging zu dem Hund und ließ sich das Gesicht von ihm abschlecken.

Theresa liefen Tränen über die Wangen. »Sie lieben keine Kinder. Sie sind nicht pädophil«, sagte sie leise. »Und Sie brauchen den Psychopathen auch nicht zu spielen. Sie sind einer!«

»Oh, ohhhh!«, machte Jacobi und ging zu seinem Stuhl. Er setzte sich, spreizte die Finger und wiegte sich langsam apathisch vor und zurück.

»Oh, ohhhh! Dass ihr Scheißpsychologen aber auch nie eure Dreckfresse halten könnt!«

Nach einer Weile stand er auf, trat an Theresa heran, griff nach dem Ende des Halsbands und zog den Dorn ins nächste Loch.

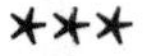

Es hatte geklingelt.

Beruhige dich!, flüsterte es in Justus Jacobis Kopf. Beruhige dich! Er schloss die Augen, atmete tief ein und wieder aus. Dann ging er hoch in die Eingangshalle und öffnete die Tür.

»Herr Bondevik!« Jacobi reichte Lennart mit einem Lächeln die Hand.

»Herr Professor – meinen Kollegen Riedel kennen Sie bereits.« Riedel nickte Jacobi zu. »Ihre Sekretärin hat uns mitgeteilt, dass wir Sie hier finden.«

»Ja. Ich arbeite heute von zu Hause aus. Was kann ich für Sie tun?«

»Herr Professor, wir würden gerne einen Moment hereinkommen.«

»Oh, das ist gerade schlecht. Wissen Sie, ich habe wirklich viel zu tun.«

Lennart und Riedel sahen Jacobi beharrlich an.

»Also gut. Wenn es nicht allzu lange dauert.« Der Professor trat einen Schritt zurück und bat die beiden Kommissare einzutreten. Dann stellte er Watkins vor, den er im Nacken gegriffen davon abhielt, Riedel anzuspringen.

»Kommen Sie, wir gehen in den Wintergarten.«

Sie setzten sich.

»Was möchten Sie von mir wissen?«

»Herr Professor Jacobi«, begann Lennart, »mein Kollege, Herr Alhaus, hat mir von dem Prozess erzählt, den Sie gestern angesprochen haben.«

»Hat er das?«

»Sie meinten, Sie wüssten, dass Herr Alhaus … lassen Sie es mich so ausdrücken, dass er mit Ihrer Begutachtung nicht zufrieden war.«

»Das habe ich so nicht gesagt. Ich habe gesagt, dass mir zu Ohren gekommen ist, dass wir nicht ganz einer Meinung waren.«

»Ja. Das stimmt. Da haben Sie recht. Aber … warum haben Sie, nachdem Ihnen zu Ohren gekommen ist, dass Herr Alhaus nicht ganz Ihrer Meinung war, nicht das Gespräch mit ihm gesucht? Ich meine, es ist allseits bekannt, dass er ein Experte ist, wenn es, einfach ausgedrückt, um das Thema *Wahrheit oder Lüge* geht.« Lennart hätte nicht gedacht, dass er jemals so über Alhaus sprechen würde.

»Sicher«, antwortete Jacobi zögerlich. »Das würde ich auch nie in Abrede stellen. Nur sehen Sie … auch von mir kann man nicht gerade behaupten, dass ich ein Laie bin, wenn es um die Begutachtung von Zeugen – vor allem um Kinder und deren Aussagen – geht.«

»Nein. Natürlich nicht. Ich wollte Ihnen auch keinesfalls zu nahe treten und gewiss nicht an Ihrer Kompetenz zweifeln.« Lennart sah Jacobi mit zusammengekniffenen Augen an, den Kopf leicht auf die Seite gelegt. »Aber dennoch. Ich habe mich gefragt, ob Herr Alhaus vielleicht recht haben könnte.«

»Sie meinen, ich könnte mich getäuscht haben?«, entgegnete Jacobi aufgebracht. »Ich wäre zu einem falschen Ergebnis gekommen, weil ich die Aussage des Kindes falsch eingeschätzt habe?«

»Nicht ganz. Wenn ich meinen Kollegen richtig verstanden habe, dann haben Sie durchaus erkannt, dass das Mädchen die Wahrheit gesagt hat.«

»Was reden Sie denn da? Ich bin zu keiner Zeit zu der Auffassung gekommen, die Kleine wäre tatsächlich …«

»Und das sieht mein Kollege anders. Sie haben dem Gericht gesagt, an den Vorwürfen gegen den Finanzminister sei nichts dran. Und, dass das Kind eine ausgeprägte Fantasie habe. Alhaus ist der Meinung, Sie haben diese Aussagen getätigt, obwohl Sie wussten, dass sie nicht der Wahrheit entsprachen. Er ist überzeugt davon, dass nicht die kleine Solveig gelogen hat, sondern Sie.«

Jacobi schnaubte. »Ich hätte nicht gedacht, dass Herr Dr. Alhaus ein solch schlechter Verlierer ist. Ich meine, was erlaubt er sich eigentlich? Was erlauben Sie sich? Das Gericht ist meiner Ansicht gefolgt. Ich glaube nicht, dass Sie das Recht haben, in mein Haus zu kommen und mir solche Unterstellungen zu machen.«

Lennart sah Jacobi ruhig an. »Wissen Sie, wenn ich so etwas höre, dann möchte ich natürlich mehr darüber wissen.«

»Und dann stellen Sie Fragen. Das ist Ihr Beruf.«

»Ja. Ich fange an zu recherchieren.«

»Was – wollen – Sie – von – mir?«

»Wissen Sie, bei meiner Recherche habe ich nichts gefunden, was die Behauptung meines Kollegen stützt. Da kann ich Sie beruhigen. Was ich aber gefunden habe, sind diverse Informationen über Ihren beruflichen Werdegang.«

»Mein Profil steht auf den Seiten des Universitätsklinikums und in den meisten meiner Veröffentlichungen«, gab Jacobi mit fester Stimme zurück. Aber dennoch hatte Lennart das Gefühl, der Professor sei enorm wachsam und auf eine gewisse Art unsicher.

»Ja. Ein beeindruckender Werdegang. Ein Kollege von mir hat ebenfalls recherchiert. Wobei, seine Aktivitäten hatten eigentlich gar nicht wirklich mit Ihnen zu tun … also das, was ihn interessiert hat. Und deshalb ist er eher zufällig über etwas gestolpert.«

Jacobi saß stocksteif da.

»Haben Sie schon einmal etwas von einem Blogger gehört, der sich *Der Kinderschützer* nennt?« Lennart zog den Artikel heraus und hielt ihn dem Professor hin.

Jacobi rührte sich nicht. Aber er schnaubte kaum hörbar.

»Können Sie uns das erklären?«

Jacobi rieb sich die Stirn, stöhnte und wandte sein Gesicht ab.

»Das ist lange her!«, sagte er. Seine Stimme bebte. »Und ja, es war ein Fehler, so etwas zu vertreten. Ich könnte mich jetzt damit herausreden, dass ich damals nicht der Einzige und die Zeit eine andere war. Aber ehrlich? Ich weiß nicht, was mich damals geritten hat.«

»Geritten?«

Jacobi hob die Hände. »Das war jetzt nicht sehr geschickt ausgedrückt. Das gebe ich zu. Aber haben Sie außer diesem Artikel, der aus dem Jahre 1994 stammt, irgendwann, irgendwo jemals wieder von mir etwas in diese Richtung gehört oder gelesen?«

»Die Kollegen haben sich auf die Suche gemacht.«

»Sie werden nichts finden!« Jacobi stöhnte laut. »Ich kann das nicht ungeschehen machen. Aber glauben Sie mir, ich bin geläutert.«

»Geläutert!«

»Der Artikel sollte damals im Monatsheft des *Bundes zum Schutz von Kinderrechten* erscheinen.«

»Das ist uns bekannt.«

»Sie wissen, dass ich heute dort Vorstandsmitglied bin?«

Das wiederum hatten sie nicht gewusst.

»Mit geläutert meinen Sie, dass der *BSK* Ihnen Absolution erteilt hat?«, meldete sich Riedel zu Wort.

»Wenn Sie das so ausdrücken wollen. Bitte.«

Lennarts Blick ruhte auf dem Professor. Auf dem Mann, von dessen Ausstrahlung, von dessen Erfahrung und dessen Art, über die Kinder, die er in seiner Obhut hatte, zu sprechen, er gestern noch tief beeindruckt war. Ein Mann, von dem er heute wusste, dass er auf der Welle der Pädophilenbewegung mitgeschwommen war. Ein Verirrter der Zeit, dachte Lennart zynisch. Er wusste, dass er Jacobi gegenüber seine Unvoreingenommenheit verloren hatte, und es hätte ihn nicht gewundert, wenn Ansgar Alhaus mit seiner Behauptung am Ende recht behalten sollte. Aber sie hatten nichts gegen ihn in der Hand.

»Etwas anderes«, sagte er. »Sie spielen Klavier?«

Jacobi schnaufte. »Das wissen Sie, wenn Sie regelmäßig die Zeitung lesen, und erst recht, wenn Sie recherchiert haben.«

»Sie spielen für wohltätige Zwecke. Lobenswert!«

Jacobi reagierte nicht.

»Sie sind ein guter Spieler, haben diverse Wettbewerbe gewonnen, schon als Jugendlicher.«

Jacobi reagierte noch immer nicht.

»War es nie ein Wunsch von Ihnen, die Musik zum Beruf zu machen?«

Keine Reaktion.

»Na, nicht so wichtig«, sagte Lennart. »Wissen Sie, ich habe noch etwas über Sie gelesen.«

Jacobi sprach kein Wort. Aber seine Augen verengten sich.

»Und zwar, dass Sie sogar auf einem Musikinternat waren.«

Ein Zucken durchfuhr Jacobis Gesicht.

»Ja und?«

»Auf einem Internat in einer kleinen Stadt namens Amberg.«

»Was ist das Problem? Ich war schon als Kind gut am Klavier. Und das Internat hat musikalisch hochbegabte Kinder gefördert.«

»Wissen Sie, dass es das Internat nicht mehr gibt?«

»Ja. Na und?«

»Es wurde geschlossen, nachdem sich der Direktor erhängt hat. In einer Gefängniszelle.«

»Ja. Eine tragische Sache!«

»Er soll einen der Lehrer ermordet haben. Erdrosselt.«

Jacobi reagierte nicht.

»Kannten Sie den Lehrer?«

»Warum fragen Sie mich das alles?«

»Weil ich davon ausgehe, dass Sie in der Zeit, als der Mord geschah, Schüler in dem Internat waren.«

»Was wollen Sie damit sagen?«

»Nichts. Beantworten Sie doch einfach meine Fragen. Kannten Sie den Lehrer?«

»Ja«, antwortete Jacobi knapp.

»Hatten Sie auch Unterricht bei ihm?«

»Er war mein Klavierlehrer.«

»War er ein guter Lehrer?«

»Auf die Gefahr hin, dass ich eingebildet klinge … aber ich finde, er konnte mir nicht mehr viel beibringen.«

Jacobi stand auf, schob die Schiebetür zum Garten auf, und Lennart sah, wie der Labrador mit dem Schwanz wedelnd durch den Türspalt in den Hinterhof stapfte.

»Stört es Sie, wenn ich die Tür einen Spalt auf- und

etwas frische Luft hereinlasse?«

»Nein«, antwortete Lennart. »Sie meinen, Sie waren besser als Ihr Lehrer?«, kam er auf das zurück, was Jacobi gesagt hatte.

»In mancherlei Hinsicht – sicher!«

»Wie alt waren Sie damals?«

»Dreizehn.«

»Wissen Sie, ich frage mich, ob der Direktor wirklich derjenige war, der den Lehrer erdrosselt hat.«

»Sie fragen sich und andere ziemlich viel, wenn der Tag lang ist. Kommt als Nächstes die Frage, ob ich ihn ermordet habe?«

»Waren Sie es?«

Keine Reaktion.

»Der Direktor der Schule hat die Tat nie gestanden«, sagte Lennart.

»Der Mann wurde rechtskräftig verurteilt. Die Indizien waren eindeutig. Und ich denke, sein Selbstmord kommt einem Geständnis gleich.«

Lennart nickte. »Ja. So ist es wohl. Eine klassische Beziehungstat. Aus Eifersucht. Es hieß, der Lehrer hatte ein Verhältnis mit der Ehefrau des Direktors.«

»Das wurde gemunkelt.«

»Ein Schüler will die Frau und den Klavierlehrer im Wald gesehen haben. Er hat der Polizei erzählt, dass er gesehen hat, wie sie sich geküsst haben.« Lennart sah Jacobi an. »Sie waren nicht zufällig dieser Schüler – oder?«

»Ich denke, das reicht jetzt!«, gab Jacobi zurück und stand auf.

»Das stimmt. Lassen wir es ruhen. Für den Moment.«

»Für den Moment? Wollen Sie mir drohen?«

»Kann ich das?«

Jacobi lächelte. »Kommen Sie ruhig wieder.«

Lennart stand ebenfalls auf und nickte Matthias Riedel zu. »Kommst du?«

»Einen Moment noch.« Riedel ging auf Justus Jacobi zu. »Eine Frage habe ich noch. Herr Professor, wann haben Sie Niklas Weiler das letzte Mal gesehen?«

***

»Treffer«, donnerte Daniel Becker. »Da muss sie sein.«

Sie hatten die Ortung von Theresa Johanssons Handy im Handumdrehen abgesegnet bekommen, nachdem sie mehrere Stunden vergeblich versucht hatten, die Therapeutin zu finden, um sie unter Polizeischutz zu stellen.

Becker zeigte auf einer Straßenkarte, die sie mit dem Beamer an die Wand geworfen hatten, auf einen Punkt.

»Das ist in der Innenstadt. Hundestraße. Oder in der Glockengießer. Irgendwo im mittleren Bereich.«

»In der Glockengießerstraße wohnt dieser Professor«, sagte Franka Dahlberg. »Das habe ich doch in der Akte gelesen!«

»Lennart und Riedel sind bei Jacobi«, entgegnete Faust und zückte sein Handy. »Fragen wir doch mal nach, ob Frau Johansson ebenfalls da ist.«

***

»Herrn Weiler«, hörte Lennart Jacobi sagen, als sein Handy klingelte. »Den habe ich das letzte Mal vor einigen Tagen gesehen.«

Lennart sah, wie Jacobi Riedel vor sich her, aus dem Wintergarten heraus, in Richtung der Diele schob, und nahm das Gespräch an.

»Ja, was gibt's?«, fragte er und folgte den beiden in die Eingangshalle.

»Ist Theresa Johansson bei euch?«, hörte er seinen Chef fragen. Jacobi öffnete die Haustür, und Lennart trat auf die Straße.

»Nein, wieso?«

»Wir haben ihr Handy geortet. Sie muss sich irgendwo da in der Gegend aufhalten.«

Lennart sah automatisch die Straße rauf und runter, bevor sein Blick auf ein Schild auf der gegenüberliegenden Straßenseite fiel.

Verdammt! Das ist doch …

Lennart dachte krampfhaft nach, was er tun sollte.

»Also wenn du mich fragst«, sagte er dann, »will sich da nur jemand wichtig machen!«

»Wichtig machen? Was redest du da?«, fragte Faust. »Sag mal, ist bei euch alles okay? Soll ich Verstärkung schicken?«

»Ja. Genau. Das meine ich. Wichtig machen!«, gab er zurück. Das Nächste, was er von Faust hörte, war, dass sein Chef die gesamte Direktion aufscheuchte. Lennart dachte wieder nach.

»Was?«, fragt er dann, ohne dass Faust irgendetwas zu ihm gesagt hatte. »Theresa Johansson?«

Lennart hatte die Augen auf Justus Jacobi gerichtet. Der Professor tat unbeteiligt, aber Lennart war das Blitzen in seinen Augen nicht entgangen, als er Theresas Namen erwähnte.

»... ja, machen wir«, sagte er in den Hörer. »Wir sind dann hier auch fertig. Sind schon unterwegs.« Lennart legte auf.

»Das war Faust«, sagte er an Riedel gewandt. »Wir sollen noch mal bei Frau Johansson im Sauerbruchweg vorbeifahren und nach dem Rechten schauen. Jetzt, wo ihr Kollege Niklas Weiler ebenfalls ermordet wurde.«

»Niklas Weiler ist ermordet worden?«, fragte Jacobi.

»Wir haben ihn heute Vormittag in seiner Wohnung tot aufgefunden.«

»Das ist ja furchtbar. Wurde er etwa auch ...?«

»Herr Professor Jacobi. Entschuldigen Sie uns. Wir müssen los!«

***

Lennart ging vor Riedel die Straße hinunter, bog um die Ecke und hielt seinen Partner kurz darauf am Ellbogen fest.

»Warte!«, flüsterte er ihm zu. »Sie haben Theresa Johanssons Handy hier geortet. Und – ich habe ihr Fahrrad vor Jacobis Haus auf der gegenüberliegenden Straßenseite stehen sehen.«

»Ihr Fahrrad?«

»Ja, das erkennt man unter Hunderten.«

Theresa hatte das quietschgelbe Rad an einem Schild festgemacht.

»Hast du Jacobis Reaktion gesehen, als ich ihren Namen genannt habe? Sie ist hier, Matthias. Ich bin mir sicher, dass Frau Johansson hier ist.«

»Bei Jacobi?«

»Hör zu«, sagte er, während er nickte. »Ich möchte, dass du ihn ablenkst.«

»Lennart. Wenn deine Vermutung stimmt … Wir müssen Verstärkung anfordern. Faust reißt uns den Kopf ab!«

»Verstärkung ist unterwegs.«

»Das ist gut. Und auf die werden wir jetzt warten!«

»So viel Zeit haben wir nicht. Wenn Theresa Johansson wirklich da drin ist, dann wird Jacobi … Wir können nicht warten.«

Lennart machte kehrt.

»Du lenkst ihn an der Tür ab«, sagte er zu Riedel. »Ich gehe hinten rum und versuche irgendwie in das Haus zu kommen.«

Es dauerte eine Weile, bis Justus Jacobi die Tür öffnete.

»Na, noch etwas vergessen?« Er ließ seinen Blick über die Straße schweifen. »Wo haben Sie denn Ihren Kollegen gelassen?«

»Herr Bondevik telefoniert«, antwortete Riedel.

»Und was wollen Sie noch? Ich habe doch nicht den ganzen Tag Zeit.«

»Ja, ich weiß, und ich mache es auch kurz. Aber … es gibt da noch eine Frage, die ich Ihnen stellen muss.« Riedel zögerte einen Moment. »Herr Professor … wo waren Sie am fünften November in der Zeit zwischen neunzehn und zwanzig Uhr?«

»Ist da noch einer umgebracht worden?«

»Bitte beantworten Sie meine Frage.«

»Am fünften November? Was war das für ein Tag?«

»Ein Donnerstag.«

»Das … das weiß ich nicht mehr. Das kann ich Ihnen nicht sagen.«

»Dann wird es doch etwas länger dauern, denn dann muss ich Sie leider bitten, mich jetzt auf das Präsidium zu begleiten.«

»Wie bitte? Was soll das?«

Riedel sah Justus Jacobi an, dass er innerlich kochte. Aber da war noch mehr. Er hatte das Gefühl, der Professor stand kurz davor, die Nerven zu verlieren.

»Sie kommen einfach hierher und …« Jacobi schüttelte hektisch den Kopf. »Kommen Sie rein. Ich gucke nach.«

Riedel fluchte innerlich. So sollte das Ganze nicht laufen. Er trat in die Eingangshalle und überlegte, wie er Jacobi aufhalten konnte. Dann sah er eine Eisenstange, die auf seinen Kopf niederschoss.

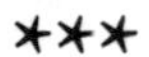

Lennart wollte nicht riskieren, dass sein Handy klingelte, und schaltete es stumm. Er kletterte auf einen Müllcontainer und von dort auf eine Mauer hinauf, die Jacobis Hinterhof von den anderen Grundstücken abgrenzte. Er sprang, machte drei Schritte vorwärts und stand an der Fensterfront des Wintergartens.

Lennart spähte durch die Scheibe, als er plötzlich etwas an seinem Bein spürte. Er erstarrte, und es dauerte einen Moment, bis er begriff, dass Watkins noch immer draußen war und sein Bein gestreift hatte. Lennart sah gerade noch, wie der Hund seine Schnauze durch den Schlitz der Schiebetür steckte, sie ein Stückchen weiter aufschob und sich durch den Spalt durchzwängte. Der Hund trottete zu dem Kamin und machte es sich bequem.

»Ruhig«, flüsterte Lennart, nachdem auch er sich durch den Türspalt gedrückt hatte. »Ganz ruhig. Braver Hund.«

Der Labrador öffnete ein Auge, um es gleich wieder zu schließen, und kuschelte seine Schnauze auf seine beiden Vorderläufe. Er schien sich nicht weiter für Lennart zu interessieren.

Seine Pistole im Anschlag, bewegte Lennart sich lautlos vom Wintergarten durch den Wohnbereich bis in die Eingangshalle. Dort angekommen, blieb er abrupt stehen. Er hatte das Gefühl, sein Herz würde für einen Schlag aussetzen, als er Riedel dort liegen sah, und eilte zu ihm. Der Kopf seines Partners lag in einer riesigen Blutlache; daneben ein Kaminhaken.

»Wir brauchen hier mindestens einen Krankenwagen!«, flüstere Lennart in sein Handy. Er hätte am liebsten geschrien. Aber er riss sich zusammen und gab Jacobis

Adresse durch. »Bitte, kommen Sie schnell!« Er legte auf und spürte, wie sein Herz raste.

Dann sah er, dass Riedels Pistolenholster leer war. Mist!, dachte er. Verdammter Mist!

Lennart drückte sich an die Wand mit den Gemälden und bewegte sich langsam zur Treppe. Er kniff die Augen zusammen und lauschte.

Hatte er etwas gehört? Oben? Eine Etage höher?

Er trat, die Waffe schussbereit, einige Stufen die Treppe hinauf. Dann blieb er stehen, reckte den Hals und lauschte erneut. Es war mucksmäuschenstill. Nein, dachte er, da war nichts.

Er überlegte, ob er weitergehen sollte, entschied sich dagegen und ging die Treppe wieder hinunter.

Er hörte ein Röcheln und warf einen Blick zu Riedel.

Dann schlich Lennart, ohne das geringste Geräusch von sich zu geben, eine Stufe nach der anderen in den Keller hinunter. Es wurde so dunkel, dass er die Stufen nicht mehr sehen konnte und sie mit seiner Fußspitze ertasten musste.

Plötzlich schepperte es, und Lennart zuckte zusammen. Er musste gegen irgendetwas getreten sein. Etwas Blechernes rumpelte die Treppe hinunter, und im selben Moment ertönte Jacobis Stimme.

»Das mit dem Anschleichen, das müssen Sie aber noch üben!« Lennart hörte sein Lachen. »Kommen Sie! Kommen Sie ruhig runter.«

Vorsichtig nahm Lennart die letzten Stufen und drehte sich in die Richtung, aus der die Stimme gekommen war. Er ging, den Finger am Abzug, an einem Holzverschlag unter der Treppe vorbei. Ein modriger Geruch stieg ihm in die Nase.

Am Ende des Gewölbes, ungefähr fünf, sechs Meter entfernt sah er die Umrisse einer Tür. Sie war nicht verschlossen, und durch einen Spalt fiel Licht.

»Na kommen Sie schon! Kommen Sie! Sie werden bereits erwartet.«

Lennart ging langsam auf die Tür zu und drückte sie vorsichtig auf. Eine Glühbirne brannte an einer Seite des Raumes und verbreitete ein schummeriges Licht.

Lennart erschrak.

Theresa Johansson kniete auf dem Boden – den Rücken zu ihm gewandt. Lennart vermutete, dass sie nackt und gefesselt war. Aber Jacobi hatte ihr eine Decke umgelegt.

Der Professor stand vor Theresa und hinter ihm ein Spiegel.

»Wir haben das hier unten immer die Hexenküche genannt«, sagte er.

Lennart kam langsam näher, die Pistole auf Jacobi gerichtet. Sein Blick ruhte auf Theresa. Keine zwei Meter hinter ihr blieb er stehen.

»Früher waren die Regale vollgestopft mit unzähligen Tinkturen, Pülverchen, Schalen, Kochern … eben allem, was man braucht, um Medizin herstellen zu können.« Jacobi streckte die Nase vor und tat so, als schnupperte er durch den Raum. »Den Geruch bekommt man nicht aus den Wänden.« Er lächelte. »Als ich das Haus umbauen ließ, ist kein Stein auf dem anderen geblieben. Aber die Hexenküche, die habe ich so gelassen. Die Kacheln und Fliesen sind leicht zu reinigen.«

Jacobi trat ein Stück zur Seite. So, dass Lennart Theresas Gesicht im Spiegel sehen konnte. Sie war geknebelt und blickte teilnahmslos ins Leere. Lennart war sich nicht sicher, ob sie überhaupt noch bei Bewusstsein war.

Er sah Jacobi entsetzt an.

»Ja was? Was schauen Sie mich so an wie ein erschrockenes Reh? Was haben Sie denn erwartet?«

Der Professor hielt Theresa Riedels Pistole an die Schläfe.

»Fieses Ding«, sagte er mit Blick auf die Waffe. »Kalt. Stillos. Aber, das muss ich zugeben, durchaus nützlich.«

»Hören Sie!« Lennart versuchte seine Stimme unter Kontrolle zu halten. »Ich lege meine Pistole jetzt auf den Boden, dann nehmen Sie Frau Johansson die Fesseln ab und lassen sie gehen.«

Jacobi sah Lennart süffisant an.

»Nein, nein! Sie müssen Ihre Waffe nicht ablegen«, sagte er und zögerte einen Moment. »Die brauchen Sie noch.« Jacobi lachte verächtlich.

Lennart überlegte, was er tun sollte.

»Warum machen Sie das?«, fragte er. »Warum haben Sie all die Morde begangen?«

»Oh bitte, nicht noch einmal. Die Geschichte ist bereits erzählt. Ich würde ja sagen, fragen Sie Frau Johansson, die könnte Ihnen alles berichten. Aber ich glaube … das wird nichts mehr.«

»Lassen Sie sie gehen!«

Jacobi sah Lennart lange an.

»Haben Sie schon einmal gesehen, wie ein Mensch aussieht, wenn sein Kopf nach und nach voll Blut gepumpt wird?«, fragte er dann.

Lennart hatte noch immer die Waffe auf ihn gerichtet.

»Machen wir uns doch nichts vor«, fuhr Jacobi fort. »Wir wissen doch beide, dass ich hier nicht lebend rauskomme.« Er seufzte. »Ich nicht – und Frau Johansson ziemlich sicher auch nicht.« Er sah Theresa mit einem gespielt mitfühlenden Gesichtsausdruck an. »Aber wissen Sie was, ich werde Sie darüber entscheiden lassen, ob sie qualvoll stirbt oder ob es schnell geht. Kurz und schmerzlos sozusagen.«

Jacobi streichelte mit der freien Hand über Theresas Kopf. Eine Art Schnauben war durch den Knebel zu hören.

Gott sei Dank. Sie ist bei Bewusstsein.

»Ich ziehe jetzt das Band noch ein Stückchen weiter zu. Und nach einer Weile tue ich das Gleiche wieder.« Jacobi zog das Band enger, und Lennart sah, dass es tief in Theresas Hals einschnitt.

»Glauben Sie mir, so zu sterben ist kein schöner Tod. Aber … Sie haben es in der Hand. Sie können dem Leid ein Ende setzen.« Jacobi sah zufrieden aus.

»Wissen Sie, da ich nicht davon ausgehe, dass Sie Frau Johansson erschießen, gibt es aus meiner Sicht genau drei Möglichkeiten, die Sie haben.«

Jacobi hob den Daumen.

»Möglichkeit eins: Sie schießen auf mich. Sie überlebt.« Er hob zusätzlich den Zeigefinger.

»Möglichkeit zwei: Sie schießen auf mich. Sie überlebt nicht – was ich für wahrscheinlicher halte, denn natürlich habe ich meinerseits auf Frau Johansson geschossen. Schlimm. Aber wenigstens leidet sie dann nicht länger.

Und drittens …«

Er hob den dritten Finger.

»… Sie schießen nicht. Dann krepiert sie elendig. Ihr wird schlecht. Ach was sage ich. Ihr ist schon schlecht. Aber es geht noch schlimmer. Ihr wird speiübel. Bei dem Druck im Kopf. Diesem unerträglichen Druck.«

Jacobi hielt die Pistole fest gegen Theresas Schläfe gedrückt. Sie zitterte am ganzen Körper und gab einen erstickten Laut von sich.

»Entscheiden Sie sich. Sie haben die Wahl.«

Wahnsinn, dachte Lennart. Der ist total verrückt.

Wieder dieser erstickte Laut.

Lennart beobachtete, wie Theresa versuchte, sich von dem Knebel zu befreien.

Was mache ich bloß, fragte er sich, obwohl er genau wusste, dass es nur eine Antwort auf diese Frage gab. Er musste auf Jacobi schießen. Das war Theresas einzige Chance.

»Sie zögern? Sie sehen es auch gerne, wenn Menschen leiden, nicht wahr?« Jacobi grinste breit, beugte sich zu Theresa herunter und zog das Hundehalsband ein weiteres Mal enger. »Noch zwei, drei Löcher. Ich denke, dann dürfte es das gewesen sein. Kann aber noch ein Weilchen dauern. Sie haben sich entschieden? Sie ziehen Verreckenlassen vor?«

Du musst schießen!

Lennart rann der Schweiß über das Gesicht und den Rücken hinunter. Er wischte sich mit dem Ellbogen über die Augen und krümmte den Finger fester um den Abzug.

Mach!

Sein Herz raste.

Schieß!

Seine Augen verengten sich.

Jetzt!

Lennart schoss genau in dem Moment, in dem Theresa ihren Hals in die Schusslinie reckte.

Der Knall war ohrenbetäubend. Und es dauerte einen Moment, ehe Lennart erleichtert feststellte, dass die Kugel die Fliesen zerschossen hatte und im Mauerwerk versunken sein musste – ohne Theresa Johansson getroffen zu haben. Er hatte den Lauf noch rechtzeitig herumgerissen.

»Das war knapp!«, lachte Jacobi, der sich schlagartig aufgerichtet hatte. »Mannomann. Sie trauen sich was!«

Lennart hatte das Gefühl, um ihn herum würde sich alles drehen. Er sah Jacobi nur verschwommen. Und er wunderte sich, dass der Mann nicht geschossen hatte. Gleichzeitig dankte er Gott dafür.

Dann hörte Lennart Theresa.

»Hmmhmm«, machte sie und reckte wieder ihren Hals. »Hmmhmm.«

Über den Spiegel sah Lennart die Angst und die Verzweiflung in ihren Augen.

»Es sieht so aus«, sagte der Professor, »als würde Frau Johansson gerne etwas sagen. Ich kann mir vorstellen, dass sie gerne ein Mitspracherecht hätte. Schließlich ist es ihr Leben. Was meinen Sie, wollen wir sie hören?«

Mit der freien Hand löste Jacobi den Knoten des Seils, das den Knebel festhielt, und nahm Theresa den Stoffballen aus dem Mund.

Sie röchelte. Spucke lief ihr aus den Mundwinkeln. Theresa rang nach Luft.

»Bi…«, krächzte sie. Sie schwankte leicht.

»Ich kann Sie nicht verstehen, Frau Johansson«, sagte Jacobi.

»Bi…t…«

»Sie müssen deutlicher sprechen.«

»Bi…tt…e… Ich…«

»Ich weiß, Frau Johansson, das strengt Sie sehr an.« Jacobi neigte sich erneut zu ihr hinunter. »Flüstern Sie ruhig. Flüstern Sie mir in mein Ohr, was Sie sagen möchten. Flüstern ist weniger schmerzhaft.«

Theresa streckte sich ihm so weit es ging entgegen.

»Bitte, ich …«

»So ist es besser, nicht wahr«, sagte Jacobi und beugte sich noch ein Stückchen weiter zu ihr herab. »Sprechen Sie ganz leise. Nehmen Sie sich Zeit.«

Plötzlich sah Lennart, dass die Decke von Theresas Körper glitt und sich jeder Muskel in ihr angespannt hatte. Sekundenschnell riss sie ihren Mund auf, biss Jacobi ins Ohr, hielt es mit ihren Zähnen fest und zerrte seinen Kopf mit aller Kraft zur Seite, auf den Boden.

Lennart konnte nicht glauben, was er sah.

Jacobi schrie auf. Instinktiv versuchte er Theresas Mund zu öffnen, indem er ihr Zeigefinger und Daumen in den Kiefer stieß. Aber sie ließ nicht los.

Dann drückte er ab.

Gleichzeitig fiel ein zweiter Schuss.

Lennart stürzte auf Theresa zu, machte einen Satz um sie herum und kniete sich vor sie. Sie starrte ihn mit blutüberströmtem Gesicht an. Dann schloss sie die Augen.

Eine Woche später

Benno Faust und sein Team saßen missmutig im Besprechungsraum der Mordkommission. Blohm hatte sich zusammen mit Grunwald für zehn Uhr angekündigt. »Es gibt da noch einige Fragen«, hatte der Oberstaatsanwalt am Telefon gesagt.

Die gab es in der Tat. Und – es gab Antworten, die entsetzlicher nicht hätten sein können.

Die Ermittlungen hatten in der Zwischenzeit ergeben, dass es sich bei dem Blogger um einen Mann namens Kai Bosin handelte, einen Verwaltungsangestellten der Hansestadt Lübeck. Bosin war als Kind immer wieder in die Kinder- und Jugendpsychiatrie eingewiesen worden. Er war eines der ersten Kinder gewesen, die Justus Jacobi in seiner Obhut hatte.

Kai Bosin hatte zunächst bestritten, von Jacobi missbraucht worden zu sein. Aber dann hatte er doch eingeräumt, dass es so gewesen sei

Lennart hatte die Befragung, die Franka und Walther geführt hatten, vom Nebenraum aus verfolgt. Er war erschüttert, als er hörte, was Bosin angetan worden war, und schockiert, als er sah, dass der Mann Justus Jacobi trotz allem geradezu vergötterte. Bosin fühlte sich geehrt, wie er sagte, ein Kind des Professors gewesen sein zu dürfen. Und er war stolz darauf, dass Jacobi ihn später dazu auserkoren hatte, ihm die Kinder zu besorgen, die von ihm missbraucht und getötet worden waren.

Bisher wussten sie von drei Mädchen und vier Jungen. Sie kamen aus Polen. Lennart vermutete, dass es dem Professor irgendwann zu riskant geworden war, sich an Kindern zu vergehen, die man unter seinen Schutz gestellt hatte.

Jacobi hatte die Mädchen und Jungen über Monate in seinem Keller, in der Hexenküche der Apotheke, eingesperrt und vergiftet, wenn er kein Interesse mehr an ihnen hatte.

Bosin hatte sie für ihn *entsorgt*, wie er sich ausdrückte. Wo, das hatten Franka und Walther bisher nicht aus ihm herausbekommen. Jacobi konnten sie dazu nicht befragen. Der war tot.

Justus Jacobis Schwiegermutter hatte nachträglich ausgesagt, dass sie an dem Abend, an dem sie und ihr Schwiegersohn den Todestag ihrer Tochter begangen hatten, kurz eingenickt sein musste. Sie hatte das Gefühl, sich nicht lückenlos an alles, was geschehen war, erinnern zu können. Lennart und die Kollegen gingen daher davon aus, dass Jacobi sie betäubt und alles so organisiert hatte, dass er das Haus eine Zeit lang unbemerkt verlassen und den Mord an Hanno Classen begehen konnte.

Dass Jacobi im *Blins Hotel* gewesen war, konnten sie beweisen: Er war auf der Videoaufzeichnung zu sehen. Verkleidet als Frau. Und zwar so gut, dass es ihnen zunächst nicht aufgefallen war.

Von Odebrecht hatten sie nach Jacobis Obduktion erfahren, dass der Professor diverse Schönheitsoperationen hatte durchführen lassen. Er hatte auch nach seiner

Zeit im Internat nicht aufgehört, alles dafür zu tun, sein jugendliches, geradezu jungenhaftes Aussehen zu erhalten. Jacobi war sogar so weit gegangen, sich den Adamsapfel abschleifen zu lassen.

Aus den Unterlagen der Kollegen der Polizeiinspektion Amberg ging hervor, dass Jacobi der Junge war, der ausgesagt hatte, den Klavierlehrer zusammen mit der Ehefrau des Direktors gesehen zu haben. Was sie vermutlich nie erfahren würden, war, ob Jacobi seinen Lehrer umgebracht und den Mord dem Direktor in die Schuhe geschoben hatte. Aber es gab niemanden im Team, der daran zweifelte.

Was die kleine Solveig betraf, wurde die Möglichkeit der Wiederaufnahme des Verfahrens in Kiel geprüft.

Und es gab noch etwas, was sie mittlerweile wussten: Niklas Weiler war nicht von seinem Fußballtrainer missbraucht worden. Er nicht – aber sein zwei Jahre jüngerer Bruder Jannik.

Das hatte ihnen Weilers Lebensgefährte erzählt. Und er hatte berichtet, dass Janniks Leid ausschlaggebend für Niklas Weiler gewesen sei, Psychologe zu werden und alles, was in seiner Macht stand, dafür zu tun, sexuellen Missbrauch an Kindern zu verhindern.

Darüber hinaus wussten sie von Dr. Stephan Ronnenberg, dass Niklas Weilers Bruder Jannik der Mann war, der in dem Einspieler in der Talkshow erwähnt worden war und sich mit Mitte zwanzig das Leben genommen hatte.

»Wo bleibt der denn, der Herr Oberstaatsanwalt?« Ansgar Alhaus tippte mit dem Finger auf seine Armbanduhr.

»Ich habe keine Lust, hier Wurzeln zu schlagen!«

Faust zuckte die Schultern.

Dann klingelte Lennarts Handy.

»Das ist das Krankenhaus!«, sagte er.

Die Kollegen richteten sich auf und sahen, wie Lennart kreidebleich im Gesicht wurde.

Er sagte nichts, sondern ließ nach einer Weile einfach nur das Handy sinken. Dann warf er Benno Faust einen Blick zu, schüttelte den Kopf und verließ den Raum.

»Warten Sie!« Ansgar Alhaus riss die Beifahrertür von Lennarts Volvo auf und schwang sich auf den Beifahrersitz. »Ich komme mit!«

Lennart nickte und startete den Motor.

Sie fuhren in die Triftstraße, stellten den Wagen ab und stiegen aus. Auf dem Weg zum Hauseingang stieß Alhaus eine leere Schaukel an. Sie klingelten.

Alice öffnete ihnen.

Sie mussten nichts sagen. Katharinas Mutter wusste auch so, dass der Vater ihrer Tochter tot war. Matthias Riedel hatte es nicht geschafft.

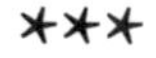

Eine Stunde später saß Lennart allein auf einer Bank an der Trave. Er fischte Riedels Zigarette aus seiner Tasche, zündete sie sich an und rauchte.

Dann nahm er sein Handy zur Hand – und ohne zu wissen warum, wählte er Theresa Johanssons Nummer.

»Bondevik hier«, sagte er. »Lennart Bondevik. Können wir uns treffen?«

Zwanzig Minuten später saßen Lennart und Theresa gemeinsam auf der Bank. Es war kalt.

»Mein Partner ist tot«, sagte Lennart, ohne Theresa anzusehen.

Sie schwiegen und saßen einfach nur da. Lennart wusste nicht wie lange. Aber am Ende waren sie beide bis auf die Knochen durchgefroren.

»Kommen Sie«, sagte Theresa. »Ich bringe Sie nach Hause.«

Lennart Bondevik wohnte im Domviertel. In der *Hölle*, wie die Blindgasse hieß, die vom *Fegefeuer* abging – der Straße, die zum Dom führte –, direkt ins *Paradies*, das Portal des Domes. »Da sind wir«, sagte er und sah Theresa an. »Mögen Sie noch mit reinkommen?«

Theresa Johansson zögerte, lächelte dann und nickte.

Sie standen sich im Flur gegenüber und sahen sich an.

Tränen traten Lennart in die Augen.

»Wissen Sie, mein Partner und ich …«

»Pssst«, machte Theresa, nahm Lennarts Gesicht in ihre Hände und küsste ihn. Sanft. Ganz vorsichtig. Lennart führte sie in sein Schlafzimmer, und sie liebten sich. Traurig. Tröstend.

Dann schliefen sie ein – eng umschlungen, ohne ein weiteres Wort gesprochen zu haben.

Es war Nachmittag, als sie aufwachten.

»Wie lange hast du mit deinem Partner zusammengearbeitet?«, fragte Theresa, griff nach Lennarts Hand und spielte an seinen Fingern.

»Acht Jahre.«

»Das ist eine lange Zeit.«

»Ja«, erwiderte er und drehte ihr sein Gesicht zu. Lennarts Blick streifte die Wunde, die das Band hinterlassen hatte, das Justus Jacobi um Theresas Hals immer enger gezogen hatte. Und in diesem Moment war er einfach nur glücklich. Glücklich, dass Jacobis Schuss Theresa nicht getroffen hatte, sie am Leben war und hier neben ihm lag. Dann dachte er wieder an Riedel und schämte sich, dass er, so kurz nachdem er von seinem Tod erfahren hatte, Glück empfand.

Wenig später standen sie in der Küche, und Lennart reichte Theresa ein Glas Wasser. Sie hatte ein Foto in der Hand.

»Bist du das da links?«, fragte sie und hielt Lennart das Bild entgegen, das an Peters Geburtstag in der Bäckerei gemacht worden war. Lennart hatte es auf den Küchentisch gelegt, als er nach dem Besuch bei Peters Mutter nach Hause gekommen war.

Er nickte.

»Und wer sind die anderen beiden?«

»Mein Freund Peter«, antwortete er leise. »Und meine Freundin Mia.«

Theresa lächelte. »Das ist ein schönes Bild.«

»Ja. Das ist es«, gab Lennart zurück. Er seufzte. »Peter hat sich vor zwei Wochen das Leben genommen«, sagte er dann, drehte sich von ihr ab und stellte die Flasche Wasser zurück in den Kühlschrank. »Mia ist schon lange tot. Auch sie hat sich entschieden, nicht weiterzuleben.«

»Sie haben sich beide …? Was ist passiert?«, fragte Theresa.

Lennart wandte sich ihr wieder zu und sah sie eine Weile lang schweigend an.

Seine Mutter war die Einzige, die die ganze Geschichte kannte. Sie hatte ihm und Peter immer wieder eingebläut, niemals irgendjemandem etwas von dem zu erzählen, was damals vorgefallen war. Und das hatte Lennart auch nicht getan. Sein ganzes Leben lang nicht.

Dann kam Theresa Johansson und fragte ihn einfach. Und er – er wollte nicht länger schweigen.

»Kennst du die Clemensstraße?«

Theresa schüttelte den Kopf.

»Das war früher in Lübeck das, was in Hamburg die *Reeperbahn* ist. Natürlich viel kleiner. Meine Mutter hatte dort ein Bordell. Peters Eltern hatten eine Bäckerei. Passenderweise in der Beckergrube. Die Beckergrube und die Clemensstraße verlaufen parallel. Die Hinterhöfe grenzen aneinander.«

Lennart seufzte erneut.

»Peter und ich … wir … wir sind damals immer vom Hof der Bäckerei rüber in den Hof des Bordells meiner Mutter. Von dort aus haben wir uns in die erste Etage geschlichen. Oben waren die Zimmer, in denen die Freier bedient wurden. Wir hatten uns in einer kleinen Kammer versteckt, in der Bettwäsche, Putzsachen und andere Dinge untergebracht waren, die man in einem Puff so benötigt. Eine Wand des kleinen Raumes grenzte an das Zimmer von Uschi. Die Wände waren sehr dünn, und wir konnten hören, wenn Uschi einen Kunden hatte. Irgendwann hatte Peter die Idee, ein kleines Loch in die Wand zu bohren. Das haben wir dann auch gemacht. Uschi hat nichts davon gemerkt. Die Wand in ihrem Zimmer war mit einer gemusterten Tapete tapeziert, sodass das Loch nicht auffiel, und vor dem Loch in der Kammer stand ein Regal, weshalb es auch dort nicht zu sehen war. Wir hatten von einem auf den anderen Tag also nicht mehr nur Ton, sondern auch Bild.« Lennart lächelte gequält.

»Wann immer es ging, saßen wir in der Kammer, warteten und holten uns einen runter, wenn Uschi mit einem Freier in ihrem Zimmer war.«

Lennart schwieg. Und auch Theresa sagte kein Wort.

»Dann passierte etwas Schlimmes. Peter und ich hatten uns wieder einmal zu unserem kleinen Ausflug verabredet. Wir wollten gerade los, als Mia vor uns stand.«

Lennart stockte.

»Wir haben ihr gesagt, wir müssten noch etwas erledigen und dass wir uns später träfen. Aber sie wollte nicht gehen. Sie wollte mit. Ich war dagegen und habe Peter gesagt, dass wir unser Vorhaben doch verschieben könnten … Aber Peter wollte unbedingt rüber. *Nehmen wir sie doch mit*, hatte er gesagt.«

»Und das habt ihr getan.« Theresa griff Lennarts Hand.

Lennart nickte.

»Wir haben sie in das Zimmer meiner Mutter gebracht, das gegenüber der Kammer lag. Mia hat gestrahlt, als sie die Perücken gesehen hat, die Schminke, die Stolen und die Schuhe mit den hohen Absätzen. Sie hat sofort angefangen, sich zu verkleiden. Wir hatten sehr viel Spaß. Dann sind Peter und ich rüber in die Kammer. Mia haben wir gesagt, dass wir gleich wiederkämen.«

Lennart konnte Theresa nicht in die Augen sehen.

»Als wir zurückkamen …« Er bebte innerlich. »Als wir zurückkamen, lag Mia auf dem Bett. Eine Stola war um ihre Augen gebunden. Das T-Shirt, das sie anhatte, war zerrissen. Ihr Rock … er … war nach oben geschoben und ihre Unterhose heruntergezogen.«

Lennart schloss die Augen. Dann öffnete er sie wieder und sah Theresa an.

»Einer der Männer, die in dem Bordell waren, hatte sie in dem Zimmer vorgefunden und sich an ihr vergangen – während wir gegenüber …«

Lennart konnte nicht weitersprechen.

»Ich habe ihr die Stola abgenommen«, fuhr er fort, nachdem er sich wieder gefasst hatte. »Ich habe sie angefleht, sie solle doch etwas sagen. Aber Mia sagte nichts. Sie starrte nur stumm unter die Decke.«

Theresa hatte ihren Blick auf den Boden gerichtet.

»Dann kam meine Mutter in das Zimmer. Den Ausdruck in ihrem Gesicht werde ich nie vergessen. Das Entsetzen. Ich nehme an, es war ihr Mutterinstinkt, der die Schockstarre gelöst hatte. Sie hat Peter und mich gegriffen, uns vor sich gezogen und uns gesagt, dass wir sofort verschwinden sollten. Und – dass wir niemandem jemals sagen dürften, dass wir da gewesen seien.« Lennart schluckte. »Meine Mutter hat sich solche Vorwürfe gemacht. Wir alle haben uns Vorwürfe gemacht. Aber die meiste Schuld hat sich Peter gegeben. Er wollte unbedingt in die Kammer. Und er wollte Mia mitnehmen. Das hat er sich nie verziehen.«

Lennart schwieg.

»Mia kam ins Krankenhaus und anschließend in die Psychiatrie«, sagte er nach einer Weile. »Ein Jahr später hat sie sich das Leben genommen.«

»Hat man denjenigen gefasst, der ihr das angetan hat?«

»Nein.«

»Wann war das?«, wollte Theresa wissen.

»Das ist lange her. Mia ist seit einunddreißig Jahren tot.«

»Seit einunddreißig Jahren«, wiederholte Theresa und ließ Lennarts Hand los. Sie war blass im Gesicht – aber das sah Lennart nicht. Er wischte sich die Tränen ab.

»Ich bin gleich wieder da«, sagte er und ging an Theresa vorbei in Richtung Bad.

Als er zurückkam, war Theresa Johansson nicht mehr da. Genauso wenig wie das Foto von ihm, Peter und Mia.

Über dieses Buch

Ich weiß es noch. Es war an einem Samstag. Ich war gerade nach Lübeck gezogen, meine Wahlheimat.
Ich hatte eine Idee für eine Kurzgeschichte im Kopf. Etwas anderes, als kleine Kriminalgeschichten, hatte ich zuvor nicht geschrieben. Und ich kann Ihnen sagen: Das, was ich da noch im Kopf hatte, hat nichts mit dem zu tun, was am Ende bei meinem Debütroman »Das falsche Tabu« herausgekommen ist.

An diesem Samstag begann ich ein wenig zu recherchieren. Ich saß mit dem Notebook auf dem Schoß auf meinem Sofa und surfte durchs Netz, bis ich auf der Website www.kein-taeter-werden.de landete.
Ich las, dass es sich bei »Kein Täter werden« um ein Präventionsprojekt handelt, in dem Menschen eine geschützte Behandlung angeboten wird, die therapeutische Hilfe suchen, weil sie sich sexuell zu Kindern hingezogen fühlen und leiden. So ungefähr stand es da.

Heute kann ich mich nicht mehr daran erinnern, wie und wieso ich überhaupt auf die Website gelangt bin. Aber ich weiß noch, dass ich gar nicht mitbekommen habe, wie die Zeit davongelaufen war, während ich über das Projekt las, und las, und las …
Das Therapieangebot hatte mich – ja, wie soll ich das be-

schreiben? Fasziniert? Das ist nicht das richtige Wort. Ich denke, es war eine Mischung aus Unglaube, Erstaunen und Respekt, was sich in mir abspielte, während ich immer mehr darüber erfuhr.

Unglaube deshalb, weil ich mir nicht vorstellen konnte, dass sich dort jemand meldete. Ich meine, wer outet sich denn freiwillig als pädophil – wenn auch in einem geschützten Rahmen? Wer geht denn das Risiko ein, alles zu verlieren, sich gesellschaftlich ins absolute Aus zu schießen, ohne dass ihm die Polizei und die Staatsanwaltschaft auf den Fersen ist?

Erstaunen, weil es ganz offensichtlich sehr viele Menschen gibt, die diesen Schritt wagen und Verantwortung übernehmen. Der Zulauf ist enorm. Das im Jahr 2005 an der Berliner Charité gegründete Projekt hat sich zu einem Netzwerk mit Standorten in ganz Deutschland entwickelt – von Schleswig-Holstein bis Bayern.

Und Respekt dafür, dass diese Menschen, die sexuelle Befriedigung nur mit Kindern und Jugendlichen erreichen, sich melden, weil sie Kindern und Jugendlichen kein Leid zufügen und verhindern wollen, übergriffig zu werden.

Ich saß auf meinem Sofa. Und ich wusste, dass ich über diese Therapie schreiben wollte. Keine Kurzgeschichte – dafür war das, was ich im Kopf hatte, zu viel. Mir war klar, dass dabei kein »Strandkorbkrimi« herauskommen und ich Ihnen, den Leserinnen und Lesern, einiges abverlangen würde.

Insgesamt habe ich über vier Jahre an meinem Debütroman »Das falsche Tabu« gearbeitet – immer mit dem Ziel, dem Thema, das ich gewählt habe, und vor allem den Beteiligten, gerecht zu werden. Ich hoffe, das ist mir gelungen.

Ihre Anke Messerle

Ich danke …

Karin für die lieben Briefe. Was für ein Glück, dass es John Irving gibt.

Dagmar, Inge, Lutz, Tati und Vera für die Aufmerksamkeit, Geduld und den Zuspruch.

Herrn Holger Dürkop, artwork GrafikDesign, für die Gestaltung des Buches – innen und außen – und für die unermüdliche und kompetente Umsetzung aller meiner Wünsche.

Herrn Immanuel Dzatkowski, Leiter der Lübecker Mordkommission, für die Informationen und die eine Antwort, die dazu geführt hat, dass ich endlich loslegen konnte.

Mama, Papa – ich drücke Euch.

Und so geht es weiter…

Anke Messerle

Im Jetzt der Vergangenheit

Kriminalroman

1. Teil

Marienkirche / Dienstag, 8. Dezember

Sie glaubte nicht an Gott. Dennoch ging sie in die Kirche. Nicht regelmäßig und auch nicht zum Gottesdienst.

Sie zog es dorthin, wenn sie unruhig war und nachdenken musste. Dann suchte sie die andächtige Stille, die einem Gotteshaus so ganz eigen ist.

Manchmal blieb sie über eine Stunde dort, faltete die Hände und betete. Nicht zu Gott. Wie auch. Sie glaubte ja nicht, dass es ihn gibt. Aber sie sprach das Vaterunser. Das einzige Gebet, das sie kannte. Sie sagte es ganz leise auf, so, dass sie sich selbst kaum hören konnte, und wenn sie damit fertig war, begann sie wieder von vorn. Das tat ihr gut. Es beruhigte sie.

Sie hatte sich für ihr Gebet St. Marien ausgesucht. Die »Mutterkirche norddeutscher Backsteingotik«. Die Basilika, deren Besucher überwältigt waren, wenn sie sie betraten und in das fast vierzig Meter hohe Mittelschiff schauten – in das höchste gemauerte Backsteingewölbe der Welt.

Aber – sie nahm nichts von dem imposanten Bau wahr. Sie hatte den Blick gesenkt und spürte einen stechenden Schmerz in ihrer Brust. Sie hatte Angst.

Was davor geschah / Mittwoch, 2. Dezember

»Ganz schön zugig hier.« Hauptkommissar Lennart Bondevik schlug den Kragen seiner Jacke hoch und rieb sich die kalten Hände. Er ging auf Ansgar Alhaus zu, der kurz vor ihm in der Hafenstraße auf dem Parkplatz des *Fischers* angekommen war und mit verschränkten Armen, an sein Auto gelehnt, wartete.

»Das kann man wohl sagen«, gab der Kollege zurück und verriegelte den Wagen.

Lennart Bondevik ließ den Blick über das Gelände des Cafés und Restaurants schweifen, das, direkt an der Trave gelegen, seinen Gästen einen wunderbaren Blick auf den Hafen bot.

»Da drüben«, sagte er und zeigte in Richtung einer Reihe grüner und blauer Müllcontainer, hinter denen mehrere Scheinwerfer hervorragten sowie das Dach eines weißen Zeltes. Das Team der Spurensicherung hatte es zum Schutz vor dem schneidenden Wind aufgebaut, der seit Tagen über die Stadt wehte.

An dem Zelt angekommen, traten Lennart und Alhaus an einen Klapptisch heran, der unter einem Vordach stand.

»Na dann wollen wir mal!« Lennart fuhr mit dem Finger über mehrere in Plastikfolie verschweißte Einwegoveralls, die vor ihm lagen. »L, XL …«, murmelte er, bevor er nach einem der papierartigen Schutzanzüge in Größe XXL griff. Er packte ihn aus, zwängte sich mit seiner gefütterten Winterjacke hinein und zog sich gerade die Kapuze über, als er Fiete Jessen, den Leiter des Erkennungsdienstes, von dem Restaurant aus auf sich und Alhaus zukommen sah.

»Kann mir mal einer sagen, was in dieser gottverdammten Stadt los ist?«, maulte der Mann mit der tiefen Stimme und dem aufrechten Gang.

Jessen spielte damit auf die Mordserie an, die kurz zuvor die Hansestadt in Atem gehalten und fünf Menschen das Leben gekostet hatte. Das letzte Opfer war Matthias Riedel gewesen, Vater einer sechsjährigen Tochter, Kriminaloberkommissar und Lennarts Partner. Sie hatten ihn noch nicht einmal beerdigt.

»Moin Jessen«, gab Lennart zurück und schlüpfte in ein Paar hellblaue Schuhüberzieher.

»Mann, Mann, Mann«, schimpfte der Leiter der Spurensicherung weiter. »Was muss in diesem Jahr denn noch alles passieren?«

»Wissen wir, wer der Tote ist?«, fragte Alhaus, während er den Reißverschluss seines Overalls zuzog.

»Das Opfer heißt Hans-Jochen Leipold.« Jessen hielt Lennart und Alhaus den Zelteingang auf. »Wir haben einen Führerschein und einen Personalausweis gefunden.«

Der Tote lag, inmitten einer Blutlache, mit dem Rücken auf dem Kopfsteinpflaster. Sein dunkles Haar war an den Schläfen leicht ergraut. Neben seinem Kopf lag eine randlose Brille. Ein Glas war zersplittert. Der dunkelbraune Wollmantel, den das Opfer trug, stand offen. Auf dem beigefarbenen Jackett darunter zeichneten sich zwei große, dunkle Flecken ab.

»Den hätte ich Ihnen aber auch ohne Papiere identifizieren können«, meldete sich Thorwald Odebrecht zu Wort, der vor der Leiche kniete. »Leipold ist kein Unbekannter in Lübeck.« Der beleibte Rechtsmediziner richtete sich schwerfällig auf, rückte seine klobige Hornbrille zurecht und grüßte Lennart und Alhaus, die an den Leichnam herangetreten waren.

Lennart betrachtete das Gesicht des Toten. Er kannte den Mann aus der Presse. »Das ist dieser Pharmaunternehmer, oder?«, fragte er.

Odebrecht nickte. »Dem gehört die *Leipold Pharma GmbH*.«

Lennart trat noch etwas näher an die Leiche heran.

»Wie Sie sehen, wurde der Mann von vorn erstochen. Er hat noch versucht, das Messer abzuwehren.« Odebrecht wies auf Leipolds Hände, die durch die Schnittverletzungen blutverschmiert waren. »Vergeblich. Wenn Sie mich fragen, war bereits der erste Stich tödlich. Er ging in den Bauch und hat die Aorta getroffen – so weit lehne ich mich jetzt mal aus dem Fenster, ohne ihn auf dem Tisch gehabt zu haben.«

Lennart sah im Augenwinkel, wie Alhaus sich zu der Leiche herunterbeugte.

»Aber er hat dennoch ein zweites Mal zugestochen«, sagte der Kollege.

»Ganz genau«, erwiderte Odebrecht. »Direkt ins Herz. Er wollte wohl ganz sichergehen.«

Lennart richtete den Blick auf das Messer, dessen Griff aus der Brust des Opfers herausragte, fragte sich, warum der Täter die Tatwaffe am Tatort zurückgelassen hatte, und ging die möglichen Gründe dafür durch. Vielleicht war er überrascht worden, dachte er. Und in seiner Panik hat er den Tatort fluchtartig verlassen. Vielleicht hat er die Tatwaffe aber auch absichtlich nicht mitgenommen – weil er nicht damit aufgegriffen werden wollte, bevor er sie entsorgen konnte. Oder weil er ausschließen wollte, dass …

»Sieht aus, wie ein Küchenmesser«, holte Alhaus' Stimme Lennart aus seinen Gedanken.

»Ich würde mal sagen, es ist eins.« Odebrecht verschränkte die Arme vor seinem Bauch. »Ich denke, es ist eine Art Filetiermesser.« Der Rechtsmediziner wiegte den Kopf hin und her. »Einschneidige Klinge. Länge … weiß ich noch nicht. Aber lang genug, dass sie die Aorta treffen konnte, wenn meine Theorie stimmt. Sicher ist, dass das Messer von WMF stammt. Es ist hochwertig – aber Massenware.«

»Können Sie schon etwas zum Todeszeitpunkt sagen?« Alhaus richtete sich auf.

»Der ist noch nicht lange tot.« Odebrecht wiegte wieder den Kopf hin und her. »Drei Stunden, würde ich sagen. Plus minus.«

Lennart sah auf seine Armbanduhr. Es war zweiundzwanzig Uhr zehn. Drei Stunden. Gegen sieben, dachte er.

»Und vom Täter keine Spur, nehme ich an.« Alhaus wandte sich Jessen zu, der hinter ihm stand.

Der Chef des Erkennungsdienstes schüttelte den Kopf.

»Wer hat ihn gefunden?«, wollte Lennart wissen.

»Ein Barkeeper. Er ist draußen. Bei den Leuten vom Rettungsdienst.«

Der junge, vollbärtige Mann saß, in eine graue Decke

gehüllt, auf der Rampe eines Krankenwagens. Er hielt einen Pappbecher in der Hand, aus dem es dampfte. Ein Beamter der Schutzpolizei und der Notarzt standen vor ihm. Außerdem ein weiterer Mann in Jeans und einer orangefarbenen Daunenjacke.

»Ich …, ich wollte die leeren Weinkartons entsorgen. Da habe ich ihn da liegen sehen. Das war so furchtbar! Der Anblick! Das Blut!«, stammelte der Barkeeper, nachdem sich Lennart und Alhaus vorgestellt hatten. Und als er sich ein wenig beruhigt hatte, berichtete er, dass der Papiercontainer, anders als sonst, nicht mit den anderen Containern in einer Reihe gestanden habe, sondern ein Stückchen weiter zurück. »Die Bremsen an den Rädern waren lose«, sagte er, vermutete, dass jemand nach der letzten Leerung vergessen habe, sie festzustellen, und nahm an, dass der Container vom Wind aus der Reihe gedrückt worden sei. Als er hinter ihn getreten war, um ihn an seinen Platz zurückzuschieben, hatte der Barkeeper die Leiche am Boden liegen sehen – keine zwei Meter entfernt.

»Und wer sind Sie?«, fragte Lennart den Mann in der Daunenjacke.

»Mein Name ist Lietz. Ich bin der Inhaber des *Fischers.* Finn, also Herr Weiden, hat mich sofort hierhergeholt, nachdem er den Toten entdeckt hatte.« Er legte eine Hand auf die Schulter des jungen Mannes. »Ich habe die Polizei gerufen.«

»Wann war das?«

»Vor knapp einer Stunde, würde ich sagen.«

»Gut. Kümmern Sie sich weiter um die beiden?«, fragte

Lennart an Alhaus gewandt und schälte sich aus dem Overall. »Ich rufe in der Direktion an. Sie sollen jemanden zur Wohnung des Opfers schicken, und dann höre ich mich mal in der Bar um.«

***

Normalerweise war im *Fischers* um diese Zeit kein Platz zu bekommen. Aber nachdem sich wie ein Lauffeuer die Nachricht herumgesprochen hatte, dass keine einhundert Meter entfernt eine Leiche lag, hatten die meisten Gäste das Restaurant verlassen.

Lennart trat an den Tresen heran, hielt erst seinen Ausweis hoch und anschließend sein Smartphone. Er zeigte einer jungen Frau, die damit beschäftig war, Gläser zu polieren, ein Foto von Leipold, das er kurz zuvor am Tatort gemacht hatte. Die Reaktionen, die er darauf erhielt, waren ein angewiderter Gesichtsausdruck und ein Kopfschütteln.

»Kann ich mal sehen?« Einer der Kellner hatte sich zu ihnen gestellt.

Lennart hielt ihm das Foto hin.

»Der war vorhin hier.« Der Mann stellte sein Tablett auf die Theke und nahm die leeren Gläser herunter.

»Er war in der Bar?« Lennart sah die Bedienung aufmerksam an.

»Jep. Aber fragen Sie doch mal Feli. Die hat ihn abkassiert.«

Lennart beobachtete, wie der Mann mit seinen Blicken

die Bar absuchte.

»Keine Ahnung, wo die ist«, bemerkte der Kellner dann. »Weg ist sie aber noch nicht, auch wenn wir den Laden hier gleich dichtmachen. Ist nicht gut fürs Geschäft, 'ne Leiche vor der Tür. Wissen Sie?«

»Sicher nicht«, bestätigte Lennart.

»Die ist bestimmt eine rauchen.« Der Kellner wies in Richtung einer Tür hinter der Bar.

Feli, Felizitas Reimers, stand unter einer gläsernen Überdachung am Hintereingang des Restaurants und zündete sich eine Zigarette an. Sie war klein, schmal und hatte kurze blonde Haare. An der rechten Augenbraue glänzte ein Piercing und im linken Nasenflügel ein silberner Ring. Lennart schätzte sie auf Anfang zwanzig. Sie trug, wie das gesamte Personal, eine blaue, lange Schürze und eine weiße Bluse, über die sie eine dünne, graue Fleecejacke gezogen hatte, auf deren Brusttasche das gestickte Logo des *Fischers* zu sehen war.

»Ihr Kollege hat mir gesagt, dass ich Sie hier finde«, sagte Lennart und stellte sich vor. »Er meinte auch, dass Sie mir etwas über diesen Mann sagen können.« Lennart zeigte der jungen Frau das Foto von Leipolds Leiche.

Sie wandte sich ab, nickte aber. »Der war in der Bar«, sagte sie, zog mehrmals hastig an ihrer Zigarette, blies den Rauch aus und schlang sich die Arme um ihren Oberkörper.

»Allein?«

Felizitas Reimers schüttelte den Kopf. »Der hat da jemanden getroffen«, gab sie zurück und berichtete von einer Frau, die circa eine halbe Stunde vor Leipold ins

Fischers gekommen sei. »Sie hat ein Wasser bestellt und immerzu auf die Uhr geschaut. So wie jemand, der auf jemanden wartet. Dann kam der Typ rein. Der Idiot …!« Felizitas Reimers zog erneut an der Zigarette und drückte anschließend den Filter in eine mit Sand gefüllte Schale, die am Boden stand.

»Sorry«, nuschelte sie. »Ich meine, über Tote soll man ja nicht schlecht reden.« Mit zittrigen Händen zündete sie sich eine neue Zigarette an. »Aber der Typ hat telefoniert, als er reinkam, und mich echt heftig angerempelt. Mir ist beinahe das volle Tablett runtergerasselt. Und was macht der? Motzt mich an, ob ich keine Augen im Kopf habe!« Sie zeigte mit dem Zeigefinger auf sich. »Ich!? Hallo?!«

»Und dann?«

»Dann ist er auf die Frau zugegangen.«

»Ja? Und …?«

»Was weiß denn ich? Er hat etwas zu ihr gesagt, mir ein Zeichen gegeben, dass ich kommen soll, der Frau in die Jacke geholfen, bezahlt und dann sind sie gegangen. Das war's.«

»Das war's?« Lennart sah die Frau abwartend an.

»Ja.«

»Haben Sie hören können, was der Mann gesagt hat?«

»Ne. Aber dem hat man angesehen, dass er total genervt war.«

»Genervt?«

»Oder sauer. Oder beides.«

»Und die Frau?«

»Die hat sich rausführen lassen. Sah dabei aber auch nicht glücklich aus.«

»Sondern?«

Felizitas Reimers zuckte die Schultern. »Ich weiß nicht«, sagte sie. »Halt nicht besonders happy.«

»Aha«, erwiderte Lennart. »Haben Sie die beiden oder einen von beiden schon einmal hier gesehen?«

»Nein. Aber ich arbeite auch erst seit einem Monat in dem Laden.«

»Können Sie mir sagen, wie viel Uhr es war, als die Frau hierhergekommen ist?«

»Kurz nach sechs.«

»Das wissen Sie so genau?«

»Ja. Ich hatte gerade die Tische übernommen. Ich habe diese Woche Spätschicht. Die fängt um sechs an.«

»Und ungefähr eine halbe Stunde später kam der Mann in die Bar, sagen Sie?«

»Ja. Gegen halb sieben.«

»Wie sah die Frau aus?«

»Wie sah sie aus? Hübsch. Lange braune Haare. Sie trug einen Zopf. Weiße Seidenbluse. Jeans, glaube ich.«

»Alter?«

»Keine Ahnung. Älter als ich. Jünger als Sie. Irgendwo dazwischen, würde ich sagen.«

Irgendwo zwischen Anfang zwanzig und Mitte vierzig, dachte Lennart. Super!

»Nachdem die beiden die Bar verlassen hatten, ist Ihnen da noch irgendetwas aufgefallen?«, fragte er dann.

Felizitas Reimers machte ein nachdenkliches Gesicht. »Die standen noch einen Moment draußen«, sagte sie. »Aber ich musste mich dann auch wieder um meine Gäste kümmern. Als ich später noch einmal rausgeschaut habe, waren sie weg.«

Donnerstag, 3. Dezember

Es war bereits nach Mitternacht, als Lennart sich von Ansgar Alhaus in strömendem Regen verabschiedete, in seinen rostigen weißen 240er Volvo Kombi stieg und den Tatort verließ. Er wollte auf dem schnellsten Weg nach Hause fahren, heiß duschen und ein paar Stunden schlafen. Aber anstatt über die Hubbrücke auf die Altstadtinsel zu fahren, lenkte er den Wagen in den Brückenweg, fuhr in Richtung Stadtpark und bog wenig später in die Krügerstraße ein. Er hatte die Curtiusstraße noch nicht erreicht, als er auch schon das stumme Blaulicht sah, das in der Dunkelheit aufblitzte und über die Fassaden der ansehnlichen Häuser wanderte, die diesen Teil St. Gertruds zu einer der besten und beliebtesten Wohngegenden der Stadt machten.

Lennart näherte sich langsam einem Streifenwagen, der vor einer der Gründerzeitvillen stand, und erblickte ein weiteres Fahrzeug, von dem er wusste, dass es zu den Kollegen des ZKD gehörte, des Zentralen Kriminaldauerdienstes. Er hielt am Straßenrand an. Der Regen prasselte auf das Dach des Volvos, und die Scheibenwischer mühten sich ab, die Windschutzscheibe von den Wassermassen zu befreien.

Lennart warf einen Blick zur Eingangstür der Villa. Sie stand offen. Der Flur war hell erleuchtet. Er blickte durch die Seitenscheibe die Hauswand empor und sah verschwommen, dass in Theresa Johanssons Wohnung Licht brannte. Ein beklemmendes Gefühl machte sich in Lennart breit.

Er stellte den Motor ab, rannte zum Hauseingang der Villa und eilte die Treppe hinauf. Im ersten Stock angekommen, sah Lennart, dass das Schloss der Wohnungstür und die Zarge beschädigt waren. Die Tür war aufgebrochen worden. Zwei Feuerwehrmänner waren damit beschäftigt, sie notdürftig zu reparieren und ein provisorisches Schloss einzubauen.

Lennart hatte gerade den Flur betreten, als auch schon ein uniformierter Polizist auf ihn zukam. Lennart erinnerte sich nicht, ihn zuvor schon einmal gesehen zu haben. Er hielt dem Mann seinen Ausweis hin, woraufhin der Kollege den Kopf auf die Seite legte und mit der Bewegung in Richtung einer Tür deutete.

Lennart betrat einen großen Raum, in dessen Mitte ein helles, breites Sofa stand.

»Wer hat dich denn gerufen?« Klaus Behnke, einer der beiden Kollegen des ZKD, stand neben der Couch und sah Lennart erstaunt an.

Lennart kannte den kahlköpfigen Mann seit Jahren – wenn auch nur flüchtig. Er und Behnke begegneten sich immer wieder einmal in der Kantine und wechselten ein paar Worte miteinander. Aber meistens sahen sie sich im Zusammenhang mit der Übergabe eines Tatorts.

»Was ist passiert?«, schoss es aus Lennart heraus. Regen tropfte aus seinen Haaren. Er wischte sich die Augen mit dem Ärmel seiner nassen Jacke frei.

»Eine junge Frau. Theresa Johansson. Die Psychologin, die ihr während der letzten Ermittlungen aus dem Keller von diesem Serienmörder geholt habt. Diesem Professor. Justus Jacobi«, erwiderte Behnke und berichtete, dass alles dafür spräche, dass sie versucht habe, sich das Leben zu nehmen. »Sie hat Tabletten geschluckt. Jede Menge. Der Krankenwagen ist gerade eben mit ihr los.«

»… versucht, sich das Leben zu nehmen?«, wiederholte Lennart bestürzt. »Aber …«

Was soll das heißen? Sie hat versucht, sich das Leben zu nehmen? Warum hätte Theresa sich umbringen sollen? Sich selbst töten wollen? Sie war doch gerade erst knapp dem Tode entronnen.

»Bondevik, ist alles in Ordnung bei dir?«

Lennart hörte Klaus Behnke wie aus weiter Ferne.

»Du bist weiß wie 'ne Wand.«

»Alles gut«, brachte Lennart mühsam hervor.

»Sicher?« Behnke sah ihn skeptisch an.

»Sicher. Wer hat sie gefunden?«

»Der Nachbar. Der hat auch die Kollegen des dritten Polizeireviers gerufen. Er war mit Frau Johansson verabredet. Wollte die Waschmaschine für sie anschließen, wie er sagt. Die steht im Flur. Scheint erst geliefert worden zu sein. Jedenfalls ist sie noch verpackt. Hast du vielleicht gesehen. Der Mann hat zur verabredeten Zeit bei ihr geklingelt. Aber die Frau hat ihm nicht geöffnet – obwohl Licht brannte. Er hat es eine Stunde lang immer wieder versucht. Ohne Erfolg. Das … und die Tatsache, dass er keinen Mucks aus ihrer Wohnung gehört hat, hat ihn beunruhigt.«

»Wird sie durchkommen?«, fragte Lennart. Er zitterte

innerlich, während er die Frage stellte – aus Angst vor der Antwort.

»Keine Ahnung! Sie hat die Pillen mit ordentlich viel Wein runtergespült.«

Behnke wies in Richtung eines Tabletts auf dem Boden vor dem Sofa. Eine leere Flasche lag daneben. Eine weitere, fast leer, stand darauf, zusammen mit einem Glas, mit einem Rest Wein darin. Lennarts Blick fiel auf eine dicke, cremefarbene Kerze. Er vermutete, dass sie kurz zuvor ausgepustet worden war. Es roch danach. Dann sah er zwei offenstehende Tablettenpackungen.

»Die leeren Blister hat der Notarzt mitgenommen.«

Lennart kämpfte mit seiner Verzweiflung. »Wo haben sie sie hingebracht?«

»Ins Universitätsklinikum«, antwortet Behnke, während er Lennart von der Seite ansah. »Warum bist du hier?«, fragte er. »Wir haben nichts gefunden, was den Schluss zulässt, dass jemand Frau Johansson töten wollte. Es gibt keinerlei Anzeichen für Fremdeinwirkung. Die Sache ist eindeutig. Die Frau wollte nicht mehr. Siehst du das?« Der Kollege zeigte auf Unmengen Zettel, die kreuz und quer auf dem Sofa verstreut lagen. »Dazwischen hat sie gelegen. Das sind alles Kopien oder Ausdrucke von irgendetwas, was vor vielen Jahren passiert ist. Ich weiß es nicht – aber vielleicht hat sie das so mitgenommen, dass sie … Ist nur so ein Gedanke.«

Lennart trat näher an das Sofa heran. Aber noch ehe er sich die Ausdrucke genauer anschauen konnte, sprach der Kollege weiter.

»Vielleicht hat sie aber auch diese ganze Geschichte

mit diesem Professor nicht verkraftet. Wundern würde es mich nicht. Ich meine, wie kommt man damit klar, in der Gewalt eines Mörders gewesen zu sein, der einen nach dem anderen ins Jenseits befördert hat?« Behnke sah Lennart forschend an. »Oder habt ihr irgendeinen Grund anzunehmen, dass hier jemand …«

Lennart schüttelte den Kopf. »Nein«, sagte er. »Nein, nein. Ich bin eher … zufällig hier.« Lennart wandte sich von Behnke ab. Zufällig, wiederholte er in Gedanken. Was für ein Quatsch!

»Soso!« Der Kollege zog die Augenbrauen hoch. »Na, wie dem auch sei. So, wie wir die Frau vorgefunden haben …, die leeren Tablettenpackungen, der Wein, diese ganzen Artikel und das Erlebnis in Jacobis Keller … Das alles spricht dafür, dass wir es hier mit einem Selbstmordversuch zu tun haben. Wie gesagt, es gibt keine Anzeichen für Fremdeinwirkung. Dazu kommt, dass es keinerlei Hinweise auf ein gewaltsames Eindringen in die Wohnung gibt. Die Tür haben die Kollegen aufgetreten. Es gibt auch keinerlei Spuren, die den Schluss zulassen, dass eine zweite Person hier gewesen ist.«

»In der ganzen Wohnung nicht!«, dröhnte es. Jörg Hohscheidt, ein junger, neuer Kollege im ZKD, mit dem Lennart erst ein einziges Mal zu tun gehabt hatte, kam die Treppe herunter, die das Wohnzimmer mit dem darüberliegenden Stockwerk verband. »Hier liegt eindeutig die Absicht einer Selbsttötung vor. Kein Zweifel.«

Lennart nickte niedergeschlagen.

»Und deshalb machen wir hier jetzt auch die Biege!« Behnke packte einige Sachen zusammen, die er zur Untersuchung der Wohnung benötigt hatte. »Wir schreiben unseren Bericht und geben das Ganze morgen direkt an die Kollegen des K11 weiter. Dann können die den Deckel draufmachen.«

Behnke war schon zur Tür hinaus, drehte sich aber noch einmal um. »Fahr nach Hause, Bondevik. Du holst dir ja noch den Tod.« Er sah Lennart von oben bis unten an, der noch immer vor dem Sofa stand. Klatschnass.

»Ich bleibe noch einen Moment hier«, entgegnete Lennart.

»Wenn du meinst!« Behnke zuckte die Schultern und wandte sich an den Kollegen der Schutzpolizei, dem Lennart im Flur begegnet war. »Sie sichern hier dann später alles ab!«, sagte er und verließ hinter Hohscheidt Theresa Johanssons Wohnung.

Warum hat sie das gemacht?

Lennart zog seine Jacke aus und ließ sich auf einen Stuhl sinken, der schräg vor dem Sofa stand. Er schloss die Augen. Sofort schossen ihm Bilder von Theresa in den Kopf. Theresa, wie sie nackt und gefesselt auf dem Boden in Justus Jacobis Keller kniete. Er sah den Spiegel vor sich, der vor ihr stand, das Hundehalsband um ihren Hals und den Professor, der das Band nach und nach weiter zugezogen hatte.

»Die Feuerwehrmänner sind mit dem Schloss fertig«, hörte Lennart den Kollegen der Schutzpolizei sagen, der in der Tür stand. Wir würden den Laden hier dann ganz gerne dichtmachen.«

Lennart nickte kraftlos. »Gehen Sie ruhig. Ich mache das schon.«

Der Beamte sah aus, als überlege er, ob das den Vorschriften entspräche. Aber dann nickte er ebenfalls. »Na gut. Ziehen Sie die Tür zu und versiegeln …«

»Sie können sich auf mich verlassen«, unterbrach Lennart den Mann und lächelte ihm zu.

Kurz darauf war Lennart allein. Er ließ seinen Blick durch den Raum schweifen. Die Wohnung wirkte auf ihn, als stecke Theresa Johansson noch mitten im Umzug. Überall standen Pappkartons herum, nicht zusammengebaute Regale und einige wenige, irgendwo im Raum abgestellte Möbelstücke.

Sie lebt seit Monaten hier, dachte er, und hat nicht einmal ausgepackt.

Warum auch? Warum soll man auspacken, wenn man sich das Leben nehmen will?